徐迅散文年编

《雪原无边》《皖河散记》《鲜亮的雨》《秋山响水》

时代出版传媒股份有限公司
安徽文艺出版社

徐迅，中国作家协会会员，中国散文学会副会长，中国煤矿文化艺术联合会、中国煤矿作家协会副主席。

散文、随笔作品曾在《人民文学》《十月》《中国作家》《青年文学》《北京文学》《中华散文》《散文》《美文》等报刊发表，并被《新华文摘》《散文·海外版》《散文选刊》《读者》《青年文摘》等选载和入选《中国年度最佳散文选》《中国现当代散文 300 篇》《新世纪优秀散文选》《新时期散文经典（1978—2002）》《新中国文学精品文库》等 200 多种文集。获各种文学奖项若干。

著有小说集《某月某日寻访不遇》，散文集《半堵墙》《响水在溪——名家散文自选集》《在水底思想》，长篇传记《张恨水传》等作品 18 种。

徐迅散文年编

鲜亮的雨

XIANLIANG DE YU

徐迅◎著

时代出版传媒股份有限公司
安徽文艺出版社

图书在版编目（CIP）数据

鲜亮的雨/徐迅著. —合肥：安徽文艺出版社，2019.1
（徐迅散文年编）
ISBN 978-7-5396-6353-1

Ⅰ. ①鲜… Ⅱ. ①徐… Ⅲ. ①散文集－中国－当代
Ⅳ. ①I267

中国版本图书馆 CIP 数据核字(2018)第 094205 号

出 版 人：朱寒冬
策　　划：朱寒冬　　　　统　　筹：张妍妍
责任编辑：姚　衎　　　　装帧设计：褚　琦

出版发行：时代出版传媒股份有限公司　www.press-mart.com
　　　　　安徽文艺出版社　www.awpub.com
地　　址：合肥市翡翠路 1118 号　邮政编码：230071
营 销 部：(0551)63533889
印　　制：安徽新华印刷股份有限公司　(0551)65859551

开本：880×1230　1/32　印张：12.625　字数：320 千字
版次：2019 年 1 月第 1 版　2019 年 1 月第 1 次印刷
定价：50.00 元(精装)

自　序

一直认为，将自己的文字按写作时间编辑成册是件冒险而愚蠢的事，所以在编辑时断断续续，时动时停，思想上总在不停反复。但转念一想，既然是完整的人生，谁又能抹掉自己最初那几行歪歪斜斜的脚印呢？至今我还清晰地记得，当年那个因为在县报上发表了第一篇文章，而兴奋得在田野上奔跑的少年的身影……在随笔《恍惚中的明白》里，我几乎动情地叙述了这件事。

重读自己这些叫作散文、随笔的文字，我还是微微有些吃惊：一是感叹自己写得如此斑斓而驳杂；二是诧异我的灵魂最初只有在一个想象的世界里才能得以安妥与舒坦，而这无疑只有靠小说创作才能实现——事情在我成长的过程中显然发生了变化。有一段时间我与现实保持的紧张关系，让我患得患失，结结巴巴。我的散文或许就是这样的产物。

我认为，散文文体只是人们基于对散文事实的一种认识，这种事实并不是散文的本来面目。什么样的形式符合我们真诚而有意味的思想表达，实际上是没有人为的界定和规矩的。后来许多的散文观念都是一些有趣命题。任何时候散文都在场，也没有完全的原生态。作品形成的本身就是一种过滤。人们喜欢树立标杆，所以大家就把那当成了标杆。我读散文，全然在于喜欢，当然那里面也有着我的眼光和审美。

但散文终是有一种精神的。这种精神是人们在文字中能感受到和触及的，是作者艺术灵魂与生命精神和谐完美的统一。它是艺术，更是个性，是良知和立场。它所昭示的一种直击心灵的东西，能打动人、震撼人、感染人，给人以人生的抚慰、疼痛与喜悦。散文是作者的心灵史，它是作者心灵的坦露。这种坦露应有的尺度即是艺术和人生的尺度，它的生长性应该是伴随作者一生的。它追求的自由也应该有一种高贵的自由。

好的散文一定有好的语言。这种语言应该有一种节奏感，有缓慢与迅疾的节奏之分。我比较倾向于缓慢的语言。像电影过胶片一样，语言缓慢的节奏有力地呈现生命的时间和空间，定格或者拉长。它会形成一定的、有足够分量的艺术氛围，使人感觉到扑面而来的艺术芬芳，还有一种艺术的满足感。我这样想着，实际上却没有完全做到——但在语言迷宫里，我发觉我充分地感知自己的存在，从而越来越熟悉了自己。

“我手写我心。”无论是站在故乡的屋檐下，用青涩的眼光打量故乡和故乡之外的山水草木，感受人间冷暖、世态炎凉，还是突然拉开我肉身与故乡的距离，转身与回望、沉淀与奔涌、祭奠与膜拜，每一次对故乡的习惯性的凝望，都让我感到我与故乡，与故乡父老乡亲、兄弟姐妹的亲情里深深浸透的那种人性的疼痛、隐忍和希冀，早已深刻地烙印在我逐渐成长的心灵上，成了我摆脱不了的生命胎记。

故乡是我散文创作的永恒母题。流转于京城、故乡与异地，我感受到自然的一切物象、人生与艺术，浅薄地书写华丽与沧桑、悲痛与欣喜……或读万卷书，行万里路，一册在手，处处河山，或简简单单着眼于生活中的点点滴滴，写物状物，论人及人，我都率性而为。尽管这能让人看出我散文写作的坚守与流变，但一下笔，我的性格还是驱使我“迅速”了起来，这是我无法改变的。

写作有时就这样充满宿命。

曹丕说：“文以气为主……不可力强而致。”跟我打过麻将的人都知道，我打麻将凭的是手气。手的气息。那浑然天成的手的气息顺畅了、圆融了，我就会护住那一团气，快乐地打下去。我实在不会什么章法。但我知道那一团气是什么。

好的散文应该也有一团气。

是为序。

2018年6月26日，北京寓所

目录
Contents

阳光每一天都是新的

沾上元旦、新年寄语的俗套，我曾经煞有介事地写过一篇《写给二〇〇〇年》，说："二十世纪的太阳照样还在东方地平线上升起，月亮照样在西山落下，许多的事情还是人类自己的事情。"不知不觉送走旧年的阳光，享受着新年的太阳，我便从心底感到，人们所说的"二十世纪是美国的世纪，二十一世纪是中国世纪"的预言正在实现。二十世纪看西方的月圆，这个世纪要看东方的阳光灿烂了。

点击陈年的阳光，是因为它充满了那么多的恐怖和邪恶。美国"双子星座"世贸大楼的骤然毁灭、阿富汗战争、巴以冲突、克什米尔和伊拉克的硝烟……这都让善良的人们手心攥出了一把冷汗。而我们的祖国，申奥成功、男足进入世界杯、加入 WTO 以及 APEC 会议和第二十一届世界大运会的成功举办，让人类感到古老而文明的国度，一股沾染海洋气息的阳光正濡染着，金黄的余温久不消退……在冬日明媚的阳光里，我特地打着的士在街上狠狠地转了一圈，竟然发觉许多"阳光"咕嘟嘟地冒了出来：阳光广场、阳光大酒店、阳光房地产、阳光集团……同胞们在阳光下赚取丰厚的利润，听到阳光下钟声悠扬、书声琅琅，人们真切地感到——阳光，每一天都是新的！

阳光每一天都是新的。在簇新的阳光下，花儿开放得鲜艳妖娆，碧波轻轻地荡漾，一尾鱼儿兀自跃出水面，一茎草或摇曳多姿或恬静安详，一片白云愈加洁白无瑕……这时候，凡是有听觉、视觉、嗅觉和触觉的人，都在景致中感觉到美好生活的芬芳，发觉日子的不同寻常。即便平时对生活熟视无睹的人，肯定也会被这充满清新气息的阳光下的事物感染，甚至情不自禁地憧憬、向往和鸟儿一起歌唱，与蝴蝶一起翩跹，同鱼儿一起在水底翱翔，在美丽的草原与骏马一起奔跑……

感受阳光，每一天都是新的，关键要有一个健康、清新的心灵。唯有这种心灵，你才能够体会、品尝。只有心里常感常新，才会在旧的事物中寻找到新的感受，才能将奔涌于胸的新鲜的阳光气息融入眼前万物生灵中。譬如，昨日窗前的鸟，因聒噪而使你感到厌烦，今早你就发觉伴随阳光洒落在枕上的鸟声充满喜悦；譬如，昨日面对草叶上滚动的露珠无动于衷，今日你却看到露珠被风击落那一刹那的光亮；还譬如阳光照在你身上，立马驱走了寒冷，让你通体舒畅……至于牛顿在苹果的坠落中，发现万有引力定律，就更加证明一个人只要有新的感受，就能富于激情、幻想、创造和洞察力，从而就能发现真理，甚而在暮气沉沉或者挫败中也能脱颖而出，不同凡响。

读过一个关于沈从文的故事："文革"期间，他陷入了非人的境地，不仅遭到无数次的批斗，每天还要负责打扫历史博物馆里的女厕所。后来,他又被下放咸宁接受“劳动改造”。一代文学巨匠身心饱受蹂躏,可他并没有沉沦、颓废。一天在阳光下的荷塘边,他的眼睛竟然一亮!他把这种感受写信告诉他的表弟——画家黄永玉,说:“这儿的荷花真好!”阳光下与荷花的一次邂逅,竟使他苦难的日子溢满荷花的芳香!

这是感受阳光每天都是“新”的的最好注脚。这种感受是人类美妙心灵的折射,是人们内心的“欢喜佛”,是我们人类生生不息的精神的慰藉——“许多的事情还是人类自己的事情”。人类的感觉和意识里唯有保持这种新鲜感受,才会有清醒的头脑和昂扬向上的精神,从而迎接生活处处洒满的阳光。

2002年2月号《阳光》卷首语,1月11日,北京东城区和平里

不可省略的阳光

在繁密的森林里，我们无疑经常会看到这样的景象：众木攀缘疯长，稍不留神，一棵树就会因落后而匍匐在参天大树的浓荫里。久而久之，那棵树由于失去阳光的照耀，缺乏养分，慢慢就枯萎、死去——一旦没有了阳光，植物们面临的便是残酷的死亡。

这便是大自然的生存法则！

人类也概莫能外。“没有了阳光，发霉的只能是自己！”这是一位乡亲对我说过的一句话。尽管我已非常理解这话的含义，但一想到乡亲们说这句话的神情，我至今还禁不住浑身一阵战栗。

那是我的一次亲身经历。事情发生在农村实行责任制前的一个“双抢”，由于风闻马上分田到户，农民的积极性空前高涨，起早摸黑地忙着——南方的“双抢”仿佛是一场战争，有人在“前方”抢收、抢种，有人则留在“后方”保护丰收的果实，即把收割脱粒的稻子晒干，交公粮、称口粮。乡亲们见我细皮嫩肉的，不让我到田里日晒水蒸，只叫我在晒场上晒稻。七月的太阳火辣辣的，晒稻的活计虽然比田里轻些，但不一会儿，我也忙得汗流浃背、腰酸背疼……在晒场上待久了,我慢慢地就总结出一套应付的办法:趁人不注意时,就将稻子随便地晒上一遍就收拢起来……

可是不久就出事了——当乡亲们从“前线”归来分享胜利的“果实”,将稻子一担一担地挑往粮站交公粮时,粮站的工作人员一遍遍地用手抄着稻谷,在嘴里慢慢咀嚼了一番,忽然“呸”地一口吐在我们的箩筐里,说:“这稻没晒干,就来糊弄人? 不准进仓!”一听这话,全队七十多号人一下子都傻眼了! 他们怎么也不相信,在赤日炎炎似火烧的日子里,稻子竟然会没晒干……最后骂骂咧咧地将稻子重新挑回了家。

“省略了阳光,发霉的只能是自己!”一位乡亲恍惚中明白了什么,走到我身边轻声细语地说了句。望着那垂头丧气的长长的挑粮队伍,我羞得无地自容,身子就像筛糠一样抖了下——就在那一刹那,这话也深深地烙在我的心坎上。

想起一个“少一根马掌钉”的故事,觉得正好与之相对应。故事说的是一四八五年的波斯沃斯战役。一个早晨,英国国王理查三世让马夫准备好他自己喜欢的战马。但因为时间紧迫,铁匠只给马钉了三根掌钉,部队就仓促出发了。结果在与敌遭遇时,理查三世还没有明白过来,那只马掌就掉了! 战马跌翻在地,他被俘虏,军队被击败。“马,马,一马失社稷”,莎士比亚说——正是因为少了一根铁钉,丢了一只马掌;丢了一只马掌,丢了一匹战马;丢了一匹战马,败了一场战役;败了一场战役,失了一个国家。而这一切,都是因为“少了一根马掌钉”。

这也可以理解为省略了一段阳光吧? 可见有些阳光不可省略。省略了阳光,小到一棵树会死亡,中到几千斤稻谷卖不出去,大到一个国家遭遇灭亡！

前不久，我认识了一位酒店的女经理。她工作非常繁忙，但无论有多少应酬，她晚上都要回家吃饭。有一天，她的小学同窗八年又分手八年的同学来拜访她，晚上想回请她。想了想，她还是婉言谢绝了。她说："晚上，我必须回家烧饭，陪我的女儿。"原来，她女儿自小就得了小儿麻痹症，从孩子懂事的那天起，她就一直陪伴着孩子吃晚饭，用母爱温暖着孩子残缺的身躯和一颗并不残缺的心！

于她，每天陪孩子吃饭确实是不能省略的。

那不可省略的正是阳光吧？

2002 年 4 月号《阳光》卷首语，3 月 10 日，北京东城区和平里

当旅游被“文化”了以后

看到一本小册子，是讲旅游文化的，诸如“几日游”线路的选择，旅游产品的开发，导游词的讲解，等等。“文化是个筐，什么都可装”已不是什么秘密，旅游文化发展得方兴未艾，大家有目共睹。问题是旅游一旦被“文化”了以后，谁都感觉旅游是个有缝的“臭鸡蛋”，越来越走调变味。

我一般把随“旅游团”的旅游叫作“未完成的旅行”。说它“未完成”，是因为耳朵听烦了那千篇一律的“导游词”：说石头，必定是衍生宝玉通灵的那块；谈到瀑布，仿佛王母娘娘的唾液，都有典故……东家牛，西家马，感觉不到山水的灵动，只有垃圾般的记忆；看不到自然的真实，只有人文的灰烬，这是其一。其二，这种随团旅游，似乎入我“彀”中。交不清的车马费和购物费另当别论，单是随一面或红或绿的旗子，在甲处停上三分钟，在乙处逗留五分钟，感觉上旅行者们就像一群被赶的鸭子，刚踩上一汪春水，又被赶上旱地，一种畅游的痛快还未体会到，就被晾到了岸上。其情形很类似一个妙龄少女遭到非礼，当时有种被强暴的屈辱，而后又记不清强暴者的面目。山水本一处,人景两分离。

文章是案头山水,山水是地上文章。说到旅游文化,古人深得其中三昧,也是最能品的。曹孟德经碣石、观沧海、临秋风,然后说:“秋风萧瑟,洪波涌起。”(《步出夏门行·观沧海》)一反秋的悲凉伤感,而将浩渺秋水与人之壮志豪情高度统一,表现积极的人生态度。南朝谢朓:“不对芳春酒,还望青山郭。”(《游东田》)诗人从青山绿水中饱餐秀色,不饮“芳春酒”以及苏东坡“不识庐山真面目,只缘身在此山中”的咏叹,让人觉得旅行者的欢欣、闲适和沉思,都是一种“品”……设想,以上三位先生若生在当下,只怕曹操只能抽刀断水,而谢朓也只能自饮“芳春酒”更为惬意。我就常听与我一般被赶的“鸭子”们抱怨,早知如此,还不如坐在家里,省得遭罪呢!

说旅游是一种文化的存在,是因为人对山水的折服,也是对一种文化的折服。旅游的真实价值永远是透过文化的因子而来,那种抹不掉、淘不尽的美好,高尚的自然与人文资源,无论遭到怎样的遮蔽、忽略或冷落,甚至随着时代趣味、价值观的变化而不尽相同,但“旅游”既然被文化所化,那么,我们旅游者就应该像流水一样去拥抱,而不要人为地绕开或者佯装视而不见。浮躁是当下这个社会的特征,当旅游沾上商品经济的腥味浮躁起来时,旅游早就不是文化了! 钱锺书先生说学问是三两个素心人在“荒江野老屋”里商量培养的结果,其实旅游也是——三两个素心人在荒郊野岭中孤独跋涉的行径。

2002 年 4 月 10 日,北京东城区和平里

给你阳光，你就灿烂

听到人们津津乐道新加坡前任总统李光耀先生的一件事：说一九七二年，新加坡旅游局打一份报告给他，抱怨新加坡不像中国有长城，不像日本有富士山，不像夏威夷有几十米高的海浪，一年四季，除了直射的阳光，什么名胜古迹都没有，想发展旅游业简直是“巧妇难为无米之炊”。据说，李光耀看到这个报告，微微一笑，挥笔在报告上写下一行字：你要上帝给我们多少东西？阳光，有阳光就够了！后来，新加坡利用一年四季直射的阳光，种花植草，果然在短短的几年时间内就发展成为世界上著名的花园城市，连续几年旅游收入名列亚洲第三位，从而跻身亚洲“四小龙”的行列。

李光耀显然不是诗人。但听到这个故事，我们心里是否立即盈注一股浓浓的诗意，精神为之一振呢？是的，你想要上帝给予多少？阳光既然是上帝的恩赐，你为什么不去主动地承接，大胆拥抱，尽情享受？

我想，世上除了因害怕阳光而躲在屋檐下，只在黑夜里才张开翅膀的蝙蝠之外，人们对待阳光的态度不外乎两种：一种是被动地承受，以为太阳底下没新鲜事，日出日落是命中注定。因此，无论阳光温暖如春还是烈焰灼灼，他都逆来顺受，得过且过。另一种则是让心每天都伴随着太阳升起，甚而如逐日的夸父……阳光即生活，看得见，摸不着，像影子一样寸步不离。人们对待阳光的态度，就是对待生活的态度——对芸芸众生来说，上苍既然给了你生命，你就得把有限的生命投入无限的创造中，让灵魂在创造中得以洗涤与升华；给你事业，你就应该将你生命中能干好的事干好；给你爱情，你就应该尽情地沐浴在爱河……生命如山，灿烂就如那不停地推动巨石上山的西西弗斯；生命如水，灿烂就如海明威笔下的圣地亚哥老人。三毛说："在我的生活里，我就是主角！"或许，有人会对她死亡的方式存有异议，但她未尝不是一位把自己生命挥洒得灿烂的人。"阳光，有阳光就够了！"这是因为李光耀深深懂得，阳光在他那里是一笔巨大的财富和创造财富的契机。所以，他必须把阳光利用和发挥得淋漓尽致！

"给你三分颜色，你就开染坊！"这是我们常挂在嘴边的一句"骂"人的话。但我曾听一位染坊的老板另样的说法：传说有一对兄弟都想开染坊，但苦于没有染布的颜料，于是两个人就跑到天堂找到上帝。上帝一言未发，分别发给了他们红、黄、蓝三种颜色。两兄弟回家后，老大利用这三种颜色，苦思冥想地搭配出了无数种颜色，真的开起了染坊。而老二却嫌这三种颜色太少，埋怨叨叨，整天浑浑噩噩。结果老大成了印染行业的一代宗师，老二却是一事无成。这故事给我们的启示是：上帝对人是公平的，生活中不缺少阳光，缺少的恰恰是那一份"给你阳光，你就灿烂"

的自信、勇气和努力。

没有阳光的人生苍白而无趣，拥有阳光而不知珍重的人生又是多么愚蠢和可惜！我们常说“日月如梭”，其实，我们如果在埋怨时光催人老时，多一种“给你阳光，你就灿烂”的精神，那么，阳光不就会变得更加绚丽多彩？生命不就会变得如金子般尊贵？

2002年5月号《阳光》卷首语，5月20日，北京东城区和平里

阳光是穷人的天堂，富人的梦想

有一回，遇上一位阔别多年的朋友。朋友是个富翁，也是个大忙人。他一见我就毫不客气地把我拽上车，然后东西南北地转悠。到了中午，他请我去一家酒店吃饭。就在进酒店时，我们不约而同地看到一位在大理石台阶上蜷着身子睡觉的流浪汉——五月，浅浅的阳光如水般簇拥着。他睡得很熟、很香，嘴角还不时地微微抽动，很幸福的样子。

我和朋友莫名其妙地对视了一眼，都有些愣愣的。直至在酒店里找到位子坐下后，竟都没有说话。过了好长一段时间，朋友兀自叹息，感慨万分地说："嘿！说我富有吧？也是，入则豪华名宅，出则香车宝马，舒适是舒适。嘿！到今天我才发觉，实际上我是穷光蛋一个！穷得连晒太阳的时间都没有……"

在那一刹那，我以为朋友是矫情，颇不以为然。贵族生活、小资情调，冬天暖气，夏天空调，置有几套别墅，坐有好车，穿的一律名牌，吃的山珍海味，可对人家吃了上顿没下餐的，竟羡慕了起来！真是饱汉不知饿汉饥！这不是缺乏起码的同情心吗？可转念一想，倒觉得自己过于尖刻——也许，朋友想得对。人们常说，褴褛的衣衫包裹的不一定是丑陋的心灵，华丽的外表掩饰的未必是高尚的灵魂。但物质的富足肯定就代表精神的富有，物质的匮乏就一定会使人站在精神的制高点上吗？人类文明的表现应该是多方面的。置身繁华的都市，在紧张的生活节奏里，朋友凭他的聪明才智，凭他的勤奋获得了金钱与成功。但他缺少一种心情，一种晒太阳的心情……这难道不是事实吗？

朋友说，他的“贫穷”还不只这些。因为忙，他与父母亲人团聚的机会都很少；因为忙，他连一刻的休闲与欣赏的时间也没有，更遑论像流浪汉那样心安理得地晒太阳了！从这个意义上说，他倒真的不如那位流浪汉“富有”了！

可见，任何时候任何事物都会产生贫富悬殊，贫富悬殊也总体现在各个方面。家缠万贯抑或身无分文，囊中羞涩抑或富有千金，也都是相对的——我无法了解这位流浪汉是因为什么而导致贫穷，套用一句话：富裕是相似的，贫穷却各有各的贫穷。但我想，有人贫穷是由于天灾人祸，万般无奈；但有人贫穷则是因为懒惰、愚昧、贪图享受和不思进取。关于后者，有句“可怜之人必有可恨之处”就说透了。实际上这种人纵使拥有阳光，也不会感觉到拥有的珍贵。而前者却是应该博得全社会大大的同情和帮助——往往，也只有这种人在勤劳地追逐阳光的同时，也懂得享受。他们是真的理解了生活的真谛，是这个世界上真正的富翁。听过这样一段对话：

一位大实业家去海滨度假，见一穷渔夫在沙滩上散漫地晒太阳，问道：

“你为什么不去干活?”

“为什么要去?”渔夫说。

“那你就可以挣很多的钱呀!”

“那又怎么样?”

“你就可以安闲地来海滨享受阳光,享受大自然。”

“那你以为我现在在干什么?”渔夫悠悠地反问道。

大实业家没有了下文。

“当然是在天堂里享受阳光啦!”我在一旁差一点叫了起来!

2002 年 6 月号《阳光》卷首语,5 月 21 日,北京东城区和平里

渴望阳光

在天气晴朗的日子里,我想一个人在阳光下走走的欲望非常强烈——我的家乡,立夏后总有一段梅雨季节。其时淫雨霏霏,连日不断,人的心情也变得无端地忧郁。潮湿的空气黏糊糊的,仿佛身上的骨头也长上了霉斑——久阴转晴,等待的日子是漫长而难熬的。但真的到了天晴,一缕阳光跳入眼帘,一阵无可名状的狂喜便会油然而生,就是那郁闷多时的心也成了杯盏,明晃晃地盛满了阳光。啊! 阳光,真好!

这种感受深深地烙在我的记忆里,还因为我家乡的梅雨季节,正是金黄的稻谷成熟且急待收割的日子。但往往是乡亲们辛苦地弯下腰,一棵一棵地割倒稻子,满田的稻把还没来得及脱粒,就被无休无止的梅雨"摁"住了。天烂了肚子,雨倾盆而降,于是田里就发出了一股腐烂的气息。"天哪!"这气息伴随着乡亲们绝望的叹息声散开。乡亲们望望天又望望地,心如刀绞,忧心如焚……如今,我知道我的乡亲们渴望阳光,就是渴望粮食、渴望生命! 阳光即生命,这话说着容易,真正理解却需要时间,需要一种彻悟。

不知道别人有没有这种经历，反正我是有的。那是好几年前，我第一次走进一家抗日战争纪念馆，面对那些画面，我就感觉到时间突然凝滞！“南京大屠杀”“万人坑”“七三一”……我心里一惊，一种失去阳光的感受立即强烈地占据了我的身心。此时，仿佛是谁把我抛进了没有星星、没有一丝光亮的深渊里，巨大的黑像汹涌的水挤压着我，拍打着我。我感觉我的心在流血，灵魂疼痛得在满地打滚，肉体被一点一点地撕裂……也就在那时，我突然理解了“暗无天日”这词，理解了人们为什么说“阳光就是生命”。

那个阳光失血的日子，是一批没有人性而充满兽性的法西斯制造的！

阳光即善良。我们说某人“不阳光”，起码也是说他缺乏善良，心地不光明磊落吧？看电视，我听到了主持人董倩讲她接触“慰安妇”并为她们伸张正义的心路历程。董倩说在采访一位日本律师时她的内心活动极为复杂——尽管那位律师在为“慰安妇”打抱不平，但在访谈时她还是忍不住出语尖刻，话不饶人。在理智与感情这两个角色面前，她不由自主地就偏向了感情。她说，她知道作为记者应该冷静，但面对那一个个受害的同胞，她实在无法控制自己的感情！直到后来，当她得知那位律师因病离世，她才醒悟并感到深深的歉疚！她说这话时，我的心沉了一下——对于一位来自对我们民族犯下滔天罪行，都没有勇气认罪的国度的律师，我们有什么不好意思？一刹那，我也这么想，但很快，我想到了小董那平素满脸粲然的阳光，读懂了她在说这话时脸上闪过的一丝阴影。或者说,我领悟到了人心应该洒满向善的阳光,看到人类善良的灵魂。

人们渴望阳光,就是渴望和平。也正是这种渴望,才生生不息地支撑着人类的良知,支撑着人类的安宁啊!

2002 年 7 月号《阳光》卷首语,7 月 2 日,北京东城区和平里

储存阳光

一位在乡下教书的朋友深情地告诉我，有年冬天，他忽然发现他母亲收集了许多大大小小的手套，有新的，也有旧的。新的，是母亲用粗糙的双手刚刚编织的；而那旧的，缺指漏洞的，细心的母亲也都找毛线缝补好了。母亲将手套一双双配齐，在阳光里晒了一天后，包好交给他，说："你看，这些手套都蕴藏了阳光，暖和。学生上课戴着它写字，就不会冻了！"朋友说，听到母亲说这话，他的泪都快流下来了。那一刻，他认为母亲简直就是一位诗人！她不仅用手套储存了阳光，更用心灵储存了阳光。那天朋友背着那些手套到学校，感觉后背都暖暖的。

可见，世界上不仅金钱可以储存，阳光也是可以储存的。储存金钱的地方是银行，而储存阳光的地方就是人的心灵。

听说，我们一衣带水的邻邦日本人也想到了储存"阳光"。日本《朝日新闻》曾报道，日本有一个受人们称赞和欢迎的民间慈善组织，叫"爱心银行"。它的主要职能就是将所有参加这个银行的"储户"组织起来，然后根据他们不同的技能，用自己的爱心，去尽力帮助那些迫切需要帮助的老年人、残疾人以及一些遇到难以克服的困难而需要帮助的人。比如,帮助一些行动不便的老人料理家务,帮助卧病在床的孤寡老人做义务护理,帮助公务缠身的职业妇女照看孩子……那些需要帮助的人,随时可以到"爱心银行"里去申请和办理"贷款",即求得义务的服务和帮助。同时银行还根据"储户"所"储蓄"的义务服务时间、技能、特长,将"储户"介绍给"贷款"的客户。对于"储户"所付出的时间、精力、技能以及服务质量,银行还会记录在"储蓄卡"上,作为"储户"的"账户",明明白白地存储起来,等到"储户"需要别人帮助和服务的时候,再逐一"支取"给"储户"。尤其到了"储户"年老力衰,需要别人帮助的时候,"爱心银行"就为他支取"本息",让人来帮助他幸福地度过晚年。

"爱心银行"规定参加这个组织的首要条件是要有一颗爱心——有一颗美丽而善良的爱心。其次是你能够做到真心实意地帮助别人,把帮助别人当作帮助自己,帮助自己的亲人……据说日本社会就曾大规模宣扬这个活动,并把这种"奉献爱心"、帮助别人,当作是一种不求回报的、高尚的"心灵储蓄"!

读到这则报道,我在为日本这个现代化国家所衍生出来的"机构"感动的同时,不由得扑哧一笑:这不就是我们提倡的"阳光工程"吗?扶贫济弱,助人为乐,相互帮助是人类一切传统美德之首。说到底,整个人类社会应该就是一个富足的"爱心银行"。你为这个社会倾洒了阳光,社会就会一丝不苟地给你一笔一笔"储存"起来。那一个个被你帮助过的人,就是人类社会这个庞大的"爱心银行"的出纳或见证。你无私地帮助别人,其实,就是为你自己积累生命的阳光。你向人类社会“储存”阳光越多，你所得到的回报就越多，你的“爱心”户头就越多，“本息”也就越大。试想，有什么比阳光的“储蓄”更温暖和实在？

2002年9月号《阳光》卷首语，8月12日，北京东城区和平里

假如有天国，他就是尘世的阳光

一年前，我站在莫扎特的故居前，忽然想到他那如泉水般喷涌，如一束束阳光般跳跃的音乐，简直就是地中海和阿尔卑斯山脉赋予的。那时，地中海的蔚蓝色海水与阿尔卑斯山山巅的皑皑白雪遥相呼应，强烈而清晰的阳光透过云层，散发出一股灼人的光芒，形成了一个巨大的晕圈在我心头荡漾，然后在萨尔茨堡即他的小楼前戛然而止……

那些日子里，我穿行在地中海海岸和阿尔卑斯山脉间，走在阳光映射出的油画般浓重的色彩里，恍若走进一座座洒满阳光的花园里。路上，耳畔一直回响着的都是莫扎特的音乐。时节虽然已是中秋，但我总感觉面前一块块地布满青草，空空荡荡的山坡上，还游荡着成群的白羊；明媚的阳光下，溪流潺潺，鲜花怒放，大地上一片明朗和清澈。沉浸在莫扎特那质朴而明亮的旋律中，我们时而感受到一股灼热的阳光，时而感觉天空飘来一片片云翳。心头正一阵清凉，一个高潮骤起，阳光又开始耀眼，花朵又开始明艳……就像有阳光，就有阴影一样。当然，在莫扎特那阳光般纯净的音乐里，我也体会到一丝淡淡的忧愁与哀怨。莫扎特说："我爱生活，可我走了，看我身后是多么辉煌灿烂啊！"被称为音乐之国的奥地利出了许多音乐家，但能说出这话的大概只有莫扎特了……难怪，有人说巴赫是全天候的，肖邦是夜晚的，门德尔松属于美丽的早晨，而莫扎特只属于阳光灿烂的中午——连他自己念念不忘的也是阳光。

"亲爱的莫扎特，这是多么美妙的音乐，多么令人敬畏的音符！"这是约瑟夫二世皇帝在接纳莫扎特献给他的一部歌剧总谱时说的。莫扎特，这位一七五六年出生的音乐神童，尽管三岁学习钢琴，五岁作曲，六岁就开始在欧洲演出，八岁即写出《G小调小步舞曲》，十五岁就成为萨尔茨堡大主教的首席小提琴手，后来创作了《安魂曲》，歌剧《魔笛》《单簧管协奏曲》和五重奏，以及众多的钢琴协奏曲等作品共计六百二十二部。但他一生却是在颠沛流离和贫穷中度过的。甚至到死他也没能摆脱同行们狭隘的嫉妒心的纠缠——一位宫廷乐师就一直图谋陷害他。那位叫安东尼奥·塞涅里的宫廷乐师仿佛知道他是阳光的化身，在他的光芒里，自己永远只能是黯然无色吧。

莫扎特临终时已濒临破产。据说他如果再活几年，肯定就会被任命为维也纳圣斯蒂芬大教堂的音乐总监了，那正是他一生孜孜不倦地追求的职位。但是，他还是走了，他注定不仅仅属于那个大教堂，还属于整个世界。这个在苦水中浸泡了一生的天才音乐家，在短短的三十五年的生命历程里，用人类至今还百听不厌的天籁，抚平我们人类心灵的创伤，给尘世以无限的温暖，却没有表露他自己的一星一点的苦难。这，除了说他来自天国，是尘世的一束永远的阳光外，我们还能说什么？

2002年11月号《阳光》卷首语，11月11日，北京东城区和平里

文明不是一张脸皮

总觉得文明与脸皮的关系很大。俗话说“树要皮，人要脸”。说是年轻貌美的女子对轻薄自己的人，一张嘴就骂他“不要脸”，实际上这就是骂他“不文明”——文明人是讲究“脸皮”的。我看文明人洗脸，就与“野蛮人”不一样，洗脸时，喜欢用香皂的白沫把脸涂得如同京戏里的“三花”。抹、搓、洗、擦，折腾个半天，不像咱俗人，喝水直作牛饮，洗漱仿佛功课，手拎毛巾胡乱擦上一通就“草草收兵”。

想我泱泱大国，文明之邦，行为准则动辄就“温良恭俭让”。尊老爱幼、济贫扶伤、君君臣臣、父父子子……我们是以精神文明而屹立于东方的。表现在物质上，也是一手拿鸡，一手交钱，谦谦如君子、如绅士。人们看重脸皮，从皇城古老而辉煌的建筑物中也可略见一斑。比如，房屋一律坐北朝南，排得整整齐齐、方方正正。即便是小四合院，也结构严谨，端端正正，曰正房、曰厢房，一副有条不紊的样子。至于商业气息的浸淫，富丽堂皇的建筑物上的幌子、金字招牌，琳琅满目，耀眼招人，更有一副礼尚往来、公平交易的味道，文明得很。遗憾的是，文明在商业化中渐变渐“薄”，有时就“薄”成了一张脸皮。

脸皮当然重要。我们这注重脸皮的民族，最害怕和忌讳的就是撕破脸皮。说的也是，两人翻脸，破口大骂乃至大打出手，让五指爪痕鲜艳地绽放在对方脸上，在视觉上就不雅观——和和气气一族，彼此都应具有天然而不做作的本质，如花的叶片，如雪的晶莹，如水的纯净……所谓“撕”脸皮，肯定就有表里不一的现象存在。反之，伪善的脸皮被撕破开来，露出赤裸裸而真实的面目，撕人脸皮的脸丢不到哪里去，谁叫你戴着一副假面具呢？但若是双方为追名逐利，终于禁不住撩开彼此温情的面纱，互相诋毁和谩骂，露出各自狰狞的面目，那才叫恶心！

坊间流传甚广的一则关于偷情的笑话：说是一对男女偷情，被女方的丈夫抓住，吓得偷情男人灰溜溜地钻进了床底，仅露出了自己的半个屁股在外——“钻头不顾屁股”，这倒为伪文明的人幽上了一默。只是现在，睡的是席梦思，床底被塞得满满的，钻也没有地方钻了，这可苦了脸皮，连“幽默”也难以幽默了。还有，由于脸皮的重要，世上借人的脸皮行其侮辱之能事的人和故事也很多。“唾面自干”就是一个极端的例子，“唾”者，脸上不一定有光彩；被“唾”者，由于“自干”，便丧失了做人的尊严，我想，也文明不到哪里去。

文明要真是一张脸皮，那害处就多了。俗话说：“头顶锅儿卖，人情大似债。”说穿了，就是怕自己脸面下不了台，不能为而为之，这是善的。有人将其固附在自己脸上的脸皮，亦如川戏中的“变脸”，那文明就更大打折扣了。更为可恶的是，因为讲究脸皮，我们周围真的就滋生出了不少看人脸色行事的同类，而长官、有钱人……稍不留神，他们自以为就能操控一些卑微者的人生。有钱能使鬼推磨，“人一阔，脸就变”，如此种种，都对文明的建设很不利，应为真正的文明所诟病。否则，我们看文明，地地道道就只剩下一张臭皮囊了。

幸好，上述种种的脸皮，往往都是普通人学不到的——真正的普通人，喜怒哀乐恐怕都会形于“色”，言于脸面，脸皮本色。这种实在的脸皮，即是一个人起码的道德、良知和正义感。这样的脸皮被人民上升到一种生存处世的哲学，当然不乏文明。如此，有人格而偶然“出格”者，知道自己用香皂洗一洗，也不失为一种补救的办法。

2003年1月13日，北京东城区和平里

大地上我们只过一生

眼前的大地

心灵在冬天仿佛沉湎太久，当银杏树绿茸茸的细枝从窗子外伸到面前时，我心里暖融融的，竟一时说不出话来。“你该到大地上去散散步！”带着遥远的亲人的嘱咐，我真的浑身跌进了春天。我知道，这刚染上绿的银杏不过是大地呈现的一角。窗外，已是阳光明媚，万物复苏。平原、山川、河流、树木……杂乱无章，实则又秩序井然地涌动，安详、平和、美丽得像一只硕大的器皿，默默地盛载着一切美和不美的事物，其中的生命像一条条小鱼，健康、活泼地跳动、扩张着。

大地，重复的寂静，无以言说。“三岁伢，走天边，走到胡子白艳艳，问问还有几多路，还有三万搭八千。”小时候，外婆曾教过我一首歌谣，它说明了大地没有尽头，更深深地培养了我的大地情结。无论是赤脚，还是穿着温暖的布鞋或铿亮的皮鞋，只要双脚一踏上大地，我都会感觉到大地的坚实和平稳，感觉到幸福的自由自在。有人认为，心灵比大地更为宽阔，但心灵的边边角角总会呈现于内心，甚至可以触摸。唯有大地的边边角角，人们纵然终其一生，也不可能全部收进视野里。说是走遍千山万水，但依然有一株草、一朵花陌生着，让人无法亲近。

大地一般都在早晨苏醒。没有人迹的时分，大地纯净如花。草叶上滚动着一夜喜悦或忧伤的泪珠，空气里氤氲着无色无香的地气和白雾。即便季节变换，大地露出一层浅霜或干脆就铺满一层白雪，也使人神清气爽，眼睛分外明亮，感受大地每一寸肌肤所展露出来的气息。特别是春天，远离城市的乡村，池塘里的白鹅、麻鸭活蹦乱跳，叫唤着，杏花红，菜花黄，桃花灼灼，黑瓦土墙，散落的水田像明镜一样透亮，人家屋顶上的袅袅炊烟，像是大地耸立的一只只温柔的耳朵。

第一个行走在大地上的人是幸福的。现在，我陡然明白了小时候我为什么总舍近求远地离家，跑到外婆家住上一夜，第二天又和一些同学从外婆家上学的原因——那是一个孩子对大地的好奇、天生的敬意以及本能。知道这一点，我感到欣喜。由于远，我在外婆家总是起得很早，随便吃点，就背起书包上学。那时，太阳常常没有出山，走在大地上，太阳露出红红的一点，大地上的一切事物也在一点点地显露：这里一树桃花，那里一树杏花；这里青草一片，那里果实累累……容易遇见的倒是一些早起驮着粪筐拾粪，或者挑一副沉重的担子匆匆赶路的人。他们没有闲心，脸上的表情紧张而满足。“一日之计在于晨。”在大地上，他们是最无奈也是最懂生活的人。那样的早晨，露珠在为他们润足，鲜花在为他们饯行——当然，在他们的行走中，我也渐渐体会到烈日、狂风、暴雨和寒雪。春种秋收，起早摸黑，他们一年四季地忙碌，贪婪地攫取大地该付给他们的起码的工钱，汗水布满了大地。但往往还是事与愿违，因为生活的繁荣与衰落，就像童话里的世界，几乎在一夜之间完成。无法主宰大地的他们，就像一个世家弟子，身经没落却无能为力。但活着，还得为新的一年在大地上耕耘啊！诗人叶赛宁说："在大地上我们只过一生。"可他们绝不是一个"过"字了得，他们在大地上永劫不复，劳作一生。

记得刚从县城到繁华的京城，有一天，我还在为一个叫"大地"的车站名，捧着地图册到处寻找，很想知道那个叫"大地"的地方是什么模样。当然，这仅仅是一种徒劳的寻找。它就如同"我们到大地上去散散步"一样，已经深刻地表明我们已不是一个与大地贴得很近的人了。很多的日子，我们干的是背叛大地的行径。我们这些现代文明的同谋者，用钢筋混凝土扩展各种建筑物，倾倒垃圾和污秽，我们霸占了鲜花和青草的生长空间，残害了鱼儿和鸟儿飞翔的生命……我们也很艰辛，艰辛地干着，拒绝大地的回声。这种代价，正如梭罗所说的："花了一个人生命中最宝贵的一部分赚钱，为了在最不宝贵的一部分时间享受。"远离大地追求幸福，幸福却在我们手中一天天地被我们碾碎。我们在大地上只过一生，是诗意的，也是无奈的，到底还是触及了哈姆莱特的那句千古名问："生存还是毁灭？这是一个值得考虑的问题。"人只有一生，是报答大地，还是残酷地掠夺大地？

事实上，我是一个真正脱离大地很久的人了。由于左腿的骨折，我在床上躺了一个多月，以至于撑着拐杖才能在大地上蹒跚两步。当一个人不能真正行走时，他就感觉到了大地的遥不可及……在一个晴朗的日子里，我和朋友走进一座樱花盛开的公园，但我的行走，亦如樱花的风中舞蹈。平生第一次与大地这么接触，我的内心泛起了难言的忧伤，觉得地上的一切都变得缥缈起来……只是，我的骨头尚能恢复，可是大地的“骨头”能够痊愈吗？

被拯救的人

在医院里，当我被医生留下来不让出去的一刹那，我的心底掠过了一丝绝望。我不仅仅感受到一种被囚禁的滋味，而且从那一刻起，我感觉我再也不是一个完整的人了。毁灭从心灵开始，终于肉体；而肉体的不再完整，却苦于心灵。医生说：“你得动手术！”听到这斩钉截铁、不容置疑的话语，我就在一种“不能在大地上行走”这个简单而又巨大的事实面前忍受煎熬。测体温、量血压、抽血……医生和护士们就像一个个技术娴熟的工人，为一个新的工程上马，认真而又漫不经心地准备着。她们微笑着，每次走到我的面前，都像一朵移动的花朵，仿佛与我商量这朵花，在什么时候开放最为绚丽？

“怎么弄骨折了？”总不断地有人善良地询问。而我的回答，连我自己也越发地糊涂。“双脚跳跃到下一个水泥台阶，脚崴了。”这么简单，也这么让我羞于启齿。“这是劫数！”倒是病房里的同类，既为我，也可能为他们自己打圆场。这时，我逐一打量起他们：满眼的伤腿伤脚、伤手伤身子的同类项们，一个个躺在床上呻吟或作一脸痛苦状。一床是在商场的水泥地上摔坏了脚的，二床是交通事故中撞坏了腿的，三床是几年前被汽车撞断腿后，又来重新开刀的，四床是在一家商店拉架被打断了手的，五床是外地的一个民工，从工地上的一个二层楼上跌了下来……一个个横七竖八地躺着，看那架势，整个病房就像集中了一些断腿断脚，缺胳膊少腿的桌子、椅子的一家木工房，等待一个高明的木匠师傅修理。而那已“修理”过的，或固定螺丝，或缠上厚厚的绷带，白白的晃眼，成为病房里一道最为凄凉的风景。我明白，我也是这中间的一件过时的旧家具了。是什么呢？一张破桌子，还是一把椅子？当我在护士小姐的督促下，穿起那长条的病号服时，我觉得我被一股汹涌的海水淹没着。我成了一个叫“六”的符号。

躺在病床上，我唯一能做的就是胡思乱想。记得健康时，我还真的想得个机会生个不大不小、不痛不痒的病，好好地在医院里静养、看书。但眼前的事实却与我的想象大相径庭：进进出出的医生、护士、家属……洁白的墙、洁白的床单、无声流动的药液、充斥鼻腔的消毒液和福尔马林的气味。医生们例行的检查，护士们不厌其烦地量体温、打针，朋友们送来鲜花和补品，还有不停的电话、信息问候声。霎时，我被一种巨大的幸福感包围着、感动着。但到了夜间，听到病房里的呻吟声、叫唤声、梦呓声，我却感觉自己像被丢在了一间废置了很久的荒园子里，并且不知道要在这废园子里待多久，心灵也只能在里面吟叫。那真是一种生命的无可奈何！生命是强大的，强大的肉体有时能撑起一座江山、一条河流；但生命又是脆弱的，脆弱得就像一件瓷器，一张易折的家具。“人体发肤，受之父母”，你会觉得，你就是父母精心打造的一个生命的瓷器，但你还是不小心碰坏了一角，你成了一个需要被别人小心呵护,要被修理,被拯救的人——我像小时候一拳砸坏二叔家的玻璃镜子的坏小子,不知所措,只知道深深地内疚了。

不知道受到伤害的灵与肉,哪一个更容易被拯救? 然而,直至出院,我也没想明白。也许,人从开始懂事的那天起,或多或少都在被别人伤害和不小心地伤害着别人,无法分离的灵与肉,使谁也无法找到一个清晰的答案。于是,我们看见的是一个个拖着受伤的心或满目疮痍地在大地上游荡的生灵。四号床的小伙子成天躺在床上,为那打架的双方都不愿支付医药费而百思不得其解。他像祥林嫂一样不停地唠叨:“好心讨不到好报,我是干什么?”我很相信,他在肉体受到伤害的同时,他的灵魂也受到了戕害。而躺在他对面的三号床的,两年前的一次交通事故也使他至今不能释怀,因为他在当地医院做了手术后,就成了一个瘸子。他这一次来动手术的目的简单而明确,就是要让他那条腿延伸,行走如常人。他是河北沧州的一个农民。他说:“你不知道,我在村里走,一颠一晃的,招来的全是异样的眼光,像刺一样地扎得我浑身难受,不懂事的娃娃还经常跟在我后面,嚷着‘跛子跛,擦洋火’。”他所有的自尊都被逼到一个无法再退的角落。甚至女儿交的一个男友,听说未来的岳父是个跛子,也溜之大吉。因此,他土里寻,地里刨,攒了一些钱,咬咬牙,还是来做手术。经过检查,医生说他要想延伸大腿,手术必须要做两次。他答应了。全病房,只有他是最乐观的,甚至他还为我的小手术不屑一顾,说:“那算得了什么? 一咬牙就过去了!”他的情绪感染着我,让我心怀感激。

在一个早上,一大群朋友把我送进了手术室。由于半身麻醉，躺在手术台上，我的头脑异常清晰。先是觉得自己像是一只瘦弱的小动物被绑上了，接着我就听到了手术刀嗞嗞的金属声，仿佛还有一阵木锯的声音随着木屑纷纷扬扬，然后，我就听到那“木匠”拍拍我的肩膀说了声：“好了！”“被拯救的人，从此不再完整。”我慨叹着。静养了一段时间，当我能拄着拐杖在窗前眺望时，我感觉我的骨节发出咔嚓咔嚓的声音。

就在我做完手术的一个星期后，四号病床也做了手术。那天，他的女儿来看他。我发觉，他的女儿长得非常漂亮，一进病房，像一只小鸟一样飞到他的身旁。同时，我也看到那正在痛苦中的父亲，望着女儿的眼光特别迷人。我清楚，那是亲情，也是一束捍卫自己人性的尊严之光。

和谁上天堂

詹姆斯·范·普拉格的《与天堂对话》里有这样一个情节：那天午饭过后，所有的孩子都朝教室走去。他刚刚放下瑜伽熊午饭盒，他的老师万里克太太走进了教室。他与老师的目光一相遇，突然感觉一种悲哀的情绪溢满了全身。于是，他走到老师的面前说：“一切都会好的，约翰摔断了腿！”老师莫名其妙地看着他，很不高兴地说：“你在说什么？”他还是回答道：“约翰被汽车撞了，不过，他还好，只是摔断了腿。”这下，老师突然脸色变得煞白，尖叫着跑出了教室。但是第二天情况果然得到了证实，老师的儿子约翰真的摔坏了腿。老师对他说：“你是一个特殊的人！”普拉格认为，这是他第一次听到，也是第一次知道他有“通灵”的功能。

在希腊神话里，通灵就是意味着“关于灵魂”的。对此，普拉格深信不疑，并一生都在为通灵的存在而努力。我的左脚骨折以后，面对许多朋友关切的询问，我认真地叙述了一次那天的情形：那天，我正在一位朋友处玩，突然接到家里一个电话。然而我在地下室里，由于信号不好，当时并没有看到。出了地下室，打开手机，发现原来是从未给我打过电话的母亲打来的。母亲并没有特别的事，只是叫我“注意身体”，但我却一个劲地想回去。脚开刀后，回到老家疗养，一位朋友当着母亲的面竟将那天的事给说出来了。没想到，母亲一听这话，情绪一下子低落了下去，连声说，再也不给我打电话了。弄得我惴惴不安，再没有勇气询问母亲那天是不是真有什么预感了。母亲为我的骨折已经偷偷流过好几次泪了，她说：“你长到这么大，也没有受过什么皮肉之苦，就我一个电话……”母亲认为我的这场小灾难与她有关，满脸歉疚——当然，我没有理由纠缠是否有通灵的存在，我只相信母子情深。

问题是普拉格竟然还与天堂对话！说起天堂，恐怕也是我们接触最多，也是最为神圣和不可捉摸的字眼。“天堂者，无忧无虑之家园也。”画家吴冠中先生曾说，他终于有一天到了那“天堂”。遥遥望去，那江中“茂林一片，密叶覆盖，不见枝条与小鸟，大失所望，时值风雨交加，于是找来小舟，打伞划向江中天堂。钻入垂枝密叶，将爬上岛之岸，鸟们惊觉灾祸降临，振翅猛飞逃命，一阵骚乱，天堂顿失”……在他眼里，这便是天堂。普拉格自称能与天堂对话，但他所叙述的天堂也耐人寻味。他说，天堂是相对于我们物质世界的另外一个世界。而且，尽管那个世界的景象和声音更为生动，更为多彩，但还是与我们物质世界一样，有相似的景象。

天堂是这样一个地方，在那里，我们可以在花园里散步，可以骑自行车漫游，也可以划船漂流。实际上，既然我们获得了这个权利，我们在天堂里想做什么就可以做什么。而人一旦到了天堂，一个魂灵可能对过去的生活进行回顾，看看自己在世时本不应该做的事情。

一个通灵者与一位艺术家关于天堂的“认识”，在本质上没有什么区别。只不过通灵者所说的更像是一座教堂，一座接受忏悔者的教堂。其实到底什么是天堂，只有抵达了天堂里的人才能说得清，然而，抵达天堂的人由于幸福的流连，已永不返回。而未见天堂的人只能永远依靠幻想。人类总爱问，天堂的路有多远，人离天堂有多近。这就像爱吃糖果的孩子，总是问卖糖果的商店在哪儿一样。我认为，听着“天堂兄弟”的音乐，就是上天堂；双脚无法接触大地，大地就是天堂。这样的天堂，你必须有一双出自天堂的灵魂和眼睛，并像使用双手一样地使用她。那你就会看到健康活泼的走动的男人，就是一棵绿树，女人就是一瓣花，而无数的生灵也都是叶的颤动，水的颤动，生命的颤动……那样，你面前的椅子、门都像是一个个美丽的静物，一切都散发着强大而流水般的生命力，人间本就是天堂啊！

那么剩下的是“与谁上天堂”的问题了！美丽的天堂该有美丽的灵魂吧？可普拉格认为，天堂中也有不同的层次，我们在地球上生活时用自己的言行和思想创造了什么层次，我们就能去天堂的什么层次。看来，他的“天堂”学说，依然包含对人精神品质的审视，“与谁上天堂”的这个命题依然成立。肉体没有贵贱之别，但灵魂却有高尚与卑劣之分。人可以腰圆膀阔，也可以瘦小如猴；可以大腹便便，也可以隽朗清秀……他们都渴望灵魂洁白无瑕，神圣无比。但试想，充斥你身旁的是吸毒者、战争狂、淫荡的女人……他们也依然会以他们的思想和层次进入，这和人世有什么区别？所以，我们人类所做的，只能还是与谁上天堂的事了。“肉体停止的地方，灵魂前进了；玫瑰停止的地方，芳香前进了。”曾几何时，我们在教人清净无为，教人从善如流，教人脱胎换骨。实际上这不是一群对天堂充满想象的人，想着和他进天堂的也一个个纯洁灵魂，流芳千古？这就像一位灵魂高贵的朋友，希望他的朋友也像他一样善良无私、心有灵犀一样。我们在大地上只过一生，更多的是为了上天堂。那么，我们何不在大地上，为上天堂做充足的准备？说到底，天堂还是一个人的集合地啊！

至于我，有人说无米无盐、无油无柴也能与我上天堂，我就心满意足了。

写作，找我回家的路

我曾在一篇文章里写道：“我的写作是为了寻求语言阅读和表达的愉悦，这种接近和正在接近的体验，使我痛苦又喜欢。”我觉得，这依然是我目前的生命状态。但是，这当然仅仅是停留在写作上的，因为它只是关系到语言、阅读和表达，也仅仅只表明我对语言的认知与和谐的关系。一个寻找语言的流浪者，本质上还在流浪。在生活与语言的漫漫长路上，语言甚至已使他的灵魂更加痛苦。当写作真的根植到了我的骨髓里，成为我生活的一种方式时，我实际上已不断地对写作本身的意义产生了深深的怀疑。

“你是一个作家?”做手术那天，当我躺在手术台上时，护士小姐十分友好而善良地找我说话，企图缓解我对手术的紧张和疼痛，我心里当时也掠过一丝虚荣。但很快，这种虚荣就像他们给我注射的半身麻醉药一样，让我一半痛苦，一半麻木。其实，写作对于我和我的同道们来说，是一件与利益毫不沾边的事，它不能给我们带来健康、权力、金钱以及其他什么。相反，因为写作，我们往往自己沉浸在自己制造的语言村庄自得其乐，而与现实社会相隔得太久太远，仿佛一只关在笼子里的小鸟，真的陡然将你放上蓝天，你就会显得局促不安，不知所措，甚至连翅膀也不知如何展开。

乡关何处，家园何在？人类，确信无疑都要返回一个魂灵的家园。这家园，不单是一个离开故土的人对故乡的眷念和怀想。因为大地上——实际上有山有水的地方，人们都可以建立自己的家园。只不过那里没有你熟悉的树木、河流和池塘……但转念一想，纵然是故乡，哪里又还有旧时的模样？不也有“哪里黄土不埋人”，心安之处即故乡的说法吗？那么多的乡愁流涌成一条江，一条河，但那乡愁，实际上都是一种精神的释放，是一个个精神浪子在寻找一块块灵魂安生的栖息地啊！关山重重，长亭复短亭，只是魂灵的家园比现世的家园更为遥远和渺茫罢了。但尽管如此，人们在返回自己灵魂的家园时，都在用自己的方式，不断地怀想。写作者使用语言，语言是他飞翔的翅膀，更多的依然是他心灵的磨难。

记起我小时候的一次“想家”。那时，我才十二三岁。有一次，我与我的大姑到姑奶奶家去。玩了几天之后，不知什么缘故，我突然想家了！告诉大人，大人们当然不同意，姑奶奶更是坚决挽留。无奈，那天黄昏，我一个人偷偷地走上了回家的路。穿过很长的田野，我到了清亮亮的大沙河。其时远山如黛，炊烟四起，夕阳映照在大沙河上，河水里洒满的斑斑红晕，像是跳动的一条条红鲤。河岸竹叶婆娑，一团绿云。卷起裤腿，我走在清凉的河里，突然被这景色迷住了——以致上了河岸，我还坐在那里静静观看。一个少年对自然的感受敏感而忘我，时间随着河水在悄悄流逝。我不知道看了多长时间，才想起回家的事。然而，由于这一耽搁，我再也无法在天黑之前到家了。结果晚上我只好在离家五里地的一户陌生人家借宿了。第二天早晨回家后，我发觉我的“回家”并没有什么激动和充足的理由。倒是事隔多年，我却每每忘不掉大沙河的那一抹黄昏……“大沙河的黄昏”让一个少年的灵魂得以“安生”，而借宿的那户人家，只是让一个少年的肉体得以“安顿”。现在想起来，我发觉这里面竟有两个“元素”起了作用，而回家只成了一个“借口”。可见人的精神安歇是与生俱来的，人们要说回家，只不过在“走”回家的路。

大地连绵起伏，一望无边，其中的道路充满了无数可能。条条大路通罗马，但实际上通往家园的路唯有一条。所以，人们寻找故乡，并没有几个能真正地归于故乡，只是在寻找一条适合自己的“路”。对于真正的生命者，即便他身在故乡，他照样有寻找家园之感，不安分的灵魂为心中的“秘密家园”而永不超生。千里迢迢，背井离乡，颠沛流离或一路顺畅，也并不都是为了衣锦还乡，光宗耀祖，而还是为了他们心中那关于家园的梦想。梦想不可触摸，就像神话中的西西弗斯，一生就将那块巨石推向山顶，日复一日，年复一年，坚持不懈地推着。故乡，在这块石头里得到隐喻，至于像刘邦“威加海内兮归故乡”，那也仅是一种被世俗张扬的虚荣。对于一个皇帝，他真正魂灵的家园，他也无法言说。更多寻求故乡的人都在路上。在路上。

我也算是一个在外漂泊很久的人了。对于我来说，离故乡的距离实际上不过是一张火车票或飞机票的路程。然而，当我在家乡被当成了“客人”，在京城又被当成了“外省人”时，我一直陷于找不到故乡的尴尬中，发觉我的灵魂已经无处安歇。于是，只有面对洁白的稿纸或电脑时，我仿佛才找到一条通往家园的蹊径，才得以满心的喜悦。所以，对于我和我许多的同道来说，我想，大地是坚实的，天堂是虚幻的，而家园永远是其中的一个巨大的诱惑。因此，我说写作对于我来说，是找我回家的路。

2003 年 5 月 13 日，北京东城区和平里

写在山水边上
——我所认识的徐继达

一

这些年，我走过了一些山水。

每每站在那秀山丽水前，我就会想，山水是自然的存在，也是文化的存在。同样，人既是生命的存在，更是一种文化的存在。人对人的折服，应该像人对山水的折服一样，首先是对一种文化精神的服膺。比如对领袖、大师的膜拜，对那普通、却不平凡的人生的崇敬，其中重要的原因，就是人们对于他们精神的无限理解和文化的高度认同。

山水，因文化而文采熠熠，底蕴浑厚。

人，也因文化而面目可爱，具有精神亮度。

我想，人间杰出的人生永远是穿越文化而来的。他们留与人心的那抹不掉、淘洗不尽的美好、高尚的精神品质，也永远是人类精神共享的高山流水。也许，它会一时被遮蔽，或随时代的趣味、价值观的变化而表现出不同,但那种由于文化而变的东西,却会适时地在人的心里泛起,叫你的思绪像流水一样,不得不穿过它们,无法绕开或佯装不见。

这里,我要说的是一个名叫徐继达的人。

对于很多人来说,这可能是一个再普通不过的陌生的名字。但对于他的家乡人或了解他的人来说,说他就是"天柱山"和"张恨水"的代名词也不为过。只要一谈到天柱山与张恨水,人们都会情不自禁地想起他,念叨他,都会深情地将他与这名"山"名"水"联系在一起——他在人生的最后驿站,曾担任过潜山县的政协主席,在此之前,他还担任过县委组织部部长、宣传部部长、县委副书记等职,一个典型的"七品芝麻官"。

当然,他还有张恨水研究会副会长兼秘书长、天柱山旅游协会会长的"虚"职。然而,就在这虚虚实实的,也是最平凡的位子上,他在他人生的金秋时节,用自己的生命和实践赢得了天柱山人民的深深的尊重与永远的爱戴!

二

漫漫人生路,人与人由相识、相知到深深相交,自然,无疑也透着必然。只是,这里有些神秘的说不清楚的东西,只好称为"缘分"。我们是同姓,曾有人误认为我们是家族关系。而实际上,我是与他由上下级的工作关系而变成"忘年交"的——以至,他最终成为我人生路上的一位让我心灵折服和敬重的长者。

二十世纪八十年代是一个文学的年代,那时候全国各地各种文学社团如雨后春笋般兴起。一位朋友邀我进了他创办的一个“古南岳文学社”，并办了一张《古南岳》文学报。创刊时，朋友除了想请把自己的一生都交给天柱山的开发者乌以风先生题词之外，另外最想请的就是他了——当时，他作为县委常委、县委副书记，正在为天柱山的开发心无旁骛地工作，处于事业的黄金时期。在我眼里，他也属于一位一切唾手可得的人物。由于我天生的自卑和怯懦，那天我推说有事，躲开了。

这一“躲”就是十年。

但他的具有传奇色彩的故事却是不绝于耳：作为一位分管县组织人事的领导，他整个身心都扑在天柱山——那被冷落了千年的名山上去了！他认为，天柱山所处的潜山县是一个贫困山区县，农业基础相对扎实，工业基础异常薄弱。而人们刚从贫穷的海水里跳出来，仿佛捞着一根救命稻草一样，发疯地以破坏生态环境为代价，短平快地胡乱建厂，搞乡镇企业。企业起步水平低，更无从谈起着眼于未来发展。而几乎在同时，悄然兴起的旅游业，使他怦然心动：天柱山，这座被汉武帝封为“南岳”的文化名山丰富的旅游资源要是闲置一边，这不是亏待大自然和老祖宗赐给我们的瑰宝，端着金饭碗讨饭吗？扪心自问，他立即把眼光投向天柱山，义无反顾，着手开发天柱山了。可是，在刚刚改革开放的日子里，他的这种做法却受到了很多的误解。说得好听一点是“旅游书记”，更有赤裸裸的，干脆就说他是抓“吃吃喝喝”，他的一些亲朋好友，也不断地怪罪他：“抓了山头，丢了人头！”

但开弓没有回头箭！他依然固执，痴心不改，似乎要一条路走到“黑”了！那些个日子，他天天泡在天柱山上，山上游客爆满，没有旅社，他就在山上陪着客人点篝火、搞联欢，快六十岁的人了，却像孩子一样欢乐得彻夜不眠。天柱山基础设施落后，他就像“武训办学”一样天南海北地跑资金，跑项目，甚至最后累得吐血住进了医院……那时，他的这些“奇闻逸事”不断地在县城里善意或不无恶意地风传……

像天柱山被隋文帝废岳之后遭受冷寞，他一开始就饱受了许多委屈和不理解。一遍遍走在天柱山清寂的山道上……作为当事人，他当时顶着多大的压力，忍受着多大的痛苦，只有他心爱的天柱山知道了。

三

我与他第一次见面，已是九十年代的事了。那是县城唯一的一家新华书店。其时我正在做《潜山县志》的编辑。闲暇时间，我唯一的嗜好就是逛书店。那天一进门，就看见一个人手里拿着一份书单，正让营业员帮他成捆成捆地打包书。在比较闭塞的山区小城，我是第一次见到有人那么买书。正诧异着，和我一起去书店的总编与他打起了招呼，说他就是徐继达，顺便把我也介绍了。他连忙对我盯了一眼，“哦，哦”了两声，再也没有说什么。

当时我根本不知道，他已告别他奋斗了多年的开发天柱山的岗位，退居“二线”，担任县政协副主席了——“官到闲时更读书”。也许，郑板桥的那句诗，正是他当时真实的心境写照。当然，这并不意味着他要沉沦或者逃避什么。他利用这清闲的日子发狠读书，搜寻古往今来的关于天柱山的典籍，将在天柱山八年的开发工作，以日记的形式整理出来。按照他的话叫“交班篇”。写完几十万字的《天柱山工作日志》，他又开始做一些史志方面的研究。另外，在县委副书记任上，在开发天柱山的寂寞日子里，在与许多文化人打交道时体会出的另一个念头在他心里更加清晰了。

他要为像天柱山一样长期受到不公正待遇的本土作家张恨水先生说话！

早在一九八五年，在“桐城派”学术研讨会上，他就向参加那次会议的专家学者提出了研究张恨水的主张！噩梦已过，百废待兴，他的建议立即得到了众多专家学者的积极响应。很快，在有关领导的支持和他的张罗下，“张恨水研究筹委会”旋即成立了。

然而，由一个县创办一个作家研究会谈何容易！

如果说，许多著名作家如老舍、茅盾、冰心等的研究会都因他们特殊的文学价值而发轫于一些作家学者，并得到了社会各界的广泛参与而郑重其事的话，那么，为张恨水这样一个当时还戴着“鸳鸯蝴蝶派”帽子的作家，成立一个研究会，就意味着要有一定的勇气！既要摘掉“左”视眼镜，又要集合一批优秀的现代文学研究者，更需要一笔足够的资金支持。而这一切，才刚刚开始，他就被泼了一盆“冷水”。有一次，他向一位领导汇报工作，谈起张恨水研究会，那领导连坐也不让坐，就居高临下地冷冰冰地说：“你是政协主席，抓什么张恨水？要不，你还抓抓天柱山？”他一愣，当下毫不客气地答道：“政府不也在抓艺术节吗？目的不都一样？抓张恨水，也是我要抓的文史工作的一部分吧！况且，天柱山开发需要张恨水……”

我这里不是在抖搂陈谷子、烂芝麻，只是交代张恨水研究会创办时的那个时代背景——或许这还是他心里一个不愿提及的“痛”。因为那会儿，就像他当年抓天柱山，被人称作“抓了山头丢人头”一样，他又有了一个“不抓活人抓死人”的“妙”论。

一山一“水”，正好是他后半辈子的生命妙对。

四

“一山一水总关情”，这是朋友们对徐继达先生由衷的赞颂。

是的，他是一个寄情在“山水”的人！只是，他寄情的这山这水，既没有陶渊明“见南山”的悠然，也没有苏东坡“大江东去”的豪放，更没有那临水照影般的孤芳自赏，那山就是具体的山——天柱山；那水就更是具象的水——张恨水。但这一山一“水”，也真的成就了他深深挚爱的，他人生无数个梦中为之萦怀已久，付出了大量心血、奋斗了大半生的一桩事业。

如今，不管认识还是不认识他的人，透过他的这一山一“水”，都已经看出了他为地域经济和文化发展付出的良苦用心，看出他为他脚下的土地做出了什么样的贡献，更感受到他老骥伏枥，人生如花，历久弥香。从而也越发理解、敬重他了。而最重要的是，天柱山人也通过对他的理解，把更多的心血倾注到这一山一“水”之中了。

天柱山，这朵开放在皖西南大地上的鲜艳的莲花，正在以它的雄奇灵秀，不断地招徕天下游客，在他和以他为代表的天柱山人一轮又一轮的开发中，越发楚楚动人。在全国创建优秀文明城市、全国4A级旅游城市标准考核、国家森林公园考核验收中，天柱山都不负天柱山人的厚望，获得了骄人的成绩。相信，它会成为当地经济发展的支柱，成为天柱山人一只真正的“金饭碗”。

而张恨水研究筹委会，已成功地在当地和首都召开了四次学术研讨会，出版了大量的张恨水作品以及研究著作。拍摄了张恨水的专题文艺片，兴建了“张恨水陈列馆”和堪称国内唯一的“张恨水资料研究中心”……张恨水的研究，正如张恨水远在美国的女儿明明所言，已从中国偏远地区的小城，放出光波，引起涟漪，波及全国，更荡漾在海外华人社会中了……

一山一“水”，互为辉映，相得益彰。悄悄地，都正在以本身固有的文化力量散发着无穷的魅力，让人回味和畅想，也无声地诉说着它的开发者们高瞻远瞩的战略眼光和创业的艰辛。

关于天柱山的早期开发，我想从他的《天柱山工作日志》里梳理出一些数字：一九八四年他上山一百一十七天，一九八六年他上山九十七天，一九八八年他上山一百七十八天……数字是枯燥的，在天柱山刚刚开发的日日夜夜，他爬过多少次天柱山，虽然无法统计，但有一点是可以肯定的，那就是他都不是以游客身份前去观光，而是上山解决问题的！多年以后，我开始在他身边工作时才知道，以前关于他与天柱山的传闻居然没有不真实的。

我至今忘不了的还有一个动人的场面：那就是当天柱山开发事业方兴未艾，而他又不得不悄然退出，让他感到深深遗憾之后的某一年，一位当时与他意见极为相左的老同志，在一次酒席上，端起一杯酒，向他赔礼说：“对不起，你开发天柱山的思路看来是正确的……”杯酒释前嫌，那天，我看着他俩执杯相对，一饮而尽，我的心被那杯充满了理解和歉意，也是喜悦的酒深深地打动了！

五

其实，我被感动的何止这一回！

“张恨水研究会”成立之际，正是商业大潮风起云涌之时。但凭着他多年从政遇到的一些领导和有志之士的支持和理解，很快，研究会就将天南海北的从事现代文学研究和专门从事张恨水研究的专家学者们集合到了一起。但随之，研究会的日常开支和学术经费就成了问题。幸好，他还有一些“面子”、老关系，这样一分一分地筹集，一天天地张罗，才将研究会弄“开张”了。

至今我还记得我们到一家单位要钱的事。那回，我们争取到一笔经费，但到了那里，一位办事员却劈头盖脸地以从没有给过“研究会”经费为由，不理睬我们。后来勉强同意，但却迟迟不给下拨。他出差时就顺便去打听，找到那办事员，那人连头也不抬，就说：“不就几个钱吗？催什么催？我看你们路费跑得比要的钱还多！”可他哪里知道，尽管他是一位县级老领导，可以有车坐，但考虑到单位老同志多，他搭的是顺风车，住的是二十元一晚的招待所！有时，甚至连饭、烟，都是从他那在省城工作的两个孩子那里“蹭”来的……

有一段时间，由于张恨水陈列馆的建设上马，天寒地冻，他要跑；炎炎烈日，他也要跑，总是小包一拎，挤上公共汽车……而研究会投资拍摄张恨水研究专题片时，他更是四处打电话，连车子、机子都是找外地的朋友帮忙。多少年后，他从政协主席的位子上退下来后，他在研究会办公室里只拿了相当于一条“红塔山”烟的工资。投资几十万元建设了“张恨水陈列馆”，他将它们完完全全地交给了县里。曾几何时，建筑是被公认为有油水可捞的，但他不仅自己，也没有让他手下一直没住房的职工占半点便宜。与他在一起工作过的同志更清楚，只要到了他的手下，就不可能享受到一个完整的星期天。他说：“人家说我是个工作狂，我就是。我这钱也是药水煮的，乱花不得……”

最让人难以忘怀的还有——一九九四年召开张恨水百岁诞辰纪念会时，由于筹备工作的过度繁忙，会前，他就因前列腺炎不得不住进了医院。会议立马就要召开，人们去看他，他谈的全是工作，一条条，一项项地交代，那阵势像交代“遗嘱”似的。开会时，他病还未好，就让医生将一个输尿管挂在身上，硬撑着出了院。药由妻子天天送，逼着吃他才吃，否则，他就像孩子一样装糊涂……

会上，看到他那一刻也停不住，忙来忙去的身影、一副憔悴的面容，代表们都深深地感动了。然而……“与那些关心研究会工作的老领导，老同志相比，我算得了什么？”他说。他总记得张恨水研究会初创时的一年冬天，研究会老会长魏心一先生不顾严寒和高龄，亲自到北京张罗研究会工作时的那份艰辛……

六

他曾在一篇文章里说，他是一个喜欢做梦的人。

也是，他的梦对于许多人来说，总是那样千奇百怪，层出不穷：

由于潜山积淀的源远流长的地域文化，他要成立“古皖文化”研究会。

因为所在县城自古至今称“梅城”，历史上也有过“万树梅花，一城梅香”的景观，有座“梅花小姐墓”，他做梦都想将满城栽上梅花，让“梅城”名副其实。为此，他在自家的院子里率先种植了各种梅，并求助于中国梅花协会，要在潜山创办一个梅花协会。

更由于他深深的“天柱山情结”，他做梦都想搞一个旅行社，恨不得自己下“水”，实实在在地在天柱山的旅游热中“摸爬滚打”一回……

这些梦，在他的鼓动与倡导下，在当地政府和朋友们的支持下，现在，有的已经圆“梦”了，有的也可以说是走到了他的梦的边缘……

透过这些梦，我发觉，如果追溯起来，可能与他童年时代接受私塾教育，受到过中国传统文化的濡染有关。所以，尽管历史曾把他推向了仕途，但他念念不忘的还是一个地方的大的文化工程的建构。因为，他这些“梦”的根基说到底，都是围绕天柱山，围绕一个地方的人文资源和地域文化而发展的。

“名利如过客，山水共天长。”他曾动情地说。

一个对山水如此深情的人，当然也是一个十分注重感情、珍惜友谊的人。对此，在他身边工作过的人和与他相交了一辈子的朋友都深有体会。从他与乌以风先生之间结下的深厚的感情中，更可窥见一斑：

生于山东聊城的乌以风先生，曾是马一浮先生的弟子，是一位哲学教授。但在他人生的中年，由于家庭的激变而归隐天柱山，一生恋山、修山、写山，把自己的一生都交给了天柱山。在初始开发天柱山的岁月里，他们相知、相识，心心相印。那时，他们两人一"文"一"武"，一"朝"一"野"，一起为天柱山的早期开发而呕心沥血，奔走呼号着。也正是这共同的志愿，让两人结下了深深的友谊。乌以风先生在天柱山走完他八十九年的人生之路后，为了对得起这位老人，他到处筹措，为乌先生在天柱山修建了一座坟墓，使先生终于朝也天柱，暮也天柱，了却了先生归于天柱的一生最大的夙愿。也是从那时起，每年的清明节，他都要带上亲朋好友到乌以风先生的墓前祭拜，传扬着乌先生开发天柱山的事迹。后来，他还张罗着为乌先生出版了《乌以风先生诗词选》。

这，绝不仅仅是"惺惺相惜"。而是用一座山的纽带联结起来的沉甸甸的、最为珍贵和无私的友情！

也正是因为有了这山水般厚重和丰富的感情，他，一个写在山水边上的人，也就将自己融进了山水之中，并让自己的生命有了山水般的厚重与充盈！

2003 年 5 月 18 日，北京东城区和平里

八月在宇

转眼就到了八月。编完这期刊物，忽然哼了句《八月桂花遍地开》的歌，果然就有些尘埃落定、香气满怀的感觉。我作如此想，是说今年八月的寂静与平和真的来之不易。一开心，就想手足并举，舞之蹈之了。

老实说，在八月之前，我一直忧心忡忡。因为，我的左脚开年时就惨遭骨折，住了十几天医院，白白地挨上一刀不说，还欠下一大笔金钱和人情的债务。好几个月走起路来仍然如树在风中，既“舞”且“蹈”。此忧其一也；其二，美伊战争尽管与我们相隔着十万八千里，但“先天下之忧而忧”的文化传统，着实难为了我们。偏偏还有几位朋友，人家真枪实弹地打，他们口沫横飞地吵。常常是吵得天昏地暗，不欢而散。让我夹在这一场“正义”与“非正义”的战争夹缝里，荒废了不少时光，也徒添了不少的忧郁。滑稽的是战争刚刚有些眉目，一场“非典”的病毒却攥紧了北京这个“春脖子”。一刹那，身边的朋友或龟缩在住室，或陆地天上的，行云流水，尽作了鸟兽散。京城街头一时冷冷清清。枯坐在这危城似的都市里,耳听那刺耳的救护车的尖叫声,翻着手机上此起彼伏的谣言,眼瞅着天女散花般的中医偏方……感觉大难临头,仿佛世界末日了。幸好,两位同人发扬了大无畏的英雄主义精神,有家而不归,天天陪伴着我。也幸好我们都是做编辑的,QQ 上聊聊天,看看案头上堆积如山的稿子,也都是些手边的活。说是“君子动口不动手”,其实做这动手不动脚的事,也未必非君子。这样,忧则忧矣,过的却是非典时期“典型”的编辑、“坐”家的生活。虽然到了七月,“双解除”了,但一看满街的心有余悸,多少还有些莫名的担心。此忧其三也;其四,全体人民刚刚松下一口气,淮河流域的洪水又让我们揪心起来。你说,在这八月之前,谁的心里不是阴云密布,惶恐不安?

“七月在野,八月在宇。”现在好了! 于私,我的左脚康复,已行动如常人,动如脱兔;于公,“非典”过去了,洪魔也被击退了。那一天,我坐车在北京城里转了一圈,看到城里已恢复了昔日的繁华,重回到往常的生活,说了句:“到底是大城市,生命力就是顽强!”套用一句广告词:“不一样就是不一样哦!”因此,在这寂静与收获的八月,我们再来沐浴这灿烂的阳光,读着这些小说、诗歌和散文,心情当然也就不一样。现在,我就把这好心情带给你,希望你也在这好心情里继续写着和读着,直到永远。

2003 年 8 月号《阳光》卷首语,7 月 10 日,北京东城区和平里

回家过年

火车上艳遇的遐想

路。我又看见路在铁轨下延伸。废弃的白塑料袋、易拉罐、破碎的啤酒瓶泛着绿色的光,在阳光与铁轨的指引下斑斓四射。很多日子不见它们了。路,给它们提供了一种存在。我必须正视这种尖锐的东西。这比在车厢里正视其他什么没什么两样……车厢里,人们汗流浃背,鼻腔里弥漫着汗臭味(每一次在车厢里都能闻到的气味),硬卧上零乱的细软,蜷曲着的皮夹克,台桌上的纸包,与窗外凛冽的冬天形成鲜明的对比。

一个漂亮的女孩坐到了对面。一上车,她就掏出紫色的手机拨打着电话说:"我发觉,现在我对你有一种深深的依赖感了!"她的脸潮红(这是刚上车的缘故),气喘吁吁,充满着无限的依恋之情,说话时,眼睛都湿润了。但很快,我又听到她银铃般的嗲笑声:"明天一早我就到,到时,你可得来接我啊! 拜拜!"说完,她一脸粲然。随着火车的颤动，那笑容就像一束正妩媚开放的花朵。

无话。我们在火车哐当哐当的奔跑中沉沉睡去。铁轨像一只通向天堂的梯子，我们在一起努力地爬着。估摸到了半夜时分，我醒了。我发觉她也忽闪着一双明亮的大眼睛。透过台桌，我们相互对视了一眼。在昏黄灯光的映照下，我看见了她露出的一口标准的八颗牙齿，雪白雪白的。“到哪儿了？”“不知道。”“你是回家过年？”“对！回家过年。”她淡淡地问，我机械地应答。转而，却无话可说了。自然，我这时还沉浸在路上，沉湎在路上的一切事物中，以及她说的“我发觉对你有一种深深的依赖感了”那句话中。列车在无边无际的黑暗里穿行，我的思绪布满了浓黑的雾。火车与铁轨哐当哐当的撞击声没有告诉我什么。我长吁了一口气，然后闭起眼睛，睡觉。梦中，我感觉我狂奔在长长的路上……

这是在火车上可能会发生的一次艳遇。交谈继续进行下去，然后套近乎，无话找话，打得火热。这种情形生活中经常会有，没什么值得人们大惊小怪。都是因为年龄相近，心情正好的缘故。其结局无非是谈得投机，互相就交换了电话和地址，热线联络了起来——或者什么故事也没有发生。匆匆而别，擦肩而过。这后者没什么可以言说，而前者却又充满了两种可能，一种是因此而成为朋友，再就是彼此一见钟情，相爱了。这都是很好的结尾。人生萍水相逢，能有点什么总不错。但情感这东西不像铁轨，冷冰冰地只朝一个目的地去延伸，而是充满了复杂、纷繁的无限歧路。设想，一个是有夫之妇或有妇之夫，另一个是未婚青年。他（她）都以为自己的心灵走过了千山万水，但现在陡然彼此发觉眼前的他或她是她或他灵魂的一半。他们没有知趣地分手，而是死去活来地相爱了，爱得惊天动地，气壮山河。这样的爱就有点“第三者”“婚外恋”的意味了。这是港台流行的爱情小说的情节，人间无数个传奇中的一个很旧的传奇。平心而论，人间是需要传奇的。但只是事情的真相往往是，走进传奇中的人自己浑然不觉，而别人在惊羡的同时，往往又掺杂着某种道德上的评判。世上的事都这样一分为二，就出现了两个极端。像我们坐火车，省略了劳足之苦，却叫我们无法细细品赏眼前大好河山，节省时间却浪费风景……

黎明时分，列车终于在一个乡村小站停下了。我醒了。抬头望望，对面的床铺空荡荡的，被子折叠得整整齐齐、干干净净。显然，她早就在我酣睡时，在某个车站，在她的目的地下车了。我悻悻地拿起行李，这时，天已经大亮。我回过头来看看，车厢里的民工们也肩担背驮着大包小包的，鱼贯而出，像潮水般拥向了这个小站，小站喧闹着像一锅烧得滚沸的开水。年的气氛异样地浓了起来。

一上午

炊烟笔直地向上走着。炊烟袅袅，这是一般情况下人们形容它的词语。但这回不是。如果硬要套用形容词的话，这回，它像是谁从大地上抽出的一团麻线，被天空拉直、抽起，有一种向上的架势。在这种姿态里，天气就暖和得有些惶然不安，不像冬天的样子。

我起床了。坐了一宿的火车，就睡了一天一夜。我先是脱掉外套，外出走了一圈，发觉有些冷，于是，就折回家又穿上了一件外套。太阳在天空中灿烂地照着，温暖在心里洇渍开来，就像一朵硕大的梅花。正想着，果然就见一大朵梅花在庭院里开放。红彤彤的，如一位妙龄少女，在阳光下无忧无虑地独自站着，抿着嘴笑。我甩了甩围在脖子上的白色围巾，信步走过了她身边。突然，背后传来哧哧的笑声。

我奇怪地站住了。回过头，我四下里张望了下，却没有一个人出现在我的视线里。于是，我就以为这笑声是梅花发出的。绕着梅花树走了三圈，后来，我就索性待在梅花旁细细地打量起梅树来：这是一株常见的绿梅，这梅在院子里三三两两，有几株。但这一株由于长得大一些，就显得鹤立鸡群、不同凡响。并不很粗的树枝，点缀着细细的绿叶，那红红的花开在绿叶丛中，让一树的红绿参差，楚楚可怜，惹人疼爱。我看着，试图用手去抚摸她，但终于没有。我知道相对于梅，人不能给她带来什么，但她却用她的姿色构成了一道美丽的景致，让人欣赏；散发出一股清香，供人享受。比如，“疏影横斜水清浅，暗香浮动月黄昏”（林逋《山园小梅》）；比如，“东风谬掌花权柄，却忌孤高不主张”（刘克庄《落梅》），“梅”成就千古名句，同时也成就了一代词人。这些，梅是不知道的。然而，人却因为她而拥有了一种闲适惬意的心情。只是，有时梅养育我们的品质，人却不知道珍惜她。就像这叫“梅城”的小镇，传说古时就有一城的梅花，可惜这种风雅，现代人却无暇顾及，结果梅城是叫了，却大大地名不符实。

“都一上午了，你还在这里呀？”我正寻思着，忽然有人向我招呼。我扭脖子一看，却是熟悉的老朱。老朱以前在政府的食堂工作。说白了，就是一个厨师。我住单身公寓时，他对我不错。每次打饭打菜什么的，他都额外开恩，我们相处得很好。那时，他一下班就到我房里坐坐，看看闲书。到后来食堂解散了，他就凭借自己的手艺在县城开了个“阳光餐厅”。有一年回来，我还在他那里吃过饭。他一般是早晨卖早点，然后上街买菜，准备招待吃中饭的客人。他这一提，我才发觉，自己在梅花前竟不知不觉地寻觅一个上午了。我摸摸脑壳，不好意思地朝他笑笑。想想，一上午，人家不知干了多少事情！这一上午，是一个时间概念，也是一个时间长度，更是一个性质概念……比如，牛顿坐在一棵苹果树下发现了万有引力，还比如，和面、做馒头、炸油条、熬稀饭，打发一个又一个客人，准备好中饭的一切，老朱就辛勤地工作了一上午，赚了些钱。就这样，一上午有人清醒，有人糊涂。有人跑遍了千山万水，有人却仍然在原地打转；有人被提官，有人被罚下台。快过年了，有人一上午就卖出了好多红灯笼，有人还行走在回家的路上。我不是刚刚才回家的吗？但一上午，却被我白白荒废了——起码，老朱认为就是这样。我在与梅花对话，但对他我能说得清吗？即便说了，他要不笑我“花痴”才怪呢！

可刚才那痴痴的笑声是从哪儿发出的呢？是自己的幻觉，还是别的什么？一上午我也没弄明白。倒是一会儿，太阳不知隐逸到哪里去了，天忽然就阴沉了下来。接着，洋洋洒洒地又飘起了雪花。我往回走着，临走，再看那株梅花，却也依稀像一位身着红披的赶路人，匆匆地与我一起走着。空气里弥散着一股暗香。

被朋友请吃

人与人之间，就像被一只无形的大手攥住的千丝万缕的线。只要这只手被激活，那么所有的“线”都会被联系、活络起来。回家不到一天的工夫，我“回家”的消息，朋友们差不多就全知道了。于是，我就像是一只推磨的驴子，不，是推桌子的“驴子”！一天到晚，我都被朋友们吃请，围着桌子边转动。耳边，杯盏交错，桌上，热气腾腾。物质丰富时代的好处，就是天天有三两个朋友相伴，热闹得像过年。从这方面看，我千里迢迢奔回老家过年，实属多此一举——离过年还有几天，我们却早在一起享受着过年的乐趣了。这里，既有我与朋友重逢相聚的喜悦，也有与家人团圆的天伦之乐。说起来，过年现在更多的是讲究一种团聚。吃的意义实在不那么重要了。

那几天，天天山珍海味，奇货可餐的。但每次都吃得胆战心惊、惊天动地、地动山摇、摇头晃脑、脑满肠肥——这是在一次吃饭时，朋友们之间行的“酒令”。我觉得这“酒令”倒真的契合我被朋友们吃请时的种种。总结起来如下：

一、“小鱼钻银”：这种菜的做法，是将泥鳅放入清水养上几日，让其吐尽脏物，然后与豆腐一同放入沸水的锅里。泥鳅被烫得受不了，于是就钻进豆腐里，与豆腐一起成熟。开吃。

二、“烤鹅掌”：将一只活鹅吊起来，让鹅掌正好踩在一块铁板上，滚烫的铁板，使鹅不停地扑腾着，将两掌提起又放下，直到铁板将它的掌烤干。之后，取烤熟的鹅掌吃。据说，这鹅的精华便全在脚掌上了,因此“补得很”。

三、“狗肠糯米”:将一条活狗饿上三天,然后喂它生糯米吃。饿狗囫囵吞枣,糯米就全吃到了十二指肠。再将狗杀死,取这一截肠子蒸着吃。

四、“青蛙抱金”:就是将青蛙(牛蛙)洗干净放入泡好的豆芽,然后一同放入滚烫的水锅。青蛙被烫得难受,就抱起了一个豆芽。

五、“慢火文虾”:将洗干净的虾子放入冷水中,然后端上桌子,接通电源。水慢慢烧开。开水就慢慢将虾子杀死,人们就可以将虾子蘸醋吃。

六、“慢火煮王八”:这种菜做法与文虾差不多。将王八与冷水同时放入坛内,坛下以微火烧之。王八渐渐感到闷热,于是将头伸出坛外。此时,人们立即用准备好的油盐佐料,一勺一勺灌入王八嘴里。然后大火煮之,吃。

以上种种,朋友们驾轻就熟,吃得津津有味,逍遥自得。当然,我们不是一天之内吃上这些“生猛海鲜”的,也当然不是在一家酒店里。路边小饭馆吃,豪华大酒店也吃。直吃得我战战兢兢,心惊肉跳,毛骨悚然,不寒而栗。不知怎的,有一回在饭桌上,我陡然想起我与一位老者被请吃的一番情景。那次,当地人弄了一只鸡和一只王八放在一起,也如此慢火清煮,美其名曰“霸王别姬”。当下,这位老者就“叭”地将筷子往桌上一拍,发起了脾气:“什么叫霸王别姬?真的是糟蹋贤良!俗话‘猪羊一刀菜’,人要吃食,杀猪宰羊,一刀下去,让它死个痛快,这叫食而不虐,如此残酷的吃法,叫我怎么吃?”老人喜欢京剧《霸王别姬》,容不得别人如此侮辱这名。但人性里那种善良也表现得淋漓尽致，令人敬佩。我没有老人家那种“拍筷子”的勇气，只是心里陡增悲凉，心怀戚戚。

朋友中有人看出我的不快，笑着解释说：“这算不了什么，有年我还吃过活猴脑呢，那地方，嘿！将猴头活活塞在一张专用的桌子的小孔里，像囚犯戴上的枷锁。然后，他们就敲破猴头，以勺食其脑浆，味道还真不错！”我听着，差点喷出饭来。我不是素食主义者，但“猪羊一刀宰”这话，我却已深深铭记于心，而且对《野生动物保护法》也略知一二。因此，到了做饭时，我对母亲说：“年饭可不要烧荤的，多炒些素菜吧！”母亲看了看我，莫名其妙了好一阵子。

没有父亲的年

即便不是过年，我平时回家，感觉也像是过节一样。通常，一家人都会聚集在我的房里。尽管我在外漂荡了多年，但房里仍然保留着我原有的一切。那时，父亲、母亲、兄弟姐妹都会聚集在一起，说说笑笑，热热闹闹，聊些家常，但大多数时间，我都不怎么说话。我脸孔呆板，眉头拧紧，脸上就像豆腐皮一样冷，白净净的好看的样子，但却没有谁愿意揭开它。我内心知道，我脸上呈现出的恐怕就是某种虚伪。这种虚伪，亲人们不愿戳破，而自己也不愿意撕开。现在，父亲不在，母亲说话了。她小心翼翼地拣着词，讷讷地。我顿时感觉一阵莫大的辛酸和愧疚，赶紧喊了声：“妈，我在外面一切都好！”就一声，我一下子轻松和开朗起来——我的突然主动和松弛，一下子就将距离拉近了许多，这是我没有想到的。

这是父亲走后的第一个年。没有了父亲，家里显得空落落的，我也突然觉得十分孤寂和无聊。记得父亲在世时，一到了过年，我除了在门口贴几副欢庆的对联，其余像杀猪、做豆腐、准备鞭炮、柴火……一应都是父亲张罗。我们只剩下静静地等着吃年饭就可以了。然而，现在不行。现在，这些过年所需要应付的一切，都需要我去打理。在乡下，人们把“年”看得很重，一年了，村里人过的喜事，该送份子的要送；晚辈的压岁钱，该给的要给。甚至，年夜孩子们要玩耍的红灯笼也要预备……我学着父亲在世时的样子，将“压岁钱”“份子钱”都用红纸一一包好，然后全部交给母亲，俨然一家之主。

吃饭了。兄妹们将饭菜端上了桌子。满桌的菜，依然如父亲在世时那样地丰盛。在桌子的上方，我们给父亲空了一个位子，摆了酒盅和筷子，也斟上了酒。一家人坐齐了，但没有了父亲后的年饭，一家人都吃不习惯了。大家吃着、喝着，却没有了往昔的喜庆和热闹。母亲的眼睛红红的，兄妹们望着母亲，一个个大气不敢出。发觉气氛不对，我想把场面弄得喜庆一些，赶紧面带微笑，带头陪酒。但干干巴巴地喝了几杯酒，不由自主，我的情绪还是不能提升起来。“烂泥巴糊不上墙”，我突然想起这句俗语，觉得这真是一种智慧啊！是啊，对于一个家庭来说，父亲就是这一家的精神支柱。现在，这根“柱子”倒了，这个家就像一个“神”被抽走了。振兴一个家庭是要有人来担“担子”的，这担子毫无疑问将要落在我的身上。但现在不行，现在还是一个空当，像是政治生活中的"权力真空",我们的年饭不幸就吃在这个空当上。

年饭在一种沉闷的空气中草草结束。

吃过饭,几位邻居邀我去打麻将。记得往年这时候,我总喜欢一个人静静地待在房里看书,一夜竟能看完一部书。有父亲操持着过年的事情,我们是可以如此静心的。但现在不知为什么,我竟变得没有了主张。几乎没什么犹豫,我就随他们走了。他们泡了好茶,摆上点心,还有烟什么的。可打了两三圈后,我的情绪忽然就低落下去,一丝继续打麻将的欲望都没有了。推开牌,我对那三位说:"实在抱歉,我不想打了。"他们古怪地望着我,十分不解。我伸伸懒腰,将面前赢的钱一股脑儿推给他们,就出去了。

年夜,家乡这个接近小镇子的村庄一片沸腾。散落在山坳的灯光,眨着明亮的眼睛,像一只只跳跃的、欢乐的红灯笼游移着。开始有烟花、鞭炮声,烟花爆竹在天空,时而溅出一片美丽的图案。忙碌了一年的乡亲,似乎要用这声音和图案证明他们的存在和心情。只是天空依然漆黑如墨,仿佛已经进入了一年的最深处,在用心积攒、酝酿什么。过了今晚,新的一年又将如期到达:"趁大雪落地之前/父亲投入田间/抓一撮泥土放入烟锅/深深吸燃/整个冬季,父亲就不会孤单。"我没来由地想起这句诗,朝父亲静静躺卧的山谷瞟了眼,然后,加快了回家的脚步。

我得陪母亲说说年话,我想。

2003 年 7 月 10 日至 11 日,北京东城区和平里

我们都是木头人(外二章)

我试图叙述的是我们这一代——六十年代人。当然,无论什么年代,人的童年的眼光都是非常稚嫩的。尤其像我这样有浓厚乡土背景的人,那眼光稚嫩得更像早晨青草上的一颗露珠,听音惊坠,见光融化。别人我不清楚,我开始用眼光打量这个世界时仿佛就是这样。记得有一年,我在一家商店里见到一个木头娃娃玩具,那简直就是一种惊慌失措!我根本想象不出那和人一模一样的东西与人有关,或者说人可以成为那样。我一直感觉在很长一段时间里,我在对世界的了解过程中,有一种情绪在里面蔓延,或者说它凝结出了一个叫作“张皇”的词,这个词久远地隐藏在我的生活经验里。

物资匮乏时代给人带来的精神贫困是非常广泛的。首当其冲的就是认知的有限。以我为例:我那时觉得世间的衣服除了白、蓝、黑三色,大概就是令人眼馋的“国防绿”了。我们喝的茶,是自己山上长出的树叶,酒是几分钱一斤的老白干。而吃的也仅是米饭、红薯,还有菜叶子熬成的菜汤。我说我二十岁左右才知道苹果、西瓜一点都不会有假。我们乡村里，倒是长些毛桃、李子、枣子，但很少。唯一给我留下很深印象的是我差点吃过一个柿子。那时，我的祖父还在世，他不知从哪儿弄来一个给我，可当我正想吃时，他竟开玩笑说："这是鸡屎！"吓得我在他话音未落时就扔了。我在整个童年时代从不知道什么叫玩具，倒是做过一些游戏，比较典型的就是跳房子、踢毽子、丢手帕。还有，就是两人用两只手互相拍着，然后说："我们都是木头人——木头人，不准说话不准动——不准动！"仿佛这就是一种戒律。但我们做这种游戏时的幸福感却溢于言表。因为当时报刊上成天在说，世界上还有四分之三的人生活在水深火热之中。我们要学各种革命本领去解放他们呢！前几年，我们几位同龄人去拜访一位长者，当他听说我们都生于六十年代，而又集中在一九六三年以后，慨叹着说："难怪你们这么集中，你们可知道，一九六〇年后是三年困难时期，你们在之后出生，也算幸福呢！"我们听了，竟不知说什么才好！

乡下有句俗话叫作"从小看到老"。不承想，我们从小玩的游戏——"木头人"——差不多就成了我们这一代人的宿命。所谓"木头"，大家都知道是从大地上锯下来，脱离了泥土和森林的那种。既然是木头，也就没有了小苗的茁壮和森林的高大，是那"上不见天，下不着地"的情形。这就是我们"先天"的素质。我们都是木头人，显然，我们在生命成长的过程中正如贺拉斯所说："我们都是木偶，听任强劲的手的操纵和摆布！"真是。那时我们不怎么说话，倒是很听话：听老师话、听家长话、听领袖话。叫学雷锋，我们就拾金不昧；叫学黄帅，就贴大字报；叫进宣传队，就唱样板戏；叫“停课闹革命”，就不上课。言必称“大好形势下”，“生在红旗下，长在红旗下”……有这么多的“下”，我们能抬得起头来吗？

记得小时候，我看一部电影里有人穿白色运动鞋，就十分向往。但母亲说：“不能穿！那是不正经的人穿的！”后来，在母亲的箱子里我翻到了那双鞋。但那双鞋硬是被母亲压了一辈子“箱底”，多年后已不再时髦了。我们课本的第一课，就是《我爱北京天安门》。而同时，我们的学习就不如劳动更让老师们称道——前几年，人们大谈“老三届”“老高中”“老初中”。他们的确生不逢时，但他们由于生在五十年代，多多少少还拥有俄罗斯（苏联老大哥）的白桦林、暴风雪，他们的青春还曾经历了一种宁静的“绿”，虽然岁月让他们由“绿”进入“灰色”，但他们却实实在在为新中国的建设而发狠地读了几天书。而生于七十年代的人，尽管不久也哼着“我是一棵无人知道的小草”，但即使是“小草”，呈现的也是绿色，有着沾着露珠，水灵灵的样子。唯有我们六十年代的人一出生，就生活在一种灰色的环境之中。“理论是灰色的”正是我们那个时代“批判稿”常套用的词，这几乎成了一种“暗喻”。我们没有像大哥哥、大姐姐那样四处串联、上山下乡，积攒一些“资本”；也没有像七十年代的小弟弟、小妹妹那样追“星”捧“月”，跳迪斯科，摇滚般的摆，我们时代的偶像是雷锋、蔡永祥、焦裕禄……

乡下人把那种笨笨的、脑袋瓜不开窍的人，都叫作“木头人”，或者直接就喊“死木头”——“我们在不同的主意之间游移不定。我们对什么都不愿意自由地、绝对地、有恒心地做出决定”（蒙田语）。多少年后，当我读到蒙田这句话时，我发觉，这正是我们六十年代生人在相当长的时间内的一种生存状态。因为，我们缺少了很多必要的物质和精神上的准备，所以，我们反映出来的情绪就如“死木头”状——我们忽左忽右，忽上忽下，都是听任一阵风把我们吹向哪儿就是哪儿！

“一个男人要跋涉多少路，在他成为一个男人之前？一只白鸽飞过多少海，她才能在沙丘里安眠……”有些歌词，注定会萦绕在我们的心间。但这些轻浮缠绵的歌，大都就像这样能够道出一些情绪，却无法说出更为深刻的道理。男人之所以成为男人必定有许多正确的理由。一只白鸽飞过许多海，为什么一定要在沙丘安眠？在大海中安眠不也十分美丽而诗意吗？对于六十年代出生的人，我想，我也说不出什么大的道理。但我们都会有“木头人”的这种思想的恍惚。生命转瞬即逝，但那一粒瘪瘪的思想的种子，早已根深蒂固地种在我们的心田——当然也有例外，枯木还会逢春呢！

上午，我听了一场报告。报告人反反复复地说到“强调”：我强调一点，再强调一点……让我听了耳朵都起了茧。但这里我还是愿意借用他的“强调”再强调一下：我们都是木头人！

什么样的鸟儿最爱惜羽毛

老舍先生曾称张恨水先生是一位“最爱惜羽毛的人！”冲着这话，我有一段时间就对“什么鸟儿最爱惜羽毛”产生了很大兴趣。但老舍先生显然是以“羽毛”比喻张恨水先生的操守、情操和人格的。“流自己的汗，吃自己的饭”“卖文卖得头将白，不使人间造孽钱!”这都是张恨水先生的人生格言。格言并不重要,有人说得天花乱坠,但做起来却背道而驰,甚至“背”得有过之而无不及。问题是,张恨水先生能说到做到,他一生就是这样过来的。我和恨水先生是同乡,我敬重他,更多的是因为他是一个爱惜羽毛的人!我甚至认为,这是一个大师对另一个大师最有尊严的评价。

对于真正的鸟类,据科学考证,通常情况下,它们都会爱惜自己的羽毛,就像人类爱护自己的双腿一样。因为,羽毛和腿都是动物们能飞翔和奔跑的保证。为了飞翔和生存,鸟儿会让自己的羽毛永远保持整洁。不仅如此,对于鸟类,羽毛还有它们更多、更妙的功能。在飞禽里,据说,最爱惜羽毛的是孔雀。雄孔雀两岁时羽毛渐丰,到了三岁就会长出尾羽,因此它非常珍惜,不但经常加以修饰,在特殊情况下,比如涉水过河,它还会小心翼翼地翘起尾羽,生怕让水打湿。孔雀不喜欢炎热天气,每年三至六月份的繁殖期,雄鸟为了吸引雌鸟,就选择黄昏凉爽时,竖起它那比身体还长两倍的尾羽,成一个大扇形,或蓝绿色(蓝孔雀),或古铜加绿色(绿孔雀),灿烂耀眼,十分动人。我说羽毛还有其他功能,是指羽毛还有求偶的功能。这在大雁中,表现得更为充分:雄雁求偶时,会倒竖羽毛,很神气地在雌雁面前走来走去,俨然一个英国绅士。接着,雄雁还会在雌雁旁近距离地飞上飞下,展示它飞行的本领。这种倒竖羽毛与近距离飞行,是相当消耗体力的活计。雄雁要不是为了求偶,绝对不会做这种费力的动作。羽毛与孔雀相似的火鸡们也用羽毛求偶。雄火鸡的求偶表演,我在动物园里亲眼见到过。雄火鸡为逞妍斗丽,炫耀自己,就垂下翅膀亮开漂亮的尾羽成一个扇形,一边叫着,一边缩头迈步前进,向雌火鸡求爱。同时,雌火鸡也用翅膀保护它,不但用心给它喂食,还为它清理羽毛。从这点上说,鸟类爱惜羽毛,是把生命与爱情放到了统一的高度。所谓"生命诚可贵,爱情价更高"也。但最终都是为了飞翔,为了飞翔才珍惜翅膀。"若为自由故,两者皆可抛。"裴多菲这诗简直就是为它们写的。

羽毛为爱情而生的还有鸳鸯和鹦鹉。鸳鸯现在还被人们当作爱情的象征。民间的被子、枕头上还绣有它们的形象。但据说,鸳鸯是最不坚贞的一对。鸳鸯羽毛呈淡褐色,到了交配期,雌的羽毛不变,而雄的则会变成绿额、白眉、红嘴、蓝腮,颈部好似披上了一条红铜色的围巾,翅膀像套了一件黄褐色的披风。五彩缤纷,艳丽动人。其目的就在于吸引雌鸳鸯。但一过了交配期,它艳丽的羽毛就纷纷褪色,回到原来的样子。这仿佛一个富家少年,一个玩弄女性的花花公子,一个风月场上的老手。现在想起来,动物们爱惜羽毛和古代中国女子保留"三寸金莲"有异曲同工之妙!只是动物们展示羽毛是一种本能,而人们裹的"三寸金莲"则包含着某种动物性的欣赏、残忍和独裁。女性的"三寸金莲"是男权社会的特征和表现,这大约与鸳鸯的"变色龙"行为在某种意义上也如出一辙。还有,比如鹦鹉,它的羽毛鲜绿色,也有褐色,这就有它的自我保护、隐蔽,避开敌人攻击的作用。而雄孔雀在开屏之后,尾羽上所展现的一万多个艳丽的"斑眼",也可用来迷惑敌人,当敌人出现在它身边时,将会被那斑眼所迷惑,从而逃之夭夭——动物们爱惜羽毛,可见也有很大的欺骗性。

那么,什么样的鸟儿,才真正爱惜自己羽毛呢?我想,爱惜自己羽毛的鸟,应该是爱惜自己的鸟、爱惜飞翔的鸟。俗话说:"鸟儿翅膀系上了黄金，鸟儿也飞不动。”可见，爱惜羽毛的鸟，首先是不为黄金所动的鸟，是一种有气节的鸟、一种有“鸟格”的鸟、一种追逐自由的鸟、一种飞翔的鸟！说人爱惜“羽毛”，这人大抵也应该是有气节、有人格的吧？所谓“威武不能屈，富贵不能淫”，大到对国家、民族、人类有所爱惜，小到对得住自己的道德和良心。如此种种。那么，什么样的人才算爱惜自己“羽毛”的人呢？

我不知道。但我知道，周作人肯定不是。他有那么好的文字，本来这是他“飞翔”的翅膀。但他不知道珍惜，结果便成了汉奸。胡兰成也不算是，他与张爱玲完全可以“执子之手，与子偕老”，但他却背叛了张爱玲，胡搞起了女人。这还不算，最后他竟当上了日伪的宣传部长。再远一点，阮大铖肯定不是，他本可以像李香君那样，但他最终还是投清叛明了。再远一点，李清照是，而她的丈夫赵明诚则不是，至于赵明诚后来简直就不是爱惜羽毛的人，而是一个小人了！至于政治上，经济上不爱惜“羽毛”的人就更多。但离家出走的“娜拉”是，朱自清不领美国的“救济大米”是……

我们都是一只只鸟！我很想这世上有人说我也是一只很爱惜羽毛的鸟！黎巴嫩作家纪伯伦说：“艺术是一群在天空翱翔的鸟，当它们随心所欲地降落在大地上的时候，这世界上就没有人有力量把它们捕捉，并改变它们的本性。”冲着老纪的这句话，我们就有理由说，一伙爱惜艺术的鸟，应该最爱惜自己的羽毛！

熟透的西瓜不能吃

“熟透的西瓜不能吃”。这是个常识，大家都知道。因此，挑选西瓜便成了一门学问。我们时常看见人们买西瓜时“嘭嘭”地敲它。声音闷闷的肯定是熟透了的西瓜，那种西瓜拿回家切开来，瓤子红得发黑，真正是“烂熟于心”。吃到嘴里，滑溜溜的且不说，光是那发酵的滋味就直蹿人肺腑。扔到地上，牲畜见到也会连看也不看上一眼。熟透的西瓜不能吃，这就是它熟透了的命运。

还比如喝茶。我喜欢喝茶，尤其喜欢喝绿茶——在这方面，我觉得我是有些经验的，因为家乡盛产绿茶，沾上地利的便宜，我一般喝的都是“明前茶”。这种绿茶，经过清明前非常珍贵的雨水的滋润，并由于及时采摘焙制，算是茶中上品了。这种茶泡进茶杯，一旗一杆地舒展开来，就像春天树枝上绽放的一片嫩芽。不用喝，光是眼睛与茶那“惊鸿一瞥”，就会感觉到清心爽目，心里舒坦极了！众所周知，一般茶叶泡上三泡就寡味了。可这上品茶即便泡上四泡，还依然口劲十足，清香喷鼻。但是，任何事物都有极限，这种茶叶泡到最后，也依然会变颜色，成为一杯“死茶”。盛着死茶的水，就是一杯生命停止的水。那时，看杯里死去的茶叶，就如一只只死去的蝴蝶，一尾尾被毒药呛死浮出水面的鱼。倒进滚沸的水，茶杯里的热气也许还会缕缕地飘荡，但那停在杯底的茶叶却像一具具没有灵魂的躯壳。喝那水，温热寡淡得还不如一杯白开水了。

人们说,绚丽而归于平淡。但这种“平淡”却寡淡无味。

我现在对“点卤”和“淬火”这两个词感到由衷的钦佩和敬意。这两个闪耀着乡村无数智慧的词,表明了分寸、火候、适宜……乡村里人家打豆腐,用石膏点卤时,必定是在豆浆未凝要凝的状态之中。这时候,点好了,就是一撮“好豆腐”;点不好,就是一撮烂豆腐。因此,会点卤的人在乡村极其受人尊重,而做不好豆腐的人家,一年到头都会觉得抬不起头来,更觉得“兆头”不好。“淬火”也是如此。一把刀、一把铁器打好了,只要掌握了火候,在那熊熊燃烧的火将铁器烧得将透未透时,猛地放进水里,那铁器才会坚固耐用,刀子才会格外锋利。在乡村,这都是一些朴素的活计。但这活计,却凝聚着乡亲们全部的生存智慧和对事物把握的能力,以及认识的极限,那就是生则活,熟则烂。

一个画家曾深有体会地说:“历史上的有些画家的作品不一定都适合拿来就学。例如石涛、米芾的作品等等。石涛、米芾都是绝顶奇才。他们将自己的作品处理在熟与生、雅与俗的极限上,使学他们作品的人在技法和气息上一不小心就滑过这根线去。如果不具备同样的气质和才华,石涛和米芾的作品是绝对拒绝别人涉足的。事实上我们也举不出一个学石涛或米芾而有很高成就的人来。张大千就是学石涛学俗了的典型。这个现象就有点像西瓜长得太熟了也不能吃一样,值得借鉴。”艺无止境,这是从事艺术的人常挂在嘴边的一句话。但这主要是针对一位个体生命对艺术的理解而言,它表明了艺术没有穷尽,希望有所超越的可能和努力。但实际上,艺术也有“极”而成熟、烂掉的境况,超越极限也就会变“味”。比如古体诗词和散曲一类,时至今日,虽仍然有人孜孜以求，甚而观点层出，曰“创新”，曰“求新”，曰“超越”，曰“发展”，但如果将当代洋洋诗词放到唐诗、宋词、元曲的浩渺海洋里，我们就不得不承认，它依然挽不回唐诗、宋词、元曲的昔日辉煌！在我以为，这就是唐诗、宋词、元曲达到了时代的高峰，成熟了一个时代的文学，也就没落了一代诗人的“才情”。是“熟”而“烂”，才使一个时代做“烂”了的文体无法“东山再起”了。平心静气，你就会想到，为什么古典诗词不能繁荣？为什么小说会抛弃章回体？为什么散文能在“五四”时期异军突起？为什么新诗终于取代旧诗而取得流行的地位？这就是因为这些都有着“生”的一面，甚至到现在也没有成熟。有人说，这是一个缺少经典、缺少大师的年代，但一个经典时代的出现，不也表明了一个文体的式微？托尔斯泰、卡夫卡、乔伊斯能被替代吗？一块泥巴，玩烂了还糊不上墙呢！

联系到腐败现象。有人说这是社会主义国家才有的。其实，资本主义国家也屡见不鲜。报上经常出现的西方国家高官们“桃色新闻”“金融丑闻”等等，当然都是腐败的产物。可见，腐败是时时刻刻都充斥在我们的社会生活之中，适宜于任何土壤，生命力极强的。那些被曝了光的腐败就像一杯死茶、一个烂西瓜一样，太烂了！因为太烂，所以，某某某们才被推上法庭，成克杰们才被枪毙。我们不是经常会听到人们说某某某太过分，太腐败了吗？这不等于说，他们没有掌握到腐败的分寸吗？我不知道有没有《腐败学》这门专著，但李宗吾是作过《厚黑学》的——我这样说，不是在教人腐败，而是从一个社会学角度说，腐败得越烂越好。因为只有烂，它们也才会像西瓜那样被扔掉，像茶叶那样被倒掉，像东施效颦那样被人耻笑！

一般的情况下，人们都不会让茶叶变成死茶时才喝下去，让西瓜熟烂时才吃下。人们所做的努力，就是让这些东西不至于变得太烂，烂得一无所有。所以，我想我们人类的一部分的努力，就是为了不让它们变得太“烂”。西瓜、茶叶如此，艺术如此，一个国家、一个政权也是如此。因为大家都早已心知肚明——熟透的西瓜不能吃！

2003 年 7 月 12 日，北京东城区和平里

写在《阳光》创刊十周年

在这稻浪翻滚、瓜果飘香的季节，《阳光》杂志迎来了创刊十周年的喜庆日子。站在灿烂的阳光下，我们的内心又一次充盈着丰收的欢愉和快乐。

无须讳言，《阳光》杂志是带有“煤”味的。但就是这“煤”味，使我们在这十年得到了长久的自豪和满足。因为《阳光》的诞生，是一群地处偏僻，长年累月在八百米深处开采“阳光”人的渴望，是煤炭这类特殊行业几百万矿工的需要。下过矿井，到过矿山的人就会知道，没有哪个行业像煤矿人这样能充分理解和尊重阳光，这群开采“阳光”的人对《阳光》杂志倾注的是怎样的一种情愫！十年阳光，十年风雨。十年来，《阳光》杂志正是秉承自己的宗旨，在成千上万的黑脸汉子的呵护下，一步步地走过。无疑，她为活跃孤寂的矿山生活，为培植煤矿文学、塑造当代矿工形象，搭建了一个良好的平台，做出了自己的贡献……

《阳光》，已经使人相信，煤矿不仅是一座物质的富矿，同时也还是一座繁花似锦的文学富矿！

当然，《阳光》是属于文学的。《阳光》十年，也正是当代中国文学流派纷呈，“口号”如潮，文学创作空前繁荣与活跃的十年。作为杂志，《阳光》无疑也烙上了这个时代深深的文学印痕，忠实地记录了当代文坛的激进与落寞、喧哗与骚动、坚守与探索、前卫与现实等种种文学的足迹，并以煤矿人的质朴的胸怀，亮出了自己的嗓子。无论是她倡导的“刚健风格，阳光品质”，还是“关注人生，关爱生命”，她始终都融汇在当代中国文学创作的河流之中。因此，这些年来，她不仅刊发了大量有关煤炭行业群体及社会群体生存状态的纪实性文学作品，在行业内外引起了强烈震撼，而且还以一篇篇小说、散文，一首首诗歌得到了文学界的广泛关注，在强手如林的期刊市场，为自己赢得了一片灿烂的天空。现在，“阳光”人又以自己更为开放和包容的姿态，积极投身文学，真诚拥抱艺术了。

文学没有行业之分，只有诚实的表达——祝福《阳光》吧！

“十年辛苦不寻常，字字看来皆是血。”这是曹雪芹披阅十载著作《红楼梦》时的喟然长叹。我们“阳光人”不敢如是说，但说“十年辛苦，呕心沥血”并不算是过分。文学是一项寂寞的事业，编辑在寂寞中尤为寂寞，《阳光》十年，灿烂的阳光也染白了一代又一代人如墨的鬓角，但正是这一代代人“乐为他人作嫁衣”的精神，才使我们的《阳光》在今天得以如此灿烂和辉煌！此时此刻，我们想念他们，感谢他们！

想念他们，感谢他们，从某种意义上说，也就是怀想我们的文学！

2003年10月号《阳光》卷首语，9月9日，北京东城区和平里

生命的随想(二题)

生命的统计

首先,我要承认我对数字向来迟钝——即便现在,我看到一堆数字,脑袋也会嗡地一下胀得老大。一听说数码时代的到来,我更是吓得慌。我想,别人也好不到哪里去,比如一九五八年人们玩的“数字游戏”。当然,也有对此充满无限乐趣并能驾驭自如的人,一位当统计局局长的朋友就曾告诉我,有许多统计数字都是某些人在一年的年夜“结算”出来的。统计数字被“掺水”,变成某些官员往上爬的阶梯已是“公开的秘密”。

但我在这里说的不是这个,而是指死亡“数字”的统计。

这次由于 SARS 闹出的数字统计风波相信大家都不会忘记。这样的结果或多或少改变了人们对生命的重新认识。对于 SARS 这样突如其来的灾难,以及诸如交通事故、烟花爆竹、危险化学品、矿井瓦斯爆炸等事故引起的死亡,统计出一个翔实的数字,并运用百分比准确地计算死亡人数当然没错。我被触动的是由于这次SARS,人们能更多地把眼光投向一个个鲜活生命！这就使人感受到一束束人性的光辉了……多年来,我们对灾难、事故死亡的计算和认识,一般只限于数字统计。也许人们会因为某一次出现死亡的数字巨大而震惊和悲痛,却很少有人透过数字,去寻思那些不幸和无辜生命曾经的存在。“某地发生什么事故,死亡多少人”——这是我们所熟悉的腔调,听起来如同天气预报说“某地晴转多云,有小雪”一样,数字笼统而抽象,使受众在做着“欣赏”的看客姿态的同时,统计也变得异常功利。久而久之,由于数字本身的枯燥和机械,一些血肉之躯也变得麻木不仁,仿佛面对的是一株被砍倒的圆木,缺乏应有的对生命流逝的伤感,造成一种对个体生命的轻视、疏远和粗糙化的理解,谁还会想到那鲜活的生命呢?

我们身边不乏这样的笑话:某地的一位官员正在麻将场上,当秘书打来电话说某处发生危房坍塌,死了人时,他先是慌张、惊愕,待问清只死了一个人时,他停下的手却径自摸向麻将,说:“什么,才一个?”然后,关掉手机,手还慢慢地将那张牌摸到手上……最终,他当然是去现场了。但他对于死亡而表现出的明显的淡漠,却不是一个人的错,充分反映了“死亡”统计和领导者们仅仅在对死亡的“责任”感兴趣或只有一时的恐惧。处理事故的习惯,完全代替了人类生命本该有的人性和道德。是的,一个生命是简单、渺小的,但这生命却渗透在一个家庭中,他所有的亲人,他撒手的事和无法弥补的遗憾。而这些,都是数字无法承载的。死者已矣,还活着的人难道不清楚“这一个”背后的巨大和无限？情感是数字永远无法估算的。

《泰坦尼克号》曾火爆过一阵子。但老实说,许多人都会沉湎于电影里那一对情人的爱情故事中,被那凄艳坚贞的爱情故事打动,却很少有人想到电影本意张扬的个体生命存在与消逝的巨大反差……男女主角当然是,但那船长、医生、许多的母亲和小孩,那面对倾斜的甲板的提琴手、小乐队……在死亡的海水将要淹没他们,他们鲜活的生命受到灾难残酷打击、掠夺的时候,那种惊天地泣鬼神的生命关怀以悲剧呈现。美国有许多偏狭和可诅咒的地方,但他们热爱生命的精神,的确是回归了人性的本能。看过这部电影的人,恐怕都不会忘记那一个个生命洋溢的人,并恐怕至今都还在内心为他们祈祷、怜悯和哀息。"泰坦尼克号"死了一千五百多人,如今,我们在叙述那场事故的死亡数字时,当我们想到那些鲜活的生命时,我们的心情当然要比仅仅知道一些数字沉重得多。

当然,对死亡的人数总要统计的。但我以为这统计应该回到"死亡生命"的意义上来。这样才会使这件事情或者说工作变得更有人性和理性,才会使生命回到生命原有的尊严的位置,并显示出巨大的警示作用。一位叫舒衡哲的犹太裔汉学家说:"抽象是记忆最疯狂的敌人,它杀死记忆,因为抽象鼓吹拉开距离并且常常赞许淡漠。而我们必须提醒自己牢记在心的是:大屠杀意味着的不仅仅是六百万这个数字,而是一个人,加一个人,再加一个人……"在他认为,说日本兵杀了南京三十多万人,实际上也是以数字和术语的方式把大屠杀给抽象化了。而应该也是一个人,加一个人,再加一个人……一个个鲜活的生命和无数个鲜活的心灵！

当我们想起这一个个的生命，我们怎么会不憎恨日本军国主义以及他们的暧昧？当我们想起这一个个生命，我们怎么能漠视把无辜生命带向死亡的一切黑暗？

对于死亡的生命，这样统计才人道和有意义。

生命的“草稿”

SARS无疑是二十一世纪人类的一场灾难。灾难固然可怕、可咒。但灾难却最能够凸显人类的品质来。它像是一面照妖镜：善良与歹毒、磊落与阴险、坚强与畏缩、愚蠢与机智、喜悦与痛苦……都能在它面前一一“曝光”。这次SARS病毒侵扰，有许多医护人员冲锋陷阵，我深深记住的却是“姜素椿”这个名字。这位曾患鼻咽癌、脑出血的七十四岁的老军医在北京抢救首例SARS病人时不幸被SARS感染，但为了寻找治疗SARS的突破口，他毅然决然地用自己的生命进行了一场“生死试验”。作为世界上第一例尝试用康复血清治疗SARS的试验，他的成功立即引起了海内外的注意，并被运用到临床……每每想到他这种试验，我就心怀感激，为这位老人高尚的人品和大无畏的献身精神！为了更多生命的存在与健康，无疑，姜素椿是把自己的生命当作了“草稿”。

人生是打不得草稿的。俄罗斯作家契诃夫就曾叹息：“要是已经过来的那段人生，只是个草稿，有一次誊写，该有多好！”这有些孩子气，但道出的却是人类共揣的梦想。因为，“生命打不得草稿”是常识，更是无奈——生命打不得草稿，因为人的生命只有宝贵而有限的一次。它像一张洁白的稿纸，却又不像稿纸写坏了可以撕毁重来。它写完了这页，便就白纸黑字铁板钉钉，再也没有下页；它像一朵鲜花的开放，一朵花也许来年还会开，但它开过了，却只能永远缄默花蕊，在凋谢中永生。正因为这一次性，人生才演绎出许多故事，才会有悲欢离合，喜怒哀乐。人生如果能够打草稿，哪怕仅仅一次，那恐怕谁都不会放弃这机会，重新来过（当然，那重新来过的一次，也都会像一个“模子”倒出来，一个流水线型生产的产品了）。什么都有可能，唯有生命不可。但正因为这一次性，人生才显得弥足珍贵，无可替代，也正因这一次性，就逼得每个人在人生路上都要小心谨慎，认认真真，力争让有限的生命为人类创造出无限的财富和精神遗产。

生命打不得草稿，但为了让生命活得更有意义，更有价值，人类无时无刻不在利用各种形式打着“草稿”。为了人类民主、科学与自由，为了世界的“大同”，人们不断地以整个的生命孜孜不倦、不懈努力地探索、追求，甚至“抛头颅，洒热血”……正是一代又一代人在“草稿”中揉碎、滑落和永远消失，才使人类美好的页面变得更为明晰、完整和充满希望。人生在世，生命其实是被许多东西承载着的。比如信仰、志气、天赋等，这东西虽然看不见、摸不着，属于精神范畴，但它们却以它的无限承载有限的生命。所以，精神上，人类永远处于打“草稿”的状态。人类的种种哲学和生命价值、理论，就是由这样一张张草稿纸铺就的。这道理像“1 + 1 = 2”那样简单，但为了证明，陈景润们却不知用了多少草稿纸！还有一种便是物质上的，比如我们坐的汽车、飞机、轮船，甚至所睡的床，坐的椅子，都是因为它的物质属性，以它可以估算的价值承载着无限的生命。疾病、灾难、人生遭遇……人生被许多的不确定因素制约，人类的良知、道德的先驱者们理解并努力探索这自然和非自然的秘密，为了人类尊严，寻找使人类更为健康和长久生存的良方，发明并把这用来承载生命或让生命更为久远和宽广的物体，锻造得洁白无瑕，至善至美。今天，我们能生病求医，能安全地坐在飞机、汽车和轮船上，我们当然不能忘记当年发明者为此而打的“草稿”，甚至他们付出的生命的代价。

遗憾的是，我们有些人却无视发明者或思想者用生命打草稿而留下的这人类智慧的结晶。一辆报废的汽车，一艘不能超载的轮船，甚至不能开采、瓦斯容易爆炸的小煤窑，对它们的使用寿命所做的规定，本来就是无数生命的“草稿”所定下来的。但这些人偏偏熟视无睹，一意孤行，为一己之私利而置他人宝贵的生命于不顾，这不是最该诅咒的吗？

我一直关注着我国“神舟”号飞船的发射——“神舟”因为是载人飞船，所以在“神舟”五号成功发射之前我们已进行了几次试验，据说二号飞船发射成功时，其飞船的技术状态与载人飞船就基本一致了，但为了给宇航员提供更为可靠的生命保障系统，我们仍然一次次地进行试验，直到发射成功……看到这些消息，我就心怀感恩。这种感恩，不仅仅是因为那成功的喜悦，更多的是因为科学家对宇航员生命的体认和人性的关怀所付出的努力！为了不能打草稿的生命，我们必须一遍遍地给承载生命的物件打着“草稿”。

因为，这是人类起码的道德和良心！

“己所不欲，勿施于人。”即便无法如姜素椿老人那样悲壮和崇高，我们，也不能把良心扔给狗吧？

2003年9月11日，北京东城区和平里

消逝或者存在

——关于朝潮的小说《预产期》

和朝潮相识很久。但读他的小说却是第一次。这样,期待中就有些陌生和“仿佛”感。一如朝潮进入“南屏巷”,一路过去,了然于心的是他的现在。现在的“我”、苏琼和郭奶奶,真实存在的巷子和若有若无的陌生女人、杜家大儿子。扑朔迷离的过去,连“年龄最长的郭奶奶”也犯迷糊,谁还会清楚呢?而它的将来,苏琼尽管比她的“预产期”早了半个月,但却“生下了我的儿子”,“这可是我们南屏巷的香火啊!”——这其中受了怎样的刺激呢?

老实说,我很喜欢朝潮的这种叙事。仿佛有些鲁迅笔下的绍兴的样子,仿佛有些潮湿的青苔的踪迹。人飘忽不定的,如小巷中陡然穿过的一只猫,“喵喵”地对你叫两声,但你记住了它的模样,甚至连它那纵身一跃的踪影和细节也牢记于心。显然,苏琼的“预产期”与郭奶奶是有一定程度上的对应。一个是正在消失着的古老传统,一个是将要出生的将来。而这一切,在朝潮以为是生命的新陈代谢的客观规律,而生怕触及郭奶奶的往事。但在郭奶奶自己,江南女人的柔情中却透着豁达,那是一种经历了沧桑之后的平静和豁达。“我要做太婆了”，郭奶奶如是说。她深切地道出了对传统消逝的留恋，又何尝不是对新生的喜悦和向往？郭奶奶有些“九斤老太”的样子，也有搬弄是非、爱唠叨闲言碎语的嫌疑，但总体上，她是善良、和蔼和可亲的。朝潮翻出的是“南屏巷”的一张“月份牌”，只是这张“月份牌”因为有了温情的新生，陈旧，却陈旧得可爱。消失，就越发使人惆怅。一如江南的雨，是要有那把油纸伞的。

苏琼是美丽的，她“有一头浓密的长发，由一条丝巾宽松地束着，见有来客，时常浅浅一笑”。而那后搬进来的女人，“歌声像丝绸一样柔软，起着亮光。而这种亮光在南屏巷疏松幽深的夜色里一闪一闪的，来回游动，轻易地调动起小巷人一些迷信的联想”。她很神秘，神秘得“神龙不见首尾”，是一种凄美吧？而郭奶奶“有关南屏巷的正史野史”，她“无疑是现存的最权威的活页版本了”！尽管她年岁已高，有时叙说起来不免“颠三倒四”，但形象竟活灵活现，栩栩如生，真实地存在着了！多事而有些落寞，善良而有些碎嘴。这几个女人构成了“南屏巷”现世的真实。苏琼一天天为肚子里的新生儿忙活，陌生女人也许偶然会有些暧昧，郭奶奶朝着死亡的道路一步步地深入。其间，流溢出的世态炎凉，邻里情感，乃至道德伦理都明显的，让你有些发愁，有些欣喜，而终于随着苏琼儿子的降生，定格在南方的小巷上空。

也有男人。“我”作为苏琼的丈夫，“南屏巷”的一位在场者，更多的如播放过旧电影的“看客”。还有那位曾让神秘女人挽过胳膊的男人，由于有车，当然身份也就显得不同凡响。但他终于还只能将车子停在南屏巷之外，而“每个礼拜也就回来一两次”。

而很斯文，戴着眼镜的赵医生心里竟会有一些骚动，“一直呆呆地站在门口”。这些，都是一个古老巷子里的平常生活，绝大多数时间，我们的日子也都是这样。南屏巷历史上，也出过一位为整治江河出过力的右副都御史的，这个让小巷骄傲的男人，毕竟过去了。现在有出息的男人是“杜家大儿子”，这位原先教书的杜家儿子，因做了电视台的副台长，就使郭奶奶自豪不已。她用手指指点点着说：“不管搬到哪里，他杜家大儿子总归是我们南屏巷里出去的人。”她总是这么肯定，一如肯定那位陌生女人“受不了”，喜欢这样盖棺论定。

“肯定”终于起了作用。杜家大儿子掌管的电视台安排对“南屏巷”的一次城建报道，为这种“肯定”作了些预兆和真实。再就是巷的墙面上出现了无数个血红的“拆”字。一种古老的消失，是不可避免的了。朝潮漫不经心地计算着“预产期”，也漫不经意地叙述，而那新与旧、古老与新生、怀念与拒绝，便在这有雨的巷子一丝不苟地凸显出来。让人陡然明白“杜家大儿子”就是一个楔子。“南屏巷”纠缠不清、是是非非的传闻和故事就要烟消云散了。最后，郭奶奶是清醒过来了，而苏琼更是经历了一种痛苦的分娩，这到底是怎样的一种事物的新生，才使这一切比“预产期”要提前到来呢？一股淡淡的哀伤，“我”且小心地回避着不说，但那氤氲在文字之中的，我们是读得出来的。同时读出的当然还有朝潮精心和充分的叙述，以及鲜活的细节，依稀一段“城南旧事”，谁会怀疑《预产期》不是一首凄美的诗呢？

我说我喜欢朝潮的这种叙事，当然是他的这种叙述打动了我的心灵。也许这就是一种艺术感染力在起作用吧。我与朝潮相识、相知，知道他是一位诗人，而知道得更多的则是他也做着一家刊物的主编。在这个“让谁倒霉，就让谁当主编”的纸质媒体受到挤兑的年代，我们差不多有着相同的心境和体会。但我们见面都讷讷的，根本不想过多地涉及，仿佛面对的就是那个南屏小巷，多姿而纷繁，低吟而欢欣。故事是有的，忧伤也是有的，但我们都在“预产期”里期盼着新生儿的到来、成长与美丽。我们也都清瘦着，但也都坚韧着。朝潮，不是吗？

2003年10月17日，北京东城区和平里

雪是大地的粮食

冷不丁就下了三场雪了。在白雪的晨际推开窗子,我心里竟涌出一份莫名的喜悦。皑皑白雪包裹了纷扰的世界,眼前变得一片澄明:大地在白雪中望不到尽头,城市里的楼房和树木银装素裹,汽车驮着一车的雪花,在迤迤地动着。雪,摧毁了路边一些胳膊粗的树,未落尽的树叶探头探脑,像一只招风的耳朵,尽情地撒欢和倾听着什么。有那么一刹那,我有些恍惚。

记得年少时不是这样的。那些下雪的日子,我总是按捺不住内心的冲动,呼朋唤友地跑到雪地里嬉戏。要么揉起雪团做“子弹”,互相抛砸、撒欢;要么就堆“雪人”,高高大大的雪人在冬日里绽着一副无奈的笑……偶尔,我们还会在雪地里扫出一块空地,撒上零星的稻谷,引诱麻雀的啄食,然后用扣在上面的筛子之类的竹器捕获它们……一年年的白雪赋予童年的是欢乐、惊奇,但也悄无声息地改变着大地,改变着人。我不知道,我们是从哪年冬天就不再玩这雪地的游戏了。只是现在,心中尽管有些冲动,但终究没有动作的欲念。现在的雪,与我年少时的雪没什么不同,不同的只是我们的心境。人哪!是不是真的当有一根白发横生在鬓角,就冲淡了童稚无瑕的浪漫和激情呢?这悄然而生的如雪的白发!

其实,在京城下第一场大雪时,我们很快就踏上了东北的黑土地。我们到那儿时,正是凌晨时分,巨大的日头轻轻挂在高高的树梢上,天空一抹殷红,高粱大豆收拾殆尽的庄稼地空空旷旷的,那被收割掉的稻田,脱粒的稻草已经被庄稼人堆放在田野,或匍匐如虎,或连绵成山,或孤独似狼,从早晨的大地田园泛出的是收获的气息。东北人豪爽粗犷,但也是勤劳而细致的。看他们那样子,仿佛是收拾好了自家的庭院,静静地在等着一场冬雪的到来。大雪是庄稼人的朋友、大地的粮食,也是一切害虫的天敌。它总是适时而至,帮庄稼人清除一切害虫,一些病菌,净化土地,为他们来年的播种做好准备。对此,雪乡人更是深有体会的。大雪纷飞的日子,他们可以偎着火炕大碗大碗地喝酒、大口大口地吃肉,间或全副武装上山狩猎,拖着冰橇在雪地上滑行,甚至会亲自动手用冰雪雕砌他们的梦想,让雪装扮生活,净化心灵。

接二连三的大雪,终于让我窗外的银杏树脱尽了它最后一片叶子,如铁的枝干伸向灰色的天空,一派肃静。融化未尽的白雪有的依然蛰伏在屋顶,像一只只小白猫跳跃、蜷曲着,仿佛还睁了一双眼,望着待在暖气里的我们——编完今年最后一期杂志,我长长地吁了一口气,一如下完雪的天空,轻松了很多。雪是大地的粮食,我们制造的是精神的食粮。只是,雪在季节变换中降临,我们一年四季却要不停地耕作——瑞雪兆丰年,明年,我们将会有怎样的收成?

2003年12月号《阳光》卷首语,11月28日,北京东城区和平里

零碎时间

像一把钢锯挥舞在头顶，我甚至听到它尖锐而悠扬的锯声，看到铁或木的碎屑在纷纷扬扬地飞舞。钢铁在现实的锯声中一般是尖锐的，有些迟钝的感觉。而锯树木就简单多了。它轻松、愉快，在熟练的木工手中简直还有一种优雅的姿势。木匠微微低头，全部的力量都放在手上。他的肩胛、屁股沾满午后的阳光，阳光照着他的头发，将木屑的尘粒映衬得一片金黄。有时，两双粗糙的手相互拉扯钢锯，滚圆的树木在他们的眼皮底下一寸一寸地断开——不像锯钢铁，那里充满着时间的对抗和断裂。

在乡下，我有的是机会看木工们这种“成人的游戏”。当然，我不能用一整天时间来观看，虽然木工们利用的是系统的日子或几个劳动日进行这种活动。一棵树从砍伐、劈枝到码成整整齐齐的圆木堆，置放一段时间，然后到剥皮、打线，切割成木工们需要组合的农具、家具、门槛什么的，等待的时间是漫长的，其中有着漫不经心的精心计算和设计。结果所呈现的一件完美的家具或豪华的门框，好像就是木工们用那零碎的时间拼凑成的。这一件完整和有益的东西，甚至一件工艺品，在时间里得以无限延长。最后，木工脸上洋溢着成功的自豪和满足，主人家也充满喜悦和舒心。事实上，这就是一个零碎时间拼凑起来的完整的时间轮廓，并及时地显示出了时间的强大。与此同时，木工们在这零碎且乱的时间里，靠自己的技术、力量、想象，赢得了人们的尊重和爱戴，并由零碎时间拼凑出了起码的生存需要，收获着时间消逝所赋予的生命果实。我不能忘记少年时看到的木匠在阳光下劳动的身姿，这就是零碎时间留给我的。

零碎时间不被利用之前一般都是无用的。比如一堆零乱的木头，没有整合仅仅就是木头，它随时都有腐烂和丢弃的可能；比如纷纷扬扬的木屑，如果不收扫起来，断然是不能作为燃烧的原料的。漫长的时间，充斥着无数的零碎时间，整块的时间因而让人们得以遐想。遗憾的是，享用时间的幸福感却使人们丧失掌握它的警惕性，大到利用漫长的岁月进行无义的战争、疯狂的游戏，小到“一杯茶，一支烟，一张报纸看半天”的无谓消耗。倒是很多珍惜时间的人，往往更珍惜零碎的时间。马上、枕上、厕上之谓“三上”，“冬者，岁之余；夜者，日之余；阴雨者，时之余也”的“三余”，都是这种珍惜时间的古典例子，它有着健康、向上、积极的味道。而更多的时间都被我们无情地肢解了。在早晨的菜市场里，时间被肢解成一堆堆萝卜、一撮撮青菜、一块块羊肉和一斤斤小葱，在小商小贩们与顾客讨价还价的争吵时，时间被切割、整合成一桩桩“生意”。商贩们得到一笔时间的经济，顾客们整合一桌子的佳肴。这也可以做零碎时间被运用成功的例子。由此可见，零碎时间的运用就是做一桩灵魂的“生意”。

“非典”时期的北京,渐渐弄得有点风声鹤唳的味道了。城市在一夜之间仿佛变成了一座空城。人们在恐惧中坚守,由于不敢串门和互相走动,最大的好处就是拥有了系统的时间。对于平时缺乏时间的人,这是唯一的好处。但我吃惊地发现,这系统的时间由于“非典”的残酷事实,尽管有了时间和空间意义上的完整,但仍然残缺。一种介入时间之中的灵魂的残缺、理性的残缺。恐惧、担心、憎恨、期盼种种时间之外的东西破门而入,拥挤在时间的河道,同样将那时间切割得支离破碎,甚至混乱不堪。“非典时期好读书”是那时的流行语,但真正能这样做的人仍然不能安心,因为时间同时在被非时间的概念侵扰时浪费更大。可见,时间不仅仅是一个时间的概念,它还是一个心灵的概念、思想的概念,甚至是一个生命的概念。纯粹地、完整地在使用系统时间的人,那也必须在一片澄明、轻松的和有目的的生活中得以实现。一个心无旁骛的人,能将零碎时间缀成一块完整的;一个无所事事的人会将所有美好时光敲打成碎片然后虚掷一空,形成时间的“黑洞”。主宰时间,归根到底还是要有韧性、智慧和良好的目的与心态。

我经常有一把钢锯挥舞在头顶的感觉,有一天,我突然发现那锯的竟是时间之树——我自己的时间之树。我很少的闲暇就像那纷纷扬扬的木屑无法收拢。这情形使我像置身在大雾的天气里,雾久久不散,阳光铆足了劲却穿透不了,驱散不开。我大块大块的时间,已被所谓的工作完全占用,而又由于生存环境的局限,我确实找不到一整块时间:它常常是工作与休息、上班与下班无法分开。这样,也使我的精神一直处于工作着的状态。而工作，也一直是为了起码的生计。生计、工作、生计的循环，当然会穿插一种强烈的责任感。某些时刻，我感觉，我的时间之树就是一棵钢铁之树，锯与钢铁在尖锐地对抗、断裂，然后零碎——我利用这零碎时间，就有拾起几两零碎银子的满足。

2003 年 12 月 18 日，北京东城区和平里

想到就写

想到就写

忙得一头雾水的时候，写作其实是一件很奢侈的事。因此，我只能说，想到就写。想到就写，我还得改变我以前的那种想到，也不一定能写的窘状。这样的改变，我正在努力。

细细检点起来，我竟不知道天天所忙何事。很多的日子，唯有写作，才能使我的心灵感到充实和温暖。我想，写作既然已经深深地嵌入了我们的生命，我们当然无法轻言放弃，但也无法量化。从这个意义上说，想到就写，实际上是我们每一个写作者所共同面对的问题。

写作者的野心永远只在稿纸上。我实在说不出什么帽大一尺的话来，所有的打算，只能是学着、爱着，想着，写着，以自己最为诚实的态度，回报关心我的师长、朋友和亲人。

关于诗歌

之于心灵,我觉得诗歌是最能抚慰它的一只圣洁的手。所以我崇敬诗歌,敬佩诗人,也一直坚持选择以诗歌表达自我,表达我无法用其他文体表达的内心。里尔克说:“应该耐心等待,终其一生尽可能长久地收集意蕴和甜美,最后或许还能写成十行好诗。”我十分同意他的这种看法。在无法回避一种诗意的东西在我生命中出现时,我愿意和希望接受诗歌光芒的照耀和洗礼。

我的散文诗观

我理解的散文诗,或许是关于现实与风景的邂逅、美的残片、哲理的闪电……是一瞬间的事。诗性,在这种文体中得到强烈凸显。由此,我不喜欢那种刻意追求文体效果的文字。我在写时,也如写散文、诗及其他文体一样,一切皆服从于自己心灵和审美的需要。这样做,使我很轻松,而形成的文字也自觉属于自然。有时,它就这样极大地满足了我情感的书写,没有它的存在,我真不知道一种偶然的冲动该如何处理。

我的散文观

我说过,在我的倾向里,散文就是那种恣意、鲜活的,有一种飞翔的姿势,或者能拧出青草汁的东西。现在想,我喜欢与坚持的正是散文那种内在的自由精神。内心和灵魂的自由真的很舒服。而“能拧出青草汁”,恰恰符合我对文字的审美要求。这可以不可以说,生命无论轻盈或沉重,散文于我,也是追求个性与自由的一种方式?

读张承志

读张承志,那种布满草原气息、青藤缠绕般的文字,常常使我失去耐力,这也包括读他屡屡不忘的《黑骏马》。但我从来没有像今天读张承志散文那样的怦然心动。张承志或许天生就是一个思想者,他用文字表达了他关于民族,关于危机,关于国家的非政治性的思考。我想,这是二十世纪末浮躁的生活里一个很有穿透力的声音,我希望这种声音,不仅只在我的耳边游荡,还应该被更加有使命感和责任心的布道者铭记心怀……

常常出现这样的情形:在寂静的夜晚,我被张承志的语言搅得彻夜难眠,我被他感动,当然不仅仅是文字——尽管这方面他已非常杰出,但他身上滚烫的那火热的、血淋淋的心,就如悬挂在我面前的物体,使我无法不去正视、凝望它……蒙田,也许太善意了;卢梭,也许太激动了,但都没有现在张承志的出现让我震撼!精神,这个被无数人挪用过的字眼,对于张承志来说,已是他寻求的终极目标了。他像古代神话中的西西弗,一遍又一遍地推动着那块精神的巨石,他从心里企望那块巨石不再滚下,但是,没有,也没用。

这或许就是一种宿命。张承志就是这种宿命的承载者。现在有好多年没有见他的作品了。我想他肯定还在写着，在思考着，一个思想者也许并不一定要用文字表达，有生命的思想，这就足够了，祝福他！

谈李成虎的散文

读成虎的散文，如读其人。青海“花儿”的滋养，绵厚醇香的酒的激发，都使人感觉他在高原上朝着高亢、清越和悠远的一脉奔突，且舞且蹈，无障无碍——他就是带着这股自由奔放的精神，让自己的灵魂在文字里得以安歇的。

谈许世旭的散文

许世旭的散文，依我看是属于人们说的“艺术散文”那一脉。文字不长，那短中却交混着一种稠稠的情感和令人难以捉摸的魅力。毕竟是异乡的感觉（或者说不是纯粹的汉语的感觉），我读来，感情就有些隔膜，但无疑他本身的情感是细腻、诗性的，也具备了东方古典的艺术之美。

写　作

写作大都缘于对童年的记忆。因为童年有无忧无虑的欢乐，而体会出的世界是最深刻、真切和向善的。因此，可不可以说，欢乐的时光才是创作的原动力呢？

而后来的一切都是一些掺了沙子的记忆了，这种记忆尽管有能分得清楚的痛苦与喜悦，但也总有夸张和复杂的成分，它远不如童年的记忆来得那么纯粹、清晰和长久，覆盖了一切——“愤怒出诗人”，只是一瞬间，这一瞬间也不抵童年欢乐的“瞬间”。

2003 年 12 月 29 日，北京东城区和平里

过　年

年说来就要来了。仿佛是谁挥舞着的一只时间的魔手，在时空中突然的定格——过年，无论怎么想，我都觉得这两个刚劲有力的大字透着喜庆，也透着无奈，倾诉着人们对时光匆匆流逝的一缕惆怅和顺从。它似乎是一条时间之岸，让倦游在时间之水里的人们得以歇息；还如一阵疾风，把四散的心灵吹到它该到达的地方；更像是在进行一项重要的人生仪式，让人生因为“年”而得到一次修复和完善。

新年之“新”，开始在窗明几净的环境中昭示，也在大人小孩的新衣裳上呈现。尽管，我们大人不如小孩，现在已无法从内心嗅出过年时洋溢出的崭新的气味，但“年”那庄严、隆重和辞旧迎新的氛围，依然会浓浓地包裹和感染我们。过年，对于成年人来说，似乎就是一个仪式，一个让人的心情得以修复的仪式。一年过去，因为过年，我们得以郑重其事地亲近一回家，亲近一次亲人和朋友，我们因烦恼缠绕而出现的糟糕的情绪，在其时得到一次充分的调整；我们由于某种失误而造成残缺的心，在亲人温暖的目光抚摸下得以圆满地弥合。与此同时，一年里，我们因为自己的努力和机缘而成就事业的喜悦，我们想极力张扬和出格的心情，也会因为听亲人善意的提醒而有所珍惜和警惕。当然，我们还会利用这阖家团圆、享受天伦之乐的机会，冷静地思考和总结自己一年来的成败得失……如一只飞翔的鸟儿，我们要检测自己的翅膀；如一条远行的船，我们要备足下一次出航的油料。相信，许许多多人都会把过年看作是一次心情自我修复的精神驿站，当作倦鸟归林、乐而思蜀的一次心灵的栖息地。

过年，又总会与老家联系在一起。“有钱无钱，回家过年”是一句民谚，更是“过年”这个传统仪式能够隆重与完成的前提。在路上，在车站，平时我们看见男男女女、老老少少攒动的人头，我们看着他（她）们或拎或扛大大小小的包，不知道他（她）们从哪里来，又要到哪里去。实际上陌生和不可预测的未来，也使他（她）们对自己的一年漂泊充满惶惑和不安。但现在，我们再见到同样的场面，置身其中，我们看到他（她）们的神情，一下子就明白了他（她）们要抵达的终点就是老家！“老家”，有过年时的温暖、宽容和安全可靠的意义，这样年复一年，一次又一次被强烈地凸显出来，显现出中国人以家为本的人生趣味。在家中，人们感受着幸福、美满，享受父母、兄弟姐妹以及家庭的天伦之乐，也会找机会在逝去的亲人墓前燃香焚纸，倾吐自己一年经历的甜酸苦辣。在乡村，人们除了能够被抚摸、理解、激励和修复好自己的心情之外，还会在打豆腐、腊八粥、祭灶神、拜祖宗、放鞭炮、吃年饭、观花灯、闹元宵等一系列的民俗活动中，度过快乐的农历新年的时光，唤回自己温馨的童年，体察到年文化的芬芳——我们应该看到，现代社会日新月异的变化和快节奏的生活，那种被钢筋混凝土“强暴”的土地，已残酷地蒸发了乡土民俗，剥离了我们民族的一些传统美德。也许，新的文明还处于襁褓之中，但那毕竟还是一件很遥远的事情。过年，恰好就深深地补上了这样的一课，它唤醒了我们关于民俗的一些记忆，从而也使我们传统的民俗文化在过年的时候得以修复、文明和完美。过年，一年尽管只有这一次，但这种民俗的温习，却使我们民俗文化的这一脉清泉不会枯竭，甚至激浊扬清，还会形成一股生生不息的新的民俗文化之源。

“回家多好啊！”美国著名哲学家威廉·詹姆斯在临终前曾这样慨叹着——离开给他生命的美国本土，他一生都在欧洲游历。但他由此成就的一切荣誉和所有事业，最终都没有能够代替在他心里日思夜想的那个家。最后，他还是回家了。但就在轮船快要靠岸的时候，他却直挺挺地倒在了船的甲板上，倒在了他一生对于家的梦想里，造成一个生命的遗憾……家，看来，对于我们人类来说，无一例外都是我们人生的避风之港，是牵系我们游子这一只漂泊风筝的双手，是一个人生命最深处的怀想和留恋——从这个意义说，我们都想说上一句：“过年真好！”

2004 年 1 月 11 日，北京东城区和平里

害怕讲话

嘴巴的功能之一就是说话。所谓衣来伸手，饭来张口，也总得用嘴说出来。要不然，别人是不知道给你衣穿还是喂你饭吃的。这种简单的话，除了哑巴，我想人人都会说，谈不上让人多害怕，就是害怕，也会说得出来。我害怕的是——讲话。这“讲”与“说”意思尽管差不多，但学问可就大多了。有一本杂志不叫《说话与口才》而叫《演讲与口才》，可见说话不重在口才，而讲话却能显示一个人的口才。或口若悬河，滔滔不绝，或结结巴巴，不知所云，但前者大都让人钦佩，而后者却连自己也惶恐不安。

我就属于那种不会讲话的人。这主要表现在，一遇到讲话就浑身发热，胸怀忐忑，坐立不安，生怕大会主持人和别的什么人的眼光扫到我身上。再者，要真的被逼上梁山，我讲起话来毫无条理，牛头不对马嘴，结结巴巴讲半天，连自己也不知说了什么。害怕讲话，一遇到讲话的场合，我就喜欢躲在后面坐，喜欢低着头；害怕讲话，就特别佩服那些会讲话的人，喜欢讲得谈笑风生、诙谐有趣、常常引得满堂喝彩声的人；喜欢那些一本正经、严肃认真，讲得有条不紊、一丝不乱的人；喜欢那些学识渊博、讲话引经据典、旁征博引的人……会讲话的人很多，讲的方式也不一样，有的大吹大擂，脸都不红；有的轻言细语，头都不摇，但他们真的都会讲话，真的让我敬佩得五体投地，唏嘘不已啊。

害怕讲话，还因为自己不会说标准的普通话，是那种腿上沾泥，头上顶稻草的乡巴佬。后来出了个贾平凹，他说“普通话是普通人说的话”，心中窃喜，就私下引为同道，一旦别人指责我满口乡音，我就理直气壮地引出了这话。但细想这话就不灵，毛泽东是一口湖南腔，但老人家一开口讲话就让“中国人民站起来了”。邓小平一口四川话，一讲就讲出了个春天的故事。你有这本事吗？可见，用讲不来普通话搪塞自己与别人，也不全对。

害怕讲话，如前所述，不等于我不说话。不管人家爱听不爱听，我都会说真话。细想起来，我之所以害怕讲话，是怕坐在主席台上“正儿八经”地讲，害怕被别人点名一定要讲的话。其实，我私下里觉得自己还能讲话，与朋友促膝谈心，天南海北，山高水长，心里倒也不怎么发怵。记得二十几岁时，人家还送了我一个“铁嘴徐”的绰号，那是因为听到别人讲歪理，我总喜欢插嘴与他辩个明白，嘴巴可能也不饶人。后来越来越害怕讲话，除了不想讲话，可能还与自己肚子里的“货”越来越少有关，与自己生了副“苦大仇深”的脸而幽默不起有关，与自己没有“领导”意识，没有纵横捭阖、一张一弛、一开一合的“口才”有关；害怕讲话，是因为自己有时真的脸红，也与放不下架子的虚伪有关……说千道万，害怕讲话，是因为害怕自己的耳朵听不得一些官话、假话、套话有关！

哗啦啦，掌声响起来……又在欢迎某某同志讲话了……人，就是这样，你不会讲，不等于别人不会讲。有人一讲就是半天，有人一讲就是半年，有人一讲就讲了一辈子，讲到两鬓苍苍越发“炉火纯青”。现在，我凝望着面前的这位讲话者，望着，望着，就如坠五里云雾之中，头脑嗡地一下子大了起来……讲话，有时真的就这样让人害怕啊！

2004年1月12日，北京西郊宾馆

怀念钢笔的书写

这文章原来的题目叫《怀念钢笔》。但细想，我真正怀念的是那钢笔书写的味道，更进一步说，是特别怀念那钢笔书写的时代。那稿纸的芬芳、钢笔书写的流利、字迹的真实，都会让我的心坎生出一份情意，如寒冬点燃了一炉熊熊燃烧的炭火，不仅暖，还会让人眼睛一亮。

但现在很少有这种感觉了。电脑键盘敲打的快速便捷，早就让钢笔退避三舍了。就是有笔，也都是那一次性的活性炭笔、圆珠笔。相比较钢笔，写完也就完了，轻松而无珍惜的必要。这些笔握在手上，总觉得怪怪的，特别是那些造型古怪、花样繁多的笔，或方或圆，握在手上不是轻飘飘，就是有些硌手。写不了几天，又老担心它很快油干墨竭，感情上总有些隔膜。只是那换笔的节奏，犹如有钱的款爷不断更新的情人和小秘，多少有些新鲜。

怀念钢笔书写的年代，当然离不开钢笔，真怀念那有些故事的钢笔。记忆中，我接触到的第一支钢笔是小叔给的。小叔是公社的武装部长，在一个山区公社工作。有年暑假我随小叔去了他那里，他就送了我一支“新农村”牌的黑色钢笔。但在学校，我没用上三天就丢了，就在班上大声嚷嚷，嚷了一会儿，钢笔就奇迹般地出现在我面前。有一位在我桌上坐了一会儿的同学，脸也红了。我认定是他偷的，但钢笔既然找回来了，我也就罢了。从那以后，我手中就一直有钢笔，从“新农村”到“金星”“英雄”……记忆里有一支“新农村”钢笔相伴我写了很多年，写得很流利，也很顺畅，可惜写到最后笔尖还是分叉了。

经济上不宽裕，我一直没用过一支昂贵的钢笔。但笔不在贵贱，只在于流畅不流畅。写得很流畅的钢笔仿佛一个知音，总有无数的知心话想与它交流；写得不顺手的笔，就像是结交了一个恶劣的朋友，它总爱调皮捣蛋，不时地滴下一摊墨水，或写着写着，就写不出来了。用这种钢笔就好比与一个女子结婚，怎样播种也生不出孩子，但由于生活了一段时间，爱虽说爱不上来，扔却也舍不得扔。幸好这是“好笔”，还不至于像那种女子，相爱不相爱的都要厮守一辈子。

由于喜欢流利的钢笔，爱屋及乌，我对那手握流利钢笔书写的人，也总是十分地热爱和亲近。偶尔借到这人的钢笔在手上一用，漂亮以及流利的书写，就让我对那笔的主人也产生一份莫名的好感和大大的敬意。想与我一样喜欢这钢笔的人，肯定也有与我一样的书写时的心境、志气和才智，有时也想“夺人所爱”，转而一想“朋友之妻不可欺”，又只好作罢。但对那钢笔的主人却心存一份长久的好感。

现在，所谓“一次性”笔的品种是越来越多了，多得就像古代出身贫寒却不知珍重自己的烟花女子。出入小巷，却见不到一个让人惊艳的奇女——好钢笔如好女子，它不仅漂亮、大方、尊贵、可人，而且还应该有那万种才情。一般的青楼女子纵然能“回眸一笑百媚生”，但透着的也只是一种虚情假意。这种一次性的钢笔，就像这种女人。

钢笔书写的年代已渐去渐远，就仿佛一个时代结束——如同一支钢笔写尽，干而涸之。

2004 年 1 月 12 日，北京西郊宾馆

于寒枝上育新蕾

——记著名歌唱艺术家邓玉华和她的育华艺校

一

就像午荷盛放在水中，红梅开在白雪里，一位歌唱家的艺术生命总旋转在舞台上。

这样的生命，因舞台而丰富，因歌唱而美丽。

或许正因为如此，从十六岁那年开始，她的身心就没有一刻离开过舞台，嗓子也一刻没有离开过歌唱。《毛主席的话儿记心上》《映山红》《革命熔炉火最红》《情深谊长》……也正是因了这舞台和歌唱，她用自己甜美的嗓音和独特的混声唱法穿越了时空，在凤鸟齐鸣的音乐之林赢得了一席之地，得到了老中青三代人的热烈欢迎和人们衷心的爱戴和敬重……

几十年的时光转瞬即逝，她从一个鲜花般烂漫的少女变成一位气质翩翩的老艺术家……无论是校园民谣、港台歌曲，还是黄土高坡刮来的西北风和东北风，她都始终保持着自己的艺术风格，用她清纯的声音、充满激情和艺术的歌唱，追随着音乐的翅膀，翱翔在蓝天白云之中。歌声如一道清泉长久地流淌在人们的心田，叫人至今听起来还忍不住激动，怀揣一份对生命和艺术的幻想。

就像许多老艺术家那样，现在，她仍然有许多推托不了的演出、难以辞却的演唱，依然活跃在舞台和荧屏上。人们称她是“天上飞来的金丝鸟”——一只不老的金丝鸟！音乐和歌唱是不分年龄和界线的，但歌唱家是青春激情的偶像。如此想，她是够幸运的了！再退一步说，即便不上舞台，她也可以如同其他老艺术家一样，深情地回味着鲜花和掌声，享受艺术的成果、成就的辉煌，安心而舒适地度过自己幸福的晚年。

但谁又会想到，在人生的金秋季节，她却从舞台上延伸，创办了一所艺校，让自己的艺术生命又结出一朵硕大无比的花呢？

她，就是著名的歌唱艺术家——邓玉华。

二

在一个宁静而温暖的冬日上午，我坐在了她面前。

她的居所是在远离闹市的京郊“王府家庭农场”。那里鸟语花香，环境怡人，一种田园般幽静的生活，使她天天置身于大自然的和谐之中。早晨，她可以走到池塘边与鱼儿对话；黄昏，她可以对着路边的小花唱歌……三百平方米的院子里种满了花草，闲来她就与老伴给花草剪枝，修理整个院子。冬天，娇贵的花草已被搬进了花房。我推开花房，一股浓香扑鼻而来，沁人肺腑。

话题从“老师”这个圣洁的词语开始了——

她说：“我从小的梦想就是当老师。在我看来，每个人从小到大的所学、所得，都是老师培育的结果。老师，在我心目中就是一个神秘、神圣的字眼。说来你也许不相信，我那时候想当老师，还因为我家里穷，兄妹五个，常常交不起学费。小时候我喜欢唱歌，初中毕业我考上北师大附中音乐系，时逢很多艺术团体招生，为了减轻家里的负担，我报考了煤矿文工团。那时想法也很单纯，就是想学会唱歌后出来当老师，教人唱歌……”

这是一个难得的闲暇。她身着紫色的线衣，罩着一件红马甲，我们相视而坐。尽管我们已是多年的熟人，但我依然细细地凝望着，希冀在她充满活力的神情里，捕捉到她那饱经沧桑的辛酸，贫穷的童年时代的影子，但是没有。相反，我倒被她纯洁而快乐的情绪感染了，仿佛触摸到了一个歌唱家的那颗跳动的艺术之心，分享着她的自豪和骄傲！

作为一名歌唱家，无疑她成功了！她的成功，不仅在于她成了一位著名的艺术家，还在于她圆了少年时所做的当老师的梦：

——从七十年代开始，她就一边做演员，一边开始教文工团创办的各种培训班的学员们学习发声，教唱歌。

——“请进来，走出去。”在矿区，在基层，她常常为那些如饥似渴的学音乐的孩子讲课。

——在她长长的歌唱生涯中，她身边几乎就从没缺少过学生，人们都亲切地喊她“邓老师”。

这可以算作她当老师的一段履历吧？她说：“每当我看到一些十二三岁的孩子音乐感觉和表演能力都不错时，我就想，这些孩子如果像我一样生在北京，有着良好的学习音乐的环境，都会成才的。情不自禁地，我总想教教他们。”我恍然大悟，自从认识她的那天起，我就人云亦云地喊她“邓老师”，原来，她早已是桃李满天下！

梦无止境。她依然想着把这“梦”做大、做圆！

三

“如果我是太阳，我就会发挥我的热量；如果我是月亮，我就会发出灼人的光辉。”不记得这是谁说的话了，但从她在舞台上和办学的艺术实践来看，这分明是她艺术人生真实动人的写照。

一九九八年，北京育华艺术学校开学。学校有国家承认的双学历证书，开设了声乐、舞蹈、戏剧表演、器乐等专业课。作为创办人，她一开始就亮出了自己的办学宗旨：培养合格的艺术人才，为他们考上专业艺术院校铺路搭桥！也就是从那天起，人们只要一说到北京育华艺术学校，就把学校与她的名字紧紧地联系在一起。

望着她亲手招收进来的学生齐整整地站在面前，天真、活泼中透着几分淘气和顽皮，她乐滋滋的。这些来自全国各地的学生对艺术有着执着的追求和爱恋，但大都又由于娇生惯养而懵懂、胆怯，天性调皮捣蛋……更多的，还因第一次远离家门而想家哭鼻子。她既像老师又像母亲一样耐心地开导和鼓励，和他们进行心灵的沟通和交流，让他们在艺术的海洋里快乐地学习和生活。

她生活在学生们中间，和他们探讨艺术的魅力，回忆歌唱的人生；她细致耐心地听老师们给学生上课，然后与老师交换看法，再具体辅导。为了使学生迅速地成长，她还和老伴常常有针对性地给孩子们“开小灶”。即便身体不适，她也忘不了让司机将那些孩子送回家里。跟学生们在一起，她常常废寝忘食。“看着学生们的进步，就像是自己的生命得到了滋润一样。”“我希望这些孩子都能踩着我的肩膀一步一步往上爬！”她如是说。

不像平时那些一口一个“邓老师长，邓老师短”亲亲热热的学徒，这些孩子是一群艺术青春的鸡雏，是一群在草原上撒蹄奔跑的马驹！管教他们很不容易。为此，学校制定了规章制度，采取了封闭式的教育。每天从晨练开始，学生必须按时起床、出操、就餐、上下课、就寝、熄灯。学艺先学做人。为了做好学生的思想工作，她让学校与每位学生家长都建立密切的联系，通过书信与电话，经常互通情况。仅二〇〇三年一年，学校就给学生家长发了六百零七封信，打了一千四百多次电话，她关注着孩子们的点滴进步，对每个学生的情况都了如指掌。

为了让学生掌握从事艺术的本领和舞台实践，开拓他们的视野，她还接受中央电视台、北京电视台、山东电视台、广州轻音乐团等单位的邀请与安排，并与中国煤矿文联、昌平区文化局、防化工程指挥学院、六一九三三部队、北七家镇政府等单位联系，让学生们进行演出；她还要求学校每周都要举办一次学生音乐会和汇报演出，经常举行业务考核和节目排练，锻炼学生……

学生素质参差不齐，家庭环境贫富不等。有的家在农村，有的身居煤矿，有的是单亲家庭……还有些学生无法交齐学费，但每每看到孩子们强烈的求知欲，渴望到“育华”学习的眼神，她总是富有爱心地接收他们。于是，她的艺校就有了双胞胎、表姐妹共同入学、一起学习的镜头。学校也从当初的七十多人发展到今天的二百多人，受到北京市教委的好评，并被评为先进办学单位……

她说，她最大的欣慰是学生考上自己理想的艺术院校，在舞台上展示他们的才华。最难过的是一个有天分的孩子被他的家长领走……“你可能也知道，有些孩子家长觉得孩子学得差不多了，就开始让他们赚钱……那时，我真难受！”她说。

四

几天以后，我读到了她在二十个世纪九十年代初写的一篇文章——《于寒枝上育新蕾》。她写道：

> 人生旅途，就像在浩瀚的大海上行船，既有风平浪静，也有波浪惊涛。顺流而下，自然是令人惬意；浪遇飞舟，同样是使人振奋。
>
> 说惬意也好，说振奋也好，也许多少有点安慰的意思，但是有一点恐怕是多数人都能认同的，这就是：失意能砥砺人的意志，激励人奋起。可以这样比喻，成功常常是产生于失意之后，如同寒枝上能育出新蕾。
>
> ……

我的心怦然一动，仿佛触摸到了一位歌唱艺术家的心路历程。

冰心先生仿佛说过，成功的花儿，人们只惊羡花开时的美丽，但没人会注意它从开始到开放的过程。孩子们稚嫩的眼睛只从他们敬爱的邓老师那匆匆的步履、红红火火的演出中感受到老师的荣耀，分享老师的快乐。当看到老师神采奕奕、满面笑容时，谁能想象到她曾有过的苍凉和失意？

说起来，她的艺术之路并不平坦，甚至布满荆棘。五十年代到煤矿文工团后，她这个并非音乐世家出身的平民子女，犹如一棵向日葵成天绕着社会主义的太阳“转”，无论是在大型音乐舞蹈史诗《东方红》中演唱《情深谊长》，还是为《地道战》《闪闪的红星》等电影演唱插曲，抑或是常年下矿演出，她都是满腔热情，忘我工作。可正当她的艺术青春处于勃发的时期，“文化大革命”爆发了，她被送到了军队农场——“锻炼”！那时，她唯一的孩子只有一岁零三个月，寄养在外地，每日牵肠挂肚的思念且不说，更大的痛苦是她思想上如同在迷雾中行船，充满迷惘。几年的农场生活，不仅摧残了她的身体，更让她承受了极大的精神折磨……

这些，今天的孩子听起来也许会觉得是天方夜谭，不可思议！相信孩子们再也不会品尝到人生的这种痛苦和悲凉，再也不会有人来扼杀天真的歌喉了！但且慢，对于一位视喉咙为生命的歌唱家，一种直接来自肉体，来自喉部的“谋杀”就让孩子们更容易理解和惶恐了……

二十世纪七十年代中期，随着文艺百花园度过漫长严寒后的复苏，一个歌唱的时代到来了。她同王昆、郭兰英、马玉涛、李光羲等一大批歌坛宿将重新登上了舞台，梅开二度，青春焕发。她像上足了发条的钟表,天南地北,一场接一场地演出。到了一九七八年,她出现了破音,经医院检查竟是喉部肿瘤——对于一个歌唱家,这无疑是被判了“死刑”。但谁会料到,在手术后的第一个春节,她,一个在喉部做了手术,音高只有八度的人,在卢德武老师的帮助下,以常人难以想象的艰苦训练,竟然神奇般地出现在舞台上!她依然唱着过去唱的歌,保持着她那热情奔放的台风,展示她那甜润、悠扬、飘逸的歌喉。在一九八九年,她还成功地举办了独唱音乐会。这是何等不屈不挠的精神!

这是一个人与肉体抗争,也是与精神抗争,更是与生命抗争的胜利!后来胆结石造成胆囊破裂引起胆汁性腹膜炎这样的噩梦降落到她身上时,她与生命又这样抗争了一次。那次,手术进行了五个多小时,险些造成了她艺术生命的完结——漫漫的歌唱生涯中,她受到的误解、委屈、痛苦,在此我不想细说,而且也无法轻描淡写。“没有失意后的思想认识升华,我怎么会有战胜病魔的勇气?”这是她对各种痛苦和压力的回答!

也许,经历了过多的磨难,她更知道艺术所要付出的艰辛以及生命的宝贵……默默地,读着她的《于寒枝上育新蕾》,我突然感觉到,这不仅仅是她自己一种深刻的人生体验的流露,也包含着她创办艺校、教书育人的某种“玄机”。

五

还是回到“老师”这个神圣的字眼上来。

老师,被人称作人类灵魂的工程师,是知识上的先行者。他们将知识的火炬点燃、传递，不但授业、解惑，而且还会将一个个卑微渺小的灵魂从肮脏的一角里拯救出来，甚至雕塑出一颗颗智慧之星……但艺术陶冶人的情操，增强人的审美能力和想象力，拓展人的视野。如此说，一位艺术家与一位老师本质上没有什么区别。

功成名就，满目繁花。但她也一直念念不忘她的老师，以至她至今说到王昆、郭兰英、卢德武、曾渭贤……脸上仍洋溢着一种幸福的满足。她不止一次地说，她的一切都是老师赋予的——苦难是人生最好的导师。如果说苦难造就了她，让她懂得了人生，那么，老师们的口传心授、言传身教，便让她懂得了艺术和生活，增添了她从艺与教学的信心和勇气。

认真探究她创办艺术学校的原委，我想，还有一个无法绕开的话题，那就是她“教周总理唱歌”的那段让她终生难忘的记忆！

一“字”可以为师，一“歌”何尝不能称之为师？！

将时光追溯到二十世纪的一九六五年，随着英雄“王杰”的名字的横空出世，一首《革命熔炉火最红》随之被广泛传唱。一九六五年的一个秋夜，有关部门在北京饭店举办了联欢晚会，周恩来总理出席了。晚会上，她满怀激情地唱完《革命熔炉火最红》这首歌后，周总理提出了跟她学唱歌的要求——共和国的总理学唱歌，这是共和国历史上的一个美好而饶有趣味的插曲，带给她的是长久的幸福和喜悦……

她教总理唱了。但她并没有忘乎所以。当有人以羡慕的口气对她说：“你真有福气，教总理唱歌了！”她连忙异常激动地回答道：“不，是总理教我做人……”

是的，教书育人互为一体，也互为对应。

“……很需要你们这样一支文艺队伍，我希望你们能够经常去矿区演出，给他们精神食粮。你们知道吗？你们送歌送戏下矿，那是代表毛主席，代表我们的党和政府，给群众送去了温暖呀！”她说，她永远忘不了总理说的这番话——不仅当时用心体会，而且还用她的生命实践着。

创办北京育华艺术学校，就是她一生为艺术事业奋斗的继续！她说，她现在已过花甲之年，在完成部分舞台演出的同时，她愿把毕生的精力献给喜欢文艺事业的孩子们，尽心竭力地为他们创造一片天地……

真的“于寒枝上育新蕾”啊！于寒枝上育新蕾，这“蕾”必须是能够开花结果的“蕾”，是生命的、艺术的“蕾”，这“蕾”会开出美丽动人的鲜花，会在鲜花的掩映下长成参天大树，长成祖国的栋梁……

北京育华艺术学校创办快六年了，现在已送走了三届毕业生，升学率达百分之九十八。在中国音乐学院、中央戏剧学院、中央民族大学、北京电影学院、北京广播学院等十几所院校里，都可以听到她的学生歌唱。各地的一些声乐大赛上、舞台和荧屏上也活跃着她的学生们的身姿……二〇〇一年，有五名学生参加全国青少年新人歌手大赛，分别获美声组金奖、民族组银奖等；二〇〇二年，她的一个学生参加西北五省（区）声乐大赛，获十佳演员第一名；二〇〇三年，她的另一个学生参加全国声乐大赛，荣获少年组银奖……

她说，每当看到艺校的孩子们取得骄人的成绩时，望着他们花骨朵般摇曳的样子，一种母性的、老师的感情就会涌上心头。她告诉我，她也很喜欢白岩松的那本自传《痛并快乐着》。她说自己是“快乐，并痛着”！她常常做一个梦，梦见一群洁白的天使，张开音乐的翅膀，从她的“东三旗”艺校起飞，飞呀，飞呀，伴随着圣洁的旋律和音乐，飞得满天都是……

我相信这是真的——因为这艺校是她童年就开始的关于老师和艺术的梦的延伸，是她一生最后的心血和歌唱。她，就是为歌唱而生的！

2004 年 1 月 13 日，北京东城区和平里

阳光不独享，便有大块好文章

明眼人也许一看就明白，今年《阳光》杂志的栏目做了些调整。“阳光纪实”“小说坊”“散文斋”“大看台”……名字虽俗而直白，但想贴近现实中国的心思却是放着的。这，就是想让大家在阳光下说说自己的事儿，到这“斋”这“坊”里常走走、看看……

几篇小说，都是些坊间故事。中跃的《渴望温暖》中的“老面”，四十六岁就离婚了，这事不新鲜吧？套用托老夫子的话说，不离婚的原因是相似的，离婚的却各有各的理由。在老面也就是在生活与心灵生出了“渴望温暖”的愿望，却不易得到而已。“谁打瘸了村支书家的狗？”卢江良问得有些不动声色，却有着契诃夫笔下的几分讽刺和幽默，当两行浑浊的泪水爬在乐天的脸上，又在烈日下发光时，相信乐天是伤心的，更让读者的心为之一酸。这个“谁”包含着怎样的一个人世苍凉？另两篇，也都是身边的事情，或荒诞，或照实，也都“说”得不错。

阿拉旦·淖尔的散文，以前看过几篇，很喜欢。草原也许和大山、丘陵、平原不同，但人生的终极，没有什么两样。她是草原的女儿，草原赋予了她语言的辽阔和苍茫，生命让她感到了张皇与伤痛。还有叶静的《瓷器》，这里面有温暖，也有切肤之痛。瓷器易碎，但人心不应当跟着脆弱吧？这期发的散文和诗，都涉及自然、人生和艺术，有些古典，也很凄美。相信读者会在里面读出些积极的人生来。

我们让《瘟疫纵横谈》凸显我们关爱生命和人生的题旨，这可能是“非典”带给我们的思考。但我们更多的是想告诉大家，人类与疾病和灾难的斗争是一刻也没停止过的。说到这儿，我想说，由于我们杂志所处的位置，我们尤其喜欢这类纪实文字。希望这些具有真实再现、理性思考和人文关怀的作品能不断地丰富我们的刊物，让大家好好珍重生命。

阳光不独享，便有大块好文章。诚然。

2004 年 1 月号《阳光》卷首语，1 月 14 日，北京东城区和平里

湮　没

知道她们像万物一样生长，但不会回到童年。

——亨利・泰勒

寂寂逝去

这是一种巨大的湮没，一种痛苦对另一种痛苦的湮没。就像人在痛苦中的麻木，在伤痛再来时就变得浑然不晓或疏忽了。那段时间，我久久地深陷在父亲离世的悲伤里，以至多少天后我的祖母又撒手人寰，我还没有完全从噩梦中醒来……在稀疏的树林、青青的草丛，我的祖母最后和父亲竟然相距不到三十米地长眠在一块山坡上，仿佛是被村庄遗弃了的两株黑色的麦穗。

也许有人会说，祖孙的“隔世之情”不如母子情深。但我并无这种感觉。家里人至今还说我睡懒觉只有祖母能“整治”的笑话——我一般早上都有赖床的习惯，谁也叫不动我，但每次回到家，早上只要祖母颤巍巍地走进我的房间，我准会立时一骨碌儿爬起来。有一回我患了重感冒，因发烧在床上躺了一天，祖母心疼得清早就赶到我的床前，用手试试我的额角，为我端茶、倒水，使我一天就神奇地康复了……久而久之，我对祖母竟产生了一种深深的依赖，回家要是看不见她，几天里都怅然若失。我知道这是一种血缘凝聚起来的亲情。血，真是浓于水！

祖母在世时，我家是四世同堂。这样人丁兴旺的家庭是幸福的。这幸福，小辈因为长辈的爱抚与照应而充满温馨与欢乐；而长辈，又由于看到面前活蹦乱跳的子孙，因儿孙满堂、根深叶茂而倍感自豪。只是小辈们无忧无虑地生活着，无法体会到长辈们为一家生计而操劳的心。我就从没有问过祖母的操心，但在老人那一言一行中完全可以看得出来。母亲告诉我说，我小时候深得祖父母的喜欢。她和祖父一旦弄点什么好吃的，总会悄悄地留点给我。父亲兄弟三人，堂兄堂妹的十几个，因为我是长孙，受到祖父祖母的恩惠与溺爱肯定要多。但祖母的疼爱都是溢于言表的。记得二叔家的二弟有年得了阑尾炎，疼得在地上打滚，不知轻重的祖母就急得如热锅上的蚂蚁，后来，竟独自跑到祖父的坟前寻死觅活，号啕大哭了一场，家里人怎么劝也劝不下来。儿孙辈流淌着祖母身上的血液，祖母对后代当然一视同仁。我的孩子在八九个月时生了一场大病，她和我的外婆颠着小脚到处找偏方，求“灵丹妙药”，最着急的就是她们。四世同堂，是中国传统家庭的幸福观，实际上，一点风吹草动都会让至尊至爱的长辈痛苦煎熬。或者说，所有的痛苦最后都会集中到老人一人身上。而到了分享喜悦时，他们往往又是最后和最少的。

我对祖母的事情知道得很少。小叔在祖母逝世时说，祖母年轻在家时就勤俭发狠，里里外外的一把手。由于她的父母身体不好，到了婆家，娘家的事也全靠她张罗。有一年大旱，一位保长跑到她家收租。“家里穷得都揭不开锅了！”她的母亲顶撞了两句，那个保长竟然伸手就打她母亲，祖母却用自己瘦弱的肩胛挡了上去。“那一拳头打得很重！”几十年过去，小叔还记得那个保长恶狠狠和蛮不讲理的样子，但祖母疼得没流下一滴泪。这是旧社会万恶的一个例子。私下里，婶娘们还说过祖母管家如何如何厉害，但这样的一个大大的家，祖母要是不厉害，又怎么能支撑得起来呢？婶娘们说说，后来也摇摇头。现在她们也都已为人祖母，对此，十分地了然于心。

现在回想起来，我祖母的病故与父亲的猝然离世是有着直接关系的。我清楚地记得，父亲在咽气的前夕，祖母突然颠颠倒倒地穿过黑夜的弄堂，说是要看看我父亲，被我阻挡住了。但在父亲断气的一刹那，我们也听见祖母在房里哭泣的声音。那正是黎明时分，祖母在她自身血脉的流淌中感应到了父亲最后的结果。我再次看到祖母，她一改平日那清爽、秀气和硬朗的模样，如一棵遭到雷击的大树，披头散发的，像丢了魂似的，有些痴呆。“伢，你有没有你大大（爸爸）的照片啊？”偶然清醒时，她就这样问我。我满面含泪，无言以对。

那年，转眼就是过大年了。在正月初一的早上，祖母坐在小叔家的藤椅上，吃饭时不小心歪倒了一下，从此沉疴，一病不起。后来，刚送走父亲的母亲便和婶娘们轮番地陪伴和照料着老人。可几个月之后，祖母还是以九十多岁的高寿躺到了父亲的身边。

听家里人说，儿孙满堂的祖母，离世时身边也只有几个人，祖母是在寂静中逝去的……再回故乡，我也心怀寂寂，发觉那山水还是旧时模样，面前熟悉的老人却越来越少！那些我曾喊过“大爹”“大奶”的长辈，大都渐渐地在乡野的风中湮没了！这样的乡村，亲情是会延续的，但年轻人有自己的天地和活法，对于亲情的表现方式也不一样了。现在，在祖母静静长眠的那片山坡，在她的周围，万物开始发疯地生长。深情地绕着祖母的坟转了一圈，我只是看见我的祖母已深埋其中。

村庄在风中消逝

帮着弟弟盖起一幢崭新的楼房，我长长地吁了一口气。站在楼房的楼顶张望，我这才发觉村庄四处都散落着楼房，我记忆中的村庄已经消逝了。村庄矗立起的一幢幢或白或灰的楼房都有傲然的意思，这楼房是乡亲们心血凝成的炫耀的资本，是他们心灵上一座辉煌的岁月的丰碑。它象征一个时代的开始和结束。守着楼房，他们享受着片刻的轻松和愉快，然后又去承受生活的重压，继续他们的下一个梦想。

村庄有着新鲜的生命存在，但到处都是浓浓的消逝的气息。池塘、稻田、老屋、一些老人……最为明显的是，村庄楼房的墙壁已端正洁白得锃亮，再也见不到牛屎巴和常见的标语口号了。而以前这些都是有的：“农业学大寨”“只生一个好”“少生孩子多种树”，无一不显现一个年代的烙印。牛屎巴，更是乡亲们解决柴火短缺的一大发明。将牛屎加水捣烂，糊成一个粑的形状，然后贴在土墙上让阳光晒干，乡亲们就可以用它来做荒年烧锅的燃料。标语和牛屎巴，构成了乡村多年的一大景致。但这簇新的楼房，乡亲们很珍惜，都用瓷砖精心地装饰，哪舍得别人在上面胡说八道？还有，原来村里哪家每餐吃的是什么，一村人都知道。因为一日三餐的，男男女女都会端着饭碗聚集在张家门前或李家屋拐，一边晒太阳，一边东家长西家短的。甲会把自己碗里好吃的搛给乙，乙也会把自家锅里的糯米饭盛给甲。但这种场面现在不见了！大家或许都喜欢自家的新楼房，龟在自家新房里谁也不愿意出来。因此到了吃饭时，村庄静悄悄的，喜欢扎在人堆里钻来钻去的狗，因找不到肉骨头自觉无趣。若是夏天的午饭，村庄寂静得只剩下蝉在树上嘶嘶地叫唤。

土砖瓦屋由于经年的风吹雨淋，阳光里有一股腐烂的气息。我对那陈旧的老屋也有过疼痛的记忆。我在乡村的日子，感觉家乡的土地就像是一个春心荡漾的少女，稍不留神就会长出一株树、一朵花、一蓬草。这树、花、草在野外疯长了不算，还毫不客气地长进人家屋里。这家破败的老屋墙角长出一根毛茸茸的树条，那家老屋潮湿的床下生了一朵嫩嫩的花草……我在自家的老屋，有一回半夜起来就伸手触摸到了蛇一样的东西，沾了一手滑腻腻的胎液。我骇得连声呼叫“有蛇！有蛇！”，打开灯一看，却是一根怪模怪样的嫩树条。如今，这些也都消逝了。坚硬的水泥地会让它们永无出头之日。这种消逝当然是一件不坏的事情。

最可怕的消逝是田地和池塘。那天，我一下汽车，就发觉我们稻田上游的三口池塘都被抽干了水。许多人在忙碌着，钢筋水泥的建筑物在塘里拔地而起。这几口池塘里的水是用来灌溉下游几千亩稻田的。村里人在大旱之年为这水还发生了一场“械斗”……那些年，乡亲们与天斗，与地斗，更与人斗，现在却在与钱“斗”，与城市“斗”了。大片肥沃的田和土地被直接蚕食了不算，他们又盯上了池塘。弟弟听说村里人把这些塘全卖给开发商，还有几家由于分钱不均正吵得不可开交……年味还没散尽，随风而逝的还有那青壮的劳力，他们扛着大包小包眯瞪拥向长途汽车站或火车站，像一群嗡嗡乱叫的蜜蜂，一下子就烟消云散。他们要到达的目的地或许明确，他们的眼神却很惘然。但肯定的是，他们的心思已消逝在脚下的土地，在他们背后，他们的田园荒芜，杂草丛生。

春天的晚上，凑着明亮的灯盏，弟弟也讷讷说出了他不愿种田，想外出打工的心事。家里也有几亩稻田，每年收几千斤稻，但要刨去化肥、农药、种子，所剩的钱都不够抵交农业税，对此我曾经深有体会。父亲在世时，我给他一千多块钱投放到田里，可到了年底除换回自家吃的口粮，还要欠人家的小工钱或者一大把的“人情”债……我能说什么呢？望着弟弟瘦弱的身躯，和与他年龄很不相称的满脸沧桑，我好一阵心酸。弟弟说，他放心不下的只是母亲，我也是。但再也没人放心不下那田地了！

乡村的夜，寂静得连一根针掉地上的声音都听得见。我一个人静静地躺在弟弟的新楼上，翻来覆去的睡不着，心里塞满了一股莫名的惆怅。猛地，我听到旷野上有人在吆喊：“伢子——回来哟！伢子——回来哟！”我知道这是人家在“叫魂”。这乡村的民俗浸入骨髓，很多个夜晚，它总在人和圈里的动物都睡熟时凄凉地响起。接着，在村头或田野还会响起苍凉的应答：“回来了！回来了！”呼叫声渐远，想那“叫”魂的人也回到了她的正熟睡或者迷盹的孩子的床前。我突然打了个激灵，只有这时，我才感觉村庄还在，村庄的某种精神还在。但那在风中消逝了的是什么呢？我不知道。

谁知道呢？

2004 年 2 月 18 日，北京东城区和平里

流逝的岁月或者词语(之二)

革命的重担

乡里嚷嚷统一安装自来水,让家家户户都交钱,但过了年,水连影子也没有。正月,家里正忙不迭地给弟弟办喜事,厨房却不停地喊"水缸缺水,缺水!",母亲听了又习惯地挑起水桶。我看见后于心不忍,赶忙夺过母亲肩上的扁担,走时,两桶水晃悠悠地压在肩上,我走起路来踉踉跄跄。乡亲们看我这样,都笑:"你细皮嫩肉的,挑得动担子啊?"也是一时兴起,我忽然豪迈地唱"革命的重担千斤重……",但就这一句,我突然戛然止住——这久违的腔调,让我浑身莫名地一颤。

"革命的重担……"京腔京调,但自打它从样板戏里一唱开,差不多就成了一个时代使用频率最高的语言,人们似乎也纷纷感觉肩上担子沉甸甸的:赶超英、美,多快好省地建设社会主义,这是怎样的一副革命重担啊! 为了这重担,先辈们曾"抛头颅,洒热血”，现在又搜肠刮肚，发疯砍树；走村串巷，收破铜烂铁，大炼“钢铁”……革命的重担既是理想，又是沸腾的现实。在农业学大寨、兴修水利的工地上，乡亲们挑着沉重的土坷垃，一天不歇担地撒欢儿地跑。记得回乡知青徐春生，人瘦得像一根灯草，但在大喇叭里“革命重担千斤重，铁梅也挑八百斤”的歌声感召下，挑着一筐又一筐的土像狼一样蹦跶。那时，社员们吃住都在工地上，挑了半个月，徐春生累得就哇哇地吐了好几口鲜血。赤脚医生胡乱地给他弄点药，他拼死拼活地又上了工地。队长看了不忍心，劝他歇几天，他晃着担子立马唱：“革命的重担……”一派气壮山河。这精神叫人感动，就有人写了篇广播稿在公社大喇叭里宣传，他因此成了“兴修水利”的劳动模范。

尽管累得吐血，但大家“轻伤不下火线”——在那个时代也不算什么奇迹。前年春天的一个傍晚，我在家乡小镇熙熙攘攘的人群中看见徐春生，很快认出了他。他佝偻着背，满头白发。寒暄了一阵，他让我进了他家。“别人都盖了楼房，你看看，我还住这破屋！”他先是不好意思地笑笑，然后就叹气。从交谈中我得知，那年他虽吐血没丢掉性命，却因此落下了病根，长年累月都靠吃药维持。三个孩子也都不争气，书念到初中就纷纷辍学。老大成天在外游手好闲，偷窃扒拿，进了几次号子；老二一年到头在外打工，回家的路费还东借西凑；老三是个闺女，出嫁了。“就老三懂事，可好竹笋子出篱笆外了！”他说。有年，他老婆在山上砍柴不慎摔下悬崖，此后一直瘫痪在床，生活的担子骤然沉重得像山一样朝他压来。想起当年他唱“革命的重担千斤重”时的万丈豪情，我恍若隔世，觉得那歌词仿佛一语成谶。说话时，徐春生布满皱纹的脸始终没抬。在他看来，现在没人再提“革命”，只要有钱就英雄了：“你出息了，也没什么担子……”

“哪里！”我笑笑说。这话你可说错了！真正的担子，沉甸甸地压在肩膀上，让身子直往下坠的担子，我可没有少挑过！收割的季节，我挑过百十来斤的水稻；家里没柴火，我和姐姐跑几十里路的大山——那时总是天不亮就起床，走几十里路找到自家交了钱的山就发狠地砍，然后又打捆挑回家。百十来斤，真的像挑一座山啊！我性子急，柴火担越重，我就跑得越快。有一回，竟一口气将一担柴挑回了家。姐姐至今还津津乐道这事。我挑过水，挑过粪，挑过泥巴，还扛过水泥板，那也沉重得像钢铁……父亲去世，我的妹妹没出嫁，弟弟没成家，父亲留下的是七十年代盖的土砖瓦房……这些被乡亲们抱怨的生活的重担，毫不客气地落在了我肩上。“哎呀，那你担子也不轻啰！”徐春生头摇得像拨浪鼓，连声说：“没想到，没想到！你文文静静的，不简单！不简单！”他不停地夸奖。他这一唠叨，我眼前一阵迷蒙，脑海里突然浮现出母亲挑一担粪或一担水时摇摇晃晃的身影，兀自沉默了。徐春生也不言语，低着头，喃喃地说：“唉！你说，这担子什么时候算是完啊？”随着他这声叹息，我更是无地自容，仿佛他沉稳得像一座山，我却渺小如一片轻扬的羽毛，心里有些慌乱。

好几天，我羞愧得都不想说话。

现在有了公路，交通发达了，在城镇，我们已经看不见那些挑着担子匆匆赶路的人了。而在乡下，却依然会看到挑担的农民，更多的，他们依然让生活的重担压得喘不过气来……辛辛苦苦种下的粮食，却卖不出个好价钱，一年到头，常常是两手空空。青壮劳力们因此也一个个蜂拥着挤进城市，毫不留恋而果断地卸下了农业生产的这副“革命重担”。徐春生悲观地说，他像架上了牛轭的老牛，怕是永远也解脱不了了。

那天，挑了几担水，我气喘吁吁地坐在地上擦着头上的汗，母亲说：“你看你啊，身上的力气锈得都差不多了！”

我心里说，我锈掉的何止是力气啊……

民兵小分队

有天下午，我对妻子说：“听说仰小天死了！听说仰小天死了！”但我连说了两遍，妻子都无动于衷。这回，我大声对妻子又重复了一遍。妻子对我翻了个白眼：“你是神经病啊！仰小天是谁？值得让你大惊小怪的吗？”我沉默了。是啊！仰小天是谁？妻子怎么知道呢？即使同情，也得知情。别说妻子，连我自己对他过去以及后来的情况也是一无所知的啊！

仰小天既不是我同学，也不是我的朋友，说起来也许可笑，我们甚至连一句话也没说过——但我确实认识他。他，甚至是我少年时代崇拜的一个偶像。

不像现在的孩子们崇拜歌星、影星或体育明星，我们那个年代没有这些。那时人们崇拜的是雷锋、王杰、杨子荣等各式各样的英雄。我崇拜仰小天，就是因为他身上有一股英雄“味”。他身着当时让人眼馋的“国防绿”，腰上束根皮带，胳膊上套着印有“民兵小分队”字样的红袖章——他是民兵小分队的队长。那时，三五天就开场批斗会，什么强奸犯、杀人犯、纵火犯、现行反革命……常常一溜溜地押在审判台上。审判台上红旗招展，除了那些遭人唾弃的各种“犯”外，就是民兵小分队们满身豪气的忙碌的身影了。他们一般都佩带着枪，站在审判台的两侧，威风凛凛。台上摆放的话筒前站着控诉人，那控诉人不像我们现在在法院里见到的那样，一个犯人一般就一人起诉。不念稿子，却口若悬河，滔滔不绝，说完就走人。我印象最深的是批斗一个“流氓”，一个大队长，说他把大队部建在深山野洼里，屋子却不开窗子，在那黑屋里他就找下放女知青一个个谈话，吩咐民兵小分队持枪站岗。那回控诉他的共五名女知青，一个赛一个地漂亮、洋气，也不念稿子，一人上去只说一段。说的是普通话，抑扬顿挫，说得好听极了。但吸引我的还是仰小天，因为当批判会一结束，他就猛地断喝一声：“把犯人押下去！”声音如雷贯耳。犯人们听了，都乖乖地低着头，给押下去了。

民兵小分队除了开批斗会能派上用场外，还担负夜间巡逻的任务。记得闹地震那阵子，乡亲们搬进了临时搭建的地震棚，一座座村庄都空荡荡的。这时候，民兵小分队就背着枪成天绕着村子转，帮乡亲们看门护院。偶尔他们也到地震棚来。有一次，一个队员到了我家，我好奇地摸摸他手中的枪，他说没子弹，又说他的枪不好使，最好使的枪在仰小天手上。“他那枪漂亮，我们小分队就他有！”他好像也很羡慕。当然，民兵小分队里也有不守纪律的，有个队员跑到公社漂亮的女广播员身上“巡逻”了一回，闹得满城风雨；还有一个队员，趁着乡亲们住地震棚，钻进人家家里偷东西，被乡亲们当场抓获了。最后处理这些事的都是仰小天，所以仰小天声名大震。

“民兵小分队，多神气啊！”闲暇时我就想，长大了我也要当一个民兵小分队队员。有一回在上学的路上，我看见路边的一棵树倒了，就学雷锋把那树扶起来。岂料半道上一个工人看到，不由分说将我拽进他的办公室，说我破坏“植树造林”，要我写检讨，我委屈极了！那会儿，我就想，我要是民兵小分队，看你还敢欺负我不成？民兵小分队就这样成了一个巨大的诱惑，布满了我那年少的心！

仿佛随着知青返城、恢复高考的声浪，民兵小分队这个组织便一哄而散，从此，我再也没见到有这个称号了。我在县城工作时，节假日一般都回到乡下老家。有次在回家的客车里，我意外地碰到了仰小天。这时，他虽然已脱下了“国防绿”，但一脸英气犹存。车上人很多，大家挤挤搡搡的，待他被挤到了我身边，我不知怎么突然站起来，拽他坐上了我的座位。他有点受宠若惊。一路上，他莫名其妙，眼睛不停地瞅我，悠悠地吸着烟——他当时不可能想到，他面前站的就是在他青年时代，曾痴痴地崇拜过他的人。

他永远也不会知道了！

几年以后，我在一个偶然的机会才知道，仰小天原是当兵出身，在部队里学了一手高超的爆破技术。民兵小分队解散后，为了生计，他进了一个私人的采石场，一干就干了好几年。有一次，由于爆破不慎，他让炸飞的石头砸了个血肉模糊，死了！

他的死，便象征着他的那个时代也完全地死去了吧?！这些，妻子当然不知道。

（附记：一九九五年，我在由中央农村政策研究室和国务院农村发展研究中心主任王郁昭执笔写的《关于切实解决农民负担问题的建议》一文中看到这样一句话："绝不允许运用公安警力或民兵小分队征缴税费……"可见在有的地方，这个组织存在的时间还很长。）

红色保管员

在一篇小说里，我曾写过"红保管"。其实"红保管"的全称应是"红色保管员"。那时满世界都"红"：红太阳、红旗、红海洋、红语录……这"红色保管员"大概便是由此衍生而来。当然，这称号不是什么人都能轻而易举地得到的，需要由大队或更高一级的组织正儿八经地发证书"命名"。得到这光荣称号的人，一般也都是一些一心为公的老贫农，有半点"私"心的人，都与之无缘。

首先是老贫农。这像上语文课时给句子划成分一样。"老贫农"是主语，"一心为公"是定语，句子成分齐全，这个称号才被确定。我们徐老屋生产队有一位"红色保管员"，姓何，叫何先生。徐老屋，顾名思义，一队人都姓徐，只何先生是一个外姓。据说，他祖辈是给我们老徐家打长工，被我们老徐家收留下来的。让他当保管员，恐怕大伙考虑的就是因为他是个外姓，与徐氏宗族没什么瓜葛，可以不徇私情。再就是，他当年在村里扫盲班里苦学勤练过几年——他聪明伶俐，短短的时间就认识了很多字，还打得一手好算盘。算盘在他手里，就那么上下一拨拉，算盘珠子便丁是丁，卯是卯。算起账来，他更二一添作五，雨打芭蕉叶似的，称得上是一位先生。这还不算，更重要的是有一回，他家的一只鸡趁其不备窜到田里吃稻，他看见了，连忙一手拿鸡一手拿刀，撵到队长家咔嚓一声就把鸡头给剁下，说："宁要社会主义的草，不要资本主义的鸡。"这种大公无私、大义灭"鸡"的人，不当保管员，谁合适？全队人都同意。

如此，社员们起早摸黑，将粮食收割脱粒就挑进仓库里交给他，让他把水稻在稻场上晒干、扬净，交完公粮交余粮，然后锁进仓库里，再按工分隔三岔五地给社员称口粮。这样，粮食一般在仓库里要躺上一年的时光。这段时光，看仓库就是保管员的事了。由于口粮不足和闹饥荒，仓库当时在乡亲们眼里不亚于一座皇帝的宫殿，他们走到仓库边不由得心跳加速，都忍不住偷偷瞟上几眼。

何先生之所以能在"保管员"前加上"红"字，就是因为他的仓库从未丢失过一粒粮食。他有个女儿叫红莲。红莲小时候头上生了瘌痢，太阳一晒就奇痒难忍，抓得满头血淋淋的，腥得连苍蝇也以为是什么肉类，嗡嗡地围着她，以致二十七八岁了还嫁不掉人。队里有个小伙子，家里也是穷得揭不开锅，说："晚上关起灯来还不是一样！"就死乞白赖地娶了红莲。红莲进门，他家陡然又添了人丁，粮食更不够吃。过了两天，红莲就跑去看父亲，看着看着，肚子就大了起来。何先生起始没在意，等女儿走时才发现，就问："你有喜了？"红莲红着脸嗯了声。再问："几个月了？"红莲说，一个月了——这下，说漏了嘴。"一个月能有这么大的肚子？"眼睛雪亮的何先生看出蹊跷，出其不意地就掀开红莲的衣襟，陡时，一小袋金黄金黄的稻就哗哗地泻了一地。何先生抄起扁担朝红莲的屁股上就打，边打边骂："老子看粮你偷稻，打不死你呀！"打得红莲跪地直求饶。社员歇工跑来看热闹，看了心里酸酸的。但那年月哪家不是吃了上顿没下顿？都偏袒何先生。事情闹到了大队，大队长一激动，说要"树新风"，宣传这位"一心为公的老贫农"。连夜布置开会，边批斗红莲，边给何先生颁发"红色保管员"证书，称他是为社会主义"站岗放哨"的好保管员。

保管员不仅看粮，还看牛，看农具。在那大呼隆生产时期，犁、耙、锄头等一应农具都锁在仓库。开工时，什么人用锄，什么人用犁，什么人用耙，也都在晚上的社员会上分好工。每天，队长哨子一响，社员们就到仓库找何先生领农具。这样，何先生晚上睡得迟，而早上又必须起早，加上看仓库，拿当时的套话说，便是"睡觉都要睁着一只眼"。时间一长，何先生的身体就吃不消了。后来，他果然生了病。因揭了女儿的"疮疤"，老婆女儿也都不管他，他就一天到晚吃住在仓库里，以仓库为家。赶上农忙季节，队长心疼他，派人来照应，却被他打发走了。社员们见他一手举吊瓶，一手干活，对他感激涕零，"红色保管员"叫得越发地响。

实行责任制，田地分到各家各户，各人管各人，各家收各家，生产队原来的稻场改作了粮田，仓库很快被拆掉了。何先生心里失落了一阵子，只好重操旧业，自耕自种。但在仓库里待久了，他对田里的活计生疏了很多，有时只得求女儿女婿来帮忙。

俗话说，真亲恼不到百日。值得一提的是，红莲夫妇倒也不怎么记仇，何先生找他们，两人该帮就帮，一如既往……这时，红莲满头白花花的癞痢也不知不觉落了。等长出了一头的乌发，乡亲们再看红莲时，发觉红莲竟出落得漂亮无比。

乡镇文化站

乡镇文化站的出现大概在责任田到户后的一九八〇年前后。那时候，大大小小的剧团遍地开花，公社和行政区也忙着改名为“乡”和“镇”。像是开始重视文化，“乡镇文化站”因此应运而生。文化站虽设在乡、镇政府里，但在领导眼里毕竟不是什么重要的部门。所以一般的乡只给一间房子，安排一个人，让这人既当站长，又当工作人员。镇上的条件要稍稍好一些。比如，我所在的区（镇）文化站就有两个人，他们自己找财政拨款，盖了一幢三大开间的红砖瓦房。两人一边住一间，中间的一大间就做了阅览室和活动室。

别看乡镇文化站简陋不堪，在那个年代却是许多人心灵与精神上的圣殿。这“许多人”，就是如雨后春笋般不断涌现的“文学青年”（这也是个词）。文化站的作用一是配合当时的政策和形势，组织当地业余剧团下乡巡回演出，出出墙报、黑板报等，再就是接待形形色色的文学青年……一首诗可以扬名全国，一篇小说几乎能改变一个人的命运。于是，知青们便千军万马地挤上了这座独木桥——当然，完全说文学青年为了“鲤鱼跳龙门”，成名成家，才搞创作，多少也有点冤枉。说起来，这些人喜欢文学，与当时崇尚知识的风气也不无关系。因为刚刚恢复高考，同时又由于高考制度存在许多弊端，许多青年依然无法上学，文学恰好就满足了他们求知的欲望。在那个激情喷发的年代，被文学本身的魔力所“蛊惑”而走上文学创作道路的大有人在。

我们镇文化站这一对男女，长得一胖一瘦，人们就喊他们叫“胖男”“瘦女”。胖男写得一手好字，刻得一手钢板，会拉二胡，还会写民歌。人长得虽胖，却笑如弥勒佛，待人和善。他原是区团委书记，由于找一位漂亮的农村女青年谈话，谈着，谈着，两人身不由己地由椅子上谈到了桌上，被破门而入的一位区委领导撞见，毫不犹豫地将他“踢”出政府，赶进这没有多少“油水”的衙门。瘦女是县黄梅戏剧团的演员，说是倒了嗓子，无法上台，因这离县城近，所以就主动要求到了这里。两人都没有职务，但大家都习惯喊那胖男为“站长”，喊瘦女叫“杨老师”。两人无事找事，成天骑着自行车下乡辅导文学青年，或随剧团演出。胖男还自编自印了一份叫《山涧》的文学刊物，忙得不亦乐乎。

老实说，我对胖男的印象很好。那时我正读高中，在班上我是语文课代表，作文在班上常被老师当范文，老师还让我给同学们上过几堂语文课，因此我喜欢语文。那几个学期，经常去学校的就有一位文学青年，他蓄着一头长发，穿着笔挺的西装和锃亮的皮鞋，一到学校，就大谈特谈在哪儿哪儿发了作品，偶尔还用稿费请学生们吃饭。平时，他跟文化站的胖男瘦女也称兄道弟，吃吃喝喝，偶尔与杨老师还搂搂抱抱。我说我喜欢胖男，就是因为文学青年每每有这动作，胖男就会毫不留情地斥责他（事后想，也许胖男因为自己失足而变得谨慎）。文学青年后来在地区一家文学刊物上发了篇小说，在县里一下子像一颗冉冉升起的文学新星，癫狂得不行。胖男敢训斥他，我觉得就很不错，况且他还办了《山涧》。于是一有空，我就和同学们跑文化站。在我们的心目中，当时这小小文化站并不比现在的中国现代文学馆以及什么剧院的差到哪里。

到了开始在报刊发表些叫小说叫散文的文字后，我最大的理想就是到乡文化站工作。凑巧，我高考的那年五月，县里开始招聘乡镇文化干部。招聘文化干部有个不成文的规定，对象必须是热爱文学而且还发过作品的，所以报名的人并不多，我们乡也就我与那位文学青年。只有两个人，乡里图省事，就采取了推荐的方式。当时人们不知怎么了解到文学青年发表的除那一篇小说外，其余都是豆腐块式的读者来信，看不惯他那张狂劲儿，就推荐了我，当天晚上，乡长就将这一消息告诉了我。我满以为第二天就能去上班，可等到第二天早上，乡里却通知他去了！原来，他母亲的娘家与乡党委书记老家住一起，她虽不懂得文学，但见儿子成天游手好闲，就想找一份工作拴住儿子。可怜天下父母心，一把鼻涕一把泪，把书记哭动了心。

“你年纪还小，好好读书，会有好前程的。”乡长知道后，一脸歉意和无奈。

文化站没进成，我只好去继续读书。文学青年在乡文化站开始一年干得还好，但好景不长，县里原答应让文化站干部“转正”，却“只打雷，不下雨”，一直没有了下文。他只好一边监管剧团，一边放电影，但随着文化市场越来越不景气，工资都发不出去，他便无奈地开了个杂货铺，在街上卖些烟酒什么的。其时，他与乡党委书记在剧团唱戏的女儿又有染，妻子和他离了婚。他结婚又没结成，只好带着儿子，日子过得很清苦。

“有那么好的文笔，为什么要丢呢？”多年后，他因生病跑到县城向我借钱，我见了他一面。我发觉他身上再也找不到当年那

“文学青年”的影子了，心中有些酸楚。可话到了嘴边，我还是咽了回去——“写”了，又怎样呢？

2004 年 2 月 20 日，北京东城区和平里

真情的“浇灌”

——王拥华散文集《浇灌往事》跋

一些铭心刻骨而又无法摆脱的往事，总会在我们脑海里适时地浮现。让你感觉到疼痛、幸福和忧伤。但王拥华却用了“浇灌”这个词。这里，就有了植物的芬芳、雨水的清莹和种粒的力度，其中也不乏焦渴的期待、有意识的遗弃和剥离。当然，当她把“打开的记忆，终成为散文”，就不仅有“浇灌”的姿态，更有“浇灌”的收获和希望了——我宁愿相信，这是她对生命的真诚，是生命给她真诚的回报。

只要经历过失去亲人的人，也许才能体会到丧失亲人的悲伤。但由悲伤而写出一种叫“散文”的东西，却是王拥华意外的“功德”了。说到最初写作的动机，她说，母亲溘然长逝后，“一种不是悲痛却比悲痛更灼心的情感更长久地充胀于胸”，所以，她写了第一篇散文《母亲》。人与文字的因缘是多方面的，其间却可能充斥着某些玄机。在王拥华的散文里，亲情带给她往事的回忆的确占据了很多的篇幅。母亲、奶奶、父亲、姐姐、丈夫……这里有痛苦的印痕，也有幸福的怀想和冷峻的沉思。她一而再，再而三地写着母亲的慈祥、善良、艰辛和忍痛，仿佛在作母亲的一部传记，一个家族的历史。当然，这是情感的历史。是啊，“世间除了母亲，还有谁能毫无条件地容纳我的任性，容纳我的无所顾忌呢？那是怎样的惬意与舒适，不拘泥而直抒胸臆的精神家园啊！”

有了她这话，我们就不难理解她在母亲去世后，为什么会对奶奶呈现那样的态度，对父亲的再娶，心里产生出包容与敌意，接纳与排斥……这种种矛盾而又纠缠不清的情愫了，这是坦露真情的心灵的“游轨”。在《父亲、二胡和我》中，童年的王拥华为了得到一把二胡，经历了心灵与物质的双重“磨难”。但当她“攒”够了钱，也真的得到一把二胡后，父亲显示的宽恕和理解，甚至还有朋友式的欣喜，也让她感受到了真挚的父爱。然而到最后，她对父亲却像“对待一个永远割舍不了的牵挂”，“甚至从不愿人为地拉近与父亲的距离”，而把他存于一个久远的记忆里。这种情感的“裂变”，包含着怎样一个吝啬而艰涩的爱心？真实和节制，使文章迸发出了浓浓的艺术感召力，让人潸然。特别是当她写到“大姐”——由于大姐从小在奶奶身边长大，大姐情感的砝码总是倾向奶奶。在母亲去世后，“大姐哭得很凶，那哭声穿云裂石般地撕扯人心，我一直觉得那不仅仅是悲痛”，但后来，她“渐渐感觉大姐对我们姐弟几人越来越像母亲……”仿佛无声胜有声，这段文字更叫人心头一酸。散文是什么？人们可以有各式各样的表达，但这因亲情而凝聚的文字，在我看来远比那种观点的表达有价值。

除了亲情，爱情和友情也是王拥华所“浇灌”的往事。读这种文字，我总觉得她像一位充满爱心的“园丁”（她本就是一位教师），不厌其烦地拎着一桶又一桶生命的水，在滋润那些“植物”的同时，也滋润着自己的心灵。对生活，对人生和对艺术的执着，使她做起这一切，也有着某些长久的满足和虔诚。她说：“相爱的人，会主动打开扉页，让对方阅读。用一生的时间读完一本书容易，但读懂却未必是人人能做到的。”这是一种心灵的自觉，用这种自觉对亲人，对朋友，想必就会使她的爱心愈加宽阔起来。也真是，读她那些写朋友的篇什，就感觉到她的聪明大度、善解人意和诚实。我想，人类所有的情感不外乎特殊情感和普通情感，但穿插其中的依然是世道人心。由于生计的缘故，她还有过一段离开家乡，在外漂泊的生活经历。这种经历，使她学会了摆脱炽烈的亲情纠缠，而能用较为客观、冷峻的眼光看待人和事。无论是她的文朋诗友，还是她遇上的玲子、蕾小姐和川妹子以及赵菁菁、张博伦、姜老师……她都用那绝非“小女人”的眼光打量着，记叙着。那栩栩如生的人物形象，那在人和事的缝隙里满溢出来的人生的认知和幽默而老到的文字，更使她的文章充满一种生命与思想的气韵，显示出一种可贵的散文品位来。

著名小说家刘庆邦在谈到散文创作时曾说：“散文也是一个舞台……按照自己对散文的理解，我把在小说舞台上的操练比作演戏，那么，到了散文舞台上，我就卸去所有的戏装，什么也不表演，只在台上亮一亮相，以此告诉人们：这是我。这种亮相可能会彻底暴露自己，会搭上血本……”从这个意义上说，王拥华也是这个散文创作理论的实践者之一。因为，她在“浇灌”往事时也总是本真而大胆，深刻而透彻，且用情专注。她既没有那些“小女人散文”的忸怩作态和无病呻吟，也没有时下所谓的“文化散文”的掉书袋以及叙事的张狂与煽情。她也屡屡拎起了“一腔愁绪，一抔悲凉，一把辛酸”，但她没有“注水”，就毅然决然地出场了——这种真情的“浇灌”，带给我们的当然也就有了一种由衷的喜悦和敬意。

2004 年 2 月 23 日，北京东城区和平里

寻找“精神”

这一期在《自由谈》栏目里，专门编发了“荆永鸣作品评论小辑”。近两年，永鸣的创作势头喜人，去年本刊曾联合《小说选刊》杂志社、鲁迅文学院等单位为他召开了作品研讨会，于刊物，算是为他做个小结；于永鸣，或可成为他新的起点。

希望他能写出更多的佳作，再给我们“说说”的机会。

当编辑的总是这样：看到好作品就会眼睛一亮；看到身边的朋友写“出”去了，就有着长久的激动。永鸣就是这样一个让我们激动的人——无论是开饭馆，还是写小说，他都能给我们带来一些惊喜。跨过新年，我们还惊喜地知道，卢金地的小说《斗地主》、白丁的小说《遥远的珠海》都得到了《小说选刊》的青睐和社会的肯定。他们的努力，让我们看到了煤矿新一代小说家的崛起。

这是题外话。

还是说说《阳光》吧！张波的《野味轩小掌柜》也写了饭馆，当然，这是以一个旁观者的眼光来看饭馆的。饭馆虽不大，但由“馆”及人：南来北往的食客，有点儿张狂的“李局长”，大掌柜与

“红毛女”的暧昧,内当家的戒心,都把小掌柜的——一位少年的心弄得斑驳陆离的。他有些不解,有些狡猾,更有着莫名的怅惘。小说勾勒出来的是我们身边随处可见却又发人深省的一幅生活图画。而石英的《雪城迷离》,却写出了一位中年人的爱情。这类人的爱,由于理智,也由于患得患失,“谈”起来就不那么好玩了。所以结果也是我们能预料到的。作为诗人、散文家,“道”出这段情感沧桑,殊为难得。

这期编发的散文,周彦文的《寻找自己》与梁长峨的《惶然不知欲何之》,读来有着异曲同工之妙。表面上看,一个是为自己,一个是为儿子,却殊途同归,寻找的都是人生的真谛,是现实生活里我们丢失了很久的一种“精神”,这是一种自觉。如果大家都开始这种自觉的寻找,我想,这种精神是不是会很快地回归我们的心灵呢?我们希望着。

2004 年 2 月号《阳光》卷首语,2 月 24 日,北京东城区和平里

鲜亮的雨

雨总是猝不及防地来到，像一串串往事一下子涌进了家门。湿漉漉的，带些急促而苍茫的意味。雪白墙壁的下半截立即洇渍出湿斑，犹如硕大的一块时光补丁。窗棂成了雨嬉戏的天堂门槛。透过窗户向外望，我看见桃树横斜的枝条，那一串串颗粒状的雨珠，晶莹得就像谁拎的一盏盏水灯，与桃的粉红的花蕾咫尺相持。雨丝均匀飘泻着，那一白一红，仿佛一段崭新的苏州刺绣，亮丽、妩媚。

当然，这都是用肉眼观察的结果。但天空确实没有风，雨是坚决而有力、毫不犹豫地如一根根银针，穿梭着编织大地的绸缎。不一会儿，池塘更绿了，大地更亮了，雨撒起脚丫似的，越发滴落得垂直，非常鲜明地显现出了它的本质——除了鲜艳的鲜，亮丽的亮；它就是下垂的垂，正直的直了。这纯净的气息、颜色和力度让人晕眩。

鲜亮的雨水，桃花流水般地自天而降，它让土地膨胀，河流满溢，但它四处受阻，障碍重重——一切的障碍都在粉碎它。遇上屋檐，它只能顺势溜滑；碰上树枝，它虽凝结出灿烂的花朵，却如昙花一现。我看到雨落在了池塘、河流，很快就融合得不见踪影。都是一副被粉碎的模样，如一朵鲜花惨遭蹂躏。粉碎这鲜亮的雨的，不是树，不是大地，而是石头。雨遇上这家伙就粉身碎骨，被碾成齑粉。石头，这坚硬的家伙！象征着一切障碍，这巨大的存在，并不以雨的鲜亮而温柔、内敛……鸡蛋碰到石头，鸡蛋就碎了。人也是。人遇到障碍或可小心翼翼地绕过去，绕不过去的，轻者头破血流，重者则命丧黄泉，化为乌有。这有一种让人害怕，让人变得低迷的恐惧。连鲁迅先生也有过这种“碰”的滋味，他说，四周都是黑漆漆的墙壁，难道我的鼻子不会碰扁吗？但鲜亮的雨水，义无反顾，一次又一次地来了，在石头上开花，在石头上四溅，又一次次地集结。哈哈！水滴石穿！石头在鲜亮的雨水中，也微微颤抖、动摇了。它摸摸它那光光的脑壳，发出一阵苦笑。

但很快，我又看见鲜亮的雨溅射而呈现出的抛物线状，甚至还画了无数个圆。比如，那透亮地凝聚在桃枝上的雨珠，就滚圆欲滴。站在窗前，我突然认真地思考了一下这个问题：人不像雨。人这高级动物有着超乎肉体（物质）之上的东西，那东西鲜亮的部分也叫“精神”。如雨水般垂直的精神啊！或可以肉体的消亡为代价，来碰一碰那“石头”，犹如真正的勇士，敢于直面“惨淡的人生”！但人生即便如雨，却不是雨。比如伽利略，他在天文学说遭遇“忏悔”的恫吓时，还是忏悔了——如雨，也呈现出了那长长的抛物线。但由此获得并延续肉体的生命，从而使他写出了更伟大的天文学著作。“水往低处流，人往高处走”……低，是雨的生命高度;而高,却永远是人生的高度了。雨水或许体会出了高处不胜寒的滋味,可人是从低处向高处长的,雨落江河,江河泻地,心比天高,天心如雨吗?

雨,鲜亮的雨水,总像一个走失的孩子重回到我们身边。春雨绵绵、夏雨暴烈、秋雨淅沥、冬雨寒冷……雨和季节的关系,恐怕更多的只是名词的替换,有些东西肉眼无法看到,有些眼睛一瞅就瞅了个明白。它遇到风暴烈而缠绵,遇到阳光倏然灿烂,遇到零下的温度就只会落地成冰了!“春潮带雨晚来急”“秋风秋雨愁煞人”……人在雨里,永远是一个有情绪的动物——我说这鲜亮的雨,当然是指这春雨。这雨仿佛是为大地量裁的衣服,该平的平,该凹的凹,该红的红,该绿的绿,该白的白……不仅鲜亮,简直就是鲜艳了!

但再鲜亮的雨,也只不过是垂直的水!

好一场春雨,匆匆而来又匆忙而去。让土地喝了个通通透透,天立即就放晴了!高远的天空受过洗礼般的蔚蓝,纤尘不染,仿佛什么事也没有发生。叮叮当当的,我看见屋檐上的雨水在做着最后的滴落。打开窗户,一股带有泥土气息的春风迎面扑来,说了声:“真惬意!”再见眼前那株桃树,就发觉那明亮的水灯早已一盏盏地熄灭,只剩下一粒粒花蕾越发地红了。要说,那绿芽红蕾的桃树是一位红粉佳人,那匆匆而去的水灯便是那旷远的书生吧?我揉揉眼睛,只当自己在一场春梦里真切地会过了他们。

2004年2月25日,北京东城区和平里

在传说中生活与写作

——潘军和潘军小说印象

这是一个被传说不断充斥的世界。人在风中传说，生命在风中流言……传说，仿佛是我们生命中一个潜在的符号，无孔不入地嵌入了世间的生活，它本身固有的神秘、荒诞、幸福和历史感，让人惊奇、滑稽和莫名其妙，但我们每一个人却又乐此不疲地参与其中，不停地制造和传播，流露出得意与快乐，遮蔽着阴谋与诡秘……奇特的是被传说的人总是浑然不晓——但我们欣喜的是在很多的时候，这些传说中的人和事就像被潮水一遍又一遍冲刷的礁石，愈加呈现出它的坚硬和刚强，并因此承担贫瘠与丰盈的集体与个体的人生宿命。

在我的印象里，潘军就是一位在传说中长大，然后又不断地被传说着的作家。他才华横溢，能书善画，小说写得好好的，突然停笔下海经商，之后又开始自编自导电视剧，然后又大块大块地写起小说……忽而海口，忽而郑州，忽而北京，他总是行踪不定，真真假假，好好坏坏，善意恶意。这样，伴随着他的传说也就像风一般流传了。传说，由于传说而恍惚，也由于传说而恶毒，更由于传说而神奇。在传说中穿行和漂泊、生活和写作、拯救和放逐。现在，我们已无法体会传说中的他真实的心境，也无法理解他的承受和担当了。但还是现在，从他的生活与创作中，我看到他是坚强而充实、幸福与快乐的。甚至，我不疑心他正是经历了这些传说与被传说造成的潜意识，才成全了他对于生命与艺术的体认，构成了他一种全新的文学视角与姿态。我还想说，他对生命恐惧性的敏感，也许就是来自他最早对于“传说”的恐惧！“莫须有”的罪名可以让一条宝贵的生命永劫不复，一纸消息可以把一个神话击得粉碎，恶意的传说，何尝不可与之同日而语？我们在读他的小说时，说他的《南方的情绪》里有着“冒险”，说他的《陷阱》里有着“防备”，说他的《三月一日》里有着对现实生活的失望与调侃，但这些小说中挤压出来的那种对生命的恐惧，依然笼罩了一种浓浓的“传说”的意味。潘军曾经说过：“事情既然来了，唯一的办法就是面对。”“恐惧不一定是某个具体的事实，而是一种气氛，属于人的心理范畴。从某种意义上说是人与社会构成的那种紧张关系的特殊反映，恐惧的对面就是爱。”从他的这些理性文字中，我还可以更为大胆地说，正是他对于“传说”造成的关系的不断放大、夸张和神秘，才使他建立和做着论证“一切生命源于恐惧”的命题。传说或被传说，人们可以说着无所畏惧，传说也确实不是恐惧的唯一滥觞，但传说毕竟经久不衰地介入了我们日常的生活，对此，十分敏感的他当然会时时保持应有的警惕。

传说犹如地震。地震的中心充满了一片死寂，而地震的边缘却是一片喧哗与骚动。一个人在一个地方待久了，那个地方就会成为一个传说之地，那时候种种的传说就会像从四面八方涌来的浓雾一样，包裹着你，让你窒息和难忍，甚至连那一块天空也让你有着“耻辱”的感觉。我曾注意过潘军的小说《风》，他的这部由断编残简、主观缝缀、弦外之音三块架构成就的长篇小说，他自言是“自我放逐南方”之前的最后一部作品——从那以后，他差不多就从他的那个“传说”之地走了出来。有意思的是，这部《风》差不多就是从“传说”开始的。小说中的“作家”因传说而到罐子窑寻找，访谈、答问、笔记着，可当对象随着他的寻找越来越深入时，“作家”竟发觉寻找已变得更为扑朔迷离和艰难，最后连寻找本身也成了一种目的。如此，“作家”最初建立起来的价值体系几近崩溃……与“传说”相比，“作家”的手记却以它的真实性和距离感，让人恍惚感觉“传说”与事实真相的差别，触摸到生命的本质。这里，“风”恰恰契合了“传说”的这个巨大的隐喻。“我为什么叫‘风’呢？从某种意义上说，我们每个人都生活在风中，每个人都拥有一部风的历史，谁都能感受到，却谁也不能去把握它。连档案都是值得怀疑的，因为档案可以伪造。”潘军的这段话颇耐人寻味。连档案都可以伪造，何况“传说”？此话要为我所用的话，我简直认为他的这部小说就是“传说”赋予他的神示！有人在“传说”中消亡，有人在“传说”中得以流传。潘军后来尽管断然放弃了文坛上的一切，但潘军无疑是属于后者。从《风》为一个创作阶段结束，到一九九六年以《结束的地方》开始，他迎来了自己第二个阶段的创作，这时他一鼓作气地写了《海口日记》《三月一日》《对门·对面》《关系》《桃花流水》《秋声赋》《重瞳》等中篇和长篇三部曲《独白与手势》《死刑报告》等，创作量相当惊人。我们当然知道小说不只是诠释“传说”，但我们也无法否认这些“传说”，或多或少都有助于他之于“传说”这个事实的迷恋而显示出他的关于解构与整合的叙事确立。陈晓明评价潘军说：“潘军的小说是极有韵味的那种，他的小说每一部都是陷阱，诱使你深入，却一无所获，最后还回味无穷，也许这就是潘军小说的特殊魅力。”面对“传说”，我们有时不也常被置身于这种境地吗？

这里，我还愿意把潘军新近的一个名叫《临渊阁》的短篇当作又一部具有揭示“传说”符号魅力的小说来看。这篇小说他更为直接地用了“相传”“听说”等种种关于“传说”的词语：“相传‘临渊阁’为嘉靖年间所建的藏书楼”，听说“那家伙很能干，三十几岁就赚了几千万”。我很相信潘军的“临渊阁”里包含了暗喻传统与势力的用心，临渊阁也由于这种“相传”被确立了一种历史的地位。“临渊羡鱼，不如退而结网。”但问题是我们这个民族太喜欢传说和相信传说了。于是，真实的作家叶萧“出书”被认为是自费，作品获奖被怀疑是“暗箱操作”，出国特意为老师买的“皇家马德里队的球衣”被以为“不是真的”，连一位同姓不同名的作家由于携带摇头丸在机场被抓，也被指认是他；而“拥有资产过千万的礼品公司老板刘子林”更被传说弄得言过其实，莫衷一是。他当医生的老婆被“听说是一位部长的女儿”，“他是靠老婆发起来的”……传说，就这样充满巨大的诱惑，积攒着可怕的毁灭性的力量！一个阁楼由于传说变得古老而具有文物价值，一个人由于传说既可以是名人也可以是罪犯，一个早被澄清的事实也会继续以讹传讹，被无限放大。传说，让真变假，让假成真。真诚被误解，善良被怀疑，是非颠倒，视听混淆，甚至连亲近的朋友也无法逃脱这个法则，一切都充满巨大的荒谬和幽默。没人对历史负责，对真实坚持，而在“好像”之外，还变得振振有词，理直气壮。当最后“临渊阁”被考证出不过是“灵元观”的道观时，所有的故事被颠覆，意义被改写。但我们除了“惊讶”和“更为惊讶”还能有什么？这里，一个民族心理的劣根性和长期以来造成的国民性格暴露得一览无余！“我记忆中的临渊阁不过是海市蜃楼，我无法走近它。我只记得故乡的路，记得那里古老的城墙、清澈的河流、秀丽的山川，还有到处开放的向日葵……”“作家”的这段题记，也因此变得不是可有可无，而成为一种叙述历史，摒弃“传说”的态度了。

好久没读潘军的小说了，但作为共一方土地成长的同乡，他的一些传说总会不由自主地传入我的耳朵，我在他的种种传说里也经常感受到他的成功和喜悦、痛苦和忧伤。作为一位对小说形式十分迷恋、对小说语言非常痴情的作家，我记得他和余华、格非、苏童、孙甘露一同曾在“先锋”中走得非常极端，也很辉煌。但现在尘埃落定，许多先锋派小说家已纷纷转向，他却还在依然故我地探索、写作着，无论是他早期的《省略》《南方的情绪》《蓝堡》《流动的沙滩》，还是曾被文坛不断评价和言说的《重瞳》《白底黑斑蝴蝶》《与陌生人喝酒》等，以及他最近的长篇《死刑报告》、中篇《犯罪嫌疑人》……由于内在的需要，他也许在叙事策略上有很大的调整，但他依然还是保持了他一贯的先锋精神和深沉的思考，而语言更加圆润自由和充满了张力，这实属难能可贵。“恐惧的后面就是爱！”这种爱，当然不是对生命形体本身的一般意义上的爱恋，而已成为他的一种宗教情怀。当一位作家真实地具备了这种宽厚的、仁慈的大爱和大悲悯时，我们没有理由不相信他会写出更加具有经典意味的作品来……至今，我也还没忘记十几年前，在他的合肥寓所里我们曾进行过的一次几乎通宵达旦的交谈，他说，好的小说如好茶，而读者就是水，读者的水准就是茶的温度。他毫未食言，并且自己也还经常津津乐道这几乎成为一个经典的“小说家言”。他是在现实主义小说写得已经颇有影响时开始先锋性探索并一路前行的，那时，我称他是“一把漂亮的老枪”。现在，这把老枪果然在“传说”中变得越发锃亮和老到了。如此，我倒真的希望他能不断地被“传说”着，在“传说”中写作和生活，而不是被人高高地挂起。

2004 年 3 月 6 日，北京鲁院

被牵扯的手

我　们

我们的手，几乎逃脱不了被牵扯的命运，这是我们从母体里出来就注定了的。我们如藕般白嫩的小手第一次被大人紧紧抓住时，我们会突然感觉到力量、疼爱和有所依傍。路上，我们的手被爱人牵着，两手或依依杨柳或蜻蜓点水，亲昵、温馨，就像两块相吸的磁石。或者干脆就如两条交媾的蛇，纠缠、蛮横而旁若无人。这手在别人的眼光里幸福地交织、缠绵……父亲老了，有一天我突然牵了下父亲的手，不，仅仅是碰了一下——父亲要不是患了脑溢血，他的手是从来不让我牵的。但就这一下，我就感觉有些异样，有那么一刹那，我甚至怀疑我怎么就与这双手有关系。显然，这双手我非常熟悉，粗糙、巨大、有力，仿佛很早我还摊开过父亲的手掌，看见他的手纹与我有着惊人的相似，我熟悉它已经像熟悉自己的手纹一样……这是我们家族生命的符号，我是一个被复制者……家族就是一个庞大的复印机，不停地复制一具具生命的肉体，思想在手中得以传递或者消失——所谓的“传统”，也是这样在手中得以延伸。

其实，传统在复制中早已走样，那是另外的电源和光亮所赋予的。这是一只看不见的手。

乡村放映员

在乡村的露天电影场，稍不留神，我们就能看见放映员的手。那好像是一种习惯，在调试放映机时，他总喜欢把自己的手在放映机镜头的光束里伸一下。但就那么一下，在他面前不远处的黑边白底的银幕上，他的手立刻就被显映了出来，他的手被放大、变形、模糊，如一只黑熊掌。自然他不会在意，他得意地举着圆圆的胶盘，咔嚓嚓的响声中，他一切都按照程序操作着。程序在他手中变得异常重要——事实上后来的一切也都变得程序化了。

他像一位叱咤风云的老将军，挥手之间，千军万马就在我们眼前出现……他制造着政治和斗争、战争与和平、特别多的特务、没有激情的生活、具有政治意义的男欢女爱。随着他的手势，英雄们刀枪不入，小伙子离他心爱的女人越来越远……有回，我看见银幕上男人的嘴伸向了女人，突然，那只熊掌似的手就出现在银幕上。电影场上一片混乱，有人吹口哨，有人向他扔石子……在人们的想象已经变得非常逼仄的时候，他的这只手将我们的生活弄得更为枯燥、重复和专横，具有极大的破坏性。乡亲们指望他能告诉我们一些欢乐、一些贫瘠的心灵生活之外的东西，但他做不到。有那么几年，他就那样专心致志地播放着阶级斗争、爱国主义、英雄主义的影片，为此赢得人们职业上的垂青。他的手偷懒了一下，因为这些片子他也看得烦腻了，他想眯瞪一下，但银幕毫不留情。亮光滋滋如无数道闪电，下面“雷声”大作……其实，很多枯燥的东西并不是他制造的，另外的手操纵了一切。他的手本质上也是被操纵着的，他甚至不知道电影是怎样制造出来的，他是无辜的、好心的。

多少年之后，乡亲们原谅了他这双手。因为乡亲们知道，放映员作为许多乡村青年做梦也希望拥有的工作，他只是比别人幸运并且轻而易举地得到了。但问题是，真正意义上的自由选择、随意、即兴地看电影的时代到来之后，回忆起这双手就变得莫名其妙，因为在岁月的风尘中，我们看到这一双手在一夜之间就突然消失了，取而代之的是我们自己的手——我们手握遥控器，尽管还不能拿捏世界，但确实不需要他的那双手了。

邮 差

……然而，首先看不见他的手。只看见他身着一套绿色服装，打从老远来。有时，他背一个沉沉的绿邮包；有时，他骑着自行车风驰电掣地从眼前驶过，或者干脆朝你走来。如果他停下来，他的手就会指向你，报纸、刊物、信件……他肯定走了很多的路，也肯定还要不停地走下去。他会偶尔向你讨一碗茶解渴。日复一日，年复一年，无论是风雨交加还是晴天朗日，他差不多总是在相同的日子里，在时间深处伸出他的手，像是伸出了一枝橄榄枝。他的工作就是用他的手抚平你心灵的焦灼、期盼。偶尔也有一些坏消息,如果当着他的面,你顺便让他也知道了,他就像是做错了事的孩子,一时间变得手足无措,嘴里唠唠叨叨,怎么会这样呢?他安慰你,说:“莫急,莫急,也许不是这样的,也许……”总之,这时候他不会在你面前一脚就踏上自行车,匆匆地如箭一般地射去。他会推着车,小心翼翼地向你告别,然后在很远的地方才飞奔而去。让你愣在那里,像是谁遗落在大地上的一颗硕大的泪珠,在风中慢慢抖动、风干。

大多数的时候,他的手也是机械而没有感情的,这是他所承担的角色决定的。一种习惯。因为他无法知道他手中攥的信函是喜悦、痛苦抑或是一份担心。他只做他应该做的一切:把大批的信件从不同的地方送到不同的人手中,让每个人在信中找到自己生命的牵挂、一张精神的地图。他只是一个信差、一个传递者。你会在他的嘴角看到他的一丝表情,比如真诚的微笑(如传递情书、喜报)、暧昧的扯动(如他隐约知道的隐私),还有一些尴尬(如上述的坏消息),但实际上这都与他无关,可他无法不这样做。他嘴角流露的各种表情就证明了一切,他是可敬而可爱的——有几年,我每天也在相同的时间里被这手弄得沮丧、幸福和难熬,但我还是固执地期盼这手的出现,这手与我以及我们很多人的关系注定充满——永远。

乡村货郎

他不知从何处来,也不知到何处去(实际上他流落到哪儿就算哪儿)。但无疑,这是一双让孩子嘴角流涎的手。他挑着装满货物的担子,手摇小拨浪鼓"咚,咚咚,咚,咚咚"地响。这声音本身就是一种诱惑,听到鼓声,乡亲们就像逢上了盛大节日,从村庄的四面八方飞速地聚集而来——他的目的达到了。在村庄的集散地,他慢条斯理或者佯装有些不情愿的样子,放下肩上的货担,吆喝:"鸡皮换糖果,鸡毛换灯草喽!"只几声,他的周围便围满了人,他开始狡黠地打着招呼,含混不清地笑。实际上他那玻璃柜子里装的都是些平常的小玩意儿:针头线脑、糖果发卡、香烟肥皂之类的。也不一定要钱,鸡、鸭、鹅身上褪去的毛,猪鬃、鸡肫皮、牙膏皮,一般他用手掂掂,就知道你要兑换的东西。一只鸡的毛兑换什么,两只鸡肫皮兑换什么,他心中有数——仿佛一种约定,要是上午你嫌他的东西贵,下午来一位货郎,你拿出上午的给这货郎,这货郎所给的也和上午丝毫不差。如此者三,乡亲们也就熟悉了他们兑换的原则。货郎像计算好了,一个月或十天半月就会来一次,一个村庄一个村庄的,鬼子进村般把乡亲们积攒的鸡毛蒜皮、破铜烂铁洗劫一空,或满载而归,或又"咚,咚咚,咚,咚咚"地手摇小拨浪鼓,不厌其烦地赶向下一个村庄——可别小看这货郎,那时候,乡亲们就是靠他这双手进行贸易。大姑娘喜欢的红头绳、发卡,孩子嘴馋的糖果,他的货柜里都有。在孩子们眼里,货郎沾沾自喜,简直有一双变戏法的手。一旦看有人"上钩",他一下变出几粒糖果,一下变出一截红头绳,好吃的、好玩的……让人眼花缭乱。有的小孩趁大人不在,就偷偷将自己手上的银手镯、金锁之类的摘下来,嚷着换糖果。这时候货郎拿这东西在手里摩挲着,心里却忐忑不安。终于,他的那双手还是松开了……

他不敢断了自己的后路。

也有不老实的手。这样的手,货郎们在自己的神情突然变得痴迷时就会不知不觉伸出。一位俏模俏样的女人走来,他的眼睛不知怎么竟一直离不开,趁人不备,他便鬼使神差地悄悄地塞给女人一段红头绳。那女人抛个媚眼,客气了几句,他就更是魂不守舍,要上她家去坐坐,喝茶。然后他的手就伸向了她,女人多半也不会推辞。只是等女人的肚子长出了怀,乡亲们才蓦然想起,那鬼货郎竟是一年没来了!

理发匠

现在可以将一双手摸向你的头了,这是你自愿的……那年头很少有理发店,理发的也都是男人。不像现在大街小巷都挂着"美容"的招牌。美容店里散发着昏黄的灯光,暧昧不清,使人昏昏欲睡,如诗人写的:"东张西望一番/一个人进去了/一番东张西望/一个人出来了/都是那一团愁丝搅的……"那时乡亲们就直唤他们为"剃头的",称为"特种行业"。从事这行业的人一般也都是些腿脚有点儿不利索的人。正常人的手,乡亲们觉得应该捉件锄头或其他什么,如果学理发就有点儿不务正业的意思了。

"举头三尺有神明",乡亲们心中谨记这条古训,对自己项上家伙充满无限敬畏之心,"头"似乎神圣得不可侵犯。谁的头如果被人莫名其妙地摸了下,那人轻则与你闹个满脸通红,重则就会与你发生口角,甚至大打出手。孩子生下来后的第一次理发,主人家会端上一碗"糖鸡蛋",恭恭敬敬地孝敬理发匠……但现在,这手可以随便放在你的头上了。他放下肩上的理发工具，坐在凳上吧嗒一口烟，并不着急，待做完了这一切，他才“刷”地一下抖开围布，将你从下巴以下围得紧紧的，依次再拿出剪刀、推子、梳子，在你头上急速地动作起来。他技法娴熟，有条不紊，如果你不嫌弃他的围布有点儿脏，你尽可以静静地闭眼，享受他给你带来的神仙般的快乐。剪发、刮面、掏耳朵，他的手法都恰到好处，“吹面不寒杨柳风”。你陶醉其中，剧烈劳动的疲惫感随之消失，你满面红光，仿佛换了个人。“好了，下一个！”猛地，他拍了你肩膀一下，你还恋恋不舍，他的手却在一块帆布上轻轻地磨起刀，他的貌似无力，却积蓄了力量的手在试着刀刃。这位“剃头的”，我叫他“袋匠爹”，他左腿残疾，走起路来一颠一晃，身上背的装满理发工具的口袋也随之一颠一晃。“剃头挑子一头热”怕是无法形容他，因为他从不挑担子，洗头的水你自家烧就是。听说他是从一只南瓜开始剃头生涯的，小时候，他父亲要他用刀片不停地刮南瓜，刮掉瓜上的那层薄霜，却不允他破了皮，他学着学着就会了。后来，他想把这门手艺传给儿子，但儿子由于腿无疾，理起发来不像那回事，渐渐地，儿子就手持渔叉到河里叉黄鳝和老鳖去了——那确实也比理发挣钱。但更重要的是，其时“小姐发廊”也已渐成时尚。

我见过“袋匠爹”的手。他衣衫褴褛，穿的一身粗糙不堪，但他那双手却细腻而光滑，白嫩如少年。或许这就是由于理发而锻炼出来的一双手，不像现在“发廊”里小姐们的手，冷不丁就有一种肉欲的迷离，让人容易心怀不轨。

赌 徒

我无法忘怀那样的一双双手，这首先当然是阅读带给我们的。在世界的赌城蒙特卡洛，C太太放眼静观，就看到她面前“唯一摇晃不宁的只有那些手——绿呢台面四周许许多多的手都在闪闪发亮，都在跃跃欲伸，都在伺机而动。所有这些手各在一只袖筒口窥探着，都像是一跃即出的猛兽，形状不一，颜色各异。有的光溜溜，有的戴着指环和零丁有声的镯链，有的多毛如野兽，有的油腻盘曲如鳗鱼……贪婪者的手抓挠不已，挥霍者的手肌肉松弛，老谋深算的手两手安静，思前虑后的人关节抖动，百般性格都在抓钱的手势里表露无遗。”茨威格在《一个女人一生中的二十四小时》里用了几页的篇幅写了“手”，将赌徒们的手描写得淋漓尽致，空前绝后，这当然是他细心观察的结果。C太太由于女人的细致，还看到了一双“传神达意的手，能用这么一种痉挛的方式表露激动与紧张”，她感到一种不可名状的震惊，强烈地看出那人“全身血液没有一滴不曾受到他自身激情的毒害”。她想让这双手恢复安静、坚决而有理智，但她最终失败了。那手注定只能定格在她的生命里，成为她晚年的无穷无尽的追念和思想以及倾诉的唯一内容。

面对茨威格，我叙述这样的手便让人感觉没有意义和烦琐，但参与其中，我无法忽略我遇见的这样一双双手。八只各怀心思又佯装友好、和气的手在麻将桌上呈现，让你不得不面对。有的手速度极快，看似漫不经心，却暗含心机；有的手看似精明，心里却缺根“弦”；有的干脆就哆嗦着，绝望地等待“下一场”……从牌整合时开始，这八只手便发出了各自不同的声音，而当抓牌时，这些手的表演就更充分和意味深长。有的手那么轻轻一拎，就能摸出牌是条、万、筒，胸有成竹地放进牌阵或干脆就和牌了；有的迅雷般拿起，手却忽然停住，他将牌在手中摩挲着，将牌插入，又提取了，又插入，犹犹豫豫，像是面对一团乱糟糟的线头……他们的脑子都在快速地思考、算计。我看见一只手在颤抖着、痉挛着，畏首畏尾，像是一只小老鼠爬上了桌子。这时候，整个麻将场就变成心的较量和手的搏斗，还混合着烟、咳嗽、狂喜和沮丧，充满异常沉闷和令人窒息的气氛。只是结果无论是输家还是赢家，一旦牌终人散，一股巨大的空虚和无聊感紧紧地攥住他们的心，他们甚至会做梦，梦里那些手就像一条条毒蛇在撕咬、纠缠着，甚至想剁掉它们。有人说，他打麻将得出一个人生结论是：自摸和牌好！这就要看你手的运气了。实际上，大多数时候在牌场上，人们都会感觉一种奇妙的东西在起作用，冥冥之中像有一只手在操纵着，可这只手看不见，摸不着。赌徒的命运一般来说都是不妙的，但对于一些人，一场麻将会将他残存在心灵的一些恶的东西释放出来，便是益处。

其　他

偶尔的时候，我们还会想到其他的一些手：软绵绵、瘦筋筋、硬邦邦、粗糙糙、白嫩嫩……当许多手在自由活动时，生活的丰富多彩性确实呈现了！我们不得不承认，正是这些手操纵了整个世界，操纵了我们。黑手高悬霸主鞭，转手之间，翻手为云，覆手为雨……手，被形容成一种力量，已被人们到处传诵。但真正的手是没有指向的，有指向的手貌似强大，最后都一样被时间的水淹没，或被时间之刀斩断，因此所有的手都充满了宿命。说起来，我在对手的种种记忆之中感到最为沉痛的是乡村女子那一只只摇着纺线车和打猪草的手。这样的手，由于在我的童年曾不断地出现过，以至于我现在想起它们就会激动不已，觉得那是我们乡村最为明亮的一道风景。直到多年后我才明白，她们那手摇纺线车和打猪草的样子，不仅仅是一种动作，那里面还有因劳动而氤氲的一种温暖，久久弥漫在乡村上空的一股温馨而生动的气息，也就是“手气”。我从心里慨叹那一双双“灵巧的手”。但遗憾的是，那样一双双手，最终也会变成枯枝在风中消失，这不幸的事实叫我怎不心怀感伤？

至于第三只手，我没有见过——当然，这只手只有在人们无法见到它时，它才显得成功和得意。啊！有人看到他的手动了一下，尖叫了起来。于是，一群人兴高采烈地追撵了上去，朝那人拳打脚踢，那“第三只手”抱头鼠窜、狼狈不堪，充满了巨大的失败感。但他的样子却让我们哑口无言，无从怜悯。

2004 年 3 月 15 日，北京鲁院

关于散文写作的随想

一

面前的植物不是一棵树，看得久了，那植物果然就变成了一棵树；原以为面前飞翔的是一只蝴蝶，但看着看着，那只蝴蝶就飞走了……那树的形状，那蝴蝶的影痕……这种种，我以为都与散文有关。在我的倾向里，散文就是那种鲜活的、有一种飞翔姿势，或者能拧出青草之汁的东西。语言隐遁其后。差不多，我也多次表达过类似的观点。

二

写作总意味着战斗和倾诉。战斗是一种富裕和奢望，我必须战胜时间给予我的奢侈，战胜自己和自己所面临的一些事物。这种由于时间和自己介入的东西，总是不断地令我感到好奇。我得打败其中的一些东西，并且将这些经验告诉自己和一些别的人。

往后，我发觉散文写作是我生命的一种呼吸，这使我感到惶惑和惭愧。

三

但当前的散文，太像一棵树和一只蝴蝶了。“像”过于强调了形式，使心灵的“度”过于密集，甚至不惜千篇一律。因此，我们看到了许多“庖丁”在游刃有余地解“牛”——许多倾诉者在娓娓地叙述他们所谓的“心灵秘史”。有人试图用散文来还原历史，实际上连他自己也搞不清楚“历史”为何物。“散文”与“历史”的界定一样，都面临着一个尴尬的局面，许多人都会“搭积木”，而不会“破坏”和建设，然后还说这是“文化”。

四

目前，一棵棵不算太古老的大树还未砍掉，而同时在大面积“植树造林”运动中栽下的树苗正在茁壮成长。我喜欢用树来比喻什么，那是因为树绿叶葱葱的样子，对我产生了极大的诱惑力。有时，我竟无法回避它们，我甚至发觉，我总会走进这巨大的、古老的森林迷宫，荫荫密密的树木遮天蔽日的，我无法把握自己真正的呼吸。

五

如此，我想今后的散文强调的是“破坏”——谁制造了“散文”的字眼就还给谁。然后，一些“四不像”的东西会迅速地崛起，命名意味着死亡。听人们貌似胡言乱语的，这没关系。很多时候，人们都会说自己“拿不准”。其实“拿不准”恐怕就代表着今后散文写作的方向——不可言说，你自己做不到，别人可能会干得很漂亮。

2004 年 5 月 1 日，北京鲁院

散文年华

——读山云的散文

读山云的散文，总觉得是在读他的精神。“人是要有点儿精神的。活在世上，要想干成一件事，得有多大的心劲啊！”他这样说，也这样勤勤勉勉地做——做着散文的事。“足迹卷”“根须卷”“溪流卷”，他一部接一部地计划着、写着，还要出一本《山云散文百家谭》……仿佛全身铆足了劲，要把散文的事做个通通透透、彻彻底底。这是怎样的一股“心劲”啊！每每想到他这句话，我就被他的朴素而炽热的文学情怀所感动，心生敬意。

说山云的散文，全然是他脚下那块黄土地给予他最为无私的馈赠，我想大抵不会错。他的《沃土乡情》《新田访古》和《风味小吃》三个系列散文，简直就是他对故乡质朴生活的直接记忆和开掘。笔触家乡的风物人情，他似乎就有一种抑制不住的生命的激动，娓娓道来家乡人和事，古风流韵。绵厚的黄土高原、原始古老的土炕、故乡的庙和石井……羊汤、油糕、火烧、春卷，他和盘托出家乡的这一幅幅风情画卷，虽有点儿遥远和陈旧，却是如数家珍，透出他对家乡浓酽而真挚的乡情，仿佛是给家乡作一部文学志书，又仿佛是一位在现代文明里迷失了很久的中年人，在黄沙扑面的黄土高坡召唤着传统文化的魂魄。情不由己，用笔却是平实而朴素的。他写《野菜情》，在细腻地描写这种野菜的做法时，却对自己曾经品尝的苦涩轻轻一笔带过，说："我们这一代人，五十年代出生，六十年代困难时期闹年景，吃淀粉，七十年代高粱米、红薯干又吃了个够，似乎和野菜结了缘。"其中，这是怎样一个"缘"字了得？"人心是杆秤，离别是面镜。"这是山云家乡的一句俗语，也是他寻访沃土、寻访传统文化之根、生命之根，以至炎黄子孙生生不息，亘古不变之根的参照之"镜"！

"惭愧，生我育我这四十多年！惭愧，离别故乡已二十五年！惭愧，竟没有为家乡尽一天心，出一日力！惭愧之余，我宵衣旰食，精勤笔耕……"山云在《沃土乡情》系列结束时写了这样一番话，有些激动，真情却訇然坦露。老实说，散文在当下的变化或者说文体的"变异"已经很大，但无论怎么变，都无法摆脱散文所需要的心灵和情感的真实。对山云的散文艺术成就，我不敢妄下评判，但他的用情之专一，真实和充沛却是始终如一的。他写爷爷、姥姥，写患难夫妻……说父亲是座山，母亲是条河，岳父是片云，岳母是把伞，展现的都是一股人间真情，让人感受到世间大爱。特别是他写到与爱人相恋时的一段曲折爱情，岳父的阻挠、岳母的调停，他如实道来，从不掩饰。岳父第一次进他家时，他说："岳父放心不下，骑车几十里，赶到工厂，给我们送来一块案板……可不凑巧的是正泥炉子，只好在邻家热了一点儿剩饭，老人吃了匆匆而去。过后听说，岳父来时怀揣着烧饼，以备女婿还礼。"细节刻画得真实，读来令人生情。还有，他为病逝于同一天的母亲与岳母所写的文字,更是字字涕泪,句句哀伤。也许,正是山云经历了种种情感的磨砺,他对感情更有自己的一番体认,所以流于笔端,他就无障无碍,而能让情发自肺腑,气自出机杼。

关于散文,山云是有着自己的见解的。他说,他的散文创作是一个艺术探索、思想磨难的过程,也是一个丰富自我、完善自我的过程。应该说,这是他的散文创作由实践到理论上的一种有意识的“自觉”。由当年一篇咏花的文字挑动他“久已麻木的文学神经”(山云语),进而写出数量如此之多的散文作品,这就不仅只是靠着他的“想干成一件事的心劲”,当然还有他的悟性和智慧,这在他已出版的两部散文集中写的许多关于散文创作心得中可以看得出来。尽管他把散文称作是文学园地的“老三”的观点我不敢苟同,但我却被他写的“恰散文年华,雄姿正茂,豪迈意气……”感动于心。由此,我真诚地祝愿他在这“散文年华”里更加神思飞扬,佳作迭出。

2004年5月23日,北京东城区和平里

闲适文章　满钩情怀

——读万伯翱散文集《元戎百姓共垂竿》

读过一些专门写花描草、谈园艺、说茶道的文字，总觉得如“花草虫鱼鸟兽”的，多识些，并不坏，一做小品文字便有“闲适”之嫌。古往今来，虽然花草虫鱼鸟兽之类的文字，其中不乏文学艺术之美，但其中的知识性、趣味性，或说教或“掉书袋”，透出的只是文人雅士、骚人墨客把玩和欣赏的趣味。写作者也总处于一种自我陶醉的“低”姿态，文章多是士大夫式的，缺乏现实的生活气息和艺术再现的能力，常常是一读了之，很少有萦绕于心的激情。

接到《元戎百姓共垂竿》，及至看到《万伯翱钓鱼散文专集》，也以为是这一类文字，只觉得它填补了我阅读视野里关于钓鱼这类“闲适”文字的空白，便带了闲适、接受知识的心情读。这当然是不对的。万先生这部散文集所取的钓鱼，却“钓”之不在鱼，而在于心、在于情。因为，他不仅停留在钓鱼的知识和趣味上，更多的是人和事，他所知道的非普通人的“人情”。原以为是闲适文章，却撒下了“满钩情怀”，这就不是用闲适文章所能概括的了。

况且，这里面的生活气息和垂钓者的人生际遇就让人感慨万端。

万先生所写之人，不是一般人，是国家主席，是元帅，是将军，是体坛名将和文坛闻人，等等，展示的是他们鲜为人知的日常生活情趣，非常生活时的胸襟。刘少奇主席垂钓不忘忧国，陈毅元帅垂钓时的从容，贺龙元帅垂钓时的镇定，徐向前元帅垂钓时的喜形于色……由于作者的视角取平民立场，让人便从中重识了一代伟人的情感与个性，看出名家的风范和心境，体会到人与动物、与自然的和谐与圆融，开掘出人与恒定事物的关系，人在各种心境之中的“静”与“动”的哲学之美。文字不事雕琢，情感却沛然于心。许多细节的描写更栩栩如生，跃然纸上。比如，贺龙元帅钓到鱼，兴奋大叫：“送给总理，熬汤，下酒用！”写到徐向前元帅，却是吩咐：“把武昌鱼赶快送给在这里疗养的薄一波同志，这位山西老乡‘文化大革命’中受的苦最多，给他补养补养身体……其余的全部送给咱警卫排的小伙子改善生活。”这一“兴奋大叫”与“忙吩咐”，便把两位元帅的形象与性格不言自明，其情其景，恍若目前。这垂钓，在万先生看来，便不是悠闲，而是寓情寄意；在读者看来，便感觉伟人的可敬可爱，体会作者叙事的用心。

不单说钓鱼之趣，垂钓确也有浓浓的文学之味。“姜太公钓鱼，愿者上钩”，柳宗元“孤舟蓑笠翁，独钓寒江雪”，都是脍炙人口的名文名诗。这一钓竿，千古不变的是把握者的心境和修养。“子非鱼，安知鱼之乐。”钓者的乐与不乐，被钓者的乐与不乐都在山水、天地间。万先生由写钓鱼人手，尽显伟人与名家风采，有章回体小说的笔法，又由于用笔的着力，便将他们的音容笑貌定格于山水，与天地长存了。尤其感动的，是他那“满钩情怀”，全凝聚了“崇敬”二字，而这两个字，与我当时读他文字时的心情是相同的。

2004年5月24日，北京东城区和平里

蒙古长调

这是一种奇特的情绪的跌宕与起伏。好多天了，在锡林郭勒的草原上行走，无论是蓝天白云的爽心，还是草色青青的悦目；也不管是坐看大漠孤烟的壮观，还是蹲在蒙古包里喝着飘香的美酒……只要听到那种歌声，似乎就有无数把马头琴在我心头撞击、撕咬，丝丝缕缕，我的情绪立即被撕扯得一塌糊涂，定格在草原如血的残阳里，如痴如醉，如梦如幻。

这就是长调，一种不是人间而是来自天堂的——蒙古长调。

就觉得这典雅的长调最适宜于那水草肥美的草原。只有“天苍苍，野茫茫，风吹草低见牛羊”的草原，才能盛得下那种辽阔和悠远……高亢、清冽的长调，在茂盛的草丛低低滑落、穿行，然后又如一只只孤鹤哀鸿，跃地而起，气冲霄汉——“风是草原的家”，长调就“挑”着它全部的家当，含着饱满的青草之汁，甘霖雨露般又“大珠小珠”急剧地坠落。望着面前浅浅青色，满目低草，我陡然疑心一定是那天意怜芳草，才使这长调平添了一丝忧郁。此时，我真想给草原吹口气，让草原的草儿倏然长深长高：一望无际的风吹草动，一望无涯的如浪如潮……通通透透地抽走长调中那一缕浸透骨髓的忧伤！

青海的“花儿”凄美了点，山西的“走西口”酸柔了点……打马草原，我总觉得长调是最适宜安顿那一颗颗疲惫的游子之心——“辽阔无际的草原，是哺育我的摇篮……”在“山西会馆”空旷的院落里，我仅仅就听见这句长调，就仿佛看见走南闯北的晋商们唱惯了辛酸俚曲的口儿缄默了。音色纯净，意境深远的长调撩拨着一群背井离乡的人怀乡，但很快又将这一腔愁绪慢慢地抚平。一座洁白的毡房就让一个民族得以生存和自由，腰缠万贯的商贾们，住着这么繁华的院落，搭起这么热闹的戏台，还有什么理由不能消融心头那份浓浓的乡愁？他们的心灵在被歌声震撼时，当然会觉察出这是一个游牧民族在用一种独有的方式慰藉一个个陌生的灵魂。也许，长调中那浑厚、刚毅与坚强的音色又把这些外乡人的热血浇灌得滚烫滚烫，让他们飞腾、大气，学会深深感恩……

站在元上都遗址，我更相信蒙古长调是随着庞大的元上都轰然坍塌的瞬间，从蒙古人的胸膛里迸发的。无垠的草原委实苍茫，但透过七八百年历史风雨的帷幕，我还能感觉到这里的河流、草原、遗址、废墟所包含的无奈。这里曾有的一百零八庙不仅仅是象征，它曾真切地包裹过一个民族的雄心、一个帝国的辉煌。纵横天下，征服一切的一个王朝的顷刻覆灭，存留一百多年的元上都，是多么适宜生长那雄浑豪放的长调啊！是的，长调分明就诞生在这儿，分明还在那残垣断壁的隙缝，从那灰飞烟灭的气流里低低迂回，最后像无数只雄鹰拍翅而起，盘旋在浩瀚的大漠、辽阔的蓝天和无际的草原……未曾经过一场金戈铁马之后的繁华，未曾遭遇繁华之后的没落，长调都不会有这么内涵丰富的磅礴和苍凉。喋血草原，高哭当笑，长调就成了一种追念，一种英雄无归处的长叹。只是，这追念不是惋惜，不是颓废，而是擦干泪水后的一种沉静，是大泪风干后的无言……听那长调仿佛指向了虚空，我抬起头来，在那缥缈的太空，我却隐隐约约地听到一个侠骨柔肠的民族的“秘史”，藏在长调背后的一股民族的沉痛。

王朝的没落、商旅的孤寂、草原的肥美与流失，还有芬芳的马酒与奶茶……锡林郭勒，你就这样成了蒙古长调的发源地，成了茫茫草原那最令人销魂蚀魄、荡气回肠的部分——谁说长调仅仅只是牧人奶茶中的“盐”，蒙古人宴席中的“烈酒”？长调，是你这来自天堂的歌声无处不在，无时不有的激情抚摸，才将草原上的一切细细照亮，把草原上的生命真实地洞穿与宣泄！

一只狼在仰天长啸，
一条腿被猎夹紧咬，
它最后咬断了自己的骨头，
带着三条腿继续寻找故乡……

蒙古长调，这一次我真切地听懂你了，我还是满面泪水，带着挥之不去的感伤！

2004年7月8日，北京鲁院

读书如做“好梦”

说读书如做“好梦”——我想，以现在我拥有的全部阅读经验来说是合适的。

很小的时候，我被父母寄养在外婆家，外公是一位复员军人，他的全部值钱的家当就是放在阁楼上的一只神秘的小木箱。外公经常会搬个木梯从木箱里拿出一个小本本划拉点什么，然后又小心地放进去，好像还挂了把锁。不知随着外公第几声落锁的声音，想打开那只木箱就成了我一个小小的梦想。终于等到外公外出的一个机会，我爬上外公家那阴森森的小阁楼。原来小木箱也并没有上锁，里面放的也只是外公的一些日记，还有一些文字书……我如获至宝地偷偷取了一本皇历书看，可惜那时我根本不识字，这倒应了那句“瞎子看黄历”的俗语。

我将那本黄历书原封不动地放回外公的木箱里，小木箱在我眼里从此便不再神秘了——可那些我不认识的书，却弥漫着另外一种神秘的气息，进入我童年的梦枕。

直到现在，我还固执地认为我辈从小所受到的所谓小学教育，仅仅只有一种识字的功能。上小学时，我喜欢玩的是“打仗”的游戏，最酷爱读的是“小人书”。碰到一位同学“小人书”收藏了很多，我做梦都想跟他换。两者取其重，我咬咬牙用自己的那支“驳壳枪”换回了他的四十本小人书。从此我就成天陶醉在那些小人书里，看了不算，还写写画画的。有次看了电影《渡江侦察记》，嫌不过瘾，我就自己动手编起故事来。这就需要自己想象的介入，所幸的是当时我竟将这件事专心致志、心无旁骛地做完了……老师在班上成天地讲解课文的中心思想、段落大意、修辞语法，然而，就在我们小学毕业那年，班主任老师不知怎么心血来潮，找到了一本《追穷寇》的书，每天放学后在课堂上念上一段。那讲的是一个剿匪的故事，老师的行径类似于一个“说书人”，抑扬顿挫，念到紧要处戛然而止，卖个关子：“且听下回分解。”这样就将我的胃口吊得很高，脑海里充满了许多神奇的联想，似乎踏进了一个崭新的境地。到了上初中的时候，我的语文老师似乎也感觉到语文课的枯燥无味，课一上得高兴时，就丢开课文，偶尔摇头晃脑地教我们一些唐诗宋词。很快，我又被老师引入了一个非常美丽的语言世界，被这陌生而神奇的东西迷住了。于是我每天跑到老师那里抄上几首，这样积累下来，我就有了自己的《唐诗宋词选》——我煞有介事地将这手抄本装成个线装书，在书的前面画了李白、杜甫、屈原的像作插图……这书现在还在，以至我一看到它，心里还会产生一种莫名的亲切感。回想起来，我整个的中学生时代，社会上除了“八个样板戏”和《金光大道》《艳阳天》《虹南作战史》几本小说之外，我最早接触的文学名著还有一本用作批判教材的《水浒传》。那些年，村里来了几位下放“知青”，在他们那里我倒是读到了《钢铁是怎样炼成的》《牛虻》——这些书他们回城时嫌它们累赘，就一股脑儿丢给了我。

这大概就是我最早接受的一点可怜的书的熏陶。但有一点是显而易见的——那就是从此我爱上了书，看到一本喜欢的书，我做梦都迫不及待地想读到。在家乡的县城工作时，我认识了一位在县造纸厂工作的朋友。他也喜欢看书，常常有一些要拖进纸槽化成纸浆的书，他就利用工作之便先行截留下来，像《契诃夫短篇小说选》《欧·亨利短篇小说选》以及赫尔岑的《谁之罪》、卢梭的《忏悔录》以及屠格涅夫的小说都是他偷偷给我的。当然，这样的书他给我也有原则，一般都是他同时得到两套时才给我一套，如果只有一本，他绝不会送我。但这样也就足够了——遗憾的是这位朋友几年前死于一场重病。他死前的那年春节，恰巧我回了老家。他躺在床上，骨瘦如柴，形容枯槁，望着他，我再也无法找到以前和他一起偷偷谈"淘"书的快乐了，心里禁不住一酸——不过，这是题外话。那时，我还弄到了一本《中外作家作品简表》，按图索骥，节衣缩食地买了托尔斯泰、泰戈尔、普希金、肖洛霍夫、德莱塞的作品和《红楼梦》《西游记》《聊斋志异》之类的名著，废寝忘食地读……读着读着，很快就到了马尔克斯、卡夫卡、福克纳、杜拉斯们大行其道，异常流行的年代，这时候，读书虽然不是一件很难的事，但却是一件"跟风"的事，挟裹在这一阵阵风里，我阅读到的还有川端康成、三岛由纪夫、梭罗以及大量拉丁美洲作家的作品——"跟风"虽不可取，但我还是感受到了在"风"中阅读的快乐和收获，这种"跟风"的阅读直到现在我也未能免俗，这回在鲁迅文学院中青年作家班里读书，在同学们大谈特谈卡尔维诺时，我也找来认真地读了。

生活中的一些噩梦，我们总会尽量尽快地忘记，而那些“好梦”我们却会常常记挂，甚至不用惦念，它也会在我们脑海里适时地泛起，让我们充满无穷美妙的遐想。况且再差的书都不会像噩梦——我对梦的态度，差不多就是我对读书的态度了。我说读书如做好梦，是说在知识荒芜的年代，书不易求得，书像梦，想抓也抓不住，那些“抓”住了的书，现在都成了甜美的记忆；而在知识繁杂的年代，书浩如烟海，也像梦，很多书如过眼烟云，只有一些好书如“好梦”，让你回味不已。四十年来，我读的书也不是太少，大多数的书并不全记得，记得的书也不限于文学一类，更多的还有一些杂书。但，梦是无止境的，书也是无止境的，在荒芜与繁杂中，一些好梦值得我记下并继续做着，一些好书也值得让我继续读着，并偷偷地乐。

2004 年 7 月 8 日，北京东城区和平里

还我一个春天

“七九河开，八九燕来。”在我们开学典礼上，白描副院长很是热情洋溢，他说：“随着报春的燕子飞来，你们也走进了鲁院第三届中青年作家高级研讨班，你们也是一只只小燕子……”听到这话，我寻找燕子似的，把视线立即转向了窗外。窗外，春天不知不觉地莅临。坐在窗明几净的教室里，我突然就有了一种怀抱双重春天的感觉——我想，如果说二〇〇三年春天的SARS，曾给我减少了一个春天的话，那么我被选择在二〇〇四年的春天进入“鲁院”，算是上苍还了我一个春天吧？

生活有时候就是这样让你惊喜、缅怀和感恩！

在这样的春天，就觉得鲁院的每个角落都异常地明亮和亲切。浅浅的草坪、粗壮的雪松、冒出绿芽的依依垂柳、那题写着“风雅颂”的假山石、红漆青瓦的亭阁，甚至那可爱的小黄花猫儿……面前的一切，似乎都有一种温馨，一种浓浓的文学气息，让人深深迷恋和陶醉——在这儿，我几乎目睹了二〇〇四年春天演变的全过程，感受到“鲁院”的暖暖春意。春风化雨，这“雨”就如甘露滴滴倾洒在我们的心灵。关于文学艺术与人生，对于世界观和人生观业已形成的我，当然有自己的一些见解，但更多的也存在一知半解、困惑与无知。政治、军事、经济、外交、戏剧、音乐、舞蹈、电影、电视……我集中而系统地听课，做着笔记。思想的张扬与对话，艺术的交汇、撞击和融合，让我的心塘激起涟漪，脑海不时驱散着种种迷雾。四个多月，我们不仅开阔了视野，获得了知识，廓清了思想，学会了思考，还目睹了外交家与军事家的风采、学者的风范、艺术家的神韵、作家和诗人们的谦逊……比如，外交家吴健民先生的儒雅、音乐评论家金兆均先生的诙谐、舞蹈理论家欧建平先生的激情，等等，都给我留下了深刻的印象。

记得二○○三年春天，在 SARS 病毒肆虐的时候，困在北京这座“危城”里，耳边呼啸而过的经常是救护车的尖叫声，手机上此伏彼起的是关于 SARS 的谣言，身边的朋友或龟缩在居室，或陆地天上的如行云流水，全作鸟兽散——而在这个春天，我一下子拥有了许多老师，来自天南海北、四面八方的同学和朋友。雷抒雁老师抱病参加我们的开学典礼和晚会、白描老师不辞艰辛地和我们一起采风，胡平老师给我们上课一丝不苟，王彬老师的渊博的知识、秦晴老师的无微不至，张小峰老师的小心呵护，以及操着不同口音的同学在创作与思想上的相互交流与切磋，生活上的彼此照顾和提携……洁净的标间、敞亮的教室、宽松的环境、真挚的感情、无私的友谊，十分奢侈的思考与写作，让离开校园多年的我，重新找回了做学生的幸福和同学间的友情。我觉得，这个春天对我而言，是对减少的那个春天的双倍馈赠与回报。胡平副院长说“这是世界上独一无二的作家班”。这“独一无二”，我想不仅是物质上的，同时也是精神上的——在这春天里，鲁院召开的小说和散文等几次小型研讨会，无论是清风斜雨，还是似燕子呢喃，都让我看到鲁院在倡导“鲁院风格”研讨会时所持有的真诚与严谨；江西大山与内蒙古草原愉快的社会实践，让我感受到鲁院让我们“读万卷书，行万里路”的良苦用心！

我想，我们师生在演奏一曲“春天的故事”！

在许多个晚上，我和同学们在鲁院一排排忍冬青拱就的甬道上漫步、谈心，拂着凉爽的晚风，我们会感觉鲁院小了点儿，四个半月的时间短了点儿，但局促在这巴掌大的地方，我又情不自禁地想起福克纳美国南部那“邮票大的乡村”……我知道，就是鲁院这“邮票”大的地方，已成就了中国当代文学史上许多优秀的文学作品，走出了许多优秀的中国作家。在我的心中，鲁院将是我永远心仪的一座圣洁的文学宫殿！十分感谢鲁院在这个春天里接纳了我——还给我一个春天，赋予我终生为之自豪和回味的许多日子。

——我会好好珍惜的。

2004 年 7 月 10 日，北京鲁院

大峡谷三题

观　瀑

夜里躺在大峡谷宾馆，不知怎的，我满耳都是瀑布声。声音或轰鸣如雷，或隐隐如鼓，或铿锵如钹、如锣……房的四周，全是刀砍斧削、巍然耸天的悬崖峭壁，没有月亮，夜间我在小镇上胡乱地走了一通，人家窗棂里的灯光兀自浮着，有些暧昧。暧昧而有水声，大峡谷就显得异常寂静，山峦也如影子般若有若无了。

对于太行山，因读过《愚公移山》的故事，我知道有太行、王屋二山，但已被“愚公”移走了。没想到巍巍太行山，怪石嶙峋的大峡谷却同样有着江南的姿色——说起江南，山水总是相连的，但这里不仅有江南山水的逶迤和秀美，还因在北方，山更峻峭，拔地而起的悬崖绝壁，或斑斓如虎，昂首长啸；或似只只苍鹰张开巨翅，直逼青天。有峰处必有水，水清澈见底，如雪如银，如果不用手掬起一捧，感觉有些硬，有些黏稠状，与江南的水也如出一辙。

倒是因这“硬”，水便出入有形，溅珠泻玉，生龙活虎——算起来，黑龙潭里的水要潺湲一些，导游说，黑龙潭里的鸟、蝴蝶、蜻蜓都仿佛染了黑色，偶尔见到还真的黑如墨点，倒是水漾着雪白的沫，顺着峡谷流泻，声音哗哗，落差小，瀑布也小，层层叠叠，一瀑一潭，如晾着一沟的白绸。然而，转身走到瀑布之上，陡然水声杳杳，仿佛那白绸被人收走了似的。沿龙潭溯流而上，见几处瀑布，竟屡试不爽。瀑布跌处，那巨大的岩石被冲成一个石湾，圆滑滑、光溜溜，说是人工打磨，怕也没那么圆润，水石相击，大自然的鬼斧神工让人叹为观止。

太阳虽然照在头顶上，但三叠潭却是一片清凉的世界。走进潭里，一条巨大的瀑布飞流直下，水歇处自成一湾碧潭，水如氤如氲，如翡如翠，声若松涛阵阵，便赖在潭前的石椅静听那涛声，不想悬崖峭壁上却有一条栈道。导游说，三叠潭曰福、曰禄、曰寿，潭潭有瀑布，大大小小二十四潭，便有二十四条飞瀑，于是起身上栈道。栈道建在水上，水流湍急，溅玉飞珠，粒粒晶莹。一路走，一路水声不绝于耳，脚仿佛就踩在水里了。瀑布横空出世，听那声音虽从脚下发出，却似利剑出鞘般在头上咆哮长鸣。仰头见山，山是雄浑峻拔；低头看水，水是粗野如龙，整个峡谷似乎都在动……总以为太行山满目灰黄，旱地连天，没想到这里泉涌水泻，恍若一座“水山”。神奇的龙眼瀑，貌似干涸的悬崖一线飞瀑漂流而下，细如彩练当空，看那瀑布出处，恰如一只喷水的龙口。侧看，还有一只巨耳，瀑布就似耳垂上的挂链。到了女妖洞，高大的悬崖凹出一个圆圈，犹如人体，瀑布似乎就从“生命洞”里喷射而出，那沾了生命气息的水飞溅不止，使整个山崖都在一只巨鼓的摇动声中颤动，让人陡然生出无限的生命之感。

大峡谷里随处见飞瀑，一瀑一景，可以正看，也可以侧观，还可以无所畏惧地走到瀑布下。我走到青龙峡的瀑布下，听那飞瀑从头顶轰然而下，那瀑布源源不断、生生不息，声音哒哒，如万马奔腾。双眼被这水覆盖着，透过瀑布望青山高悬，朦朦胧胧，就感觉自己仿佛置身于传说中的水帘世界了，伸出双手，我真想扒开那如水的帘子，像那孙猴子做一回“齐天大圣”，但瀑布密不透风，压得人喘不过气来，隐隐地，有一阵阵滚雷从远方的天际碾来——不在江南，在这黄土高坡，在石堆石砌的太行大峡谷，这么集中地观瀑我还是第一次，难怪几天下来，我满耳都是瀑布声了。不知道终日生活在这瀑布声中的山中人是怎样的一种感觉，枕着这滔滔瀑布声，反正我是无法入眠的。

大峡谷的风

风从峡谷生就，猛地就朝人身上直钻，凉飕飕的，仿佛摄了人的魂魄，急匆匆又腾空而起，将人带入仙境；风又好像从谷口涌来，散淡淡地，如闲云野鹤，荡遍了峡谷的每一个角落，正如我们这一群不速之客，走进峡谷，每一处景点都不想放过，涉溪涧、钻石堆，一会儿瀑布之上，一会儿瀑布之下……不是随风潜入夜，而是随风潜入谷了。

这是峡谷夏天的风。峡谷春天里的风，因濡染了土地草木复苏的气息，一定有浓浓的土腥味，可能还有懒洋洋的暖意和花开的声音。秋天的风伴随峡谷里的落叶，会有簌簌的肃杀之气，况且那高耸的峡谷已然就如刀如剑、如斧如戟……刀剑林立的山岩生发出的一股“杀伐”之气，也一定咄咄逼人，让人心生肃穆和绝望之情。冬天的风不必说它，峡谷里的每条沟壑都仿佛“广寒宫”，每一缕风都像一支穿心利箭，刺得人心疼难熬，甚至干脆就将人冻成一根冰棍、一个雪人——大峡谷里的冬天，白雪皑皑，万里雪飘，冰封峡谷，本身就是一个童话似的白色世界。等到春天到来，阳光照耀冰雪，大峡谷银光闪闪，到处都是冰裂水滴的声音，开裂的冰和奔涌的雪水使大峡谷激情奔涌，一片璀璨。当地人说那时节只有“封谷”了……我们爬上“十八盘”，导游用手一指，说前面是刘秀隐身处，细看还真像，只是刘秀眼角一滴清泪明晰可见，男儿有泪不轻弹，何况他这位人中豪杰！我不想猜他的心思，只当他这泪就是被冻的，冻得直哭，算是有些孩子气。

夏天穿行在大峡谷里，风吹在人身上那才真叫舒坦！说是一座天然的空调，分明没有空调那股直入胸肺的闷气；说是置身于凉爽的春秋，谷外分明是烈日炎炎，赤焰千里，村头的黄狗都被太阳晒得直喘粗气。大峡谷便沾了这“天高烈日远”的便宜，高挂的太阳，东南西北都让高高的山峰遮挡着，风把半斜的阳光镀上一层水色，东边日出东边阴，西边日落西边凉……绵延百里的大峡谷，泉眼不断，瀑布如云，天上的毒日无法肆虐横行，地上的泉水却四处漫溢。阴凉生风，无论是在林海浓荫，还是在别有洞天的幽幽溶洞，当然凉风习习，让人暑热顿消，快意恩仇了。记得在同样的夏天，我曾到过承德的避暑山庄，那儿物是人非，暑热难耐，与“庄”外毫无二致。住在京都的宫廷，皇帝老儿喜欢找寻清凉的山水“避暑”，没看上这“一夫当关，万夫莫开”的太行大峡谷，要说也是有眼无珠。

风在大峡谷低旋回鸣，风声过耳，摸不着看不见，只将悬崖峭壁镂刻雕空成一座座巨型浮雕，如人如兽、如禽如物，浮现出的是一种生命的气息，那些岩石接受风柔软的抚摸，一个个变得玲珑剔透，还昭示着一种存在的质感。连那满目的草木花果，青松翠柏在风的抚慰下也旺盛、恣意地生长着，全都昂着脖子，招展着绿色的小旗。当然，在风中最为放荡不羁的还是那大大小小触目皆是的瀑布了。由于风的撩拨和滋润，大峡谷里的水便格外张扬着生命的激情，如在风中舞蹈和歌唱，随着瀑布的飞腾，我看到风的颜色忽白忽绿；随着突然掠起的一只青鸟，我看到风又变成了青色；而在紫团山溶洞，在那朝霞灿烂或夕阳余晖之中，我还看到那风是紫色的，赤橙黄绿青蓝紫……终日被这有颜色的风蒸腾着，就难怪当地人常常引吭高歌，说“石壶关咏叹，风从太行来”了。

梦里依稀

壶关太行山里散落的村庄，灰楼黑瓦，在树的掩映下，似一幅幅二十世纪七十年代常见的国画。站在高山寨上望，那些画面立即把我拉回到那“人欢马叫”的岁月。这当然不是梦——但是回到青龙峡的后脑村，我常常恍惚如梦，仿佛这就是我曾到过的地方，一切都那么熟悉：四周的高山刀削斧切般耸入云端，山下青枝绿叶相互交错，树丛中，错落有致地居住了几十户人家，一条潺潺的溪流从村庄中间蜿蜒流过，溪边有水碓、石磨，猪圈、菜园什么的，门洞大开，一副道不拾遗，夜不闭户的样子。

我说恍惚如梦，因为那时我发了一阵呆——这情形我已有过几回，一次是在陕西韩城的党家村，那天车子一进村口，我就这样发呆，赖在车上就不想下来。那样的村落我分明也十分熟悉，随着朋友在村里走了一圈，青石铺就的巷道、塔楼，一座座豪门宅院和书香门第，尽管并不是我梦里的内容，我也无法深入其中，却唤醒了我的某种记忆……我出现在村子时，村里人正在吃晚饭，因为这里已是一处旅游的村落，他们站在屋檐下，望着我们这群不速之客，神情漠然，习以为常。我旁若无人，大踏步地径直走着，如鱼得水，一会儿就“游”了出来。后来，我就坐在车上一言不发，努力搜寻记忆里是否到过这个地方，但是没有，心中便添了几分莫名的诧异。

浙江的雁荡山，我到那里时是一个细雨霏霏的季节。走进大龙湫，站在那几座圆柱似的巨大山峰下，我也有过梦里依稀之感，那情形似乎还与我亲爱的外祖母联系在一起。梦里的外祖母，似乎住在两峰中间的房子里，只是那屋子绝没有面前这雕梁画栋、飞檐翘角式的建筑的奢侈。四周耸入云霄的高峰，须仰着脖子才能看见。但那里祥云缭绕，仙气缥缈，祥花瑞草开在悬崖孤壁上，险峻美丽得咫尺之遥，却无法触及——外祖母已仙逝多年了，按老家人说法，梦见死人并与之对话很不吉利。自然梦里我也说不出话来，因为只顾仰着脖子看那高山，脖子一酸，人也就醒了。醒了，懵懵懂懂，我还久久回味着那奇怪的梦。

佛家有着前世今生投胎转世的“因果报应”之说，依此解释倒也简单。但我生性是一个不懂前世、也不信来生的人，记得小时候，我喜欢坐在家门口仰望家乡雄奇灵秀的天柱山，心向往之，却不能至，心里长久滋生出的恐怕就是对大山神奇而美丽的幻想。这些年我走过的中外城市也不在少数，但在那里我心里都没有那种一"咯噔"，仿佛梦里到过的"依稀"之感——相信这只是我生活和成长的乡土背景凝结于心的幻影。久久徘徊在大峡谷这古朴的村庄，这回，我实在忍不住了，就问同去的一位朋友，他说，他也有过这种事情，仿佛到过，细想还真是没有，说不清楚。

是说不清楚，但我喜欢他用的"事情"这个词，是的，这是一件事情——我到青龙峡的后脑村就是一件事情……从一处狭小的关口沿一条宽阔的水泥路进村，四周依然是壁立千仞的高山，几无出路。一侧高高的山峰上，有一个洞口大开，如挂在天上的一轮明月。"月亮"的下方，一面绝壁上黑黝黝地竟呈现一尊佛像，当地人称"观音菩萨"，一泓清泉恰好滴落在观音菩萨的莲花宝座上。看村里的房屋，似乎都是二十个世纪六七十年代盖的，上面还有"支援越南人民抗美爱国的人民战争！"的字样，字迹鲜红如初。大家笑着说："这条峡谷，要是敌人来了，守住谷口，关门打狗，一个个都插翅难飞！"这当然是玩笑，也不是我梦里曾有的情形，但这几十户人家长年累月居住在这村子里，一切便显得遥远而古朴。而这，就足以让我如入梦境，唤醒关于乡土的记忆了。

2004 年 8 月 8 日，北京东城区和平里

蚕豆开花是紫色

春种一粒籽，夏发万棵芽，咿子呀子哟……黄梅小调唱的好像就是蚕豆。很多年以来，蚕豆就是这样生长在南方的田间地头。乡亲们仿佛知道蚕豆有很强的生命力，很少大面积地种植，而是漫不经心地在插完秧后，顺手一溜地撒落在田埂上。等到秧苗呼啦啦地长得发绿，田埂上便浅浅地生出了蚕豆几瓣嫩嫩的绿叶，像是春天的两只耳朵在风中摇摆，倾听着水田里秧苗发棵拔节的声音。

很快，他们就像一对相依相偎的小儿女。别看蚕豆的叶片是绿色的，秧苗也是绿色的，它们都绿得有些天真烂漫。但随着绿色的秧苗撒欢似的长高了个子，蚕豆的叶片在田埂上就随风一溜开跑，跑了几趟，蚕豆就开出淡淡的紫色的花了。在这之前，稻田里有水，水像一汪明镜似的倒映着明月、蓝蓝的天空、朝霞和夕阳，偶尔还有一只翠鸟飞过——那些刚栽插下去的秧苗，是在另一块田里生根发芽，被人小心移植过来的。它从种子落地的那天起就离不开水，而蚕豆就不一样，它只被人丢在田埂的泥宕里，遇土生根发芽，漠漠青田白鹭飞时，它还没有冒出头来，但等田里的秧苗长成水稻，它灿烂如霞。在这时候，人们才像分辨男孩女孩一样分辨出它们各自的品质来。

终是要收获的。到收获时，男人收割稻子，女人收获蚕豆。“春丢一粒籽，夏发万棵芽，咿子呀子哟……”她们头裹着蓝色的头巾，嘴里哼着黄梅调，手舞足蹈，低身弯腰地就收拾了起来。这时蚕豆紫色的花瓣已开始凋谢，但那根茎却结着粒粒饱满的荚果——蚕豆。蚕豆在花的凋谢声中大声喊着自己的名字，那脆亮的名字就从绿色的根茎上滴落下来，青青的，青得像一块绿宝石，青得惹人怜爱。这样品质优良的蚕豆是可以留作种子的，乡亲们往往选上一些，放进一个布袋里吊在房梁上。有一年春荒时，趁母亲不在家，我发现了那只布袋的秘密，不知怎么我打开布袋就把那蚕豆种子偷偷炒吃了。那是一个饥饿的年代。母亲知道后，不停地责备我：“你这伢，你这伢……”不知说什么才好。现在，乡亲们种蚕豆是一种心情，吃蚕豆也是一种心情。她们把那青青的蚕豆在水里认真地洗净，放在锅里，伴着鸡蛋就能烧出一锅美味来。淡黄的鸡蛋、清清的汤水漾着绿色的豆，喝进嘴里鲜美无比，蚕豆粉团团地嚼在舌尖上，更是齿颊留香。新鲜的蚕豆一时吃不完，乡亲们就用竹器盛着放在太阳下晒，然后烧红锅在锅里炒，那蚕豆在红红的锅里活蹦乱跳的，隔着几里路外都能闻到蚕豆浓浓的香味。炒好的蚕豆冷却一下，吃在嘴里嘎嘣脆，清香沁人肺腑。逢年过节的，乡亲们用这招待客人，尤其是小孩子，刚好可以试试一个人牙齿的硬度与韧性。这时候男人们要是出门干重重的农活，比如担一担稻草什么的，你抓一把蚕豆给他，他便一路走一路吃着，再去挑那担子就显得轻松多了。

水稻成熟时是金黄色的，浑身的每一缕肌肤都泛着铜一样的光芒。金黄直达他的根部，也抵达乡亲们的心灵。而蚕豆则不是，她的根茎是方形，中心空，细看那花是洁白的，紫色只是那白色中的斑痕，如一方白纱巾不小心沾了紫的颜料。稻子在水田里灌浆、扬花，也因为水，他的呼吸舒畅而粗重，而蚕豆的呼吸却很微弱。水稻越长越是粗壮，也更高大些，而蚕豆却将紫花紧紧贴着地面，低低的，低得似乎要低到尘埃里去，如一位腼腆害羞的少女，不敢抬头看着面前的男人，只将头紧紧地倚靠在男人的胸脯上——这与她知道她的处境和水稻不同似乎也很有关系。水稻是中国的粮食，是南方人不可缺少的大面积收获和大面积填饱肚子的物质，但她啥也不是，充其量只是乡亲们过年过节用来调味的食物。水稻是雄性的，她是雌性的，她生就是乡野人家的小女儿。看看，金黄色的稻田周围盛开的蚕豆花，把稻田从青转黄都镶上了一道紫色的花边。早晨的时候，乡亲们赤脚走在田埂上，双脚踩着那带着重重露水的蚕豆花，就像踩着一片云，那偶尔粘在裤脚上的紫色花瓣，仿佛小女孩一路不停地笑。

蚕豆开花是紫色的。

那是一种无边无际蔓延的、浅浅地带有几分忧郁的紫。那紫色的笑，听了都叫人心颤。

2004 年 8 月 14 日，北京东城区和平里

文学之“院”

这两年，我算是很幸运地与文学院“较上了劲”。在成为安徽文学院的首届签约作家期间，还跑到鲁迅文学院待了四个多月。在文学院里生活、创作和学习，我真切地体验到了文学之外的一种快乐，一种在“院”里的温暖和幸福……

就觉得文学与“院”这两个词连在一起很有意思。“院”在词典里的解释是院子、某些机关和公共处所、学院……而我们的文学院呢，似乎都像，又都不像。说像，它与这些有点沾边；说不像，它又不是那种严格意义上的学府。记得在鲁院时，胡平院长说我们参加的是“世界上独一无二的作家班”，我们与安徽文学院的签约，我想恐怕也是世界上很独特的一张文学“契约”。

但，由此也正体现了文学院的一种精神。

这就是一种非常自由、宽松，完全尊重创作规律，闪耀着艺术和人性光辉的文学精神。说自由，是因为它没有围墙，至少没有心灵的围墙，它可以让你无拘无束，让你充分发挥自己的想象力和才华；说宽松，是因为文学院从不干涉你“写什么”和“怎么写”，相反，还给你创造一个良好的写作环境，一个自由交流与切磋创作的平台。让文学前辈和导师直接与你对话，开拓你的视野，增添你的智慧和信心。文学是人学，文学院还赋予了我一种“家”的温馨之感——“鸟倦知返”，比如一只鸟，飞倦了，就想寻找自己的家园——也许这是我签约安徽文学院时一种潜在的心态。但现在我可以说是满足了。我至今忘不了回文学院时的那种“家”的归属感，他们热情相待，无微不至，甚至一张车票都会主动地帮你订，我也很难忘院长徐子芳先生得知我们在鲁院紧张学习时，专程看望我们的情景；我更忘不了当我身在SARS疫区时，文学院一纸真诚的问候和祝福……如果说，鲁院洁净的标间、敞亮的教室、宽松的环境、真挚的友谊，奢侈的思考与写作空间，让我们找到了做学生的幸福和当一名作家的自豪，那么“在”安徽文学院两年，同样也让我们拥有了这种感觉。

感谢安徽文学院！

也许文学院对于文学创作，正如我的同道们所言，它不是一个起点，也不完会是一个让你陡然飞跃的平台。但我相信它是一个“加油站”，一次文学与人生的加油站。博尔赫斯说，文学只不过是一场高尚的游戏，可这“游戏”也是有规则的。很惭愧，我在这场“游戏”中没有很好地把握机会，做得更好，但我想，我会把这一纸“契约”永存于心，作为一种动力来时时警醒自己——努力实现自己的文学之“愿”。

2004年8月18日，北京东城区和平里

用好文字抵御严寒

这几天天气骤然变冷了。在寒冷的天里，躲进屋里看书，而且看的是新鲜出炉的文字，心里真是温暖。想古人在寒冬“围炉夜读”，或在凉风飕飕的草堂，伴着青灯孤影，手持一卷，溢于言表的都有一种幸福感，这是可信的。文字能抵御严寒，其中滋味确非外人能够体会。

首先，温暖于心的是潘小平的《乡间草垛》，说是“草垛”，作者却止于点题，写的都是些陈年旧事，所谓事过境迁，物是人非，但那些人，那些事却仿佛如豆的灯火，已暖暖地晃在你的眼前。这些人和事，于作家已是烂熟于心，呼之欲出，于读者却从暧昧中品出酸楚，体验到了人生深刻的沉痛。而马步升的《少年的黄昏》里，一个叫“三成”的少年竟由于一次偷窥而失“魂”。故事在一片“叫魂”声中变得沉重和轻盈，无以言说而夹带着滑稽和喜剧色彩。“三成”在黄昏里结束了他的少年时代，也结束了他的纯洁，这个少年以后的人生会是怎样的一种景象呢？在庞余亮《欠揍的电视机》里，人在庸常的日常生活中已经变得沉闷和难耐。现代化的过程无疑就是世俗化的过程。他给我们揭示了人对自身生存环境的无可奈何,这台“欠揍的电视机”是否就是一个巨大的隐喻?与他不同,钱玉贵则显得更为直接,他把一位特定人(富豪)置身于突发的事件(洪水)之中,洪水、钱、轿车……因而都可以理解为一个个符号。有趣的是,连作家本人对自己落笔的现实都几疑梦幻,于是特地在小说结尾加了一句“根据某某晚报上的一条消息改编”。作者用心如此,那么,现实的生存环境与人们内心的“心距”到底有多远,令人深思。

老实交代,这几篇小说,原是想留着慢慢发出,但思考良久,还是作为一期发出来,明年我们的刊物将有些变化了。这些小说虽然叙事风格不一,仁者见仁,智者见智,但人物都很鲜活,更让人看到人生的无奈和惆怅。读这种文字,按理说我们的心情应该是消沉和寒冷的。奇怪的是,在阅读中,却有一股股暖意涌上我的心头。看来,贴着关怀,泛着人性光辉的文字总会叫人缠绵悱恻,欲罢不能。“文字能抵御严寒”,是得在这文字前面加个“好”字的。

2004年12月号《阳光》卷首语,12月6日,北京东城区和平里

明白就好

——曹凯散文集《明白就好》跋

梁实秋先生说，唯有打麻将可以忘却读书，唯有读书可以忘记打麻将。用此话形容我这个夏天的幸福生活，算最是贴切不过了。麻将与朋友玩，书亦读朋友的书——这几年家乡文事繁盛，朋友们的各类著作也如雨后春笋，读之已是目不暇接，欣喜万分。

这其中就有曹凯先生的散文集《明白真好》。

与曹凯是朋友，而且是相交相知了快二十年的朋友。朋友在一起胡吹神侃是断然少不了的，即便是我寓居京华的几年，我们也还有几次短暂的相聚。我知道他不乏艺术细胞，并善写会说，“吹拉弹唱”一应俱会，是家乡人钦佩的那种“怪码子”之人，闻他当上了文化局局长，我还曾戏谑他是“物尽其用”。但他真的一股脑儿捧出一本散文集，我还是稍稍感到了惊讶，并不想说他如何公务缠身，日理万机，可家乡县城“餐餐酒酣、夜夜牌声”的市井氛围，我是深深领教，浸淫其中并难以自拔的。在别人酗酒、打牌的时候，他能静心专注，沉迷在自己的文字天地里并有所成，这的确需要一种定力，“耐得住寂寞”，嘴上说说可以，真正做起来我也只能自叹弗如。

文学是寂寞之道，尤其是在商业潮汐汹涌的今天。但寂寞并不能完全成就文学，文学的美丽和神秘自有它说不清楚的地方。曹凯说："人活在世上，原本都想求个明白，对人生，对事物，对周围的一切。我寻求了好多年，终于找到了'药方'，那就是明白真好。"我理解这种明白，应该是他见山不是山，见水不是水之后的见山是山，见水是水。假以时日，他若真的再能心无旁骛，我想他会冷不丁弄出个更大的明白来。

由于这种明白，曹凯付诸文字时便显得亲切、质朴、心怀坦荡和率性自然了。母亲为了"面子"，把一只久久舍不得吃的鸡给宰了，然而"一个下午我都围在炖鸡的地方，趁母亲不在，我眼疾手快地从锅里撕下了一只鸡腿"（《面子》），为了让王妈对他加深印象，他在王妈的南瓜里塞了一块石头（《心理平衡》），看到古戏台，他会"当着许多人的面，毫无掩饰地亮一嗓京剧'西皮流水'——莫让年华付水流……"（《您在笑吗》）……童年的记忆纯洁而美好。人由童年到少年、青年，童年却让人"从小看到老"，与曹凯做了朋友，或现在与他接触时间久了的人都会说他一以贯之的诙谐幽默、顽皮机智等等，如此种种，都可以从他的文字里读到。革命家庭、贫穷的记忆、朴素的乡亲，以及他自己的插队、扛枪和多兄弟的生活，使他养成了一种率直任性、无障无碍的性情。当然这一切都是善意的，甚至充满了一种巨大的隐忍和疼痛。比如，他偷的那只"鸡腿"，是为了那几年老胃病常犯而经常出血的父亲；还比如，他至今保存着二十六年前妈妈给他的八元钱（《八元钱》），是因为童年的家庭贫穷羞涩……曹凯的许多散文篇章都涉及友情、亲情、爱情，读来都令人潸然。记得一位散文作家朋友说，散文是一项危险的事业，人们极容易从一个散文作者的文章中看出他的世界观，看出他的作文和做人。因此，做人越是坦诚，散文的含金量就越高。依此话框定曹凯的散文，就可以看出他献给读者的是怎样的一番诚意了。

家乡的土地美丽而神奇，丰厚的地域文化对我们的营养得天独厚而充沛、奢侈。曹凯的一些关于山水、文化的散文，就显示出了由于这种文化浸染而生发出的优秀的语言潜能和才情。夜宿天柱山，他有着天柱山“像是盖上了一床七彩斑斓的被子，把一副俊俏的身躯遮盖得严严实实，在青纱幔帐里，它睡得是那样的美丽而宁静”的曼妙想象；驻足华清池，他有着“我更多的期盼还是能从那一汪汪清水里生成出一株株枝繁叶茂、光彩照人的芙蓉来”的浪漫情怀……无论是对祖国的名山大川，还是对家乡的山水草木，我发觉，他在天然的一种人文情怀里都无法回避他“文化局局长”的身份，这是一种可贵的角色体认。“那里有汉武帝封岳的欣喜，也有隋炀帝废岳的悲叹，有王安石‘舒台夜月’的倩影，也有苏东坡浩气荡荡的诗篇；有‘二乔’美丽的爱情佳话，也有左慈炼丹的神话；有‘孔雀东南飞，五里一徘徊’的爱情故事，也有刘源带兵扎寨抗敌的刚直与铿锵；有恨水传世的佳著，也有京剧国粹的精华。这一切的一切早已化作至美的秋色，点缀在悠长的潜河两岸，它无声地将灵气融入河流，汇入长江，走进大海，漫际游世界……”这是曹凯面对潜河的一段文化的思考，在读到这段文字后，我异常欣喜地写道：“家乡文化如此丰厚，局长大人应该有所作为！”当然，这不是我的一时冲动，而是一种对家乡文化的认同和某种遗憾,美丽家乡丰厚的文化资源确有很大整合的空间,身在其位,当谋其政——明白是好,这明白,就是我对他的一种有能力打拼事业的期待,而不是杞人自忧。

是为跋。

2005年8月9日晨,天柱山下梅城

泥土里的果实

写下这些植物，我发觉都是些忧伤的记忆，因此折射出我饥饿的童年。

——题记

在酣睡中被惊扰的红薯

南方的土地肥美，山坡上也生长着许多植物。麦子、棉花、黄瓜……绿油油的菜地，这里一片，那里一片。植物们由于茁壮和繁茂自成风景，但这风景在乡亲们的眼里却是果腹充饥的对象。乡亲们看着植物们生根、发芽、开花、结果，目睹和照料着它们成熟的全过程，然后小心翼翼地摘进竹编的菜篮，洗净放在灶头。可是也有例外，比如红薯就是埋在地底下的，乡亲们可以看见它的茎、叶，从它的藤繁叶茂中还会看到丰收，但却无法看到它成长的样子。好长时间，我就弄不懂那纤弱的一根小草插在地里怎么就长成胖嘟嘟的红薯的。

在词典里，红薯，又叫甘薯，是一年生的草本植物，蔓细长，匍匐在地，块根，皮色发红或发白，内黄白色，除供食用外，还可以制作糖和酒糟。这是长在纸上的红薯。但我看不见这些，我只知道在阴雨绵绵的天气里，父母和乡亲们都紧张地忙碌着，他们先是弄来红薯秧子，辛勤而有些优雅地剪裁着，然后急匆匆披戴着蓑衣，趁着微雨的天气，将那红薯秧苗背到赶在阴雨天之前就已平整好的地里，常常弄得很晚才回家。奇妙的是，每次把那些红薯秧栽插完，天空就飘着几天的蒙蒙细雨，那种牛毛似的小雨使父母和乡亲们心里一阵轻松和高兴。说红薯有望了！我们只叫它红薯，就像人有许多名字，怎么着乡亲们也只叫它的小名。偶尔，也会遇上瓢泼大雨。要是这样，乡亲们心里就揪心般地疼，有人急得还跑到山坡上，看大雨冲毁了红薯地没有。

红薯地平整得很整齐，刚栽插下去的红薯秧子像一根根光秃秃的旗杆，直达土地的内部，谁也无法知道它托的是怎样的一个梦。地或肥或瘦，天或顺或旱涝，遍地肥硕，块地无收，任何可能都是有的。旱，红薯秧子会干死；涝，红薯秧子会烂掉，这两种结果乡亲们都无法接受。我说过我的记忆是关于童年的，我知识饥饿的童年赶上的是一个物质贫乏的年代，那时粮食根本不够吃，红薯几乎就是那个灾难年代的“福星”。买不到粮食，家家户户就是靠红薯来充饥，勤劳善良的乡亲也真的有很多办法把红薯吃得丰富多彩。他们洗净红薯，可以囫囵吞枣放在饭头上蒸；可以切成片段夹杂可怜的米，放进锅里熬成红薯粥；可以放在锅灶里烤；还可以磨成红薯丝，洗成淀粉。南方人离不开米，红薯粥因此显得特别可口，我就喜欢喝红薯粥。现在我对红薯还充满了感恩之心，就是因为我深知这红薯是乡亲们对付饥饿的有力的法宝。而烤红薯，也真的奇香无比，但这种吃法更多的是粮食富足之后的一种生活的点缀。多年后我在城市的街头，经常陡然被这种烤红薯的香喷喷的味道唤醒，勾起我的关于乡土，关于乡愁的记忆，可冷静下来又觉得是一种矫情。因为我亲眼见过乡亲们成天吃红薯而带来的那面黄肌瘦的样子，更感受过在一个工地上由于红薯胀气而带来遍地异味的尴尬。

栽插以及后来的挖红薯既是一桩体力活，又是技术活。红薯成熟的季节，乡亲们将地一块一块、一锄一锄地挖、拔着，丰富的红薯叶子缀着一溜溜胖嘟嘟的红薯，齐刷刷地呈现在地面上——这些红薯在酣睡中被乡亲们弄醒了，带着泥土的清香，带着梦中的甜蜜，醒了还蒙蒙眬眬，睡眼惺忪……说挖红薯是技术活，是说乡亲们挖得非常有技巧，从不会伤害红薯，红薯在他们的眼里也活蹦乱跳，完好无损。一大块地挖下来，红薯就堆成山了，除掉红薯叶，将红薯放进箩筐，然后他们就一担一担地挑回家。要想把红薯留上一冬，那泥土是不用洗的，但更多的人家已是穷得揭不开锅了。他们将红薯直接挑到塘边，洗净，然后放在锅里就直接食用。被挖净后的红薯地空空荡荡的，洋溢着新翻的泥土的气息，可乡亲们还是不放心，总会忍不住又走进红薯地里，拿着小捉锄使劲地刨，说是“淘宝”——我的关于淘宝的记忆就是由此得来。偶尔还真的能淘出许多的小红薯，这时候无论大人、小孩都会有一阵欣喜。

是梦总是要醒的，红薯在酣睡中被惊醒是她的宿命。可怕的是那个年代乡亲们由于饥饿,往往等不到红薯成熟就要开地剖“肚”,惊扰它。人在酣睡中被人叫醒,人会厌烦,我不知道红薯有怎样的厌烦和无奈。这被风刮过、被雨淋过、被烈日晒过的红薯,其时做的又该是怎样一个甜美、坚定而又瑰丽的梦呢?那被惊扰的红薯还长得细小、瘦弱,一个个面黄肌瘦,甚至还未成形啊!但无论如何,它填充的是一个时代饥饿的胃,不像现在只是成就我们可叹的精神乡愁。

所以,我很乐意乡亲们称挖红薯叫作“淘宝”,谁说红薯不是乡亲们心中的宝呢?

拔出萝卜带出泥

在南方,生长在泥土里的植物还有萝卜。记忆里的白萝卜,等到我能看得清它们的面目时,它们已成堆成堆地堆在生产队的晒场上了,队里有七十多户人家,萝卜就分成了七十几个小堆。或用菜篮,或用粪箕,肩挑背驮的,乡亲们还在源源不断地将萝卜往这里运。“大呼隆”生产的好处就是分工精细。于是有人就快乐地拿刀斩下萝卜缨子(叶),有人就谨慎地将萝卜这堆加加,那堆添添,白花花的萝卜立即在眼前泛出一片白光,亮晃晃地耀眼。饿得实在忍不住,有人就偷偷地拿起一根萝卜在衣襟上蹭两下,塞进嘴里了。

秋天晚稻收割起来了。喧嚣的土地陡时变得空旷、落寞,积了水的稻田,齐整整的稻茬在明镜似的水里像一块块补丁。成群的草垛堆放在田中央,麻雀、乌鸦之类的鸟儿在草垛上跳来蹦去的，这样的土地很快就进入了冬眠期，闲置着要等第二年开春才会开犁。老队长觉得怪可惜的，就偷偷地选择几块适宜的田，招呼社员们犁整了出来，然后分成一块块的长条地种萝卜。一切都是悄悄的，那选的田地也很偏僻。要说起来我现在也犯糊涂，为什么会这样？但那是“宁要社会主义草，不要资本主义苗”的时代，生产队里的地除了水稻，种什么都是资本主义尾巴——萝卜那时不仅是蔬菜，也是乡亲们的口粮啊！老队长顾不得那么多，他带领社员们在整理好的田里，打宕、浇粪、播籽，又平整好土地，然后就一冬无事。真的，萝卜这两年生的草本植物，仿佛是救星，仿佛通晓乡亲们的心思，它总是出现在青黄不接的月份。整个冬天，寒风吹彻，冬雪皑皑，它却在地里若无其事，像一个怀孕的女人裹着臃肿的棉大衣，让人看不出来。可等到来年的一场春雪，在雪白的大地上它却探头探脑。一切都配合得非常默契。这时候阳光出来，也就几天的工夫，萝卜田里就卸去厚厚的冬装，长出一地的绿叶，只是那绿叶还嫩，嫩得像是阳光挤出的怜爱的泪瓣。

这就惹得还在春节的氛围里缠绵和慵散的乡亲心里痒痒。正月里酒还没有喝完，田野里就一片暖洋洋的。晴天阳暖，谁还能坐得住？性急的老队长甩掉厚厚的棉衣，就召集乡亲们上萝卜田里除草、间苗、上粪。看来植物们也是需要人气的，一有了人气，那成片的萝卜就在地下拱得更为欢畅，它长出了羽状分裂的叶片，结出朵朵或白或淡紫色的花，在早春里摇曳。而那花的底部，萝卜们由于阳光雨露，也长得越来越胖，拱得土地都鼓胀了起来。萝卜的土地可谓热火朝天，再也用不着人们施肥、浇水了。萝卜们宠辱不惊，一副庄稼靠天收的样子。

长出萝卜的土地是疏松的。所以在萝卜收获的季节，乡亲们几乎什么农具都不用带。仅仅用手拔住萝卜缨子轻轻一拎，那白白的、沾着泥土和水分的萝卜就呈现在大地之上。像婴儿，更像一支支白色的蜡烛，照亮乡亲们面黄肌瘦的脸庞。男人、女人、孩子……萝卜田里聚集着这样一群刚从节日里回过神的人，他们说说笑笑，吆吆喝喝，手脚动作如舞蹈，真不亚于一场开春的庆典，土地的盛宴。这白萝卜，乡亲们称为土人参，它水分多，含有丰富的维生素，生吃、熟吃都可以，正好可以滋补乡亲们劳累的身心。但吃多了萝卜，也容易生“气”。在萝卜收获的第一天，我就听见打嗝的人特别多，在田间地头，问一声：“你吃了吗？”就嗝一下。应声：“吃了”，也会嗝一下。喉咙里“咕咚、咕咚”着，真是解气啊！乡亲们互相招呼着，仿佛肚里、心里那一股股压抑得太久的怨气随这萝卜都一扫而光，脸上露出的是片刻喜洋洋的笑容。然而，这一年还是出事了，拔萝卜的动静太大，公社里的领导还是知道了，他们差了几个戴红袖章的“民兵小分队”把老队长叫走了，领导们说老队长不听话，竟在稻田里种萝卜，公然破坏社会主义农业生产！这下子，全队人几乎都像剔去了萝卜的叶子——蔫了。“真是拔出萝卜带出泥了？”乡亲们见面就摇头，嗝打得就更响。

洗净的萝卜，白胖胖的切成片子，煮出的猪肉和狗肉的汤最是鲜美无比——我现在也还喜欢这道菜。但一吃这菜时，我就会想起那“拔出萝卜带出泥”的话，想起童年的一段段往事。这句闪烁着农业社会思想光辉的语言，现在有的人是说得幸灾乐祸，有的人是说得无可奈何，比如某地某人犯事，就会有人说“拔出萝卜带出泥”。我知道，那是说由此牵涉出了许多的脏人和脏事，远没有我记忆中感受到的那种真切和忧伤。因为，我清楚真正的拔出萝卜带出的泥土，是鲜活的，它洋溢着泥土美妙的芬芳。

那几株不拔的萝卜开花结籽，就成了萝卜的母亲。

谁家女儿落花生

河滩上有块沙地，谁也没在意。但没几天就星星点点长出了几丛豆绿。再过一段时间，那些豆绿居然抽芽、吐叶，蔓延出一大片藤蔓样的叶，叶子呈卵形，夹着逗人的小黄花。乡亲们不知道这种子是谁播下的，但都认识那是花生。因为只有花生喜欢生长在这有土有沙的地方，也因为只有花生，乡亲们才不会大惊小怪。花生得了这机会，便一个劲儿地在河滩的沙地里疯狂地生长，长成南方河流白沙滩上的一团团绿云。

南方夹杂着许多这样的小河流。不涨水时，那小河水就细细地在河的中央走成一条细线，流淌出一缕轻烟。这样两边就裸露出大片的沙滩来。日久天长，沙滩也会生长青草，这大部分青草正好可以喂养牛的胃，其余都荒芜着，怪可惜的。但可惜是可惜，却不敢有人明目张胆地来开荒留作自留地。时间长了，乡亲们当然受不了，于是就有人打起沙滩的主意，偷偷摸摸地开垦一块地，随便丢点什么种子，让它自生自灭——其实乡亲们彼此都知道这种子最后会长什么，但乡里乡亲的，谁家没有个孩子？种点花生、蚕豆、黄豆什么的，都佯装没看见。河流也知趣儿，总是远远地避开乡亲们开辟的这块野地，让它兀自生长。

除了红薯、白萝卜这些地下植物外，在南方生长在地下的植物就是这落花生了。但花生不像红薯、萝卜之类，在粮食青黄不接的乡村“闹春荒”时节，可以用来当作充饥的粮食。它仅仅是人们茶余饭后招待客人的点心，甚至是孩子们嘴里的零食。那时乡亲们还没有想到这花生也会熬出油来——这也是乡亲们不计较大家种花生的另外一个原因。花生本身也不金贵。几乎不需要怎么施肥、管理，就能快快乐乐地生长，像一个在泥沙地野惯了的孩子。深入泥土，仅在贫瘠与黑暗中吸收着养分。地上的叶片夹杂着的小黄花凋谢了，花生便圆圆的躲在有壳的豆荚里，与身边的河流共同信守着不知怎样的一个约定。乡亲们说，花生分为拔花生和落花生两种，拔花生的果实与根茎连接得结结实实，那种花生一拔出来，如拔一束叮当作响的铃铛；落花生果实与根茎长得则相对松散，只轻轻一碰，花生立即会散落一地。在花生出土的一刹那，我看见花生那丰盈的果实，立即就会想象那小小的灯盏，曾怎样长久地在黑暗里，如神灯照亮着它的内心和返回地面的路，感觉花生仿佛涂抹了神的光辉。

乡亲们把花生收回家，立即就将它放在阳光下暴晒。阳光自动地剥落了泥土，花生白溜溜的、干净利落。这时候女人们就用布袋或者瓦罐将花生收起来。平时是舍不得吃的。只是到了年关，她们在除夕的晚上才会炒出一锅又一锅，摆在新年的桌上，给客人或塞进来拜年的孩子们的口袋。乡亲们闲坐时，三三两两地剥花生壳也真是一种享受。要是女人径自剥了壳晒过，再放进红锅里炒着，当然更可以当作喝酒时的佳肴。炒花生是女人的拿手活：火大了，花生容易烧焦；火小了，花生又炒不脆朗，这就要体现出女人们的聪颖、眼光和耐心。实际上女人们都能做到。她们往往还把自己对生活、对儿女幸福生活的向往赋予花生，比如女儿要出嫁，母亲是一定会用小红袋装进一捧枣子、一捧花生作为陪嫁，说是“早生贵子”啊！女人把长在树上、沾满阳光气息的枣子，和生在地下、沾满泥土芳香的花生混合在一起，就完成了一种幸福的仪式。贫穷的岁月，饥饿的年代，她们冒着挨整挨批的风险，也不会忘记花生赋予她们生活的乐趣。那些年时兴“革命化的婚礼”，但这枣子、花生，做母亲的都会悄悄准备，然后伴随着嫁妆送进新郎的家门。所以，谁家种花生，谁家一定就有出嫁的女儿，乡亲们都等着讨那一杯喜酒喝，谁会把河边上种花生的事张扬出去呢？

收藏花生的主人一般都是女人。花生，也就这样成了女人心中隐藏的一个小小的秘密。“谁家的女儿落花生？”女人聚集在一起，叽叽喳喳，交头接耳，会不停地相互打听村庄里某家刚生下的孩子。多少年以来，村庄人丁兴旺、繁衍不息。说是落花生，便是指那女人生孩子生得欢快，生得顺畅——因为落花生熟透了，果实就会自动掉落下来，所谓瓜熟蒂落。女人们总喜欢常年这样满村传播哪家生儿子，哪家生闺女的情形——嘴里弥散着的是花生的清香……

2005 年 11 月 24 日，北京朝阳区翠堤春晓

家住翠堤

居住的理由

翠堤春晓，无疑是沾了些南方山水色彩的名字。说北方有些男性化，南方有些女性化，话就扯远了吧？但“翠堤春晓”叫在这里，使这里就有风情万种、蕴玉含翠的意思了。好在北方这样造作的南方山水原本就不少。天下山水，本同一家，封建王朝皇帝老儿也嚷着“谁道江南风景佳，移天缩地在君怀”，平民百姓那一缕温柔难道就搂抱不得？

关于翠堤春晓，我先是被地图上的那一方绿色吸引住的。说是有绿葱葱的森林、说是奥林匹克公园、说是首都的氧吧……那一方深深的绿，仿佛一块硕大的翡翠，又疑似一汪凝脂的春水，对于深陷在钢筋混凝土丛林中的人来说，无疑是充满了诱惑的。况且“翠堤春晓”是一个多么诗意盎然的名字啊！它使人联想到江南、西湖、苏堤……家住翠堤，倘若真的能天天感受到“春眠不觉晓,处处闻啼鸟”的唐朝,岂不是人生的一大惬意之事?

美国经典电影《THE GREAT WALTZ》,翻译过来也有叫《翠堤春晓》的。写的是著名音乐家施特劳斯的爱情故事。一个经典的爱情故事,总是美丽而凄艳,况且写的是音乐大师,其中蕴含的音乐感就会更加美妙。我特别喜欢那首插曲:“当我们还年轻,在美妙的五月早晨,你曾说,你爱我,当我们还年轻。你曾说,你爱我,啊!我们心心相印,我们欢笑,我们喊叫,然后分手时刻来到,别忘了,你爱我,当我们还年轻……”

哪个不流连青春时代?哪个不珍惜往日的爱情?当我们满头白发,站在落日的斜晖中,突然听到从远处深秋的森林里飘来这首歌,谁能抗拒它的感情力量?谁又能抗拒美好的回忆?有感情的人无法抗拒感情,有回忆的人自然也无法抗拒回忆。这插曲给人以温情,以希望,以爱心……总而言之,想到自己所住的地方能与一位大音乐家的爱情与名字联系在一起,我心中就充满了憧憬,嘴角抑制不住地喜悦。

但很快,我就知道“翠堤春晓”只是出于商贾之口。是他们用来促销房地产的一块金字招牌,它原来的名字叫“龙祥嘉园”。现在几幢不高不低的楼房上挂的也是这种毫无诗意的蓝色牌子,俗气得令人有些吃惊。我心里喃喃地念着“翠堤春晓,翠堤春晓”,只得无奈地原谅和服气。

翠堤春晓,是现代人向往田园与自然生活的一个杜撰的名词,仅此而已。

“居长安，大不易”

“我爱北京天安门……”

“北京的金山上……”

多少年随风而去，多少歌声随风而逝。但这两支歌却长久地萦绕在我的耳际。民族唱法、通俗唱法、美声唱法……在这个歌声满天飞的时代，充斥我记忆的还是童年耳熟能详的歌，就是《红灯记》《智取威虎山》《沙家浜》那八个样板戏……童年的记忆就是这样地顽固。现在想起来，北京只留在我儿时记忆中。天安门、故宫、北海、颐和园、什刹海、昆明湖……记得小时候看过一张二叔镶嵌在玻璃框里的宣传画。在我心里，北京便是这历史的陈迹，故都的秋、北平的春天、酸杨梅汤、黄昏胡同里的吆喝声……我奇怪这些东西仍然久远地灌满我的脑海。

在西城区作家协会——顺便说一句，我工作在东城区，居住在朝阳区，却是西城区作家协会的理事。当然，有这种身份的不止我一人——一位作家深情地回忆起西城的什刹海、鲁迅故居以及胡同里居住的许多作家。谈到西城文化时，他说，那时的作家住在北京，感受也创造着北京的文化。居住有居住的理由。从昔日作家们一篇篇饱蘸着历史风尘与文化沧桑的文字里，就可以看出那时北京的文化真是浓厚而醇绵！说到这里，我脑子陡然一大，现在北京高楼大厦耸立，钢筋遍地丛生，现代化是现代化了，可这与其他任何一座钢筋混凝土堆砌起来的城市有何区别？说是与国际融合，可是它的文化身份呢？这倒有点像我们这些“作家”,可以东城,可以西城,可以北城,可以南城,甚至与外省也没什么不一样——有那么一刻,这简直动摇了我居住北京的信心。

白居易说“居长安,大不易”。现在我们居住在北京,也真的“大不易”! 手头上凑巧有一则网上流传的资料,说北京是北漂一族梦想的天堂,而小 A 的一位同事的收支情况却是:

收入 :

工资:3000 元

交通补:40 元

通讯补:100 元

餐补:132 元

总计:3272 元

支出:

房租:700 元

交通费:150 元

通讯费:手机 200 元 + 小灵通 70 元

宽带费:120 元

社交费:300 元

伙食费:400 元

煤气水电有线电视费:100 元

卫生洗理费:50 元

香烟:60 元

个人所得税:120 元

办理三险:110 元

寄给父母:500 元

总计:2880 元

这样,每月他就只剩下三百九十二元了。说是除了抽几包香烟外,他没有其他什么不良嗜好的消费,但一年总得添几件衣服吧? 这样下来,他春节回家过年的钱都得省吃俭用去攒……眼看快二十七岁了,连个女朋友也不敢谈,这,能在北京买得起房吗?

真的羡慕那个时代的文人们,凭借稿费就能挣到一座漂亮的四合院。四合院连着四合院,胡同连着胡同,满北京连空气里都飘荡着文化与历史的芳香。而我们,却谁也无法逃脱那钢筋混凝土的宿命。

美丽在遥远,历史在天上

渐渐地,就越来越走近翠堤。走近翠堤,才知道这里更原始的名字叫“洼里”,地处京都的北郊,距离天安门整二十公里。翠堤春晓的楼盘建在洼里村,而原来洼里乡的名字,却缘于也成就于清朝的村落。“洼”字有水有土,拖泥带水,也算得上是一个能生出绿色生命的所在了。如我这样一位有着浓厚乡土背景的人,仿佛在诗意的憧憬中,还带着几分乡土的自然和亲切。只是由于二〇〇八年奥运会建设的需要,洼里的农民转为居民,平房变成了楼房,许多农民和企业已搬迁离开了这里。现在站在翠堤的高楼眺望,京城现代化的步伐已迈向了这里。东南西北已然高楼耸立，在高楼大厦的包围之中，翠堤春晓也逼仄得喘不过气来。

古时，洼里的地势四面高，中间低，是一块沼泽地。因此整个洼里的水资源异常充沛，大片的湿地沼泽，荷田绵延，柳苇成行。雨过天晴的日子，荷花在雨水的滋润下绽放得格外显眼，田田荷叶，青翠欲滴，绿得让人心醉。芦苇荡和湿地里，不时有水鸟翩翩而起，水天连接处，更有苍松翠柏和参天古木。晚上，方圆几里的人家都能听见这里树叶的哗哗声。树木高耸云霄，树叶灿然，树冠展翅欲飞的弧度让人的心仿佛也像鸟儿一样飞起。横贯洼里的小清河，自西向东，河水清澈见底，水流平缓，鱼虾成群，女人们洗衣，孩子们洗澡……那时，夏天洼里的晨际与黄昏呈现出的是一片田园牧歌状。难怪，相传当年这里盛产水稻，水稻米粒颗大圆润泛绿，口感甜润芬芳，曾享誉一方了。

触摸着翠堤的传说与传奇，我恍若穿行在美丽富饶的江南水乡，心里荡漾的是一种轻盈和绿意。然而这里不是江南。到我来时，这里已不见荷叶，不见芦苇……虽然还有些偏僻与蛮荒，但传说中的参天大树已不多见，清水河由于污染，也夹带着一股腥气……

翠堤晓月

“翠堤春晓”的住宅东西临界平常，可北临清水河，南靠奥林匹克公园。房子普通，结构也乏善可陈，比如北房就有点儿幽暗。但客厅南面的大阳台却很是吸引人。那阳台东南环绕，收拾好房子，我一个人睡在空荡荡的大客厅里，早晨就醒得早。这下，我一睁开眼就看到了挂在翠堤上空的那轮晓月。这月亮在京都的上空让尘雾弄得有些昏黄，或像一枚硕大的铜钱，或淡淡的像是一枚月亮的剪纸。也许这月亮从西走到东，走得疲倦了，原来的颜色就褪去了许多。

即便是这样，我心里还是莫名地一阵激动。

说起来，翠堤春晓还是一个安静的所在。在北京这样一个日趋喧哗的城市，有这么一个去处也很难得。安宁的翠堤的拂晓，这轮月亮就显得格外地优雅和迷人，透过阳台上的玻璃，我发觉那轮晓月轻泻的光辉，像是一层薄薄的银粉，把翠堤春晓的楼宇装扮得通体透明。翠堤春晓也有些绿化，那草坪和树木，以及那一辆辆停放的小轿车们，在淡淡的月光下面都安静地睡着，楼房四周的道路上，有人开始在晨练，扑踏扑踏的脚步声，细听起来很有节奏，充满着几分青春的活力。有一回，我被狗的吠叫声惊醒，特地披衣起床，开门走到北边的走廊，看那未加修饰的清水河和旁边的青羊湖，那里高大茂盛的树木被月光的手轻轻抚摸，还沉眠在温柔无邪的梦境。

我对“晓月”的感觉最早缘于我二十一岁那年在皖东的琅琊山。那正是我青春没有着落的时候。琅琊山上，那轮月亮也如这般清辉四溢，正是那轮月亮，照亮了我心里的茫然，也是从那时起，我就在心里暗暗地发誓，不要随便地虚掷光阴。对，我感觉晓月最是容易唤醒人对光阴的认识的。比如，圆月使人想到团圆；明晃晃的月亮让人振奋；但这样的晓月却让人感到有希望，使人容易产生时光易逝和时间宝贵的联想。晓月，它总是出现在太阳快要诞生的那一刻，经历过光明和绚丽，经历过喧嚣与繁复，又面对着太阳的辉煌，它留住自己永远的光辉的努力让人惊叹！

住进翠堤春晓时，我已在京城这样的大都市漂泊了十年了。这十年，我时时刻刻感觉住在别人的城市里，只有这一晚，我才突然有了一种月光照在自家阳台上的感觉，尽管仅仅就那么一瞬间。

奥林匹克公园或走来走去

我现在回家或出门，主要走三条线路：一条是坐与北苑北站有关的358、758、858等公共汽车，一条是坐在北沙滩转车的820、417，再就是打的奔波在拥挤塞车的安定路、安立路。但这样，我几乎也将奥林匹克运动会的一些主要比赛场馆、奥运媒体村、大型会展中心等严严实实地走了个圆圈。实际上，现在这里也还是一个大工地，工地上正热火朝天地建设着。北京的哥都能侃，有时与他们在车上聊天，他就会告诉我哪里哪里建鸟巢，哪里哪里建媒体村什么的。然后用很纯正的北京腔说："等着吧！到那时，你的房就升值了！"我说自住的房子涨不涨的无所谓，他立即就不吱声了。

从一则材料上看到，作为2008年奥林匹克森林公园的建设用地，这附近已栽种出了万亩大片森林。绿地里有林木近五十万株，有华山松、白皮松、雪松、马尾松、桧柏、侧柏、银杏、槐树、毛白杨、馒头柳、白蜡树、枫树、紫叶李等近五十个树种，其中有三百三十三点三三公顷的大片树林排列于北五环路的西侧。三十八公顷的碧玉公园和二十三点三三公顷的全国最大的银杏树林就犹如两颗翡翠点缀其中，另有一百三十亩人工湖如同一块明镜镶嵌在奥运公园中心。其余全是草坪，与树林相间的这些草坪就宛若一块碧绿的毛毯——这大概也是地图上那块绿标识的缘由。而实际上“我家住在公园里”只是广告招贴画上的把戏，翠堤春晓早被晾到了一边，所以住在这里的人都有种上当受骗的感觉。

“豹房有豹，羊坊有羊，仓营有粮”，公主坟（道光帝第四女寿安固伦公主）、碧霞元君庙、龙王堂、图海墓（清世袭三等公）、北惠墓（清将领）、海望墓……走来走去，我当然还是能感受到这里蕴含的历史与掌故，领略到这里的历史的陈迹与文化，然而满目的钢筋混凝土使得这些都已无法寻觅了。尤其是在奥林匹克场馆与公园建设的工地，尘土飞扬，机器昼夜轰鸣。我上班和下班，还路过一片树林，看到大片的森林在夕阳和朝晖中，稀稀疏疏的，类似于南方丘陵地带的景观，更像是一幅幅陈旧而迷离的宋代山水画。在那一刻，我感觉我不像是走在京城，而是置身于某个乡村……公园还在雏形阶段，说是每年的植树节中央领导人都来栽树，这报上说的是真的。

十年树木，百年树人。这公园里的树木都还很矮、很小，但也努力地与奥林匹克运动会一起生长。经常路过这里，我知道熄灭在雅典奥运会的圣火很快就要在这里点燃，那时，这里无疑将成为世界目光最为集中的地方。

怎样的注目呢？树儿感受着这一切。

走来走去，我也感受着这一切的一切。

2005 年 11 月 25 日晚，北京朝阳翠堤春晓

一九九九年的“双抢”

电话在暮色中抵达

暮色越来越重，电话通常就在这时候响起。在城市，在离家千里之遥的大都市，我漂泊了一天，能喘口气了。而在乡村，在老家，弟弟或许正忙着放下农具，挑完满满一缸水；或者和母亲刚刚送完一担粪到菜地。他气喘吁吁，还来不及擦干脸上的汗——一九九九年的老家没有安装电话，弟弟只能偶尔去小叔家打电话，或穿过一片丘陵、一条塘埂、一个沟坝到离家两里地的小镇的电话亭……我们兄弟俩说着父亲的病，聊着母亲的身体，说着老家七十年代盖的土房瓦房以及老房子因为炎热干旱和大风暴雨带来的种种不测……

“我真担心这屋会倒掉！”弟弟声音涩涩的。

我也担心。我心里说。

现在回忆起一九九九年我们兄弟之间通话的内容极其困难。

但内容肯定很多。那一年，父亲得了脑溢血，我们谈论最多的显然是父亲的病情、医治、死亡，还会由此谈到弟弟的工作。因为在这之前，弟弟已经求得一份还算赚钱的差事。但父亲突然中风，他只好放弃工作回到需要照料的父亲身边。这样也就意味家里的经济来源显得十分局促了。不能出去工作，弟弟便无奈而老实巴交地种起了家里的几亩田，彻底当起了农民。

“又闹虫灾了！”弟弟在电话里说，“我打了一天的农药！”

“闹虫灾”是指田里的庄稼被害虫蚕食了——谚语“今冬麦盖三层被，来年枕着馒头睡”。然而一九九九年来临之前的冬天，老家少了一场铺天盖地的大雪。暖融融的冬天，人过得惬意，但虫子也活得滋润，生命力甚至格外旺盛。在早稻青黄未接之际，那虫子们肆无忌惮地飞入稻田，这里一口，那里一下。没几天工夫，大片丰收在望的稻子就眼见枯萎、焦黄，仿佛被一场大火席卷了一般。乡亲们看在眼里，疼在心里。一九九九年，老家的农民为了粮食的优质高产，同时也为了能卖个好价钱，田里栽插的是价格昂贵的杂交稻。看着沉甸甸的稻穗变成如折了尾巴的笤帚，乡亲们拼命地往田里打农药。什么“一六〇五”“二〇三”“杀虫双”“叶虫散”“杀虫单”“杀虫威”“甲胺磷”“三唑磷”“久效磷”，甚至连名字叫得吓人的“一扫光”“三步倒”也用上了……药名让人目不暇接，眼花缭乱。但道高一尺，魔高一丈，虫子们也不甘示弱，依然在成倍地繁殖，再厉害的农药也只管两三天。还由于经历多了农药，害虫也不断提高了自身的免疫力，体内甚至还出现一种抗体，逢上雨后天晴，暖烘烘的太阳一晒，那些害虫便越发猖獗。令人可气的是那时有一些厂家生产的还是假药。

那年头火爆的春节晚会传开了一则相声小品,说的是这样一个故事:一对夫妻争吵,女人一气之下喝了瓶农药,但竟然没有毒死。一打听,原来她喝的农药是假的。为此男人写了一封感谢信到生产假药的药厂,表扬农药厂救了他女人的性命……相声有些讽刺、滑稽,但在真正深受虫害之苦的农民听来却一阵心酸。"赤日炎炎似火烧,野田禾稻半枯焦。农夫心内如汤煮,公子王孙把扇摇……"看到观众捧腹大笑的场面,我心里莫名其妙地蹦出了这首古诗。

"真累啊!"弟弟叹息着,沉沉的叹息声通过长长的电话线传来,格外地沉重和无奈。我甚至有些担心电话线承受不了这太沉太重的叹息,一时也变得失语。眼前挥之不去的便是弟弟打农药的景象:七月的乡村,阳光像一团火,田野里由于阳光、水,使人感觉如置身在滚烫的蒸笼中,一阵如火的风吹过,空气里夹杂的是农药的气味。弟弟背着装有二十五公斤药水的喷雾器,赤着脚,一步一步地走在稻田里。药桶沉重,泥巴深深地吸附在他的腿肚上。打了一会儿农药,他就有一种头脑膨胀的感觉,他一手施压,一手提着长杆的喷头在田里喷洒,汗从他的额头大把大把地沁出,肩膀灼灼地作痛……

我是有过乡村劳动的经验的。我知道打农药也有技巧,比如,选择在稻子分蘖的时候,在禾苗盛满露珠的早晨,用大剂量的药水喷洒,这样平时用两桶水,此时只要一桶水就够了。也因为在早晨,还能防止中暑。我把想法告诉弟弟,弟弟说试过。"唉!"他叹了口气,接着说,"我们把稻虫灭了,其实也为自己埋下了祸根,你说这稻谷上的农药残留,人吃了不得各种怪病才怪!哥,听说有人在试验一种不生虫的稻子,是真的吗?”

我说我哪里知道?你总是有些奇怪的想法。

弟弟的一些奇怪想法

弟弟总是这样,时不时地会蹦出一些奇怪的想法。弟弟最为奇怪的想法是把稻子与足球联系在一起。为足球,弟弟是付出过“代价”的。我就是想不通,他为什么总不能“吃一堑,长一智”呢?

早在一九九四年,弟弟和家乡的几位亲戚到北京打工。亲戚办了个沙发厂,生意很红火,弟弟看了心里发热,没跟亲戚做上几天,他自己就张罗要办沙发厂。他先是把计划说给父亲和姐夫,然后就央求父亲和姐夫借钱给他。后来父亲找我,我只得求助京城里的一位诗人朋友借给了他八千块钱。这样,他就在北京的东郊租房办了个“沙发厂”——然而,那时正值世界杯足球赛火爆的时候,沙发厂他不管经营,却成天赖在房东家的电视机前看足球赛。冬天我去北京看他,他投资的钱全花光了,我除了看见他厂里的几根沙发腿,什么也没有看到,而日子过得还是吃了上顿没下顿。无奈,我把身上一千多块的旅差费全掏给了他。

一出道就折损了上万块钱,从那时起,弟弟就开始一蹶不振。

然而,他还是喜欢足球。

稻子与足球风马牛不相及,可弟弟却能很好地把它们联系在一起。比如说,在乡村稻子收割的季节,乡亲们见面就互相招呼:“你这田收多少稻?”答曰:“八个禾桶胚子。”这“禾桶胚子”指的是八担稻,但这稻里有稻叶、有水分,还有秕谷、稗子。弟弟就像发现了新大陆一样,以为当时中国的足球就像这“禾桶胚子”。他还告诉我,在一九九九年“双抢”——这个既抢收又抢种的闷热日子里,他不是成心给中国的足球泼冷水,而是在更为冷静地观察中国足球。弟弟认为,农民从种植单系品种稻子到“杂交”系列,从“广竹矮”“珍珠矮”“安庆晚”“米膀”,稻子经过几十年的更新换代,才有一九九九年他栽插的“杂交稻”。其时生产技术和方法经过了一次次的革新,但一九九九年的中国足球经历了许多革命,仍然没有长进。弟弟有点儿恨铁不成钢的意思。

我看过弟弟写的一篇文章。文章写道:从一九九四年开始实行足球职业化联赛以来,中国足球职业化已走过了六个年头。这水平应该说是一届比一届高,球赛也应该越来越精彩。比如外籍球员的加盟,外籍教练的拥入,让我们的足球队员在技术、战术、心理上应该都有不同程度的提高,我们的联赛要像我们风车扇稻谷一样,扇掉秕谷、杂草,留下黄金般灿烂的稻谷。然而我看到的依然是媒体的爆炒,队员们不尽人意的表现和不断出现的“黑哨”“假球”的旋涡以及老生常谈的几条原因,比如:“个人技术不错,缺少整体意识”“缺乏大赛经验”“对抗力不足,没有韧性”等等,联想联赛爆炒教练、球员纵酒,夜夜不归,泡吧等等事件,弟弟觉得,中国的男子足球就像“禾桶胚子”!

在他的眼里,中国男子足球的顽症就在于优秀的教练没有教优秀苗子,优秀苗子没有师从优秀的教练,这就跟种庄稼“好把式”没有选好种子,好种子没有遇上好庄稼把式一样。所以足球要走的路还很长,我们要耐心,要懂科学,要学会等待……

我不懂足球，看到弟弟这篇关于足球的文字，已是二〇〇〇年的年尾了。其时，我隐约知道中国的足坛发生了巨大的变化。比如国奥队冲击悉尼奥运会失败，国足孙继海遭禁，霍顿下课，被人们称为神奇教练的米卢蒂诺维奇接任，辽宁队战绩不尽人意，教练张引、王俊生、阎盛泽相继下课、上台……我对足球一直没有什么兴趣，二〇〇一年的十月却在巴黎的塞纳河畔意外地遇上了米卢。同行的朋友还邀请米卢"同志"一起合影留念。弟弟后来看这张照片，还羡慕地说："真是无心插柳柳成荫……"我笑笑。我想，一九九九年的"双抢"对于弟弟来说，应该是一次痛苦、纯粹的乡村生活的历练，是一次次起早摸黑的艰辛的劳作。站在田里，炎炎的烈日照在头顶，大把大把的汗掉进泥土，他怎么念念不忘的还是足球呢？这就是当代中国农民的做派吗？若是，中国足球，你可真有福了！

父亲、弟弟和我

一九九九年的父亲得了一场脑溢血，是第一次。

据说，父亲是为选稻种子生气患病的——其实，父亲晚年的心情一直不好。他是一位铁匠，在能劳作的时候缺煤，他经常求爷爷告奶奶，还弄不到。后来这种繁重的体力活年轻人不愿意学了，赤手空"锤"的，他一个人又撑不起一盘炉，再加上人事的钩心斗角、亲情的冷漠、我们兄妹的没出息，父亲郁结于心的怨气就更大——当然，这只是猜测，但这种猜测也并非空穴来风。我要说的是，父亲由于得了脑溢血，终于彻底地告别了铁匠铺。不能打铁，他就只能成天无所事事地待在家里。对于在炉火前劳作了一生的父亲，这该是怎样的一种煎熬和隐忍？

由于是铁匠，父亲一生拥有“两把锤”。一把是为一家生计而挥舞的铁锤，那把锤在一九九九年之前的老家，在方圆几里的乡镇都赫赫有名，他打的铁器经久耐用，漂亮无比；一把是用来管教我们兄妹的“皮锤”。然而，在我们兄妹的记忆里，他顶多只是捋起袖子来吓唬吓唬我们，并没有一次真正地将“皮锤”落到我们的头和身上。我小时候为了几毛钱，倒是把他正挥打的铁锤拖出过他的铁匠铺，等他满足我的要求，才让他自己把铁锤拎回去。他也并没有将“皮锤”伸向我。

所谓铁匠家里无“家伙”。这“家伙”指的就是日常用的铁器农具。印象里我家的铁器也不多。这不完全是因为父亲没有置办，而更多的是被邻居们异口同声地说“好用”，然后“借”走了。然而父亲从不在乎。记得每年的“双抢”，都是父亲生意最为活跃和忙碌的时候，乡亲们在禾稻生长的过程中掐算出“开镰”收割的时间，便会把镰刀送进父亲的铁匠铺。父亲白天锉不完这些刀，就把镰刀成捆成捆地挑回家，晚上牵一盏灯在门前的空地，他弓腰佝背地坐在凳子上，一把一把地锉。母亲在一旁默默地燃起枫树球，熏着蚊子，偶尔还给父亲摇摇扇子。常常是我们兄妹都睡了，父亲抑扬顿挫的锉刀声却在半夜把我们惊醒，听那锉刀的声音，幼小的我们有一种踏实和安全感，都会在那富有韵律而悦耳的声音里沉沉睡去……天已大亮，父亲挑着锉好的镰刀回铁匠铺给刀上皮硝、淬火……然后抽空回家照看自家的几亩田。

然而，一九九九年家里只剩下弟弟这一把“镰刀”了！弟弟拿起父亲锻打的镰刀,用手抚摸着我们熟悉的那镰刀的弧度、刀刃和手感,先是感觉一种厚重和亲切,但很快他就感到一种恐惧。漫无边际的稻田,微风吹过,掀起一层层金黄的波浪,一片黄色的海洋很快淹没了瘦弱、个头不高的弟弟。弟弟一手握刀,一手拽着稻把"刺啦刺啦"地割起来。天空瓦蓝,阳光四射,随着镰刀与稻禾发出的有节奏的声音,弟弟身后的稻铺一堆一堆向后铺叠,前面的稻浪一层一层地退去。用着父亲的镰刀,弟弟说他有一种奇怪的感觉,他感觉自己就像一位钢琴家,快乐地按着大地的键盘,浑身有着使不完的劲和痛快淋漓之感,但很快,他就腰背酸疼,感觉天旋地转……

阳光直射在稻田,田里的水像着了火一般,热浪直扑,令人喘不过气来。弟弟站起身子,就看见蹒跚在屋角大枫树下张望的父亲。父亲拄着拐杖,面朝田畈,显然是在望弟弟。弟弟看见父亲,立即就明白了父亲的意思:"我不能帮你,你可要提防日头,莫中暑啊!都大晌午,该吃午饭了!"弟弟仿佛听懂了父亲的话,眼睛一阵潮湿。他拿着镰刀从田里走出,一步一步地走到父亲面前。也就十几分钟的路吧,弟弟就看见父亲慈爱而又有些呆滞的目光使劲地盯在他身上。然后父亲退避一旁,让弟弟走在前面,他在后面一瘸一拐地走着,仿佛达成了某种默契。被稻子磨得锃亮的镰刀,刀刃在阳光下闪烁着耀眼的光芒,弟弟突然发觉父亲死死地盯着他手中的镰刀,心里一酸。

"死热!死热!"老屋前后树上的蝉拼命地叫唤,父亲和弟弟一前一后地走进屋,一股灼热的烈日的气息随他们涌了进去。弟弟拉开电扇就躺在了凉床上。过了一会儿,他听见父亲和母亲断断续续的对话声："伢累了！"母亲答非所问道："有点儿热，你今天可好点儿？"

母亲像一扇磨盘

月亮透过窗户射到老屋。公鸡才啼叫第一遍，母亲就起了床。她走到门边，拉开大门，大门的门框发出了陈旧的"吱呀"声，随着这一声吱呀，总会有两块细碎的砖土从门框边脱落下来。但新鲜、清爽的夏天早晨的空气，还是让母亲单薄、细瘦的身子打了个激灵，母亲抬头望了望天，圆圆的月亮停留在半空，散发着清冷的光辉。天由于月亮的明晃晃，便显出一大片的白来。"今天又是个好天！"母亲嘀咕了一声。

田畈里还没有人，母亲就陪弟弟去稻田割稻了。夏天的早晨，田边的小河水哗哗地流淌，凉爽的风伴着一些不知名的虫鸣低吟，但母亲和弟弟都没有感应——一九九九年的"双抢"，家里四亩多田要靠弟弟的一把小镰刀，母亲显然既心疼又着急，于是她起早摸黑地抽空就帮着弟弟。在田里，母亲和弟弟割了一会儿，东方天际才出现一抹红晕。老屋里的灯一家一家地亮起，接着一阵狗叫，乡亲们都拖锄拿刀地走向了田野，这时天真正大亮了。母亲和弟弟直起身子看看彼此被露水打湿的头发，又望望身后割过的一大片空空荡荡的稻田。母亲显得有些慌乱，说句我得回家了，便三下两下地跳过几堆稻铺，走上田埂。

母亲早上的家务活是非常繁杂的。她要洗锅、洗米、煮饭、煮粥，还要扫地、照料高龄的祖母和病重的父亲……她常常是将米下锅后，又去挑水，再挑出昨夜洗澡的脏水到菜地浇菜，顺便还收拾一下菜地。早晨的菜园由于露水，青辣椒、青豇豆、紫茄子、红红的西红柿显得格外耀眼，但一九九九年“双抢”时雨水很少，这些植物们早晚也得浇上一遍水。母亲拿起锄头锄一会儿杂草，然后摘下一天要吃的菜，给菜地又浇完水，这才回家。那时，火红火红的太阳已经很炽烈地照在她身上了。

父亲起床了。一九九九年早春父亲得了脑溢血，到夏天才有所好转，生活基本上还能自理，但显然身子显得有些迟缓、呆滞。母亲见父亲病歪歪的身子和满脸的病容，招呼道：“今天好点儿？”母亲总喜欢这么问，心里仿佛一直揣着父亲病情突然好转的奇迹般的想法。“好像好点儿！”父亲机械地回答一句，双手笨拙地端起脸盆，慢吞吞地洗脸、刷牙。看到父亲有动作，母亲便开始招呼九十高龄的祖母。祖母也总在这时颠着小脚，蹒跚着走到我家。我们心里都清楚，祖母是放心不下父亲的病。“妈，起来了！”母亲问着，祖母嘴里嗯嗯，声音细小得像蚊子声。

说来我的九十岁高龄的祖母虽然瘦小，有些老态，但她全身总拾掇得清清爽爽，头发也梳理得熨熨帖帖。相比较病中的父亲，她显得精神多了。在人生的暮年，祖母常常早晨起得很早，而下午吃过饭就上床睡觉，晚饭由婶娘和母亲们依次端送。只是祖母由于年迈，胃口不大好，咽不下米饭，喜欢吃些新鲜的口味……母亲服侍好父亲和祖母的洗漱，便给祖母送上一碗糖粥或盐粥，给父亲盛上一小碗饭。

父亲喜欢吃饭，早上也是。这是他打铁养成的习惯。

一九九八年家乡发了一场著名的洪水。洪水虽然没有淹毁老家，但连绵几天的倾盆大雨却毁坏了我家的院墙。没有院子，家里的鸡们鸭们就被圈在牛棚。这样赶鸡鸭们进牛棚又成了母亲每天早上必不可少的一门功课。捉鸡、赶鸭、喂猪……弟弟说，一九九九年“双抢”情景常常是这样：父亲坐在门前小椅子上吃饭，祖母捧着碗往门外走，父亲坐在哪里，祖母也会跟到哪里。而由于动作迟缓，祖母常常会挡住端猪食给猪吃的母亲。母亲问：“妈，你到外面啊！”祖母慢慢扭过头望着母亲，就手足无措地挪开一条道，让母亲过去。母亲吃饭时，端着个饭碗站在猪的面前，看猪吃完食，母亲丢下饭碗，把它赶进猪圈。母亲终于吃完饭了，吃完饭的母亲又忙着洗碗、刷锅，到塘边洗衣服，晾衣服，收拾好家里的一切，拿起农具又要下田……一直在毒烘烘的太阳下烘烤一上午，听到田畈上有人喊烧锅做饭，她才回家。

缝补浆洗、烧锅做饭、喂猪捉鸡，照顾年迈的祖母和病重的父亲，心里还牵挂在田里进行剧烈而繁重劳动的弟弟……母亲就像一扇沉重的磨盘，不停地转着，转着。做完一天的农活和家务，待母亲自己洗完澡，夜已经很深了，睡意终于浮上母亲的脸。但母亲依然会走到弟弟身边，默默地看他一会儿，说声“伢累了”。然后，才走回自己的房间。弟弟说，那些夜晚，他只感觉母亲一离开他的床边，夜晚一下子就沉静了，死寂死寂的。一种什么东西在他咽喉哽咽，等屋里传来母亲的呼噜声，他也会走到母亲的房里，静静地望着母亲瘦细得像核桃似的小脸……“这就是娘啊！哥！”

农具与农谚

农具，无疑是农业生产劳动的工具，或者说是农民用的工具。在所有的农具中，都具有铁和木两种性质，比如镰刀、锄头、拔草刀、砍柴刀、犁、耙、打稻机——唯独打稻最初用的工具是禾桶。禾桶是厚厚的木板接榫拼接而成的，很沉很沉。

禾桶也叫“戽桶”。据县志记载：禾桶有长方形与方形两种。长方形禾桶，只在一面打稻，可并立两个人，其余三面桶沿设有布围，以阻挡稻粒飞溅。方形桶四周以原木板围之，四方皆可打稻，四人同时操作，使用普遍，唯脱打稻谷时四人要保持默契，挥舞稻把此起彼伏。这种禾桶四边都有扶手，桶底还有两根圆木，以供禾桶在泥田滑行、拖拉……在乡村，我们经常可以看到这样的场景：没有风，空气里烈焰腾腾，四条汉子身着短裤，站在禾桶四周，阳光像巨蛇吞吐的信子不时地咬着他们被太阳晒得黑黑的皮肤。他们纷纷扬起稻铺，嘴里吆喝着“嘿——哟——嗬”的号子，使劲地摔打。一时间，田畈上传来的都是“嘭嘭”的沉闷的稻子脱粒溅落的声音和号子声。在无望的乡村，这声音让人听来心情格外地沉重和无奈。但那时弟弟还在上学，有一回放学，弟弟突然对我说，哥，你听那声音真有意思，“嘿！”是将稻粒赶下来；“哟”是人们怕用大了劲，心疼砸痛了稻；“嗬”是大人高兴那稻粒下来了吧？弟弟那时长得白白净净，邻居们都叫他“小白”，很天真，一副少年不识愁滋味的样子。

我想弟弟现在肯定不会有这诗意了。实际上自从责任田到户，我家就添置了一台人力双人打稻机。这是队里的第一台人力打稻机。打稻机的机身由滚筒、桶、挡板棚、齿盘、牵踏板等组成，是铁木构件的结合体。那时父亲身体健康，时而还露出些微童心和他精湛的手艺，组装那台打稻机时，我弄了一张图纸和木匠把大门卸下摆平，在上面放大，父亲和姐姐就锯着木头。组装好打稻机，父亲买了四五斤桐油将打稻机从里到外刷了三四遍油。“双抢”时，我们将打稻机抬进田，撒欢般使劲地踩，打稻机“轰隆隆”地响，金黄的稻粒“嗞啦嗞啦”地撒进桶里。乡亲们看见就说：“看人家兄弟姐妹几个，能得蹦的！”笼罩在七月“双抢”的烈日下，尽管我们满头冒着豆大的汗珠，一家人却充满了欢乐，连父亲也幽默起来：“这汗淌的，粪水也没汗水肥啰！”然而，姐姐很快出嫁了，我又出去谋求生计，父亲后来又生病了！到一九九九年的“双抢”，守候着老家这部有着二十多年历史的打稻机的只有弟弟和母亲。

一九九九年的“双抢”，幸好弟弟在打稻机上安装了一台电机。母亲抱稻把，弟弟喂稻铺，这样显得轻松了一些。但节候临近大暑，弟弟和母亲心里还是着急了起来。午后的天气闷热闷热的，弟弟和母亲在一块大田里边打稻，边收拾稻草。旁边走过一个人与母亲搭讪：“大娘，你双抢搞得迟哦！这块大田今年看来要搞到暑后了。”母亲抬起头，一脸苦笑。正不知说什么好时，也在田里的木匠大爹却在一旁安慰母亲和弟弟说：“立秋还早，不迟，不迟！”木匠大爹是我们亲房的长辈，他长年做木匠活，由于弓腰，背有点儿驼。

但他能做一手漂亮的庄稼活，是种庄稼的好把式。家里几亩田，全凭瘦弱的母亲和弟弟，显得有些力不从心，木匠大爹对此也很同情。他慢腾腾地坐在田埂上对弟弟说：“早一日，早一春，早一个时辰早生根，老古话是说大暑前插的稻秧比大暑后往往要多长出一个节，但也不尽然。只要赶在立秋前插完秧就行了。俗话还说，秋前不起，秋后不发，立秋插禾，不够喂鹅，立秋还早，莫急！”

木匠大爹还给弟弟背了好多的农谚：

小暑插田家把家，大暑插田普天下，大暑后分上下。

稻青一把米，麦青一把糠。

青八分，黄八分，收到家，稳铁钉。

双抢前三天割不得，后三天割不彻。

一天一个样，田埂上都长稻。

打雷立秋，五谷丰收……

弟弟说，一九九九年的“双抢”，木匠大爹教会了他许多的农活。

感谢一条路

终于，母亲和弟弟将那块大田的稻子收割完了。

说起这块大田还有段小插曲：实行联产承包责任制后，当时生产大队把我们生产队分成了两个小队。小队以老屋东西两头为界划分。东边一个，西边一个，好田歹地的大体也合理搭配了一下。分田分地的时候为了公平，就从两个队选出同年同月同日生的两个人“抓阄”。结果我们东边的人“抓”到西边的田，西边的人“抓”到了东边的田。这样两小队的人都离自己的庄稼地远。但“好歹凭阄转”，乡亲们并没有什么怨言，各小队只忙着将田和地又用“抓阄”的办法分到各家各户。我家这块大田叫“三斗”，坐落在老屋门口塘边，水路好，田也肥沃。还是大队时，乡亲们就知道这是好田——这块田原是队里一位被人称为“江先生”的“抓”去的，他见我家分的田地太零碎，父亲又不太会庄稼活，就好心地把他的田和我家对换了。我在家也喜欢这田。田大好种，种的稻子又长得旺盛，常常一到“双抢”抢收抢种这块田，一家人都有点儿搞庆典的意味，而收拾好这块田，一年的“双抢”就算结束了。

停止了打稻，母亲将装进尼龙袋的稻谷一袋一袋地封好，叫弟弟背到停在老屋门口的板车上。板车是弟弟新添置的，母亲在“双抢”前对弟弟说：“现在路修通了，大伙儿都买了板车，我家也买一辆吧。”于是弟弟就买了。弟弟将稻谷在板车上放好，开始往回拖，路很宽，弟弟在前面拉，母亲在后面推。沉重的稻谷压着板车在地上拖出了两道深深的辙印。

我在家时这条路还没有修，那时田挨田的，叫田埂。田埂崎岖蜿蜒、坎坎坷坷，本来就很窄，也不工整。分田分地后，乡亲们不知出于何种心理，在整田时又总有意无意地向田埂锄上两锄，久而久之，田埂细瘦得像一条棉线。再加上逢上连绵暴雨，田埂就被冲刷得溃烂不堪。俗话说“亲戚家三年跑一次不算少，田埂上一天跑三趟不算多”，可这样的田埂，人走在上面，一不小心就失足掉进去，别说他们走在田埂上还挑着粪、稻、稻草之类的担子了。也是，细窄窄的田埂，乡亲们不是撒稻就是泼粪，那些草倒是得了实惠，几天一过，草就疯狂地长，长成了一条草埂。草埂上，有一种结棒槌样果实的草，草籽的液汁是黑色的，如果在早晨走过田埂，露水和草籽的黑汁就会将裤脚染上一层黑。

“妈，这路何时修的?”弟弟问。弟弟正月出门打工，因父亲的病被召回后，几乎没有出过门，他也有些意外。

“正月修的。”母亲说，“托贤爹的福啊!”

贤爹是我们的远房大爹，祖父辈，是一位瓦匠。他一天到晚在外做瓦工，每天能挣上二三十块钱，但见面朝黄土背朝天的乡亲们都离不开肩挑背驮，比如从田里挑庄稼回家，从家里挑粪水上田，磕磕碰碰走的都是田埂。老人心里看不过去，也闲不住，便张罗着修路。他先是自家掏钱买水泥管修了条长水沟，还带着儿子平整路面。修路是要废掉一些田地的，队里人多，林子大了什么鸟都有。就有人不干。他就拿出自己家的田地或开荒地补偿他们，硬是把路修出来了。大路众人走，修好了路，方便了行人，也减轻了乡亲们的劳动强度。大伙儿这才体会出贤爹的用心和好处，都说他积德行善，会添几岁阳寿。贤爹听了，便把修路的怨言和委屈一股脑儿丢到了脑后……母亲和弟弟推着车，贤爹迎面就走过来了。他穿一件大裤兜，肩上披着个老布披肩，风一吹，他那黑不溜秋儿的臂膀就露了出来。看弟弟拖车有些踉跄，他连忙赶上去，搭帮就推起来了。

贤爹是个热心肠的人，我经常听母亲念叨他。母亲说：“有年秋冬，你父亲在外打铁，我在挖路边的一块红芋地，我一个人慢慢地挖，可来了一群讨饭的，见到了红薯就来抢。你贤爹看见，上前就说，她男人不在家，一个妇女带一大帮孩子（我们兄妹五个），插点儿红芋不容易，你们不能抢，要吃我给你们！说着，贤爹就领着几个人帮我把红芋挑到了家。”母亲说，“贤爹是好人，你们可要记得一辈子。”

我记得了，母亲！

中午的阳光格外地毒辣，母亲和弟弟将稻谷拉回门前的稻床，湿漉漉的稻子立即就被太阳晒得发干、发白了。弟弟脱掉上衣，露出他那瘦削的肩胛，肩膀上有一条红红的车带的痕迹，母亲说：“好在贤爹修了这条路，省得挑了，不然大热天，不把你肩膀磨掉一层皮才怪！”

弟弟默然。

我们都看过牛

做庄稼，当农民，当然都离不开牛。那么多的田要靠牛犁、耕、耙，那么多的地要靠牛刨、种……老家是丘陵地区，丘陵不像平原田地一望无际，丘陵的田都是高一块低一块，沟沟洼洼、边边角角。我想，以后社会就是再发展，农业机械化程度再高，那些东西在我们那儿也没有用武之地。一方水土养一方人，我们那里种地、耕田，到现在离不开的还是牛。所以，我们小时候都有过看牛的经历。

夕阳、牧童、吹笛、牛。这是诗人笔下经常出现的田园牧歌式的图景，可我们这些从小和牛一起长大的人，心中几乎从来就没有这么诗意过。看牛，相对于其他一些农事来说，当然算是一件很轻松的农活了。在晴天阳暖，早晨或者黄昏，这活计也许会舒坦一点儿，比如放牛时，让牛自己吃草，自个儿一边玩耍。但要逢上下雨刮风，特别是电闪雷鸣时，牛恐慌得不行，我们这些“看牛娃”也是胆战心惊，在离家很远的野地荒滩，那更有一种上天无门、下地无路的惊怵。

我走出童年，就把那根牛绳交给了我的弟弟妹妹。

父亲把“两齿半”的黄茸茸的小牛犊交给牛贩子驯养时，我已经读完高中，而弟弟才十岁，十岁的弟弟在油菜花四溢、紫云英遍开、蜂忙蝶舞的季节，心里一定也像春光般的明媚。但很快他就惊呆了：父亲不知从哪里请来的两个牛贩子围着这头小牛崽，一个使劲地拽着牛绳，另一个在后面扶着犁，还恶狠狠地挥舞着鞭子。小黄牛第一次接触这活，还不习惯，撒起四蹄，急得在地上团团直转，架在它脖子上的轭头套上，又滑下；滑下，又套上，但它就是不肯就范，甚至显得有些狂躁。一会儿狂奔，一会儿又原地死死不动，鼻子也被牛绳拽出了血。“叱，叱！”牛贩子恼羞成怒，拿起锥子就向小牛的屁股猛地刺了下去，牛突然发出一声“嗯嘛”的长鸣，拖着那犁在地上就左右奔突，乱七八糟地狂跑起来。两个牛贩子嘴里不干不净地呵斥，仍是不死心地一遍遍地鞭打着。终于，牛犊被折磨得筋疲力尽，全身汗淋淋的，眼里全是泪水。父亲看了心里颤了下，轻轻地抚摸着牛，佯骂：“你这畜生！”

牛自然是畜生，而骂牛畜生则透出了农民的亲昵和爱护。

父亲是很爱牛的，记得家里瓦房不够时，父亲就在屋后的山坡挖了个山洞让牛住，春天牵它出来吃青草，冬天给牛棚顶上放上几捆稻草，让牛饿了伸着脖子就能啃到。到了耕田的“双抢”季节，父亲还会差母亲端上大盆大盆的米粥喂牛。农民们都爱牛，甚至还把自己的孩子起名叫“黑牛”“双牛”“花牛”，说是“名贱好养”，寄托着他们对牛的一种朴素、憨拙的情感。牛全身是宝，连牛屎也是。比如孩子们腹食不化，用新鲜的牛屎晒干烧成灰，取出一撮子放在碗里，用开水冲喝下去立马就好。乡亲们说，牛屎是“百草宝”。他们还将牛屎放在一起搅拌均匀，然后做成粑状贴在墙上，让太阳晒干后烧饭、煨粥。那烧出来的饭爽口滑腻，而把烧过的牛屎灰用来种田，也肥得田里的禾苗蹿得老高。

弟弟开始看家里那头小黄牛了。也许受了牛贩子驯牛的震动，弟弟看起牛来很是上心，对牛也非常友善。但他经常把牛绳绕在牛角上，让牛自个儿在山上或河边吃草，自个儿与一群放牛娃们在远处玩闹。小黄牛嘴到之处，那些青草就像刀割过的一样，露出齐崭崭的草茬，都说牛嘴肥，越吃二年草就越肥，弟弟逢人就说“我家牛会吃！”——然而，有一回却出了事，那天，弟弟看的牛跑到一家麦地里去了。新鲜的麦地，麦苗像青草一样葳蕤，那牛趁机就狠狠地吃了一通，吃得肚子圆滚滚的。这下就招来主人家找上门来，结果父亲和母亲不停地赔不是，给了人家四五斗麦子才罢休。

那头小黄牛长高长壮，变成了一头会耕地耙田的棒黄牛，可没过几年，它却闹起了病，一下子变得蔫头耷脑，瘦骨嶙峋的。父亲含着泪无奈地把它卖了——一九九九年的“双抢”，由于家里没有牛，那么多的田地需要耕种，弟弟说，他急得如热锅上的蚂蚁。后来还是花钱请别人家的牛耕种，因此多花了好几百块钱。

秧好一田稻

插秧要插梅花秧，粮满柜来谷满仓。

插秧要插蘸根秧，苗肥棵旺谷子壮。

插秧要插浅水秧，秧根抓泥有力量。

插秧要插新鲜秧，秧苗好活好成行。

……

俗话说，养女要好娘，插田要好秧，所谓“秧好半年粮”。乡村种种的农事，在别人的眼里，也许只是粗糙而无须用心做的生活。只有真正的农民，真正干过农活的人才会知道，农活也是有讲究的，有许多农活还是一件技术活，它需要农民们对土壤、节气、温度、种子等等，都要有着深刻的理解。比如育苗就是一件马虎不得的活计。一九九九年的弟弟还不会这件活，选种育秧都是母亲亲自干的。

早在一个月之前，母亲将选好的稻种晒上几遍太阳，然后放在水里浸上一个昼夜，洗净又重新放进水，就给种子“催芽”了。不几天，这种子果真就亮开了嫩嘟嘟的小嘴。等到种子长出芽，母亲把它们又均匀地撒在平整好的秧田里。但种子撒到秧田里，也要细心莳弄。白天放进满满一秧田水，是怕太阳暴晒；夜晚放干秧田里的水，是让种子见见星露水。后来时兴薄膜育秧，省事倒是省事，但薄膜由于风吹雨打也容易撕破，所以育秧的时节，几乎天天要有人到田里观察。

插田时，拔秧常常是下半夜就开始进行。因为天一亮，有了满满一田秧，插起田来就既省事又省时。其时天空往往还挂着玉盘似的月亮，月光淡淡地落在地气氤氲的田野，像一层薄薄的轻纱。一九九九年的“双抢”，母亲总是陪弟弟拔秧，他们在水稻和泥土的气息里走进田野，只有脚下的几声虫鸣和远山传来的清晰的鸟啼，四周一片静谧。下了田，母亲和弟弟没有说话，便专心地拔了起来。

晚稻秧，秧根多，叶宽秆硬，长得茂盛，但拔起来容易划破手皮。早晨拔秧，由于秧苗柔软，相对而言就容易拔一些。这也是乡亲们喜欢早起拔秧的原因。拔秧也要技术，拔得不好，一束秧参差不齐，根和叶就缠绕在一起，乡亲们叫那是“蚂蚁上树”，插起来既费时又费力。我的母亲会拔秧，我的拔秧的技术就是她教的。拔秧时，手顺着秧苗的根部，然后沿着它的根节往上一捋，两手使出暗劲，一束秧就被拔了起来，再放在手上稍做整齐，用一根“秧草”一绕一扎，一棵秧就成功了。弟弟说，一九九九年“双抢”，他看母亲眨眼的工夫就拔好一棵秧，他却拔得很慢很慢，而且秧犹如一团乱草裹在一起，找不到“秧门”。这样母亲就有教他拔秧的义务了，弟弟很快就学会了。

月亮被乌云遮住，天空很快就暗了下来，这时成群的蚊子嗡嗡地涌来，叮在母亲和弟弟的头上、裤腿，他们赶紧将裤脚放在水里，闷头闷脑地拔。不知什么时候，后面老屋传来了公鸡的打鸣声，东方开始发白，田畈上人也越来越多。母亲说：“我还要拔一百棵。”就拔一百棵，然后丢下弟弟，回家忙她早上的家务了。弟弟目送母亲在田埂上渐渐消失的瘦弱身影，听着秧田上面池塘里鱼儿吐水的声音，累得一屁股就坐在了田埂上。

“今天开秧门？”有人问——开秧门是指开始插田了，弟弟应了一声，那人便惊讶了一声：“你昨晚没睡啊，拔这么多啊？”然后自言自语道：“呃，你家今年秧好呃，秧好一田稻！”是吗？弟弟告诉我，听着乡亲们羡慕的口气，心里说不出是什么感觉。

门前的梧桐树

病了的父亲越发苍老。在他生命的最后几年，他几乎最不能容忍门口几株粗壮的梧桐树了，成天嚷嚷要砍掉。一九九九年春天，他就跟我说过几回，但七事八事的我还是忘了。也是，梧桐树从春到冬都耐不住寂寞，桐花飘飘时，地面、屋顶、晒场上都是黄黄的毛茸茸一层；挂果时，那果子上也有一层白绒毛，落在身上让人浑身起鸡皮疙瘩；落叶时，屋顶上的瓦沟、地上都是那厚厚宽大的叶片，巨大的叶片堵塞瓦沟，久而久之腐烂成垢，瓦也随之腐烂，外面下大雨，屋里就落小雨。一九九九年的“双抢”，弟弟把秧田插好，就央求姐夫遂了父亲的心愿，一起把门前几株梧桐树给砍掉了。砍掉了那几株梧桐树，地上堆满枝，门前大了天。弟弟后来形容说，父亲的心情随之好了很多。

门前的梧桐树是父亲和小叔随着新盖的十开间的土砖瓦房时栽的。说来也快三十年了，父亲栽梧桐树不知是否和那“家有梧桐树，不怕凤凰不落枝”的俗语有关，我不清楚。但那时乡下是鲜见栽梧桐树的。当时盖这幢土砖瓦屋时的父亲肯定是辉煌过的，屋上梁时，还惹得当时的县革委会主任跑来参观，大大夸奖了一番。然而时过境迁，这老屋灰不棱登，墙泥脱落，显得陈旧而破落，与队里一天天矗立起来的那钢筋混凝土的楼房比起来，越发地寒碜——父亲年老时一直想盖一幢楼房，盖什么样的房子，怎样盖，他都不知和我们谈过多少遍了。这是他的一块心病。

父亲是否因此而迁怒于梧桐树呢？

我想。但我一直没问，弟弟也没说过。

梧桐树伴着我们兄妹几个人的童年一起长大。只是它长得很快，没几年就长成一棵棵参天大树。夏天密密匝匝的梧桐叶就像一把巨大的伞，遮掩出一片浓荫。清凉的树荫下，左右邻居、男男女女的都喜欢搬条小板凳、小椅子，坐在这里一起吃饭、聊天、乘凉……在夏天的夜晚，他们还会说一些狐精鬼怪的故事，唱一些歌谣。那时，隔壁的一位新娘子也喜欢来，她一过来，就招呼我们兄妹："过来，伢！我给你掏耳朵。"然后，她就坐在小椅子上，让我们蹲在她怀里，把头放在她的大腿上。她从头上取下一根头发卡子，就小心翼翼地伸进我们的耳朵里，轻轻地刮。这一掏，就掏了好几年。弟弟说，他发觉新娘子是一个非常漂亮的女人，浓眉大眼的，一头长长的黑发，好香。

新娘子慢慢就不叫新娘子了，叫"大娘"。母亲说，大娘里里外外一把手，会扒柴。姐姐说，大娘插秧插得飞快，心灵手巧，是个"大秧师"。但很快，这大秧师的脸上经常就出现几道血痕，眼睛也常常哭得红肿。原来，他们夫妻俩开始打架了。一打架，她就喜欢跑到我家门前的梧桐树下哭，我家门口慢慢就不安宁了。梧桐树下，母亲和婶娘们经常围在一起劝她，渐渐地，我们就朦朦胧胧地知道了些他们吵架的原因。早先新娘子刚过门，男人把满腔的爱都给了漂亮的妻子，婆婆脸上挂不住，说儿子不孝顺；妹妹感觉哥哥不像以前那样待她们。于是，婆婆挑媳妇的刺儿，妹妹找嫂嫂的茬儿，男人里外不好做人，后来听到妻子的不是，就开始吵了。有一次大娘的男人拿着扁担砍她，她吓得飞快地跑到我家，自己关上门，男人追来，一脚踹开了门，抓住她就打。父亲实在看不过，义正词严地就训斥起了他们："要打回家打！"她男人才罢休……后来，这夫妻俩打架，大娘也不跑。只是在晚饭后或者深夜，我们时常听到她嘤嘤的哭声，有时大声尖叫着，凄厉的声音传得很远很远。

"你们这样撕破了脸皮，日子怎么过啊！"有时，乡亲们问她。

"嫁鸡随鸡，嫁狗随狗呗！"大娘说。

梧桐树下就这样成为乡亲们劝架的场所了。弟弟说，一九九九年"双抢"，在梧桐树还没有砍伐前，他经常看见大娘一个人坐在这里唉声叹气。后来，她婆婆病逝，姑娘们出嫁了，但她却得了一种叫"黑头晕"的毛病，"双抢"时，她口吐白沫在田里就昏厥了过去，还是她丈夫把她抱到田埂上，掐她的人中，才使她苏醒了过来。但自那之后，她原来的那头乌黑漂亮的头发就一直脱落，脱成了个秃头，因此她就用毛巾包着头，走路缓缓地，一副病恹恹的样子。每每看到她在门口，母亲便冲一碗红糖水给她……

砍了梧桐树，老屋破败陈旧的样子就越发地突出。弟弟说，他发觉父亲常常坐在门口盯着那长树的地方，眼睛空洞而呆滞。然而，一九九九年的"双抢"使他实在无心顾及这些。

萤火虫，艳艳飞

“天上鲤鱼斑，晒稻不用翻。”

一九九九年的“双抢”期间，难得有几天的好天气。那时一到黄昏，便漫天绯红，接着那红霞渐渐褪去，只剩下红鲤鱼鳞片似的云彩，顿时，天空又变得无限辽阔起来。天色渐晚，满天的星星镶嵌在那幽蓝的天幕上格外显眼，眨泛眨泛的，露出几丝狡黠的光芒。田野一片寂静，田里刚刚栽插下去的秧苗蠢蠢欲动，努力地在吸收着水分、养料……到处是泥土腐化的声音，秧苗拔节的声音，鱼儿在河沟、池塘吞吐水珠的声音，使人感觉周围洋溢着一种旺盛的生命气息……

家乡有条小河。一九九九年“双抢”后，弟弟说他走得最多的就是这条河埂。那时候，白天的暑热还没有完全褪尽，从稻田里蒸发出来的热浪一阵紧似一阵地涌来，使他感觉像靠近了一炉火盆。暮色降临，他看到河两岸郁郁葱葱的树林像两条青黑色的巨龙盘绕在一起，田埂上、池塘边、树丛里，萤火虫轻盈地飞舞着，远看，像一束束四射的金光；近看，萤火虫把那稻叶映照得无与伦比的翠绿，那滚动在枝叶上的露珠儿，溅射出珍珠般的光芒。

弟弟有些愣愣的。

我想也是。因为一九九九年的老家已经矗起了十几幢小楼房，那井然有序、错落有致的楼房，白的墙壁、黄的琉璃瓦、明亮的玻璃窗，即便在这样的夜晚，也会很清晰很强烈地映入他的眼帘……弟弟回头看了看自家的老屋，矮矮黑黑的，早已被夜色吞噬得一干二净。他有点儿灰心地朝着家的方向走，经过一座小山，山上也热气蒸腾，夹着松树油脂气息的热浪使他不由得加快了步伐。“啪”的一声，他的脚步声惊动了树林中的一只大鸟，那鸟在他的头顶鸣叫了几声，在树的上空盘旋一阵，倏尔又飞远了。夜一下子恢复了宁静。接着，弟弟走到了山脚下的一个残破的瓦窑。这瓦窑由于多年弃置不用，窑顶塌陷，土堆上长满了荒草。旁边还有一棵大枫树。念书时，弟弟喜欢蹲的地方就是这里。放假时他爱和小伙伴们在这里一起抓知了、捉迷藏，偶尔也看看书……后来，弟弟告诉我，没想到怎么走他也没有走出这块土地。当农民，那可是他小时候从未想过的事啊！

弟弟走进家里的晒场。晒场上，母亲已把稻子收拾打起了圆堆，盖上了一层稻草。两三位邻居正坐在晒场上纳凉，她们手摇蒲扇，和母亲在聊父亲的病情，聊着田里的庄稼和收成……一群七八岁的孩子，手拿着瓶子在逮着萤火虫，他们相互嬉闹，嘴里唱着：“萤火虫，艳艳红，飞到田里捉乌龟，乌龟没长毛，我要吃毛桃，毛桃没长刺，放你的大臭屁……”捉到了萤火虫的孩子，便把萤火虫放进一个洁净的玻璃瓶里。这瓶子由于许多的光亮集中在一起，熠熠发光，就显得有些斑驳而迷离……大人们依然在一旁吓唬他们：“小心萤火虫爬进你的耳朵，萤火虫是精，赶快放了它……”

童年永远是那么天真而烂漫。弟弟说有那么一刻，他恍恍惚惚的，疑心自己也回到了童年时代，便使劲地揉揉眼睛，才从梦境中回到了现实。他顺势找了个草堆躺下，伴随着稻草的体温和气息就睡迷糊了。一九九九年的“双抢”，弟弟说他就那一夜睡得真踏实、真香，当然也很苦、很涩。

被雨淋了个落汤鸡

稻收割起来，秧苗插下去，一年一度的“双抢”总算是结束了。但在乡村，农事永无止境。这时候还要到田里看水、施肥、拔草、打药……田野，黄了又绿，绿了又黄，如果天公作美，有些丰收的果实，乡亲们就这样周而复始地劳作下去，也许心情还会有些舒坦，但靠天收的庄稼，只要老天一翻脸，或旱或涝，人们在繁重的体力劳动之余，精神上便会受到一次重创。弟弟说，一九九九年的晚稻，眼看抛在田里的秧苗扎紧了根，伸直了腰杆，长得也有些郁郁葱葱的意思，但他最不想听到的“干旱”两个字却蹦了出来：“双抢”一直没有雨水，有些地方池塘由于缺水，开始见底了。而插在田里的秧，开始被太阳烧死，露出枯黄和干脆就枯死了的白色叶片，田开始发裂，一些泥鳅和螺蛳浮出了地面……

天不下雨，乡里的水库要放水灌溉田地了。

水库浇灌着两个乡数千户人家，数万亩的土地都指望这座水库。所以一到放水时节，水库沿途的沟渠都要派人专门看守，大沟看，小沟也看。我们队原来也有专门的“看水员”，但分田到户后，无人组织，各家各户就只能自由组合。而“看水”一般都选择在晚上，一看就要连续看上几天几夜，这样常常就弄得人困马乏，苦不堪言。

一九九九年，弟弟经历了全部的农事活动。父亲生病，母亲有做不完的家务，这“看水”的差事只能落在他的头上。弟弟说，他连续看了十几个夜晚。那些天,天似乎也在作怪,总电闪雷鸣的,可就是不下一个雨滴,天热得像一个大火炉,古怪得让人捉摸不透。有一天,他和另外一个人到家门口山脚下的大闸口看水,感觉路明明是走对了的,可走着走着就糊涂了,他印象里的荒山变成了绿葱葱的树林,小瓦房变成了楼房。突然,一道电闪,他手中的那只电筒也随之熄灭了,四周一团漆黑。他们迷路了。趁着雷鸣和闪电,两人终于找到了闸口,顺着水沟看了看,找好一个地方,就铺上凉席,点上蚊香,扇起蒲扇准备躺一下,这时天却越来越黑,闪电越来越密集,轰轰的雷声震得地动山摇,两人吓得赶紧站起来,随即,一阵瓢泼大雨倾天而降,劈头盖脸的,把他俩浇了个落汤鸡……

"下雨了!下雨了!"两个人在闪电中大声吼着,飞快地跑在田埂上。窄窄的田埂不时就使他们摔上一跤,回到家时,弟弟就像个泥人了……

"这鬼天气!"弟弟骂着。

不是尾声

一九九九年过去了。我的父亲和祖母,在两年后的二〇〇一年相继离开人世。

然而,我的母亲、我的姐姐弟弟们还在乡村,春耕、夏播、秋收,他们还在年复一年地经历"双抢",经历"双抢"那炼狱般的农事和生活,和我许多亲人一起守候着土地和庄稼……为实现父亲的遗愿,我为家里盖了一幢楼房,我当然内心希望这幢楼房能为母亲和弟弟改变些什么，但是没有。一切依然如故，他们仍然年年在为洪涝干旱而悲伤，仍然在为粮价抵不上一年的劳动而忧心，仍然在为无法承受的乡村之苦而无望……如我的父亲，到死留下的还是无穷的遗憾。我的想法有些天真。我的乡村，是一个永远也填不满的、庞大的、吞食我的精神与一点点可怜的物质的“黑洞”，是我身上永远的伤痛。在巨大的乡村面前，我很渺小，也很无奈，我甚至还有些堂吉诃德，有过一丝丝卑鄙的念头……

比如，一九九九年的“双抢”，我就是在城市里一个叫“和平里”的房间度过的，那里安装的一台“格力”空调不停地运转，我全身凉爽，没有觉得一丝的不适。比如，一九九九年，我很可能泡过三里屯的酒吧，在那里和朋友们一起聊天、神侃；还比如，一九九九年，我在两本出版的抒情的文字里，泛情地写到乡村，歌颂田园；还比如……

“晚霞飞，映河水，我看晚霞景色美；放牛娃，抖神威，阵阵歌声响如雷；歌声悠，歌声脆，歌声伴着牛儿归；蹄声起，蹄声落，蹄声把哥追。是谁一声短笛吹？叫牛山前排好队，原是我姐李小梅，要看谁的牛肚圆如鼓，嗬嗬，我的牛肚最肥美……”这是我们乡下孩子放牛时唱的儿歌——我是地道的农民的儿子，农民的哥哥，但现在，只要我回到老家，回到我母亲的身边，听到这种欢乐的歌谣，不知为什么，我再也无法欢快起来。乡村是美丽的，可惜这美丽只能停留在乡村的童年，停留在我们不谙世事的童年的嘴唇，而我的心里只能布满忧伤和疼痛。

2005年12月17日，北京朝阳区翠堤春晓

白头更爱赋青山

——读华日精先生《晚晴楼诗稿诗话》

早在《晚晴楼诗稿诗话》还未付梓时，就想为华日精先生写几句话，但此事拖得太久了——尽管我有过在“听诗斋”（中华诗词学会）当“诗童”的短暂经历，但那大抵是出于生计，对诗词依然外行，且耳濡目染，更觉古典诗词深邃如海、平平仄仄、天风浩渺，于我轻取一瓢也觉臂力不逮。再者，先生尚有“文坛主笔惶尤恐”之时，我等庸碌之辈岂能望其项背，轻易置喙？

我这样说是有理由的。说起来，我曾有过几年青春苦闷、搁笔荒书的日子，那段日子与之交往较多的人里就有他。现在我读他的诗，才知道他那几年也是“冷门主笔写春秋，步履艰难费运筹”。但实际上我们就是在那时相知的。先生大概也是看出了我的一点长处，除派我编辑县志中的电力、交通、邮电、体育志外，还让我做了县志人物和民俗的编辑。人物尚可搜罗，但民俗却缺少资料。幸好我生于斯长于斯，月熏日染，脑海里竟也不少，加之从社会征集到手的资料，已不为“无米之炊”犯愁了。于是就躲在县体委楼下宽大的乒乓球室里，走笔谋篇。后来的《民俗志》先生是点头称许的。据说就是往常与先生某些意见相左的一位文史方家，也大加赞赏。我很感谢先生能给我那么好的机会。这可能会使我受益终生的。

那时候我一个人在县城，晚上没事便偶尔去他家坐坐。我对城市里的一切陌生，也并不钦羡。唯一能让我感兴趣的是书香和那被浸染过书香的人。这一点，先生和他的夫人都是，先生的夫人与我本家，论起辈分来，我得喊她“姑姑”。“姑姑”是我们那里黄梅戏的名角儿，对人极其热情，这样就让我感觉到不少家的温暖——但那时候，大家都一心扑在县志的编纂上，文学作品我写得少。先生之于诗词，恐怕也是心向往之，而实不能至了。

先生捧出一部厚厚的诗集，是他编完县志之后退休——也是我正疲于奔波在家乡与京华之间的十几年创作的。这样，我就在他诗中感受到了家乡十多年来的人情物理、乡风民俗、社会变革的种种。

生来学浅缺诗才，
年老吟哦更觉呆。
无意文园争一色，
只缘百感涌胸怀。

这当然是先生的夫子自谦，当不得真的。但“百感涌胸怀”却是不假。我读先生诗，时而感受到他讴时颂世的赤诚、讽刺忧思的果敢；或温史感怀、记事遣兴；或览景记胜、描天状物都透着老先生的认真、执着、准确，跳动的是一颗年轻的诗心。甚而连题贺酬赠，缅怀悼念之诗，他也不敢敷衍，以真诚相向。记得我在中华诗词杂志社工作时，诗词界的至尊大佬们往往感叹时代新风，科技名词不好入诗，故每每看到的诗词都作唐诗宋词遗风状，似曾相识而流于呆板、古董，毫无创新气象。不想却在先生的诗中领略到另一番风味。比如他写电讯程控化："电讯而今程控化，高新科技出奇招。按它几个阿拉伯，海角天涯对口聊。"朗朗上口，毫不生涩；有感于材料革命："金属陶瓷早不鲜，高分子族应时妍。仿生超导奇葩俏，纳米飘香又领先。"这就不仅爽朗，更是诙谐有趣了！至于"机缘弹指到，春色我描先。"（《上网》）"衣食工娱全自动，嫦娥能不返家园？"（《智能大厦》）"银催碘化甘霖注，变个乾坤俯仰间。"（《人工降雨》）"千里迢迢无所憾，鼠标一按两心倾。"（《蜜月新曲》）……这样的诗句比比皆是，散发着强烈的时代气息和诗人对现代事物良好的融合力以及由衷赞叹。也使人很难想象，这样的诗句是出自一位七十多岁的诗人之手。

"时新骚兴浓于酒，爱写人间喜剧诗。"（《乡村拾贝》）先生写时代科技，新鲜事物，露的是新鲜与惊奇。而状写身边人和事，记事遣兴就露出了自己的本色与性情。比如他参加县老干部诗词会，感觉"窗外新桃花正俏，岂知老柏亦风流"。退休生活："余热晚情桑梓献，阴晴都是火红天。"甚至自嘲："滥竽充数辞书里，平仄包装华日精。"……这里就更有诗人性情的外泄了！如今我也有着与先生共箸的机会，有时酒席上他诗兴大发，也贪两杯，那动作，那谈笑，那酒风，更能让人看出他"老夫聊发少年狂"的性情。也正因为有这性情，敢于说，至于滔滔不绝，所以对见不惯的奸人坏事、歪风邪气,他就在诗里进行无情鞭挞。有“玩”官者,他说:“几张报纸几杯茶,闲坐聊天到日斜。”对公款吃喝风,他讥讽道:“吃空财政不须惊,赤字连升,官职连升。”对公费按摩,他怨叹着:“一年百亿销魂费,全自人民血管来。”当然,也不仅仅是愤世嫉俗的谴责,他也不乏忧国忧民之心。“贪奢又见新招出,无限忧思到枕边。”(《读报感咏》)是忧腐败;“骨枕尸横悔晚矣,警钟当挂耳边鸣。”(《惨剧》)是忧事故灾难;“吧馆深宵搂妹客,原为白昼扫黄人。”(《怪事一桩》)是忧扫黄而染黄;“纵横关系网,搅乱一方天。”(《关系网》)是忧裙带关系……种种丑恶的社会现象,他思而愁神,涉笔成恨,甚而老泪满襟……“莫怪诗人情过激,忧民自有吼天声!”他是有着正大光明的理由的。

我在前面说过,先生的诗集让我感受最为明显,也让我最感动的就是家乡这十几年来的人情物理、乡风民俗、社会民生的种种变化。十年弹指一挥间,我“一担行囊,两肩风月”,羁旅在外,碌碌无为,至为惭愧。然而,即便我沾上了这样的游子心态,我还是“梦里乡音犹未改”,对家乡的一切都十分挂念。甚至听到有人说到家乡的坏,我也极力阻拦,与之争得面红耳赤。读先生的诗,现在,就让我 下了缩短了我与家乡暌隔经年的距离,生出了几分亲切之感。时代弄人,隔年就让人的心境大大不同。华日精先生“写了一生情未了,白头更爱赋青山”,而一“赋”就是十几年,一支老笔、一颗诗心、一头白发,赋予家乡青山绿水的当然是无限的爱、无限的挚情了——犹记得,年前我在先生家做客,临出门时,先生指着院里的一棵柑橘树对我说:你记得吗?这棵树还是十八年前你给的呢!望着那硕大的柑橘树,我却是怎么想也想不起来了——看来,先生的记性也是很好的。

2006 年 5 月 9 日,北京朝阳区翠堤春晓

伤痛的美到底有多重

有一段时间,我强烈地感受到乡村、泥土之美。那不是抒情和歌颂,而是一种淡淡的夹杂着忧郁和伤痛的美。美,足可以让人痴迷与留恋。但真正与泥土打交道的“当事”与“当下”的职业农民,是否也是这种感受?无奈、焦灼、痛苦和悲伤,他们无以言说,也无可言说。同时,他们讲究安身立命、随遇而安。我很惊讶那么多的文字,居然呈现的都是这种“安命”的意味,就像“泥土找到了一棵草”——一棵“表达”与“叙述”的草。私下里我把他们称作“乡村知识分子”情怀。

寸草开春。这里有一种欣喜——这儿,我试图说的是散文。有人说散文的“新元素”多了起来,我也试着对它们进行归纳。比如,语言不再那么单一,有的“吝啬”如诗的碎片,有的貌似零碎、混乱、无序,却细节缠绕,枝蔓横生,几乎就是一场“词语的盛宴”,使人感受到语言的魅力,想到春天河水的泛滥和汹涌……春天,还是让人春心萌动、情窦大开的季节,来自春天的情感当然格外活跃与鲜活。说到散文,在情感上它的确不似以前那样主观,非常炽烈，充满“伪集体主义”意识，以至“为赋新辞强说愁”。有的甚而给人还带来阅读的冷漠、陌生感，拒绝读者的情感介入，径自强调情感的内在的张力。在篇幅上尤其出现了“长篇”和“系列”的现象。这种文字，其间也不一定有什么内容的关联，但形式感很强，内在的气韵、语言状态，甚至可触摸的情感温度出现的一致性显而易见。

散文的确在“变”。我们讲“形散神不散”，纠缠“真实与虚构”，现在似乎都不成为问题。这“神”不像以前那样伪装或者拔高成一种歌颂、革命、美好的精神的支撑点，而是回归到了一种精神气韵的层面。这种气韵可能是人生的、艺术的，也可能是哲学的。在“真实与虚构”上，它更多强调的是心灵和思想的真实，最大限度地表现出了艺术的真实。在写作姿态上，以前或者很“高”，“文以载道”嘛！但正因为过分依附“载道”，所以写作者基本上都是站在某个高度或虚拟的一个高度上，比喻、赞扬和批判；再要么干脆就取“闲适小品”的低姿态，把文字当成“把玩”和欣赏花虫草木等的一种趣味工具。在“高姿态”那里，日常生活的“闪光点”才有意义；在“低姿态”那里，寻找的只是趣味。而现在，我们看到更多的是贴近生活和心灵真实的“中间”姿态了，即傍着生活、心灵沉潜的真实写，表露的是恢复和强调日常生活的原生态，进而呈现艺术的本来意味。

《黄泥坡歌谣》无疑或多或少地都透出了这些信息。无论是“把自己追成影子”“抱着土块回家”，还是“寸草留神”与“坡地”——“寸”草即能开春，首先它是心灵的。“多年前祖父从山坡上出发，是去追影子。追了好些年，从坡上追到坡下，从坡下追到坡上……”(《把自己追成影子》)作者对“影子”的感受,其实就是对于泥土、对于乡村、对于生活在那块土地的父老乡亲、兄弟姐妹命运的感受。这种感受很准确,但也充满着巨大的无奈。所以剩下的这个“影子”也只能说:“人一生的幸福与伤痛在于怎么看,离影子近些了快抓着了,幸福的气氛就变大变粗,类同男人和女人经历千辛万苦迈入喜庆新房;离影子近些了但怎么也抓不着,悲伤就在手指与影子之间弥漫。”这便是一种看待乡村的方式。也是很多人看待乡村的方式。“没有谁能了解坡地的脚印和思想会有多深,伤痛的美会有多重,包括我身边的一头永远期待善良的羊,一根从石窠里挤出来的绿色的草。”(《坡地》)作者像他的父辈一样,把自己追成影子,抱着土块回家,用“慢”对付坡地的秘密……这就是我们“看”的结果,是我们与乡村既想深入联系又想摆脱的结果,是一个永远没有答案的答案——这样以自己的个性与艺术眼光看待的乡土,究竟是这个时代乡村真实的心灵和良心,还是我们不断制造的“乡村神话”,或者干脆就是田园牧歌式的“乡村哲学”呢?我们好像都有些苍白和无言,我们处于失语的状态。

这样,另一个问题就出来了。难道我们剩下的只有伤痛与隐忍,甚至连“沉痛”与抗争也做不到?“不能改变村庄就改变一只鸟吧!”其实,我们连“鸟”也不能改变!

2006年5月9日,北京朝阳区翠堤春晓

大风与鲜花

一下火车，十几个人就被一束束鲜花簇拥起来。这令人有些意外。早晨，广场上的行人已是摩肩接踵，熙熙攘攘，很多陌生的眼光都射了过来。鲜艳的、散发着玫瑰与百合馨香的花朵在人群里穿行、流动。她显得高雅、尊贵，但同时也有些张扬、招展……一路上，我满脑子灌的都是刘邦“芒砀斩蛇”、樊哙“大口吃肉”、“大风起兮云飞扬”的苍茫，猛然被这醒目的鲜花所淹没，思想一下子还转不过弯来，心里似乎有什么在撞击，在汩汩涌动，恍惚而温暖。

仿佛就听见一声叹息。

那一声叹息落在几千年前的荒野沙丘中，洇润开来，我依稀看见了刘邦，看见他就在这拥挤的人群中。不过，他眼里是远比这鲜花高贵和排场得多的秦始皇轰隆隆的车辇。他暗自叹息道：“大丈夫当如此也！”——只是，谁也没有想到，他这声后来被称为“秦末三叹”的叹息，竟让不可一世的秦始皇当场跌落马鞍，给这块土地留下了一个“落马碑”的遗迹；也正是这声叹息，使他成就了那比鲜花更为耀眼和辉煌的基业，演绎了一首著名的《大风歌》：

大风起兮云飞扬，
威加海内兮归故乡，
安得猛士兮守四方！

辽阔无垠的土地，坚硬的河水，漫卷的风沙……然而，那时，他的父老乡亲们肯定也不曾料到，这位收拾了暴秦的残山剩水，创造出“四面楚歌”的凄艳的战争经典，并在帝王龙椅上端坐了五年的汉子，现在，回到脚下这块他熟悉得不能再熟悉的土地，竟有一大滴泪水倏然滚落……

“歌毕，泣数行下。”

这是他“击筑而歌”时留下的一个历史瞬间。浩瀚的汉语对此尽管吝啬得没有详细的描述，但这首歌作为那声叹息的延伸，在那恢宏磅礴的意境里，多多少少还是流露出了一曲“柔肠”……一位喜欢长戟在握、马蹄哒哒的气势，喜欢大碗喝酒、大口吃肉的豪情，喜欢一统天下、唯我独尊的“大丈夫”，此时，他的泪水在那些尽情纵酒的父老乡亲们眼里定格、放大……一定也让他的父老乡亲们喉咙哽咽，渐渐地化成一个叫“柔肠”的词语。

一方水土养一方人。

都说生长在这块土地上的人，“爱吃那肥狗肉，爱喝那大碗酒”，但在酒桌上，我们见到的却是彬彬有礼，温文尔雅，他们和客人们交谈着，吃菜喝酒，小心地呵护着，从没有让客人在酒风酣畅、觥筹交错时，感受豪饮的那一份无奈与被迫——狗肉当然必不可少，他们自豪地给客人们介绍着，激动地让客人们品尝着，粗犷豪爽的性情里从不失温柔敦厚……

双脚踏着汉山汉水，感受汉风汉雨，穿行在刘汉王朝曾经云蒸霞蔚的土地上……随后的一连几天，我就常常这样被一曲曲“柔肠”感动。

与“大风起兮”的气势最为相符的或是大沙河了。遮天蔽日的滚滚黄沙，茅草丛生的寂寥荒滩，堤岸曲窄单薄，或水灾频繁，或十年九旱，都让稼禾无收。但凭借着这块土地赋予他们的那满腔的侠骨与柔肠，他的后代乡亲们却让一河两岸变得绿树成荫，瓜果飘香，清澈的河水里鱼跃鸭肥，仿佛江南锦绣的“鱼米之乡”。我们赶到昭阳湖，时候尚早，虽然我们无缘欣赏到那万亩荷花与菱角，然而在湖里行走，一只只捕鱼船与我们擦肩而过，渔民们用湖水煮鱼的鲜美与喷香，总有一种“柔软”的气息在我们的心头荡漾——我想，如果说酒席上他的后代们所表现出的一种柔肠，是一种礼节的话，那么在这块土地上所呈现出的一曲曲“柔肠”，就有一种勤劳、聪慧、朴实的品质，就有了一种颜色，一种浓郁得化不开的绿的颜色。

缓缓地，终于走上了歌风台。

老实说，古色古香的歌风台既无皇家宫殿红墙黄瓦所渲染的那气势的恢宏，也没有皇林阆苑那尊贵的繁缛。相反，在这辽阔的土地上，它还略显古拙、精致和轻盈，让人怎么看都觉得它像一个扩大了的庭院。但沿着石阶一级级向上走着，到了刘邦的雕像前，进了“风云阁”，便立即感觉面前一切的一切，在我的眼里都显得陈旧而迷离。感觉这里尽管与刘汉王朝四百年的气派不大相符，但它的四周却暗暗涌动着一种气流，这气流与四周漫漶的一种神秘的氛围，一种泱泱几千年的汉民族的精神交织在一起，令人肃穆……

站在歌风台前，我突然有些疑惑，想这《大风歌》的诞生地，不过就是刘邦抒发豪情与流泪之地，但他的那几行泪水，是为自己的如婴孩般初生的王朝担忧，还是看见自己家乡大好河山由于战乱而饱受蹂躏而心酸？或者，干脆就是衣锦还乡的他，对于父老乡亲们的那一份深深的“近乡情更怯”？

神奇的土地当然自有奇妙的地方。一块生长猛士、生长风骨、生长大风歌的土地，何尝不是生长泪水、生长柔肠、生长鲜花的土地？

歌风台无语。

我亦无语。

2006年8月4日，北京朝阳区翠堤春晓

双瀑记

远远地就听见巨大的声响，是水的声音，是瀑布的声浪，果然是天下闻名了。但没有看见瀑布，只看见一溜溜白烟，一团团水汽从沟壑里呵了出来。直扑向青青的山、绿色的树，踏着这巨大的声浪走，渐渐地，就看见那飞奔的瀑布了。只是视觉上有些遗憾，觉得这飞瀑并无传说中的恢宏、雄伟，只是脚还在走，走在瀑布的声音里。像是不相信自己的眼睛，瀑布像是个大美人，是要绕着、转着，才能将她看得个通通透透，欣赏个美滋美味。

瀑布当然不理会人的心思，径直奔涌着、咆哮着、跌宕着。倒是人耐不住性子，有人兴奋得尖叫，有人感动得沉吟，有人争先恐后地照相，都恨不得把这美丽的瀑布揽在怀里。瀑布展开的是它宽大的胸怀，伸出的是它雄浑的双臂，袒露的是它纯净的心灵。感受到瀑布的灵性，就钻进那一缕缕白烟里，烟雨蒙蒙，头发上沾着，浑身染着，心里也溅满了烟雾，就抑制不住地看起这巨大的瀑布来：是那种白色的水的大，是那种轰鸣的水的大，是那种美丽自然的大。人一时都没有了声音，屏气凝神，当然不仅仅是恐惧山高路滑，恐惧自己会像那瀑布从高悬的空中向下摔个粉碎，还害怕自己视力不济，怕自己的心思不够用，不能将这美丽的瀑布欣赏得淋漓尽致，将瀑布的心情体会透。移动步子，左看右看，瀑布都是舒展的、肆意的，它想爱就爱，敢恨敢怒，就那么径自从空中飞流直下，敞亮着心思，溅起的是叫声，是轰鸣声，流泻的白云不及它的速度，抖落的白带不及它的绵长，倒像时间老人的白须，它自然地飘逸着、捋着，诉说时间的迅猛、强大、易逝，它同时还细细打量着面前的山、面前的天，笑得合不拢嘴。这样看，瀑布巨大的声浪就是它呵呵的笑声了。是那种爽朗、轻盈的，沉重且快乐的笑声。

钻进水帘洞，就钻进瀑布的肚子里了。仰着头，就见头顶上的瀑布像一团雾、一片云，从眼前飞掠而过。那是一种铺天盖地的生命的张扬。许多人就站在瀑布下，让瀑布包裹着，让瀑布在四周响着，暂时忘却郁闷，也没有了烦恼，挥着手，伸着臂，一个个都像顽童，捋着时间老人的胡须，调皮得就像自然的精灵——若说这种比喻是苍白的，是不准确的，那么还可以想象，人到了这里都有一种“拥抱”的感觉。就有人想张开双臂，想随那飞瀑纵身一跃，跃入飞瀑的大自在中，紧紧抱住瀑布做一次生命的羽化。幸好瀑布是无邪的，是透明的，它没有吞噬生命的意思。相反，它以自己的流泻和智慧告诉人“堕落”的沉痛，告诉你绕开它的办法。这样，在它的怀抱里，人就变得敬畏了，小心了，还变得生机盎然。饶有风趣地就从它的胳膊、它的腋下钻了出去，回头恋恋不舍地再看飞腾的瀑布，做无数次坠落的粉碎，人就不停地唏嘘，叹息了。

瀑布的壮观，犹如生命的壮观。总是经得住人的眼光的。它让你从前面看，从后面看，从高处看，再从低处看。钻出水帘洞，沿着石阶迤迤地下，缓缓地就告别瀑布，渐渐远离了喧闹。触目的是苍翠的山峦和树木，走着走着，就走到瀑布的下面了。再看瀑布从高高的山崖，溅进河里的就如一河的珠玉，轰然作响的是生命的无畏。千米多高，几十米宽，在自然里恣意地抒写着什么，告诉人时间的源远流长，生命的生生不息，自然的苍劲豪迈。或许什么也没说，分明只让人屏气息声地思索。高处不胜寒，水往低处流。人会想起世俗的哲理。瀑布是雄伟、壮观的，却也是冷峻的。但它就是这样，叫人暂离它的热闹、喧嚣、激烈，让你得以片刻的宁静。也许还声响着，但那是一种提示，警醒生命的共存。瀑布是存在的，人也存在着，人和自然都能和谐地存在，多么美好！

我就坐在瀑布下，面对瀑布前的一座青山。坐观一岸青山，看那一岸青山如屹如立，刀砍斧削，满身枝柯交错，披满了绿叶，由于这绿叶，青山悬崖就有点平缓舒展的姿势了。忽然就让人感觉面前的山不是山，树也不是树，也是瀑布，是硕大的绿色瀑布了！看哪！那沾满水气的悬崖，那鱼鳞般交织的树叶的瀑布，也从高空中飞流直下，竟是与大瀑布的白色遥遥相对，相互呼应。一样的高度，一样的陡峭，一样的宽度。再细看那绿瀑，竟也是流动的，在风里流动，在水蒸气里流动，在白色的瀑布面前肆无忌惮地奔涌。“两瀑”相对，又相依相偎，相得益彰，相看两不厌。一白一绿，一动一静。白瀑让人激动，绿瀑让人宁静；动的让人心颤，静的让人心绿——也算是见过一些瀑布，但瀑布前面未曾见过这么高的青山对峙,也不见有这么高的绿岩相守。黄果树的瀑布有福了!

当然,有福的还是人,如我这样的匆匆过客。像我,观赏到这么有名的大瀑布,又发现了这壮美的绿瀑,别人心里怎么想我不清楚。在我,我却是把这称作“双瀑”的。“双瀑”从此便叠印在我的心间了。

2006 年 10 月 21 日晨记于贵州盘江

两过胜境关

忽然又到胜境关。车子渐行渐近，胜境关古朴的牌楼立时就在脑海里浮了出来。说是“又”，是因为昨天我是专程到过的，但这回偏偏又路过。车子疾驰而去，胜境关猛地就被我抛在了身后。如此者二，可见这儿交通并不闭塞，闭塞的是古代。古代这样的关隘，也早就有人走过。著名的就有杨升庵、林则徐。林则徐那回是奉命赴滇充云南乡试正考官，且不说他。但说杨升庵因了显赫的官职，又被蒙上流放、贬职的沉重字眼，怕走起来，心情就没有我的轻松。那时胜境关于他，不仅是一个自然的关口，也是人生的一个关口。

溪是寂寂无名。但一溪相隔，土地却分两色。溪东黔地，黑赭一片；溪西滇域，一派赤褐。又有人说：“雨师好黔，风伯好滇，贵州多雨，云南多风。”要不是耳闻目睹，断不会相信在这云贵交界之地，竟有“山界滇域，岭划黔疆，风雨判云贵”之说——我相信这是一位判官所言。只是我昨日来时，早已不见了这位“判官”。见到的是一座重檐翘角的石木牌坊。阳光如水，恬静怡人。面前高坊长额间镶嵌着“滇南胜境”四个斗大金字的巨匾，浮现在阳光里，若静若动，就生发出一丝丝的陈年旧意。牌坊的两根楹柱前后，还有神态毕肖、栩栩如生的一对石狮。细看，面朝贵州的一对石狮身覆青苔，咫尺之遥，而面向云南的那一对石狮却身着红土。我便想，如果说“风雨判云贵”是大自然的造化，那这石狮子就是人的想象的具体诠释。只是大自然鬼斧神工的魔力，永远要比人类的想象走得更远。说是天各一方，境由心生。比如杨升庵站在关隘，就喟叹：“回望山平天豁，还观箐雾瘴云，此天限二方也。”他发出这样的慨叹是有理由的。作为明正德六年（公元一五一一年）的状元，翰林院的修撰，只因上《大礼议疏》顶撞了嘉靖皇帝便遭到流放，并被贬到云南永昌（今保山市），他肯定心有不平。况且这样的流放，又使他驻足在以“天”为界的牌坊，以“地”为界的山溪之地，怎么不使他对生命有“二方”之惑？此话若说是对自然的感怀，倒不如说就是他对自己生命“两重天”的慨叹，对自身境遇的怅惘……“咫尺辨阴晴，足见人间真冷暖；滇黔而唇齿，何须省界太分明”，这是当地人为胜境关拟写的对联。我看仿佛是杨老先生的内心写照。

不独省界分明，这里分明的还有两条传说中的石龙。在胜境关的虬龙亭，露出地表的石灰岩，状如虬龙。现在这两条石龙静静盘踞在“龙池”里，屈曲盘卧，若游若卧，活灵活现。龙自有很多传说，这里也不例外。说是迷恋这秀丽山水，贵州龙化成美貌女郎而来，云南龙却变成英俊公子到此。都是龙的化身，当然更加郎才女貌。两人相识，一见钟情，难舍难离，却又各自争要对方嫁向自己的家乡。缠绵悱恻，又相持不下，以致鸡叫天明，两人再也无法腾云驾雾。于是双双幻化成石，如胶似漆相拥一起，因着乡情，各自便又转首家乡，面对故土——所有传说，都有人类自己的价值取向和情感判断。况且这两人把爱情与乡情又浓浓交织在一起，就更昭示着当地人对家乡与爱情的凄婉向往，呈现着人的美好心灵。而呈现美好心灵的，这里还有一块“鬻琴碑”。

一抹残阳横在天际，涂抹在“鬻琴碑”上，就有些苍凉和冷峻。但看这碑上清晰的字迹，就知道是当代人所为。一看果然真是。“文革”中，虽然没人放过这块石碑，但“鬻琴”的故事就像一束移动的花朵，在代代流传。碑文说：清康熙四十五年十月，浙江杭州府钱塘县令孙士寅出任这儿的县令，任职期间，他清正廉明，洁己爱民，及至卸任，他两袖清风，借贷无门，对百姓捐赠，又分文不取，最后只好将自己上任时带的一把心爱的古琴鬻卖掉作为路费。百姓闻之，牵衣流涕，自发地结队相送，依依不舍，直到十里以外。为褒其美德，村民捐银立“遗爱碑”于驿道旁。及至清光绪三十四年，拔贡李恩光有感于“遗爱碑”，又经当时的县令韩再兰的批准，重新勒石，再建“鬻琴碑”。李拔贡诗赞：“来携此琴来，去鬻此琴去……三年课绩循良奏，百姓见肥使君瘦，长途再将羸马驱，空囊只有焦桐售……”贪官污吏古已有之，清官自古也有。腐败与廉政怕永远是人类历史上或褒或贬的话题，但老百姓自有口碑。

雄关漫道。想遥遥的雄关大多数都是战争的产物。胜境关无疑也沾染过烽火硝烟的。但硝烟散尽，胜境关露出的更多的还是人文、自然的景观。站在关隘的城楼上，我望着面前或黑或红的土地，或浓或淡的山水，一阵苍凉的风直吹得衣袂飘飘。城因山雄,山因楼秀,城楼下的古驿道就像一道印痕,自然就烙进了历史的风尘。关隘有封闭与开放的时日。北方的关隘,关里关外也明显不同,比如关外就透着苍凉与旷远。而胜境关虽道苍凉,天地或异,但山水相通,血脉相连。一山春色,从来没有关住。

2006 年 10 月 23 日于云南富源县城

夜车安静

躺在火车上，一个人，有时就像躺在剧烈晃动的床上。

是那种疯狂奔驰如脱缰野马的火车，车轮哐当哐当空洞洞地响着。火车经过的地方漆黑如墨。也有灯光掠过，感觉光束一闪，看不清站台上是否有人，但必定有几根黑魆魆的柱子，一晃而过。灯光扫在车窗上，一瞬一瞬地照亮了幽暗的车厢，也照亮了我能看见的黑暗中的两张年轻的脸。那一对年轻的脸相互依偎着，像两只浮现在黑暗中的洁白的花朵，又像一尊突出在黑幕中的优美的雕塑……但更多的时候，大地、河流、村庄被黑夜深深遮蔽，我甚至看不清车厢里或躺或走动的人脸。只见人们都裹着被子，悠然地打着呼噜，酣畅淋漓，如同从大海里刚爬上岸的鲸鱼。偶尔经过无可知名的站台，火车呼啦啦就发出一声沉重的喘气，溅起一片巨大的唾沫。

我们都被夜色遮蔽。只是我的眼睛还亮着，但不是滴溜溜转，而是像死鱼眼一般盯着车厢的天花板，面对安详而宁静的夜，我的眼睛有点儿莫名的潮湿。

有一个人好像从车铺上翻身起来了。车厢铺位局促，他无法表现得从容，但看得出来，他还是努力地做出了从容的样子。他小心翼翼地掀掉被子，然后起身，慢慢地从上铺翻身下来。由于不是下铺，无论怎样努力，他还是发出了声响，是骨节以及身体与铺位磕碰的声音。他自然不是大大咧咧的人，对这种声响他怀有很高的警惕和愧疚心。因为他嘴里咕哝哝地说了句话。尽管用的是方言，有点操妈捣娘的意思，但显然是对事不对人，甚至他是下意识地不自觉地咕哝着。他的脚尖终于找到已让列车服务员摆放整齐的鞋，他穿上，趿拉着就出了铺位。不一会儿，或者很大一会儿，他又趔趔趄趄地回来了。重复着刚才的小心翼翼，他爬上了铺——他肯定是上了一趟厕所，或者出去抽了一根烟，因为他带回了一股烟味。上床他就安静了。

车厢内也复归安静，只剩下火车空洞洞狂奔的声音。

夜车安静。

红色、绿色、蓝色、黑色……车厢里的行李架上照例摆满了各式各样的皮箱，这些皮箱在夜的车厢里都变成了黑魆魆的一溜。有只红色的皮箱在黑夜里浮现出来，我很清楚地记住了它。能记住箱子颜色的，不外乎是主人或者蓄谋已久的小偷。我与这两者都没有关系。我记得它是因为这只皮箱显得那么娇柔与可怜，它挤在五颜六色中是那么醒目，尽管是柔弱的醒目。这只箱子的主人是一位有着长长披肩发的女孩。可能她就睡在我的隔壁，但有隔板，我无法感受到她的体温，看到她的神情。可黄昏上车的那一刻，她显然是委屈地哭了。拎上红皮箱，她发觉行李架上已经摆满，但摆得稀稀拉拉、大大咧咧，这使她有信心和理由把它们挪开，把自己的箱子塞进去。可就在这时，一个络腮胡子的汉子对她咆哮了起来：你怎么随随便便动我的箱子？我的箱子不能压呢！说着就把她的红皮箱拽了下来。女孩的皮箱装得鼓鼓囊囊的，她塞上去的时候显得十分吃力。络腮胡子这么一吼，她不仅显得吃力，而且还吃惊，然后就委屈地哭了。好在正在整理行李的列车员走来，三下两下的，还是把她的红皮箱摆了上去。这样，才使她的红皮箱子能够安静地躺在行李架上。行李架上的一些箱包的带子，此时正胡乱敲打着，发出了有节奏的声响，只是那响声也淹没在车轮的撞击声里。当一种声音淹没另一种声音时，那种微弱的声音就不存在了。世界就是这样。

而与她同时上车的另外四个人却显得很闹腾。

这四人就在我这车厢里。这四人明显是一块儿的。他们好像是一群公务人员，要到一个地方开一个什么会。他们带了很多吃的、喝的，还有会议的材料，都是用纸箱子装的。上车时仗着他们人多，呼啦啦塞进铺位下面，或摆到行李架上，很快就收拾得干净利索。男男女女，有说有笑，兴高采烈。然后就坐在一起打扑克，打的是“双抠”，两人打对家。打着打着，那女孩和男人混合的一家很快就招架不住了，赢的没劲，输的也无精打采。竞技就是这样，需要对手，需要旗鼓相当，没有这些，对抗就显得软弱无力，一切都失去意义……天很快就黑了下来，几个人也过了上车时的那阵快活劲儿。扔掉扑克，都爬上了床。现在他们也都安静地睡着，要不是听见睡在对铺的那女孩嘴里梦呓般地喊：赖皮！不跟你玩了！不跟你玩了！我也忘记了他们的存在。现在，那女孩还在梦里打着扑克，她很漂亮、聪明、机灵，但她刚才的牌打得实在没什么水平，只知道使性子。三个男人似乎都照顾她，让着她，而就是这种照顾，使她不断地任性、耍赖、顽皮，最后竟连打牌的情绪都消失殆尽，消失在火车驶向的茫茫黑夜里。此时黑夜更黑，大地在黑夜里肆无忌惮地裸呈开放，火车就如一把犁头，犁开浓浓的黑夜，驶向不可知的去处。它使时间变长，让大地变得旷远，让我的耳朵变得安宁，让我的想象变得更为舒展，让我的情绪变得像大海一样汹涌……

然而我是躺着的。这种躺在别人看来，也是一种睡眠。但只有我内心知道我在想什么，抑或什么也没有想。

不知从什么时候起，我发觉只要在夜里的火车上躺下来，我就有一种气定神闲的感觉。好像回到一座属于自己的独室，幸福得几乎有点儿晕眩。很多的时候，我要么把身子交给夜车，进入深深的睡眠；要么就像现在这样，静静地躺着，独自享受这夜车的宁静。所以我很喜欢坐这种“夕发朝至”的火车——情况往往是这样：我先是走在阳光下，走在城市里，我感觉到了拥挤、嘈杂、繁乱不堪、尘土飞扬、人声鼎沸。阳光把大地、城市照得一派祥和，大地和楼房又把阳光瓜分得零乱不堪，没有一块安静的地方。而到了车站，更是感觉到了世界上最令人恐怖和心慌的地方。那么多的人都像一尾尾鱼游弋着。通过安检之门，簇拥着拎着大包小包的人流，稍不注意，我也会像我手中的包一样被遗弃、被丢失，而无法找到。声音可以不问，眼睛却像鬼火一样逡巡着，然而只要一头扎进火车厢，火车一头扎进黑夜，我就感觉周围的那些七零八落、零零碎碎、吵吵闹闹的景象全被远远地抛开了。我重新找回了自己。夜车安静——这安静使我对夜间长途汽车也产生过一回很大的兴趣(当然,更重要的是没有买上火车票)。那是一辆所谓的豪华大巴,坐在上面,比火车要显得局促,不能在车厢里来回走动,甚至也不能随便挪动腿脚。上了汽车,只能把自己当成一截圆木撂在铺位上。幸好大家都会把自己当成圆木,一上车都或仰或伏地在铺位上。汽车那回走的是山路,很险,很陡,只是夜色正好掩盖了那一切。我们任凭汽车在高速公路上奔驰。高速公路就像一条明亮的线,尽管与沉静的黑夜不兼容,但那些陡峭的山峦、高高的桥梁还是远远地避开了它。至于明亮的灯光突然熄火,当然是目的地到了。

哇的一声,下铺位上的孩子终于发出了一阵尖锐的哭声。

这哭声在夜的车厢里显得格外饱满、强壮。不知是那带了孩子的妇女压疼了孩子,还是孩子正在梦呓之中。孩子终是哭了起来——这孩子与妇女的铺位本来是我的。但傍晚上车时,妇女就盯住我,问我是不是一个人,我说是,她就找我换了铺位。她说她带孩子到北京来看望打工的丈夫,没有买上返程的下铺车票,带孩子爬上爬下的不方便。她微笑着,满脸的笑像一朵鲜花一般颤动。但我还是愣住了,然后才犹豫不决地同意。我的犹豫是因为我经历这种事情太多,有时让给一个老太太,有时让给一个残疾人,有时让给一个胖胖的老头……开始这种"让",我还有一种道德的满足感,感到心宽,自觉高尚,但渐渐地麻木了。这种麻木并非我不想道德,是慨叹自己怎么经常会摊上这"命"……但在众目睽睽之下,我还是让了。我想,夜车也就是一晚上的事情,与人方便,自己方便。况且,上铺睡觉更显得清静。但这时这孩子哭了,声音很大,已吵醒了一车厢的人,有人开始发牢骚,大概是他的美梦被惊醒了！甚至我对面的一个人叽叽咕咕的，对我还说了句什么，他似乎认为孩子的吵闹是由于我的换票引起的。我的内心感到了愧疚。那妇女哄着孩子，只是那小家伙越哄越不耐烦，声音格外地尖厉了起来。这声音在寂静的夜车上膨胀得如一桶发酵的酒弥漫了整个车厢，我呼地从铺位上爬了起来，下了床。

车厢走廊脚下的灯光幽闪，一串串的。这些来自脚下的灯光，将车厢照得更加昏黄、暧昧。在快要到车厢连接处的一个车厢的时候，我看见一个铺位上竟睡了两个人，而他们上头的铺位却空荡荡的。两人被被子包裹得很严实。但从那两颗头的头发上我还是认出了这是对男女。被子在颤动着，两个人正沉浸于自己温情的世界里。也不完全是旁若无人，因为毕竟有深深的夜色的遮盖。是新婚不久的一对小夫妇？还是偶尔相遇的一对情侣？抑或别的什么？没人会关注。我也不应该关心——何况我已经早早地关注过那两张年轻的脸。现在我走到这儿，其实我的脚也没有停顿，我早已过了大惊小怪的年龄。我很快就穿过他们走到车厢的连接处。本来想方便一下，此时却完全没有尿意。我就静静地站在车厢的连接处的窗前，看白色的玻璃窗被黑夜涂抹上深深的黑色，玻璃窗上有些水蒸气，我用手在上面画了两下，竟画出了“火车，火车”几个字，又看那字写得实在不怎么样，就哈上一口热气，字立时变得朦胧起来。待在那儿，实在无趣，我只好又折回身子，掏出一根烟吸着。在夜的火车的连接处，一个人吸烟，我感觉嘴巴苦涩，干渴，赶紧把烟掐灭了。

走回铺位，发觉孩子的哭闹声已经止住了。

车厢里恢复了宁静。我好像还有些不放心，并没有急于爬上铺位，而是在车厢靠窗的椅子上坐了下来，一只手托着下颔，眼睛望着车厢里的过道。窗外是无法看清的，正是因为无法看清，我的心灵才感到片刻的宁静和圣洁。我感觉到夜是一只巨大的眼，吞没了许多物化的东西，而给人以心灵的安逸。很遗憾，我所看见的依然是车厢内或严整或拖沓地裹在人身上的被子、凌乱不堪的行李架、黑乎乎的一堆行李还有搭挂的一些毛巾、桌上的一堆食物；听到的是人的梦呓，含混不清的梦话。我知道，一切都会很快地过去，待黎明到来，尘俗的世界依然会像无数条浮出海面的鱼，鱼儿明明知道浮出海面就会干渴，就会充满焦虑，就会不停地挣扎，但它们好像只有这种选择，这是生活的选择。就像那个孩子，他必须要哭一样……也许，火车上还有小偷、杀人犯、刑事犯罪的逃窜者，我无法认识他们，他们现在也许已将惶恐不安的脸深深地埋在被窝里，做一时半宿的得意和休整……尽管如此，我还是喜欢在黑夜里坐车，喜欢在这样宁静的夜晚让思绪伴随火车车轮巨大的撞击声一起飞扬，让时光四溅。火车，火车。一个人的火车，一个人的站台……我由衷地喜欢这些词语，喜欢火车载着我驶向不可知的去处。睡在夜车上的，或许都是一些充满梦想、负有责任心的人，只是这些人暂时都把梦想和责任一齐托付给了黑夜，或在这黑夜的逃离中完成心灵的净化，或在这夜车上让生命与爱情得以传奇……记得多年前我读过一本《夜行驿车》，写的是童话作家安徒生在一个陌生的地方搭坐了一辆夜行的马拉驿车。他对同车一位陌生的女人产生了微妙含蓄的敬意和情感。其间没有任何情节。天亮以后，他们就各奔东西了。到最后安徒生也没弄清楚那位陌生女郎姓甚名谁。故事写得犹如安徒生童话一般伤感，充满诗意和优美。安徒生一生没结过婚，在他的身上我也没读到过任何关于他的爱情故事，这应该是个例外——但我相信，这就是关于安徒生的一个地地道道的美丽灵魂的故事。

而这故事，正是夜车赋予他的。

看起来，夜车就像一辆巨大的灵魂之车，载着一批灵魂在黑夜里奔驰，我能感觉到灵魂的呼吸就如同夜车车轮的轰鸣，如大地一样旷阔、悠远。

夜车安静。

它的安静能让人变得优雅，让灵魂得以安妥和放大。

2006年11月9日，北京朝阳区翠堤春晓

七月之歌

一

当七月来临，我所有关于乡村的记忆都被唤醒。那里有一种炎热、紧张和沉痛。这里，我指的是南方的乡村。南方的阳光在这个月份发出了最强大的威力，它让草叶枯萎、焦黄，让池塘、河流的水变得滚烫滚烫……多年来，当我一旦想起踩打稻机，赤臂裸背，在田里打稻的情景，我还能感觉一种巨大的“灼伤”——我不能说是细皮嫩肉，一个从乡村长大的孩子不可以矫情。但显而易见，我浑身被阳光晒得麻辣辣地疼，晚上躺在床上无法翻身。过后一连几天，我穿了一件类似工作服的厚厚外套。这种装束，在七月的乡村显得有点滑稽，尽管能挡住紫外线的照射，但不一会儿，厚厚的衣服就被汗水湿透，汗很快让我身体的重量增加。农活不得轻闲。我的手脚在田里劳作，还得不时地腾出手，牵牵由于汗而与身体粘得很紧的衣服，因此我的速度减慢了。比如插田，我就落人一大截子，被关进一个“笼子”；割稻，我会退后一两丈，被人远远地抛在身后；而打稻，我手上的稻把还在打稻机脱粒，旁边抱着稻把的乡亲，在那里愣怔了半天。虽然由此他得以片刻地偷闲，但我在他脸上还是看出不屑，神情仿佛有些不满。乡亲们永远喜欢那种心明眼亮、手脚勤快的人。每每碰到这种情况，我再也顾不得浑身不适，就拼命干了起来。像乡村人说的，一泡尿随它尿去吧！我的这种做法很快初见成效，我的手脚快了起来。

速度，干农活的速度。多少年以后，我对农业的节令与速度还怀有一种刻骨铭心的敬畏和理解。尽管晚上生产队或许要开会，或许还会叫我看守正放水的沟渠，或者看守队里装有粮食的仓库，但一天的农活总算是结束了。我脱下厚厚的衣服，上面的汗已经凝固，结出一层厚厚的白粉状的盐霜。这样，我所做的第一件事就是搭上一条毛巾，走到我家屋后的池塘，把疲惫的身子放进水里，放进被阳光晒得发烫的池塘。水一触及我的皮肤，嗞嗞直响，让我感觉到更深的疼痛。我走向水的深处，深水的凉意使我的身子微微发颤。

我这样叙述可能有些繁杂、混乱，其实农事就显得这么繁杂、混乱。乡村四月闲人少，才了蚕桑又插田。而南方七月的乡村，是真正找不到一个闲人的。这里有一个农事活动叫“双抢”。关于“双抢”，我不止一次地说过，我在词典上没找到这个词，可这个词却真实地存在于南方七月的乡村。我是在乡村的七月真正体会和对“双抢”产生了深刻认识的。地处江淮的乡村，插的是双季稻。每年的农历六月，阳历七月，正是双季稻收割和抢插的季节。

进入七月,春上栽插下去的秧苗成熟了,黄澄澄的稻子立在田野里,微风轻过,低垂饱满的谷穗荡起一层层金黄色涟漪。七月,阳光如火,照在上面发出一阵哔哔剥剥的响声,乡亲们看在眼里,喜在眉梢。因为早稻的生长是不易的,春耕大生产的热火劲过去,在江淮之间是一段长长的黄梅雨季节。“黄梅时节家家雨,青草池塘处处蛙。”无论是白昼的春雨淅沥,还是乡村夜晚的蛙鸣,乡村难得有这么一段轻快与美丽的时光。但梅雨的氤氲,南方的屋顶上的瓦片和墙壁也都湿漉漉的:潮湿的天,潮湿的地,潮湿的房屋,潮湿的人心,霉菌便在其中悄悄生长,田里栽插的早稻更要人小心侍弄和呵护。乡亲们起早摸黑开田缺,打农药,拔杂草,让早春的秧苗终于站稳脚跟,茁壮成长。长成了饱满的稻穗,乡亲们唯一要做的就是收割。而同时,晚稻的种子也已经生根、发芽,很快就要长出禾苗,禾苗一经长出,就要栽插到田里。种庄稼讲究节令,晚稻必须赶在立秋之前栽插完成。这样,从收割稻子到栽插秧苗只有短短的十几天时间,这段时间南方的农民就叫它“双抢”——抢割、抢插。偏偏这十几天时间就赶在炙热的七月。七月的阳光毒辣,七月的暴雨凶猛,七月乡村的劳作要连日带夜……田野上人影憧憧,田埂上脚步匆匆,人家屋顶上炊烟袅袅,收割的沙沙声、耕田的牛哞声、打稻机的轰鸣声、挑担子的沉重的喘息声交织在一起,回响在七月的田野。这时空气似乎常常凝滞着,凸现出一种紧张的氛围。

二

记得大约是二十世纪九十年代，应一家杂志社之约，我曾写过一篇《我的作家梦》的文字。因是约稿，他们催得很急，我只好在文章里做了一些省略。这种省略，现在想起来至少有两个原因，一是因为是“梦”，我感到有些恍惚；二是因为我实在不喜欢“作家”这两个字，我想我只是乡下的一位手艺人。我其间经历的不是梦。我更愿意回忆一些事、一些人以及一段紧张的日子——我说的这种紧张，另外还有一层意思：就是在那年七月我参加了一场高考。大家知道，那时高考不像现在定的是六月份，而是七月份的七、八、九号三天，所以称为“黑色的七月”。那年七月六日，我和同学们赶到离家三十多里地的县城。学校本来是安排了住宿的，但有一位亲戚在县城工作，于是我就投宿于他。不巧的是他因急事出差了。临走时，他倒是把房门钥匙留给了一位同事，并在门上贴了一张纸条。可我找到他的房间，一听说他出差了，我就慌了。我没有看见那张纸条，不由分说就转身出去了。找同班同学住的饭店，却已没有床位——那时候，饭店还是国营的，也不像现在这么多。从小在乡村里长大，我对县城是陌生的。第一次到县城，人生地不熟，又加上生性胆小、木讷，就只好晃荡在县城的街头。晚上实在困了，无奈，就跑到县城唯一的一家电影院的台阶上躺了一夜，第二天匆匆赶到考场。直到考完第一场语文，亲戚的同事找到我，把钥匙交给了我，并抱歉不迭。这时，我才知道县城已被高考弄得大有“黑云压城城欲摧”之势，无数的家长陪考,有的同学甚至一进考场就晕倒了,有的还传言在考场上吓得尿湿了裤子……关于高考的紧张气氛,从二十世纪至今依然没有得到缓解。对此我不想多说。我想说的是,高考结束我一回到家中,一场更为紧张的“双抢”已经在等着我,我闻到了“双抢”的一种“硝烟”的气味。我被这种紧张的气味弄得惴惴不安,压得喘不过气来。

以前由于在校读书,作为学生的我们被父母找了许多的理由可以不用参加“双抢”。那时还是大呼隆生产,即大集体生产。虽然队里对我们这些应考的学生也有些宽待,可以不参加劳动强度大的“双抢”,但也要每天早晨起来为生产队拾肥、捡粪。可这回高考结束,我们就没有理由不参加这“光荣”的生产劳动——“双抢”了。要是考不上大学,说不定我们从此就会和父辈一样面朝黄土背朝天,不像现在可以进城打工,想干什么就干什么。实际上自从我们一回家,乡亲们也把我们当作他们中的一员了。这样,我从一个紧张的状态又进入另一个更为紧张的状态,在乡村的七月,我成了一位地道的农民——割稻、打稻、挑稻、扎草把、挑草把、犁田、耙田、拔秧、挑秧、插田、拔草、放水、打农药……抢收与抢种的“双抢”,说起来简单,其间却充满无数繁重杂乱的农活,甚至一件件都是我并不熟悉的技术活。不仅男劳力这样,一些老弱病残的老人妇女,实在不能走进田里,家里也有琐碎的事要做:晒稻、收稻、喂猪、烧茶、送水、烧饭……乡村整个的七月,忙乱得像一锅沸腾的开水到处流溢,灼热而又闹腾。

我记不清我是以从事哪一件农事开始介入这一年的“双抢”的。对于我这个刚出学校大门的人来说,一些沉重的农活干不了，一些技术活又干不来，剩下的几乎就无事可做，但这又是不可能的。高考阅卷工作正在紧张进行，谁也不能保证大红的大学录取通知书，会让乡村邮递员送到我手里——我陷入了人生的第一个尴尬的境地。我身体单薄，身子瘦弱，刚参加农活，生产队也不可能给我很高的工分，只有勉为其难地投靠田园。那段时间，我几乎变成了一个机器人，跟着大人们出工，吭哧吭哧地挑着一担稻，豆大的汗珠甩在田埂上，龇牙咧嘴；我用脚飞快地踩着打稻机，边用手向打稻机的滚筒里喂稻把，还是龇牙咧嘴……插田、割稻、拔草……就在那个闷热的"双抢"，我几乎干遍了所有的农活。现在想起来，拔草应该是"双抢"农活里最为轻松的活计了。每人手里只需操持一把草刀，走进田里，用草刀在秧田里划拉着，暗暗使上劲，将秧苗周围的野草拔干净就可以了。然而，那个七月的阳光火辣辣的，照在头顶上如一个火炉，田里的水由于阳光的蒸发，发出一股难闻的充满化肥、农药和泥土的气息。大人们也受不了。一位叫桃红的妇女很快被熏得头晕目眩，倒在了田里，乡亲们吵着要歇工……队长犹疑了下，终于吹起了哨子，全队人纷纷作鸟兽散。这是从秧苗栽插到田里之后的唯一的一次休息。我见许多人欢呼雀跃，激动得像一批死刑犯人遇到大赦一样，热泪盈眶。也只有在那个下午，我觉得我的第一次尴尬的心态得以缓解，尽管只有一个下午。仅仅下午那么一个多小时。

三

现在只要回忆起那个闷热、潮湿、繁累的南方七月乡村，我就十分惊异有许多长辈在“双抢”期间突然离世。生产队队长徐英合、会计江逐波，还有一位老人突然都在“双抢”之中疾病缠身。正是“双抢”最忙的时期，乡亲们一门心思都奔突在田里，队长甚至昨天还吹着开工、收工的哨子，还在和队里的青壮年劳力一起，干着最苦、最累又最脏的农活。但第二天，他就病在床上起不来了。会计因为有肺结核病史，队里已安排他在晒场上晒稻、称稻，忽然吐了一口鲜血，就被医生诊断为无药可救。田畈上，乡亲们犁田打耙，插秧拔草，忙得焦头烂额。这很坏的消息一经传播，一股死亡的气息紧接着就弥散开来，陡然让人心添了许多沉重。然而，乡亲们无暇顾及。庄稼靠天收。生死有命，富贵在天。病的人和忙的人，似乎都在纷繁的农事中达成了一种默契，该出工的还得出工。即便病在床上的人，也不愿意这时让家里人抽空误工，送他们到医院就诊。他们平时就很少到县城的医院，只是喊来大队里的赤脚医生打几瓶“吊水”，吞服几粒止痛片之类的药片就打发了。乡亲们心疼不已，只有选择在劳累一天后的夜晚，甚至半夜里抽空去看他们，尽一场乡亲的颜面和礼节。这样，往往就在病人的床前坐到夜深。病人很高兴，毫无睡意，但陪坐的人实在忍不住，都打起了哈欠，说：明天还有几斗种的田要犁呢！这才伸伸懒腰，拖着疲乏的身子回家。然而，这几人在那年的七月，还是没有等到“双抢”结束就相继去世了。白天，乡亲们忙“双抢”，逝者的家中冷冷清清，只一盏长明灯亮着。夜晚，乡亲们拖着疲惫的身子来给他们办丧事，敲锣打鼓，放着鞭炮，很隆重地将他们送上山。死者已矣，生者还得睁着布满血丝的眼睛，忙碌在田里。到了夜晚，由于那死亡的伤痛引起的恐惧和不祥的阴影，长时间地还在他们的胸间萦绕，使他们慨叹生命的无常和无奈——刚出学校大门的我，那时也是第一次这么近距离并集中地接触到死亡，如果说繁重的体力劳动使我感觉到累，那么这些熟悉的乡亲的离世，却使我又接触到了一种巨大的空茫。在那段时间里，我几乎天天都被一种梦魇纠缠，我突然无法忍受乡村的无望和悲凉！

有一段时间，多少次从黑夜中醒来，我还想起生产队队长徐英合的形象。按照辈分喊，我是该喊他为“大爷”的。这大爷在南方也即是“大叔”的意思。他四十多岁，长着一张国字形脸，眼睛一闪一闪的，说起话来会嘿嘿地笑两声，就露出一口豁牙。参加完高考，我在参与集体农活时碰到的最为头疼的事，就是乡亲们总会有意无意地询问我高考的情况。那时仿佛没有高考估分之说。也许生长在乡村，我们放下书包扛起锄头，早已把这事忘得一干二净。我的沉默寡言，以及父母对我的宠爱，在队里差不多就成了人们议论的话题。即便在“双抢”这样忙碌的日子里，他们也不会忘记对我的关注。记得有一天干活歇息时，我刚进英合大爷家喝茶，凑巧他家坐了一位相面的。那位相面的一见我进门，突然不语。英合大爷的妻子就问：你说说，这伢怎么样？那相面的说：他将来要吃一碗清闲饭，信不信由你！如若不信，将来我走到你家门口，你就把我的腿打断！说得言之凿凿，惹得一屋子人都仿佛我接到了大学录取通知书一样。可这时，英合大爷却把我叫到他面前，叫我不要轻信这些，说：人得有志气，你年纪还小，只要立志，就不怕干什么不成功！英合大爷是生产队长，共产党员，并没有读过多少书。但就在我人生最为彷徨和惆怅时，他说出了有异于其他乡亲的语言。他使我感到温暖,受到了鼓舞……由于雨停了,我们只好又出去干活了。雨后天晴,我干起活来特别精力充沛。这种莫名的兴奋,或许后来还在乡村七月充盈着我的许多不眠之夜。

四

然而那个七月,我们的乡村遭遇了一场持久的干旱。尽管下了这样一场小雨,但杯水车薪。一场雨很快就被干涸的土地吸收殆尽。所有池塘的水都放干了,露出了塘底。浅浅的水面上,泛起了无数的死鱼的鱼肚。三百多亩刚栽插下禾苗的稻田,眼见禾苗被阳光晒得卷起了叶片,焦黄、枯萎,整个村庄、河流、池塘又被另一种死亡的气息笼罩。不说死亡的气息,村庄也上气不接下气地在喘着粗气:猪在圈里热得直哼唧,狗在树脚下热得直吐舌头……这些动物没人关心。可乡亲们刚刚栽插下去的,这些他们赖以生活的粮食日渐死亡的样子,让他们再也坐不住了。坐落在公社上游的长春水库开始放水。那一阵,轮到我们生产队,队里抽调许多精壮劳力上了水库自上而下的沟渠、泄水坝,连日带夜地看守。时间一长,加上天气炎热,很快就累得人困马乏。就在这时,另外一个生产队仗着他们地处上游的优越位置,把本该给我们队的“救命水”放进他们的池塘,储蓄了起来。队里人闻讯,纷纷赶到了那一条泄水坝。先是双方争论,对方不让,最后竟动手打起了架。那是一个黑暗的夜晚,人们提着无数的马灯和手电筒,这些灯光聚集在沟坝上,使沟坝灯火通明如同白昼。然而,争吵声此伏彼起，很快那些灯光摇曳了起来，一束束灯光里纷飞着无数的蚊虫和尘埃，不知是谁先扔起了石灰包，白色的石灰粉末在炽热的空气里迸发四散、纷扬，就像无数独特的烟幕弹，刺鼻呛眼，蒙在乡亲们的头上、身上、眼睛里，有人眼睛因石灰的进入睁不开，就号啕大哭起来。凄怆的哭声，伴随充满焦味的空气，在七月的夜空格外刺耳，也突出了事件的重大。那被呛瞎了眼的人被送进了公社的卫生院，事件最后终于平息……然而，整个夜晚充斥的野蛮、骚动、斗殴的情绪一直弥漫了很久。以致很长一段时间，两个队的人见面都不说话。我参与这件事后，越发感觉我的乡村是一个孤岛，我更像这个孤岛之外的一块礁石，一块黑色的礁石。我发觉乡村七月的疼痛不是乡村的，而是我的心灵与身体里的。乡村成了我的影子。

这里，有必要交代一下我所说的村庄的地理位置了。淮河、长江大家都知道，我的村庄就坐落在淮河以南、长江以北的地方。村庄具体的名称叫安徽省潜山县岭头乡岭头村，但当时叫岭头大队徐老屋生产队。我们那里紧靠长江边，绵绵延延的是丘陵。开玩笑时，我们会说，我们那地方的人“不南不北”。但实际上长江如果不是突然下垂，在我们那里拐个弯，按照纬度来说，我们不仅是地理上的南方，更是精神上的南方。南方七月的乡村燠热难耐，夜晚却是繁星满天，青蛙呱呱的叫声和蟋蟀的歌唱，在幽静的夜晚仿佛就是一支田园小夜曲。这样的夜晚，我经常在生产队的稻场仓库度过——也许初生牛犊不怕虎，要是现在让我一人在夜晚守着全队的粮食，在空旷的山野里睡上一觉，我肯定不敢。但那年七月，我却很是乐意地干了这件差事。因为在“双抢”后期，不知自己什么优点被乡亲们看上，他们一致推举我协助粮食保管员看守仓库。这是一份稍微轻闲且有责任的活计。说是轻闲，起码没有水田里劳作时的水蒸日晒，全队的粮食摊开在晒场上晒太阳时，虽然辛苦，但晒场毕竟有房屋，晒场的四周也有树木，可以遮阴纳凉。因此当夜晚我一个人或者两个人看守仓库时，我十分地惬意。粮食支撑了乡亲们的天空，作为乡村的一分子，我不能帮助乡亲们更多地干点什么，那么我就可以为他们看守它……晚上，风不时地将禾苗拔节的声音传入我的耳朵，将秧苗的气息送入我的鼻孔。这种味道，几乎从童年就陪伴着我，使我感觉到自己的成长，感觉到成熟和收获的重要。不能把一切改变，我就开始学着丢弃一些不愉快，守护着村庄的秘密。那些夜晚，我面朝幽蓝的天空，看见月亮在追赶着太阳，看见星星躲藏在幽蓝的天空，看见村庄在月亮的夜晚沉沉睡去，便感觉自己如被丢在村庄里的一颗种子，开始饱满。

五

我在前面说到了“省略”这个词语。即便现在，我想起南方乡村那七月里的一些人、一些事，以及贯穿始终的“双抢”带来的一种紧张感，我依然发现遗漏了很多的记忆。在那以后，我可能也参加过几次“双抢”，但好像都是不值一提。我深深感到悲哀的是，我在乡村七月的劳动，也可能成为南方天空下一个遗失的记忆了——自从在南方那个七月乡村走出来后，我就没有参加过一次真正意义上的乡村劳动。甚至我还离开了那承载我童年，以及少年、青年无限遐思与梦想、潮湿与忧郁的南方。可是每当七月莅临,我还是不无欣喜和痛苦地感到,我的身上沾染的是一种永远南方的情结,我无法驱散南方乡村沉闷、紧张和潮湿的情绪。而在这种情绪的弥漫之中,时隐时现的是我的父亲、母亲和姐姐忧郁、麻木、痛苦的面容。这样的面容更像一轮高高悬挂的满月,永远镶嵌在我记忆的天空。

我的父母和姐姐对于乡村七月的记忆恐怕不会像我这样深刻。因为年复一年的南方乡村的"双抢",对于他们来说,早已习以为常。庄稼人就是作的命。这是母亲常挂在嘴边的一句话。父亲是一位铁匠,一个手艺人,一个七月乡村离不开和迫切需要的手艺人。这种手艺使他有机会身离田地,成天在炉火边挥舞铁锤,为乡村的"双抢"赶制镰刀、锄头、草刀……屋外的阳光像一个大火炉,屋内铁匠铺熊熊燃烧的是另一个火炉。双重火炉煎熬的铁匠活,沉重且痛苦。但这还不能给他带来富裕。就凭一把铁锤,他没日没夜地锤打铁器,每天交给生产队三块钱,记十个工分,到年底又变成一个工分一毛多钱的事实,使他的身上一直背着一个"欠钱户"的恶名。可他别无选择。对于烦琐的农活,由于手艺的缘故,他已经不能像地道的农民那样熟稔。他只能是打铁,永无止境地打铁。这样,母亲和姐姐就只好像队里的男劳力一样出工。回乡参加劳动,我无疑为家里增添了帮手,但又由于我参加高考,一家人对我表现出来的情感就又有些复杂、异样:一方面,想让我挣点工分,换点口粮;一方面又迫切希望我能拿到大学录取通知书,脱离乡村的苦海。这样,他们就像对待一件瓷器一样小心地呵护着我。早上拔秧,母亲和姐姐见我睡得香沉沉的，就不忍心叫我。白天劳动，由于太阳毒辣，中午吃饭时是有一段休息时间的。那时我会卸下门板或躺在竹凉床上，但睡着睡着，就睡得爬不起来。母亲和姐姐也不忍惊动我，她们自己就出工了。有时我一觉醒来，已是太阳西斜，乡亲们在田野里已劳作了几个小时。我揉着惺忪的睡眼，心怀惴惴地走进田里，当田畈上的眼光一齐扫向我时，我就会听母亲或者姐姐说："他太累了，是我故意让他多睡一会儿的。"没人会理会她们，她们像祥林嫂一样，讪讪的，干起活来更玩命，好像要把我迟到和旷工的损失补回来。实际上这是徒劳，我只能挣自己的工分——在"双抢"中，我的工分远远比姐姐挣的低。我的姐姐，为我读书而休学，为一个农业家庭过早地扛起了挣工分重担的姐姐，她挣的工分，每回都会比她同龄的姐妹多出一大截。多年后姐姐出嫁，当父亲背起姐姐，把她从一个村庄嫁到另一个村庄的时候，我正在百里之外的一个小镇，天空飘着雪花，我踩着百年不遇的大雪，双脚一陷一个深窝，但我还是义无反顾地赶回了家。望着姐姐渐行渐远的身影，我突然号啕大哭起来。喜庆的场面，没人关心我的哭声，只有我内心清楚，我无法表达什么，我想表达的又是什么——在那个"双抢"的七月，我受苦受累，我的劳动量与工分最少，可在家里的饭桌上，我的饭量却大得惊人。母亲每每弄上点儿什么好吃的，几乎都让给了我。对于我高考考得怎样，他们没询问过一句，但在繁重的农事活动中，却把我呵护和照顾得像一个公子哥儿。"赤日炎炎似火烧，野田禾稻半枯焦。农夫心内如汤煮，公子王孙把扇摇。"那时，看见乡村公路上时而走过的穿着白衬衫、衣着整齐的干部，我就会想起我在中学课本上读过的这首诗。而在亲情的呵护下，我也会因自己上工“迟到”和“旷工”时想起这首诗。这真是一种奇怪的事。

酷热、干旱、死亡、高考……现在，我还真真切切地看见和触摸到这一系列的字眼，浮动在一九八〇年的夏天，浮现在我南方乡村的上空。那年，我刚刚十七岁，在这年的前后，乡村正在推行一种叫“家庭联产承包责任制”的制度，农业正面临着一场革命。但一时分田到户，很多人还心有余悸，于是，仅仅只迈出了一小步，即我们徐老屋生产队被允许分为徐老屋和新建两个生产小队——后来我们所属的“新建”村民组，就是徐老屋那棵枝繁叶茂的巨大树枝上逸出来的一支。大生产队分为小生产队，实际上离分田到户的目标还很远，生产方式也依然是大集体、大呼隆。除了人、田相对集中之外，几乎什么也没改变……但这时外面不停地有分田到户的消息传来，这种消息使我的乡亲看到了一线若有若无、若隐若现的希望，这就使村庄有了一些骚动。焦虑、盼望、无奈、等待。我想如果我再细心点，我就会在乡亲们脸上读到那些词语，但我没有——我只是在那个七月里，在父母深情期待的目光的注视下，在乡亲们各种猜测的嘴巴里，介入了乡村和乡村的一场农事，不是主动而是被动地承载了乡村除犁田打耙之外的所有的农活。乡村的七月需要的是人，多一个人就多一分力量啊！幸运的是，自从那年七月之后，我的乡村就真正地实行了包产到户、分田分地的制度，“双抢”后来就变成了一个人的“双抢”，一家人的“双抢”了！……黑色的七月，依然是热火朝天，你追我赶。我不再参与其中。只是有一段时间我经常地回家，回到南方七月的乡村，与母亲偶尔在屋前的树荫下一起乘凉闲谈时，母亲还会想起那年的“双抢”，然后对我说：你这伢！那年的“双抢”，你什么都赶上了！一下子就让你经历了那么多！说完，就一声叹息，一声重重的叹息。

2006年11月24日，北京朝阳区翠堤春晓

少年的夜晚

一

夜晚各有不同。但少年的夜晚无疑是充满了神秘、安谧和恐惧的。夜晚的黑淹没了所有的一切，使大地变得阴森起来。而夜晚的月光又使大地呈现出另一种光亮。这种光亮分明比白昼要显得朦胧和遥远——一个少年乡村的夜晚，有时就是少年认识世界的一大障碍与出口，所有的恐惧都会从夜晚开始。

慢慢地就走进了夜晚，邻居家的狗大声地吠了起来。一家人都睡着了，少年的眼睛却是睁着的。他倾听那狗的叫声一声比一声大，一声比一声急。接着，外面就传来了喧闹声。接着，父母及其他大人们都起床拉开了门，随着那“抓小偷”的喊叫声，他们都加入了“抓”的行列。没人会顾及这位少年——那些年，乡村的夜晚总有许多小偷，而集体抓小偷的行动，却是乡村一大优良的传统。“亲帮亲，邻帮邻”，是乡亲们在千百年乡村生活中悟出来的真理。少年不懂这个。在那样的夜晚,他只能蜷缩在被子里,听着外面巨大的呼喊与尖叫,心里揪得紧紧的,只能用被子紧紧地蒙住头。等到大人们回来聚集一起,或者说谁家丢了一只鸡,谁家院子里搁置的一把锄头不见了!饥饿的年代,少年的肚子饿得经常咕噜噜地叫唤。小偷们所到手的猎物也如此可怜。但那时的小偷除非能溜之大吉,否则他付出的代价就是很大的。跳进水塘,或者被打伤一条腿……要是一个村庄熟悉的乡亲,他"小偷"的恶名怕要背上一辈子。

小偷有道。偷黑不偷月,偷雨不偷雪。小偷的夜晚一定是月黑风高之夜。但在夏天,在炎热的夏天纳凉的夜晚,由于狼,夜晚不仅让少年,也让村庄的大人们感到毛骨悚然。就像一则传说,那一年狼来到了我们的村庄。村庄都安睡了。白天经历"双抢"的乡亲们由于累,更由于天气的酷热,一家一户或在门口,或在稻场,放一张竹凉床或铺一张席子就睡了。突然就传来一声号叫:狼来了!狼叼走了孩子!喊声是村里江先生的女人发出来的。女人怀里搂抱的才一个月大的孩子被狼叼走了!事情来得突然和严重,全村人都惊醒了!都起来追,可是哪里还有狼的踪影?跑遍了山山坳坳和满田满畈,也没有见到狼。直到第二天早上,才在一个山洼里发现孩子的红兜肚和一摊血迹。江先生的女人正在月子里,孩子的死不仅让她羞愧难当,伤心欲绝,也让她受到了惊吓。她说,那狼的眼睛绿绿地亮,浑身毛茸茸的。从此她就一病不起,不久就过世了!

后来村庄所有的夜晚,乡亲们都关门闭户的。一家人凑着如豆的煤油灯光,龟缩在屋里,即便身上汗如雨注,也不敢启开一扇窗门。“狼叼走了孩子”因此成了村庄的一大忌讳。大人们平日里嘴上不敢说，而少年的心里也一天天惶恐。但没人会安慰他们。他们的害怕就像一块巨大的石头压在心上，推也推不动，搬也搬不走。少年这时深深地理解了乡村不仅有小偷，还有狼……开始从夜晚了解了世间的险恶。

二

少年的夜晚从恐惧开始，但不用说也有快乐和幸福的时光。生产队开会、瞎爷说书、村里的红白喜事、公社的露天电影……一切从夜晚开始的事情，总这样不期而至。

我想，现在乡村恐怕已有多年不再夜晚开会了。但在那个集体大呼隆生产的年代，山、田、地、人，一切的一切都属于集体。白天，乡亲们在队长的哨声里劳动，晚上开会便是家常便饭。分口粮、评工分、布置第二天的生产、斗争“地富反坏右”，乡村的白天是大干快上，夜晚却是剑拔弩张。队长或识字的人照例要念一段毛主席语录，或一张报纸，然后批斗坐在煤油灯或汽灯照不到的地方的本村乡亲。少年不知愁滋味，就在人群里钻来钻去。人多的地方总是热闹。乡亲们哈欠连天，少年玩得却异常兴奋，三五成群，这里钻钻，那里转转。也许缺了张三和李四。因为他们的父亲正是晚上被批斗的对象。少年的嘻嘻哈哈惹得队长坐不住了，呵斥道：别闹了！严肃点……大人们各自叫住自己的孩子，但孩子们依然嬉闹。他们是少年，他们不知道“严肃”两个字的意思。

村里身强力壮的人是幸福的。一个家庭连着一个村庄的幸福。但令少年渐渐感到奇怪的是，偏偏有一个人的眼睛看不见，大家都叫他“瞎爷”。少年也喊。一村子人都要下田劳动，瞎爷不用。碰上心肠有些硬的队长，顶多也就让他去队里的稻场帮着咋呼麻雀。瞎爷的手脚不能劳动，乡亲们一定要把他的嘴上功夫给培养出来，让他学算命、说书……瞎爷果真就能算命、说书了。说薛仁贵征东征西，说《隋唐演义》，说杨家将，说《水浒传》……这样的夜晚，是乡村少年最为开心和快乐的时光，瞎爷说的书那样的丝丝入扣，引人入胜；瞎爷的肚子里竟然装有那么多好玩的事情。少年或许正在读书，但瞎爷的“说书”，却叫少年很快有了一种“沉浸”……那样乡村的夜晚，少年对久远的历史与乡村之外的世界一无所知。然而一位黑暗者的叙述，终于使夜晚有了点点“文化”“历史”的芬芳，给少年开启了一扇逃离黑暗之门的通道。

但瞎爷翻来覆去的就那几本书。乡村的夜晚大多数时间还是死寂、枯燥和沉默的。只有乡村的红白喜事才会弄出一些惊天的声响。男人们能痛痛快快地喝上几杯酒，女人们也能无遮无掩地号啕一通……喜事时，少年喜欢做的是“闹洞房”，那是乡村给予他们的最大的通融。他们因为年少，当然可以不上不下，没有辈分大小的顾忌。钻在新娘子洞房，或在床上放一根荆棘，或倒上一点水说是“童子尿”，哭闹着要糖果。丧事时，他们吃惊地望着哭得呼天抢地的大人，猛然在那一刻知道了人生悲凉的情境。少年或许懂得不是太多，但朦朦胧胧地就知道了人总是要死的。他们帮大人举着火把、孝幡，还会把出殡的锣鼓敲得像模像样。跑前跑后的，尾随着出殡的长长的队伍，把乡村的亡者埋[illegible]深深的土坑。乡村的天空在那时候是苍凉的。少年的心一下子也变得苍凉。他们不敢问大人，便把这苍凉深深地藏在心里，藏在一个成长的梦里……少年只是不懂，乡村为什么总是在夜晚迎娶新娘，也在夜晚送走一个亡灵，是大人舍不得白天紧张而又忙碌的日子？

三

少年在乡村的夜晚，当然会经历人生全部的酸甜苦辣。然而那里面还有一种期盼。少年那时不仅仅只是期盼自己快快长大，同时还期盼生产队开会时的热闹，期盼知道瞎爷书里的那些“且听下回分解”的人物的下落，期盼迎娶新娘子时，一声鞭炮声之乡村的一场盛宴……期盼，几乎贯穿了乡村少年的整个成长过程——这一切偏偏要在夜晚完成，真是一件奇怪的事情。

我说过，现在我的一切劳动都是在夜晚。但人生不能重来。现在我每晚坐在城市白炽的灯光下，却无法体会到城市少年夜晚的幸福生活。况且，即使能体会他们的夜晚，时间的胶片上也断然没有了那个时代的背景。没有背景的回忆是可疑的。由于远离乡村，我也无法观看到现在乡村少年们的生活。但我想，那一定是狼没有了，小偷少了，大人一定都出去打工了！集体观看露天电影也成了一种陈年旧事，人们只要在家里，手揣遥控器就可以天南海北了。

然而，那时候乡村的夜晚一听说有电影，少年的心思一定会变得缜密起来。影片什么名，在哪儿放，放的时间，都会打听得一清二楚。上学的巴不得早早下课，晚饭也在等待中变得索然无味。一处山坡上，早早地挂上了银幕。白底黑边的银幕从远处眺望，就像天空的一块补丁。两根柱子支撑的银幕旁有一个大喇叭，垂头丧气的像一只耳朵。离电影开演的时间还早，露天电影场地三三两两挤满了少年，或找砖块，或拿板凳，早早占住了“位子”。电影放映员没有到，他们在焦急的等待中相互嬉戏，扔沙子，掷石块，首先打起了仗。那些年的电影也都是一些战争片。《南征北战》《地道战》《地雷战》《渡江侦察记》……乡村的少年看完电影，就自封为军长、师长、连长。从此被弄成一个个战士，纠集一批同学与另一批同学“战斗”。这样，就免不了有谁被石头打破了头，谁的鼻子流血，等等，有许多“战斗”的故事流传……“太麻痹了！太麻痹了！”……《侦察兵》里郭锐的表演者王心刚成了他们心中的偶像，戴白手套[illegible]的动作成了经典动作，让乡村少年钦佩不已。一部《渡江侦察记》更让乡村少年如痴如醉，看了不过瘾，还自己偷偷动手把电影编排成小说……露天电影，让乡村少年就这样认识了战争，染上了英雄情结。这是革命英雄主义教育者的初衷，看来目的是达到了。

露天电影在夜晚的出现，成为乡村少年一个巨大的节日。以后的夜晚，无论是伸手不见五指还是月明星稀，也无论走多少路，少年的心里都是快乐的。喜悦溢于言表。有时，露天电影场乌泱泱挤满了人，正面看不了，他们也会跑到银幕的反面。这样又出现了另一种戏剧效果：枪是左手拿的，手榴弹也是左手扔出去的。第二天小伙伴们聚在一起，为此争得面红耳赤——幸好哪里哪里放电影的消息不断传播，于是少年就央求大人们一起去看。都看八百遍了，还看！大人们这样嗔道。但急匆匆地吃过晚饭还是去了。跑了一个山坳又一个山坳，过了一条河又一条河，四周都是黑漆漆的，不见露天电影那种让人心动的灯光。到达目的地，果然面前什么也没有。少年一脸沮丧，说是人们传错了！于是一帮人只好转回家。幸好人多，幸好大都是少年，便一个劲地学着电影里的人们，“冲啊！冲啊！”地冲回了家……露天电影让乡村变得喜庆，也让乡村变得迷乱。迷乱的乡村，少年的眼界是一天天地开阔了起来。

四

还是说到看电影。因为露天电影已经使乡村少年的夜晚变得躁动不安。电影里陌生的地域、村庄、河流、城市，自圆其说的故事，个性突出的人物……尽管有些“高大全”，尽管是那么久远那么虚幻，但那些人，那些事却从夜晚切入。夜晚有足够的时间让少年仔细回味和想象。那样的夜晚，便让少年的内心变得丰富和珍贵。它帮助少年开始学会用自己的眼睛打量村庄以外的世界了。

消息是从县城工作的人嘴里传回来的。说是城里正在放一部外国电影《卖花姑娘》，朝鲜的。少年此前已从电影《上甘岭》《奇袭白虎团》里知道了朝鲜。他想去县城里看一看卖花姑娘。从半晌午开始，少年就和村里人结伴上路了。县城离村庄三四十里地，少年没到过县城，但县城与卖花姑娘就这样成了少年的一个诱惑。少年实在没有走过这么多的路，走着走着，他的脚板疼痛了起来。但他坚持着走完了。到了电影院，少年看到了《卖花姑娘》，胶片哗哗地过着，这与露天电影不一样的场景，让少年一下子感觉不习惯。电影看得稀里糊涂……卖花姑娘的悲惨、卖花姑娘的泪水还有异域的山水风情，少年全是一片懵懂。但“只要心诚，石头也会开出花来”这句台词，少年却记下来了。石头也会开出花来，不仅仅是励志，还有更为广阔的想象。从那个夜晚开始，少年就一直追寻开花的石头。“石头开花”成了少年日后心灵里一个最为美丽的景象。

后来的一个夜晚，母亲要看一本《三打陶三春》的戏，少年又随母亲进了一趟县城。少年和母亲找到在县棉织厂当司务长的二叔，二叔热情地把他们安排住进了棉织厂的院里。少年第一次见到棉织厂。棉织厂灯火通明，织布的梭子如浪花飞舞，布匹像一道道从天而降的瀑布，发出巨大的有节奏的响声。少年随着二叔看到了那一排排漂亮无比、貌若天仙的纺织女工。她们一个个头戴白帽，嘴捂白口罩，心灵手巧，与梭子一块飞扬。少年没有见过这种场面，少年惊呆了！吃过晚饭，母亲用肩膀扛着少年看完那场戏。回来时已是半夜了，但少年发觉棉织厂依然在紧张地忙碌着，棉织厂把夜的天空染得一片大白。少年的心思也一片白晃晃的。少年睡不着，却见二叔端来了刚刚出笼的白馒头。少年第一次见到这米饭之外的粮食，狼吞虎咽一气吃下好几个……一下子被这么多新生的事物包围，少年的心里另一扇窗户被渐渐打开，涌进了有别于村庄以外的气息——现在想起来，这些气息是由机器的轰鸣声、县城的建筑物、戏院、纺织女工和白白的馒头组成的。少年突然喜欢上了这种气息。

乡村的夜晚潮湿而朦胧。少年显然就像乡村秧田里正在拔节的秧苗。秧苗需要水、泥土、空气和阳光，也需要在安宁的夜晚休养生息。少年显然也是如此。白天的事物一览无余，少年的眼光或被阳光牵扯得游离、浑浊，远远地逃离了生活的本质——而乡村夜晚的安静，便使少年的心灵得以安静，只有这样安静的夜晚才充满和谐。那么多乡村夜晚，少年当然还经历了许多的人和事，比如和父亲在河边叉鱼，比如一次在亲戚家的出逃……夜晚，饱含一种青春的气息让少年的成长充满趣味。

谁都是从少年走出去的。只是对于那个时代的乡村少年，更多的是一种集体的记忆。这是后来我才知道的。

2006 年 11 月 26 日，北京朝阳区翠堤春晓

散文的身份
——梁俊明散文集《微笑的乞丐》序

记得散文作家苇岸说过：一位作家选择哪种文体写作，与其说是一种偶然，不如说是一种必然。它更多的不是天赋与技能，而是与一个人的血性和精神有关。一些与梁俊明共过事或经常打交道的人，都说他憨实、厚道、平稳……然而透过这平静的外表，我还是深深地感觉到他内在的丰富——读完他这部《微笑着的乞丐》，在他的善良与真诚的表达里，我更察觉到他体内隐隐且不停躁动着的一股血性。这当然有他个人的魅力。

知道他的散文写得好，是在读过他发表在我们刊物上的《另眼看敦煌》之后。散文写的是莫高窟。莫高窟辉煌的壁画，灿烂而悠久的历史文化令人流连，也极易让我们的眼光在美不胜收的喧闹中迷离与走失。但冷静和沉稳帮助了他，使他得以在那片沙丘洞窟的荒凉与绚丽中，从容地做出与众不同的审视。对王圆箓的厌恶与同情，对常书鸿的崇敬与遗憾，或者浅浅感觉"佛脚下面，可能也没有一块净土"……他都是置身历史与时代的大背景，开始寻思与拷问的。正是这种思考，又让他深层次地分清了人与历史的责任和道德承担。这种理解当然是心灵的，是他灵魂之于社会的一种反观。也许我说得不对，但看他的《玫瑰战车》《天国风流，欲说还羞》《底线》这几篇文章，差不多就印证了我的这一看法。比如在《玫瑰战车》里，他以人性的眼光看待宋美龄、赛金花、阿崎婆以及日本女人，他沉吟于这种美丽与哀婉、名誉与耻辱里痛惜和忧伤，提醒我们不能仅仅抱有狭隘的民族情仇，还要学会记住历史的“负面遗产”，珍惜人性最为本质的辉光。如此，通过他的《天国风流，欲说还羞》《底线》这些篇什，从他看待太平天国运动以及吴佩孚、段祺瑞、张作霖这些人物的眼光顺延下去，我们就完全可以从他看历史及其历史人物的视角，知道他对文化、历史和人生的底线。有宽宥，也有无法忍受。中庸而又偏激，偏激而又超越，其间思想极其复杂。复杂而又保持自己人生的底线，实际上保住的是一份文化的良知，一位文化思考者的气度。

在《那年，那月》这篇散文里，梁俊明写了他童年时代的沉痛、亲情和他的亲人……饥饿、盗窃、死亡，这是一个让人悲伤的特殊年代的生活场景。尽管他可能是无意识的，因而叙述节奏快速而又散漫，烦琐而又遗失，还没有来得及做更深的思考，但这却接近了生命的本真，表达了生命的原生态，还原了生活的重量。让人感觉他出生的淮北平原落后、贫穷之下的政治与人性的扭曲、无奈：父母均是地道的农民，没有文化，整日对生活和对苦难的承担，构成了饥馑年代他们生活的全部内容，特别是他妹妹的死：“一岁多的小妹已经几天没有喝上一口汤了，是母亲不让她喝，在母亲心里一定这样想的：一个丫头片子，不如早点儿让她死……”母亲对我说：“不要喂了，大人都养不活了！还留着她干啥?!”读来让人泣涕——另外，梁俊明还写有许多“不像散文”的文字，比如他的《快乐老家》《千里走单骑》等等，但在这些篇什里，我却看到一个血性男儿的热血心肠，这心肠是爱怜，是激情，是欲望的表达。一位作家，个人的意识、思想和行为永远主导他的写作。如果说，散文是一个人真实的灵魂与心灵的外泄，我还是愿意把这些当成散文看的。这里，我想我看到了他与现实及未来之间的文化上的一种“紧张”关系。

童年纪事、文化思考和现实关怀促成了梁俊明的“微笑”。我们当然对他收进这本集子的其他一些作品还无法做出明确的一些形式上的判断。但实际上，散文这个谁都能写的文体，早就使散文的身份变得暧昧、充满疑惑、不信任和无端的蔑视。散文的真正身份是什么，这个身份一定重要吗？我们不得而知。文学到了这个时代，小说、诗歌、评论的写作者们及其身份都在作品里，语言叙事使它们的身份得以凸显。小说在“回到常识”的叙事中获得一阵叫好，诗歌在口语化中变得“欲说还休”，我们强调事物的本质、心灵的真实、精神的自由，为什么要让散文在形式感上永远地被纠缠？人们抱怨散文文体的僵滞，而又有谁认真地关注过真正的散文精神？说到底，文学精神的遮蔽和忽视，由此而出现的浮躁、不安和焦灼，表明我们对整个文学没有认清自己的身份，或者缺乏清醒的认识。

每个独特的生命个体一起才构成丰富多彩的世界。从这个意义上说，梁俊明以及他的文字无疑也是他自己独特的生命，对于我们这个时代真实的、理性的或者尖锐的反应。文字不是唯一的。真正唯一的其实是我们人的思考——我思故我在。我感受到了他的思考和存在,我就有资格和他一起对这个世界满怀欣喜,充满期待。

2006年11月30日于北京和平里,酒后

唇封的花蕾

——温古散文集《解读苍茫》序

听人说话或对事物看法大相径庭,总会让人觉得语言的不可信。据说,恋爱中的人山盟海誓一旦破灭,失恋者一定都会大声嚷嚷。语言是苍白的,不独他(她)们,其实许多人说同一事情也有让人摸不着头脑的地方。比如,克罗斯·威茨认为,随笔不过是诗的另一种手段而已。而亚瑟·本森却说,随笔作家其实是一种二流诗人。这就看得出两位诗人对随笔看法的差异——当然也有相通的,那就是都说到随笔与诗的关系,说了"诗性"对于随笔的重要性。

温古就是一位诗人。我曾在二十个世纪九十年代的一本《诗刊》的头条,读到他的《瓷及其它》的组诗。在这组诗里,我读到了:"世界坐落在泥胎上/火苗像初婚的血""以腹状隆起的坛子/成为盛物的器皿""灰、泥土、真不相信/曾是不染尘垢的一声清脆的啼哭"(《瓷窑》)以及:"我是布匹包裹的陶瓶/三十三年前从尘土中旋起""若是一条鱼多好呢/伤痕织就我一身闪光的鳞片"(《我是》)……但就是这些诗句,让我后来无论是看见窑坡,还是目睹瓷、陶、泥胎和土地，脑海里都会闪现他的讷言温厚、志高心远的身影，心里便有了一种默默的挂念——当然，其间我们是见过面的。我也知道生长在内蒙古西部的他，常常会一个人远游山野，在茫茫的漠北，以苦行僧的方式亲历自然，体验着生命、艺术和诗，甚至彻夜不归。而同时他又说：“现在每片树叶上吊着一个诗人，而我只是在树下望着树叶的人”……上下苦苦求索而身体力行，沉静忧郁而耽于幻想；有野趣却怀抱书卷香，有艺术冲动却又充满文人气……但就是这种种多思、敢动的独特个性，使他疯疯癫癫，默默且痴迷地鼓捣书法，写起古体诗和律诗，终又压抑不住自己胸腔里对蒙古大草原那广袤、苍凉以及历史与文化给予他的激情与馈赠，一泻而成就了浑厚而苍郁的长诗《狼塬》。他的这部叙事长诗以神话般的架构、史诗般的气魄，又借助古典、传统，魔幻与现代的融合，虚构了一位名叫方仲孺的人物形象，那肉体与灵魂的对峙、纠缠与呐喊，我想，便是他对肉欲与人性、和谐与暴力、善美与恶丑、艺术与理想的追求与理解吧！

现在读《解读苍茫》，我就知道能让他写出《瓷及其它》那组诗的黄河东岸的清水河窑沟瓷厂，也知道了他这组诗始于他二十岁的那个黄昏：“被晚霞煮红的波涛是我的血液，心中的波涛翻滚喧豗是如何地抑制不住啊！”（《坐对大河》）时间已过去了十八年，他再去那里没有写诗，却以诗人的激情写出了散文。由此看，这部《解读苍茫》便是他作为诗人而使用“另一种手段”的最好证明，是他诗歌创作的延伸，是他诗心怦然跳动的另一种记录了。他当然深知“诗性”于随笔的重要。所以写头发、写牙齿、写名犬、写猪；说字、说笔、说茶、说纸，上至红楼、水浒、山川、风物，下至腌菜、咸萝卜、石头，都显得汩汩滔滔而时有节制，古拙、平实而诗意盎然。比如说牙齿“贪得无厌，纳垢腐败，政令松弛，防御疲惫，城池不修，危坍致溃”；说头发“街上染成黄、紫、绿色如雄鸡尾巴”“终是动物尾巴”，是“首尾倒置”；说钓鱼“将一根银针扎在水的脉搏上，察看着波的疼痛”；说“烟蒂”“忽明忽暗，像隐在树叶里烂熟的果”；说“一个闪电是一个明亮的手势”……都很好地保持了一个诗人的角色。轻描淡写，貌似从容、随意、幽默、诙谐之中，他却自觉地承载了一切生活和生命的重量，不让自己的双脚在对生活诗意的眺望中踏空。

散文与随笔由于贴人身心，最能折射出作者的心灵轨迹来。让旁人读来，当然也会读出作者一种真实的心境。读温古的这些文字，我就感觉出他的自省意识极强。比如三十八岁时，他数落兜里的日子：“怎样花？是吝啬地一分一分抛出，还是一夜就输光？”四十岁里，他说：“这一支笔，点化我……熬尽血脂，只为一章章无用的文字，也许我是作困兽犹斗的刑天，执半截干戚，仍为执掌命运的上帝之战。”从而深深地感叹：“岁月是株大树，日子是枝头的叶子，每年挂满油光绿亮的日历，每年被秋风一页页撕去……”这里，就有着他对岁月无情流逝的敬畏、沉痛、谦逊和无奈……温古说，青春是诗，壮年是散文，回望中就有了数。我以为，这“数”就是他汩汩滔滔之后的守口如瓶，是守口如瓶之后的唇封的花蕾……

——相信，温古就是这样一位心中有数的人。

2006 年 12 月 9 日，北京朝阳区翠堤春晓

北京散章

天下黄沙，还有黄雨

早晨起床，我拉开窗帘，看窗外一片雾茫茫、灰蒙蒙的。以为自己老眼昏花，揉揉眼再看，面前一片混沌，一股浓浓的土腥味扑面而来。索性推开窗门，这才发觉外面的矮楼、院里的小车、草坪上不知什么时候都被一层黄沙覆盖住了。附近就有一家建筑工地，我疑心是那家工地上的扬尘所致。结果不是。打的去单位，一路见到的都是那样的情形。

原来是沙尘暴——北京一年一度的风沙天到了。

尽管我对北京的"沙尘暴"记忆深刻，但在北京生活十几年，真正见过也就那么几回。记得第一回感觉很明显，因为一出门就赶上了沙尘暴后的雨点，雨噼噼啪啪地滴落，黄黄的，和稀泥一般。失口叫一声："天下黄雨！"心里恐慌得不行。后来，在这种天气里，我都凑巧猫在南方的老家，那样的几天除了在电视上看到北京沙尘暴的报道，在电话里与朋友幸灾乐祸地斗一番嘴外，完全没有领受到沙尘暴的恐怖与狰狞。但有一回沙尘蔽天的日子里，我在北京串过一次门——那真是惊心动魄的一幕——走在路上，风能把人吹跑。与风斗、与沙斗、与天斗，自有一番奇遇的乐趣，为此我还写过一篇《四月六日在风沙中》的文章。一晃几年过去了，我正暗自庆幸北京沙尘暴天气渐渐减少，一种叫雾霾的天气却不约而来。

我清楚地记得，那年北京的风沙一连刮了十几天。有一天傍晚我刚一出门，又遭遇到一阵“黄雨”，黄色的雨滴哗哗叭叭的，夹杂着浓浓的土腥味，星星点点地打在身上，衣服立时被密密麻麻的泥点变成了一件迷彩服。回到房里，我把衣服赶紧晾起来——对付这种泥巴，我们在乡村长大的人是有经验的。晾干衣服，搓揉掉衣上的泥巴，推窗再看看外面的街道，街道上的水已漫成一条河。黄黄的液体在路上无规则地蔓延，将公路变成了无数条泥泞的水沟，仿佛乡村洪水后的黄泥路。

城市的街道渺无人迹。

那一年，有一位有心人用实验计算了一下，说是北京落了三十吨的沙尘。后来权威的气象部门公布出的数字也说有三十三吨之多。那一年，北京不知怎么就毫无征兆地沙尘成暴，天下黄雨。相对于北京的尊贵与华丽，仿佛就是一次褴褛的“转身”了——因为从那以后，北京不仅有了沙尘暴，还有一种叫“雾霾”的东西——那一年是二〇〇六年。

来来往往，都在路上

我在等一个人、两个人或一群人。我用一中午或一晚上的时间，常常这样等待。他或她当然不是不守信用的人。可他或她没有出现，就让我的等待变得漫长、焦急、期待和不安。但那几年我们常常这样。没有手机，我们因联络不上着急；后来有了 BB 机，我们也因他或她无法回应上火。他或她在路上，在我不知道的地方。我们在等待中变得神经兮兮，不断地伸头或扭着脖子，只要出现陌生或熟悉的脚步声，心里就一阵轻松……当然，现在有了手机，等待就变得明朗化了。我能知道他或她在什么位置，开车或坐公交或者打的，堵在路上或在地铁里。很多人会告诉我，我一会儿到，一会儿就到。

一会儿，等了一会儿。“一会儿”到了，他们没到。这很正常。北京是有名的“堵城”。大家都习惯。但初来乍到的外地人不习惯，他们到了北京，像诗人一样诗兴大发，说：哎呀呀，北京真大！大得让我像一滴水融进了大海。他们的话我能理解。他们在自家的地盘上人五人六，他们就是大江大河。他们是在为自己到这里什么也不是而沮丧。他们说，北京车堵得太厉害，起早摸黑，一天只能办一件事，往往还办不成，时间都浪费在路上！住家过日子还是小城市好，小城市好……我听了就点头。因为我也是外地人，实话说，我的时间也都献给北京的路上了。有时，坐在出租车上我就想，要是车子能生出翅膀来多好啊！可的哥说，车子都生出了翅膀，北京的天空不就是蝗虫的天空了？坐在公共汽车上，我使劲盯着红绿灯。看红灯红了，绿灯绿了，车子纹丝不动的……上班、下班，游览、观光，来来往往，人们真的都在路上……堵四小时、三小时、一小时……北京的哥的姐们见怪不怪，大声嚷着，嗨！这堵车，没辙！——对了。没辙，不就是车子无路可走？

今天，我又在等着几个朋友。约定了时间，人却无法到齐。一下子冒一个，一下子冒一个，来了就说，嘿嘿，真对不起，真对不起，堵车了。有的在路上就很礼貌地把电话打来了，说：哥们，真对不起，对不起，我堵在路上呢！他们说对不起——我只能痴痴地让他们对得起我。直等得茶淡菜凉，说话的激情也没了。我朝街上东张西望，脸色也一下漠然了。

打的，有时候是为了问路

北京的哥的姐们能言善辩，地球上人都知道。只要上了车，的哥的姐就会和你侃大山。他们京腔京韵，字正腔圆。上至国家大事，下至鸡毛蒜皮，他们统统知晓，他们说话声音好听，更不乏滑稽幽默。有时候，在车上侃糊涂了，七拐八弯转了一大圈。当客人反应过来，他们也反应了过来，说："靠，开衩了！"立即按下表，说，"就这么着吧！"也有的哥心存故意，客人一阵惊呼："走过了！走过了！"他就一阵乱侃，直侃得客人不好意思，悻悻地下了车，他还若无其事，说声："下车，您走好嘞，再见！"透着一股亲热。

有一回，我坐出租车，一位的哥就让我分享他们集体创作的"的车"诗：骆驼祥子变蠢猪/洋车不拉开出租/开着出租满街跑/月底分文见不到/天气热来乘客少/有人还把事情找/祥子钱少不吃荤/虎妞还要闹离婚……说顺口溜也好,打油诗也罢,他觉得这写出了他们的心声——我说,的哥你们这回涨价啦,你们再能多赚了吧?他说,靠!油钱涨了,份子钱也多了,羊毛总出在羊身上,开着出租满街跑,月底还是分文见不到。哪里见到个好!他连说带唱的,很有意思。

我有一位朋友也有意思。他说他记性不好,去过的地方记不住路;没去过的地方,又分不清东南西北——所以他就喜欢打车。他说,他打车有时候仅仅是为了"问路"——图的是与人方便,与己方便。我听了想笑——我也想图一回方便。有一天,我去一个陌生的地方就选择了打车。的哥一听我外地口音,知道我对北京不是很熟悉,于是轻车熟路地就绕了我几下。那时候没有手机导航之类,我将信将疑下了车。很快,我就发觉自己当了一回冤大头。但我只能阿Q式地自嘲:嗨,权当交了一次买路钱吧!打的为了问路——问路就得交钱。这样一想,果然心平气和。

打车为了问路,始信车到山前必有路——打的是为了问路,不是钱多了烧的,而是因为人和人不一样。

每天都为回家颇费踌躇

不怕说来让人笑话,有段时间在单位一到下班,我都要为回家不回家颇费周章——不是嫌家里寒碜,所谓儿不嫌母丑,狗不嫌家贫。何况这家还是自己操持的。也不是说家有悍妇,我是属于那种习惯衣来伸手、饭来张口的男人,家就是我温暖的港湾。我哪有理由因为回家而大犯踌躇?

但我还是常常陷入这种境地。只要一到下班时间，我就直犯嘀咕：回家，不回家；不回家，回家……追究出现这种心态的原因，我想也许是以前单位与住房咫尺之遥，我过惯了吃喝拉撒睡都在单位的日子；也许是习惯了以前上班与下班概念模糊的生活——必须交代一下，有段时间，我过的是单身生活，那时饭碗一丢就上班，下班捧起饭碗又在单位。在单位工作、上网、看书、聊天和睡觉，心无羁绊，无牵无挂——说起来，那时我对这种生活很是厌烦，望着北京的万家灯火，我就想这个城市的窗户什么时候也能亮起属于我的一盏灯啊？——等真有了家，没想到，我却为回家不回家矫情了——也是，在北京路途远的上下班，总有挤公交地铁的狼狈，总有舍不得钱打车的窘态，总有在路上浪费时间的犯罪感。当然还有在路上折腾几个小时，回家一头就倒在沙发上闷头呼呼大睡的疲惫，那样的回家怎能不让人踌躇？

我这样说，当然会有人认为我是一个没有责任感的人，一个患得患失的人。有点像，但也有点儿冤枉。说像，因为我的确是一个患得患失、瞻前顾后、优柔寡断的人；说冤枉，因为我自觉还是有些责任感。有责任感而又优柔寡断，这就会让人陷入一种矛盾的痛苦中。如此，为回家不回家颇费周章，于我是一个心理的事实。

正写着，儿子打来了电话。说："爸，您还不回家啊？"哈，他这一催，我回家的念头立马占了上风。哈哈，收拾一番赶紧回家吧。

居长安，大不易，回一趟家也大大不易。

春风沉醉的夜晚

春天的某一个夜晚，同一小区的一户人家在办丧事，一户办喜事。

办丧事的人家是一位耄耋老人，从楼下门道里摆满的花圈、挽联、灵屋与轿马就看得出来……他亲人的胳膊上也都佩戴了“孝”字的黑纱。他们不知道从哪里还请来了乐队，大家聚集在楼前的空地……唢呐、锣鼓家什一应俱全。黄昏，他们扯亮电灯就开始唱歌——唱电影《苦菜花》的插曲唱《青藏高原》唱《黑土地》……唱一些老歌和一些戏曲名段。唱歌的女子朴素而妖艳，一个赛一个地扯着嗓子，中气十足，唱得十分卖力。有的，一边唱一边还有节奏地打着手势、扭着屁股。唱完一首，观众们齐声叫了一声“好”，掌声雷动。场面沉重而怆然，滑稽而又凝重。

观众除了家属，当然再就是街坊邻居了。

有了掌声，女子们就唱得更起劲。一支接着一支，一曲接着一曲。唱得出汗了，撩起衣服擦拭一下，再唱；嗓子唱噎了哑了，喝杯热茶润润喉咙，再吼。歌声粗野奔放，嘶声哑气或如泣如诉，让人们听了不知不觉就有些惆怅、缅怀，还有一些悲壮的情绪……在歌声里，我看到楼下摆放的那些花圈、挽联、灵屋和轿马在夜色里慢慢沉没，只有高亢或低回的音乐在我们小区的上空徘徊、飘荡……天空昏黄，春风沉醉，空旷的天际之下，那歌声仿佛从地底冲上了云霄，格外地尖锐、嘹亮，一下子就唱黑了天。

办喜事的是一对新人结婚。新人的新房恰巧正对着在过世老人所住的楼房。这幢大楼的楼道大门上挂了两盏红灯笼。门楣上贴着红红的喜字。大门、电梯、窗户……红双喜字几乎从楼下一直贴到了楼上。人一走进楼道就有一种喜气洋洋的感觉。红红的灯笼和喜字洋溢着一种幸福、美满的气氛,自然还有仪式的郑重,连我这个陌生人都产生了想看看那一对新人,沾点喜气的念头。下意识地,抬头望了望贴有喜字的窗户,那里,灯光明媚,一种温馨正从窗户里氤氲开来……

这是一个普通的夜晚。在这个夜晚,这个小区新人结婚是一件红喜事。因为结婚是年轻人青春与爱情成熟的标志,是一种爱的承诺和兑现;而那高寿的老人辞世当然是另一种喜事,白喜事。但因为他们,春天的气息和夏天火热的味觉的触摸,使这个夜晚就变得有些特别,有一种让人沉醉的风俗之美。这样的夜晚,一个生命消逝,一个新的家庭开始组合。也许,不久的将来,一个新的生命就要诞生。人事代谢,这是生命的轮回,是自然的规律,是生命瓜熟蒂落的事。

2006 年 11 月 21 日,北京朝阳区翠堤春晓

寻找感动

这是一个不易感动的时代。喧嚣、尘土飞扬的日子，我们在乎物质、在乎自我。我们机械地咀嚼、贪婪地攫取，忙忙碌碌，浅尝辄止，心灵变得快餐化了。静心地品尝一顿色香味俱佳的饭菜仿佛是一件很奢侈的事。这又是一个极易感动的时代，一个会心的笑，一次深情的握手，一点点的诚实和信誉，甚至在荧屏和媒体上被放大、被煽情的泪水，都让人眼睛红红……当“感动”需要强调，成为一种刻意制造时，相信所有的人都会发现感动的缺憾。“感动”在当下显得那么弥足珍贵。

所以，我们选择“寻找”。

就像地质工人在山川海洋寻找“矿藏”一样，我们的寻找充满了艰难和喜悦。这艰难不是宝藏的稀缺，而是丰富得让人难以割舍；这喜悦是因为它的动人和耀眼……追寻太阳的足迹，沿着深深的巷道，我们看到当代矿工拼搏的身影，感受到他们满腔的赤诚，欣赏到他们美丽的心灵。我们发觉，矿工们一颗颗滚烫的心和一腔燃烧的激情，都可爱得令人感动……“为什么我眼里常噙满泪水，因为我对脚下的这片土地爱得深沉。”在寻找中，我们不止一次地想起诗人艾青的诗句。我们双眼噙满泪水，便缘于与矿工兄弟姐妹之间深沉的爱。

也许，有些“感动”真的需要寻找，那样的寻找当然也会生出无数的感动。享受着温暖的阳光，习惯了明亮的灯光，我们住在城市的高楼大厦里，或日常在火车、轮船奔跑的路上，我们或许会偶尔想起“煤”这个词语，还会在抬起的眼睛里，感受明媚的日子闪耀的矿工的身影与汗水，但谁会细心体会正在千米井下挖着煤，灰脸黑身的矿工的心情呢？——面对死亡，普通矿工张前东、马力、张勇们果断选择的不是自己生命的逃离，而是身边几十名，甚至几百名工友鲜活生命的安危。仅仅一念之间，他们以自己人格的光辉照亮了黑暗的巷道；同是矿工，聂清文在死亡逼近的时候，用粉笔一笔一画书写的是他永远无法亲手还清的欠款，和“骨肉亲情情难舍”的生命遗憾……正是为了抹去死亡的阴影，宋卫国们像个“裸奔”者，到处游说着安全生产；郑拴龙们用全部的心血，寻找一根支撑矿工安全的“支柱”……他们都很平凡，平凡地做着不平凡的事。比如谢延信，三十三年就为自己的一个承诺，以“大孝至爱”的亲情，让一个岌岌可危的家庭变得温暖与幸福；比如李明杰，一位普通的矿长，当深知自己所处的工业化进程的环境，就用自己的爱心和实践，与人民共和国的总理一样，为“农民工”的问题忧心忡忡，创造出“爱的神话”……还有，被人们称为“矿魂”的吴如们，我十分相信那是人们对这类生命精神的最高褒奖……

“感动”，在词典里的解释是，思想感情受到外界事物的影响而激动,引起同情与钦慕。如此说,感动对于一个崇尚道德,充满人性光辉的社会,是一件多么幸福的事情!——还记得那次在地处淮北平原的煤矿,我听到被当地人誉为“矿山罗盛教”的谢圣峰“破冰救人”的事迹,像一首歌谣一样在淮北平原到处流传。而就在其时,另一位矿工在大海舍己救人的故事像长了翅膀一样,传说接着传说,感动连着感动,美好地飞翔……不是说“感动”可以效仿,我是想说感动的“力量”。榜样的力量无穷,感动的力量也是无穷……

面对一份份无穷的感动,我们当然没有理由无动于衷,更不可能熟视无睹。是的,我们寻找,我们寻找的是属于矿工身上的那一份荣耀,属于矿工心灵深处那一份伟岸、温情和默默的感动。

2007 年 4 月 10 日,北京东城区和平里

奥运村:消失或正在生长的

又一年春天来了。横贯北京南北的五号轻轨已经开通。但我还是愿意坐公交。从我所在的和平里,沿着安定路、安立路,向北,向北。穿过北四环,又穿过北五环,这时,我看见城市道路两旁的树都绽出了新绿,那绿在早春阳光与柔和的风里,就像一层层绿纱,先是浅浅淡淡,而后又浓浓绿绿……间或,还有一两株粉红硕大的桃花朵儿,艳艳地耀眼——城市的高楼耸立着,路上的汽车依然川流不息,但面前这一切的一切,在这个春天里却显得有些兴奋和异样,分明散发着一种叫“奥运”的气息。沿路走,一路春的颜色愈来愈浓,那种“奥运”的气息也就越发地炽烈。我想,这是我坐轻轨所感受不到的。

奥运村的春天似乎就这样一夜之间到来了,犹如那“忽如一夜春风来,千树万树梨花开”的春讯。实际上奥运村四通八达的城市道路,两旁的树也真的是一夜之间栽植好了,且生长得郁郁葱葱的。我不知道那树以前在什么地方生长过,但到了奥运村,一下子仿佛就绿了很多年——也仿佛很久很久,我天天都被一种巨大的机器的轰鸣声包围,天天都枕着这种声音入眠,然后又被它吵醒。说实在的,我很烦躁,也很无奈,但这烦躁与无奈中又透出一种企冀与欣喜。眼前的奥运村似一位孕妇腹中的婴儿,有了手,有了脚,有了身子……一切都在悄悄地生长着了。

"奥运村"只是她的父母给她早早起的名字而已。

一座村庄、一个城市犹如一个人,有它的骨骼经脉和精神,有它的喜怒哀乐,悲欢离合。对于有了名字的奥运村,这片在拆迁的废墟上成长的城市村落,过去的一切便开始成为京味地图上一个浅浅的符号,成为遥远,成为历史……而在久远的过去,这里真切的是一片美丽的乡野:大屯乡的北顶村、老虎庙、豺房与岔路口;洼里乡的羊坊、洼里村、西下清河、东下清河、汪家村、关西庄、九江口、北沟泥河、南沟泥河、仰山村、洼边村、龙王庙……这一座座现在正被奥林匹克公园征用,散发着浓郁乡土气息的村庄,曾几何时,还深深地濡染着农业文明和皇族的气息……

比如,那一条从香山碧云寺附近发源,蜿蜒十几里,平缓而来的清水河,曾经就是鱼虾成群,清澈见底,沿河两岸绿柳成行,鸟语花香,恰似一幅江南水乡的景致……

鱼跃破渚烟,
鹭飞点芦穗。
俯仰对空澄,
即目惬幽思。

清乾隆皇帝的诗里写过多少山水,我不清楚,但写过清河是肯定的。清河岸边的洼里乡，也正因为清河的河水丰盈与充沛，在很长一段时间里都生长水稻，而这水稻米粒颗大圆润、泛绿，说是赛过“珍珠”，口感芬芳，香喷喷了许多年头……不仅有水稻，在这大片湿地的沼泽里，还有荷叶田田，柳苇蔚然。苍松翠柏，参天的古树间杂着各种枣木杂树。记得奥运会申办成功后，一位在洼边村住了七十二年的那忠老汉，在飘浮的热气球上望见自己的家园，念念不忘的就是自己农家小院里的枣树结出的咕嘟嘟的小枣……有了村庄、河流、稻田、森林，当然也就有了野兽飞禽的出没，“豹房”的地名，传说就是雍正皇帝因在这里打了一只豹子而著名，只是那只豹子早做了砧上肉，桌上的佳肴了。

皇天厚土。天子脚下的这块黑土地也曾弥漫着战争的硝烟，有过刀光剑影，人叫马嘶的场面。历史上大屯这块北宋军队囤积粮食的辎重地，著名将领杨继业，也即是“杨家将”中的老令公，据说就作为宋军统帅太宗赵光义的侍卫官一起来过。公元九七九年，宋人北伐，在幽州北部的高粱河与辽军发生激战。因是夜间，辽人的增援部队赶来，士兵每人手里高擎的那两支火把，使北伐的宋军顿感辽军的人数增加一倍，心理防线一下子崩溃，吓得落荒而逃……元代，称为大都的北京，大屯乡的曹八里村曾有黄土夯筑的城墙，称为汗八里。为筑起大都的“铜墙铁壁”，他们每年夏季都用苇排把城墙包裹起来，以防止雨水的侵蚀。一位名叫张昱的人在《辇下曲》里曾写道：“大都周遭十一门，草苫土筑哪吒城。谶言若以砖石裹，长似天王衣甲兵。”

还是大屯，曾有的“太清观”前竖起过一方石碑，这便是明代太子太傅，华盖殿兼文渊阁大学士陈循的笔迹。据载：英宗被掠的消息传到北京，一时满朝惶恐，不知所措，大臣们纷纷主张南迁，兵部侍郎于谦阻止说："欲迁者可斩！"满朝文武一时语塞，唯有陈循积极响应："于侍郎言是。"支持于谦，功在社稷。那方碑文因此便也有了特别的意义和价值……到了清代，洼里乡的仰山村还设置过一座将台，每年的农历十月十五日，八旗士兵都要在这里进行一场"九进十连环"的阵势操演，用轰隆隆的大炮声助长着军威……

但或许是自然与历史一起在捉弄他们，清王朝完成了它刀光剑影、风云诡谲的朝代交替，远离那鬼哭狼嚎的阵阵厮杀声，一股脑儿涤尽战争的烽火，便把那一段繁华与人世隔绝，这块土地从此便在皇亲国戚、王公大臣的视线里永远地定格，成为他们肉体与灵魂的安歇之地了……这一座座墓园，后来也一直以尘埃落定的姿势接受着人们的凭吊。史料记载：关西庄附近就有清中和殿大学士兼礼部尚书图海墓，图海上三代墓；清协办大学士兼户部尚书兆惠墓；清武英殿大学士兼抚远大将军诺敏墓；清乾隆第九女和恪公主墓；清一等男希勒根墓。位于洼里村西南的清道光的第四女寿安固伦公主墓；位于龙王堂附近的清雍正外祖卫武父母墓，卫武祖父母墓，卫武外祖母塞和里氏墓；清户部尚书海望墓，海望父母墓，海望曾祖母墓，海望上三代墓；一品夫人那氏神道碑与关努青碑……坍塌的坟茔，有一段时间仅剩下墓碑，比如兆惠墓园里就曾经耸立着两座漂亮的华表……当地人说，在二十世纪中叶，这里十几户人家形成的村落，村民们大多都是以看守墓地为生。

俱往矣！……当我们走过这一座座墓碑时，我们除了感觉

“清人”实在太麻烦,死了还在墓碑上留下一串长长的谥号之外,脑海里闪现的便是清王朝那迅速腐朽衰落的背影。只是,现在这一切的一切,都圈进了奥林匹克公园,成了场馆,或者森林、河流,而那些曾在乡土与皇族之间游离了很久的村民的后代,也住进了现代化都市的高楼大厦,彻底地告别了苍翠的稻禾、低矮的平房以及红墙灰瓦的寺庙与绿树掩映的墓园……

现在,若是站在我所住的楼房上左右眺望,北边清河岸边是正在建设中的楼房和道路,西边是八达岭高速,东边建设起来的奥运会的媒体村已收拾得干净,南边是正在建设中的奥林匹克公园、国家森林公园,建设中的“鸟巢”、水立方、奥林匹克兴奋剂检测中心和大大小小散落的体育场馆……依奥运村的地理位置来看,我们的所处的位置正是奥林匹克国家森林公园的顶端,也就是已经治理好的清河南岸——我说,在那以前我每天都被一种巨大的机器的轰鸣声包围,触目眼帘的是在半空中运转着的那细细长长而巨大的手臂的吊车,就是因为,现在我感觉我们每天都在随着奥运会临近的步伐,随着奥林匹克公园脉搏的跳动而跳动——但二〇〇八年的春天,奥运会举办的时间一天天在逼近,每天在奥运村穿梭,来来往往,走来走去,我就像一个父亲看到一个孩子的成长,感受着一座座村庄的永远消失和奥运村的发育与长大。

能目睹一个都市村庄的“脱胎换骨”真的令人欣喜!——不知道为什么,全世界举办过奥运会的城市,都起了一个叫“奥运村”的名字,而不叫它奥林匹克城堡之类。但不管怎么样,每天行走在这个村庄里,使我这个真正从乡村里走出来的人,就有了一份亲切和舒适感。呼吸着奥运村成长的气息，我感觉到道路宽阔，天空蔚蓝。我发现"鸟巢"场馆垒起了钢筋的"巨蟒"，许许多多头戴黄色安全帽的工人在不停地忙碌，真的就像一群燕子衔泥，一天天，一点点地，"鸟巢"就出现了雏形。然后，我就看见浑然庞大的钢架在春天的阳光里发出冷峻的光芒，如架在一株硕大树杈上的鸟窝。在夜晚，它还由于五彩纷呈的灯光的照射，显得金碧辉煌；我看到静如处子的水立方，妩媚而羞涩的屹立着，经过"好运北京"的测试，似乎在焦急地等待来自五湖四海的奥林匹克的儿女，接纳来自雅典的盛宴；我看到奥林匹克兴奋剂检测中心在奥体中心重新亮相；我还看到媒体村很快要进进出出的五大洲的记者们，仿佛听见有人说："住在为奥运会建造的房子里，想想就是一件很高兴的事！"……当然，我感受最深的是，我每天来回行走的道路，窄窄的、长满绿树的道路几天之间就变宽变长，而那些栽植起来的小树，几天之间就生长起来，郁郁葱葱的犹如一条绿色的飘带，紧紧飘在奥运村里。而享有奥运会"后花园"美誉，被称作北京城市"绿肺"的奥林匹克公园，我几乎是天天看见它，看它隆起的一座座逶迤的山包，深陷的一座座湖泊，遍栽公园的一棵棵或高或矮的绿树……一万三千亩的国家森林公园，足以使这块曾被称为北京"亚北区"的地方，远离着尘嚣而又贴近城市的中心，成为一个新的国家森林板块……奥运村宛若一个瓜熟蒂落的婴孩，已辉煌地诞生，只等着一天天临近的全世界的眼睛激情抚摸了。

一个太阳艳艳的黄昏，没有风。我和朋友踏着黄澄澄的阳光走进了奥林匹克森林公园。公园里的林间小道异常地整齐与清洁，那些刚刚栽植下去就欢快生长着的树木和花草，那些刚刚汇聚起来的湖水、飞瀑，那些正在建设中的亭台楼阁，都泛出了一层毛茸茸的、稚嫩而圣洁的光芒。抬头望，森林公园望不到尽头，新翻的泥土散发出一种崭新的气息，面前一切的一切都焕发了一种青春斑斓的画面，就像一幅古代的山水与现代水彩画的完美结合。越过这些很南方的山水，我们把眼光一齐投向远处的奥林匹克场馆，久久地凝视着，我们仿佛看见那来自雅典的火种，像一颗饱满的、凝聚着人类精神的种粒，在燃烧，燃烧成一束永不熄灭的圣火，真实地洞彻了这座城市，洞彻了具有五千年历史的黑头发黄皮肤人的内心。

2007 年 4 月 11 日，北京朝阳区翠堤春晓

手艺遍乡

皇天饿不死手艺人

——题记

打豆腐

前世是坚硬,今生是柔软。都说前世今生,那豆腐的前世是种粒、是发芽、是发芽后的青青绿绿,今生是暄软的白、大块的白、厚厚的白……说起她的前世今生,怕就是坚硬和柔软的最好的注脚了。一个叫作"鲜嫩"的词贯穿一生。

在南方,黄豆的鲜嫩有目共睹。鲜嫩的黄豆,坚硬的种粒,沿着坡地、沿着田埂一排排种下,不几天它就发芽变绿,那一片片绿的叶子就像雏鸭的小嘴,在春天里吧嗒吧嗒,很快就伸腰、抽杆,生出一束束的豆荚,豆荚青绿绿的,像是土地秘密的耳朵,谛听着春风,迎接着春雨。圆圆绿绿的豆粒在豆荚里就像一粒粒翡翠,像珍珠，让人看了喜爱得眼光都留不住，就摘回来剥开那豆壳，圆溜溜地装在一只蓝边花碗里，倒进锅里煮着，加点油，加点盐，加点水，那黄豆就鲜美无比，嚼进嘴里柔软得舌头都化了……而其他的黄豆还在长着，慢慢地，阳光一天天紧起来，黄豆叶子变黄，豆荚也变黄了，黄豆在里面义无反顾地坚硬着，坚硬着自己，撑破了豆荚，似乎急不可待地就要蹦出来。这时，如果它周围没有喧闹，人们一定会听到她的声音，那声音就像一群猴子下山，边跳，还边嘻嘻着：我出来了！我出来了！

“一粒珍珠土里埋，青叶绿叶长起来，石头眼里要钻过，水里翻跟打银牌。”这是一则谜语，这谚语更能概括黄豆和豆腐的前世今生。那黄黄的豆子，最终更多的都是要变成豆腐的，这则谚语的谜底就是“打豆腐”——人们也许会诧异于豆腐为什么称“打”，但却因为这“打”，打豆腐就变成了一门手艺，手的艺术与豆腐一样鲜美四溢。

就像一场战役，打豆腐也是需要步骤的。概括起来就是一浸、二磨、三筛、四烧、五冲浆。“浸”就是选择颗粒饱满的黄豆放进水里浸泡，或半天或一天的，直泡得黄豆软酥酥的，“磨”就是将黄豆放在石磨磨成豆浆。浸多少黄豆，磨成多少豆浆，在娴熟的打豆腐人心里是有数的。将浸软的黄豆一下一下地扫进磨眼，一圈圈磨着，那雪白的豆浆无声地从石磨里流下来（当然，现在有电磨），流进装豆浆的盆里，然后又一瓢一瓢地舀进装豆腐的布包里，这就是筛浆了。筛浆的结果是过滤了豆渣，流下了纯浆。经过过滤的纯浆再放进锅里用大火文烧，直烧得豆腐嗷嗷叫。上面浮出一层皮，有心人捞起来，就可以做豆皮，五分钟捞一次，剩下那煮开的豆浆再用两只桶盛着，两人一齐准确地倒进水缸里，这叫冲浆。冲浆之前，还一定要在缸里按比例放些石膏，然后将烧开的豆浆冲下去，搅晃一下，立即就用盖盖住，这样就打成豆腐脑了。再把豆腐脑舀在一个木制的豆腐的框里，用榨压干，一板豆腐就算成功了，豆腐鲜嫩得就像白白的玛瑙。

叙述打豆腐的过程烦琐却简单，但任何叙述都会隔靴搔痒。一曲黄梅折子戏《王小六打豆腐》曾经诙谐地道出了磨豆腐的过程。打豆腐既然成为一门手艺，其中自然有着许多只可意会、不可言传的东西。在乡间，一般打豆腐都是在过年的时候，有许多喜庆与吉祥的成分，如果谁的手艺不好，一锅豆腐打坏了，那人家过年时心里还有着浓浓的阴影，认为这是不吉祥的兆头，而打好了豆腐的人家，就会有豆皮、千张、酱干、豆腐乳等一系列的副产品，豆腐渣、豆腐脑不但可以吃喝，而榨压豆腐的热水，说是牛喝了一年也不生病，人洗澡也不会生疮……黄豆在变成豆腐，在“打”的过程中，就这样走完它刚柔相济、鲜嫩得让人齿颊留香的一生。

熬　糖

俗话说，“打豆腐熬糖，各干一行”。在乡间“熬糖”与“打豆腐”就有异曲同工之趣。这是因为“熬糖”，选择的也是过年的时候。或打豆腐或熬糖，那腊月黄天要过年的气氛就格外地炽烈起来。而同时，乡亲们对打一锅豆腐与熬一锅糖都抱有一样的迷信心理。一锅糖要是熬成一锅水，那年也就过得不怎么安生。长辈们的心里会难受好一阵子。而熬了一锅好糖,那人家就会有喜上加喜、喜上眉梢的意思。

熬糖用的原料是大米,那米一定是乡亲们自家种的,最好是杂交糯米和粳米。先将米煮成米饭,再在煮熟的米饭里加些麦芽、石膏之类的伴料,这就是熬糖的开始了。只是米、麦芽和石膏的搅拌也是极讲究的,麦芽须用大麦,搅拌时加入冷水,然后要搅拌得均匀,水以一掌为宜,然后用锅盖紧紧盖住,再在上面加上厚厚的棉衣或棉被团团地捂住——别小看这“捂”,如果捂得不紧,里面钻进了冷风,那一锅糖熬出来就会变酸。所以乡亲们在熬糖捂盖时,是舍得自己的衣被的。上捂下烧,锅灶里先用大木柴烧,然后又用栗炭或稻草糠头之类的慢慢烧,谓之“文”,直文到一锅米饭皆粒粒无骨,变成一锅清水,且香甜有黏状时,再在锅上面置一杆十字木架,如打豆腐一样,将那黏物舀进一布包,榨干挤干……最后包里只剩下的叫糖糟,锅里的就是糖稀了。

糖稀放在锅里继续文烧,直烧得锅里波浪翻滚,咕噜有声。这时候,掌握火候就显得尤为重要,也就看人的眼力了。先是糖稀被熬成细浪,如细雨过江,然后要熬得锅里旋涡回旋,一浪接一浪的,再熬得锅里如鲤鱼打滚,波涌成条状,一锅糖就算熬成了。这时候用锅铲子插进去,抽出来高悬如带状流连,放进准备好的米花,就可以捏成糖果,放进花生或芝麻,就揉成芝麻糖或花生糖了。也有直接熬成糖块的,叫拔糖。将木棒插入石磨眼里,双手如拉绳,将硬糖拉成几尺长的丝状,反复多次,越扯越白,再揉成长条,加一些猪油,用刀在砧板上切成糖饼,放在置有米粉的罐里,等到过年时待客。

熬糖也要经过煮、拌、熬、拔、切等工序，工序也与打豆腐一样烦琐复杂。从早到晚，也少不了一整天的工夫。这期间，火功、麦芽、石膏的配方也极关键。火功不到位，熬出来的糖不甜还酸。火老了，糖太硬；火嫩了，糖不成形，要想熬出甜而不酽、软而不黏的糖，就得看那熬糖人的手艺了——因此在乡间，这熬糖很有一些“熬日月”的意思，只有熬足了日月的老人们熬糖，才使人们感觉稳妥与安心。而一个年轻的小媳妇说是熬糖，她自己虽然有大姑娘上轿头一回的新鲜感，但旁边的人却为她捏着一把汗，生怕她把糖熬坏了！浪费了一锅米不算，还讨了一个大大不好的彩头，所以，在她们熬糖时，她的身边一定会站着一位老人，或是熬糖的手艺人——那人的名字一般都叫“德高望重”。

制　陶

一般来说，乡间的手艺分为两种，一种为了生活，一种就是为讨生计。如果说，打豆腐熬糖，是生活中的手艺的芬芳，那么制陶就是手艺在生计中的呈现。制陶的条件，首先是要有一种红黄色的黏土，还要有一双充满想象力的双手——手艺之所以被称为手艺，或许从来就不会缺少想象力。而那种泥土——当然只能应了那句古话，靠山吃山，靠水吃水，靠着黄土啃泥巴了。

有了红黄黏土，破土建窑，搭棚制坯，就可以制陶了。由于有着想象力的参与，制陶从来就是一件能引起人们创造欲的手艺。从坡上挖取黏土，倒入一土池中化为泥浆，滤浆沉淀的即为细泥，人们把这泥搬回作坊里堆着，不时抠下一团，置于泥凳上使劲地揉着，像揉面一样，直揉到不粘手时方才罢休，再把这熟泥团安放到车上——这车叫飞车，也是用泥拍打而成。飞车有轴，车面上还有一只由碎碗底嵌进去的“脐”。做活时，那手艺人坐着，双脚猛蹬飞车，脚下的转盘飞速地旋转，于是手艺人凭借着惯性，当然，更是凭着心里的陶的模样，双手从泥团中拉拽出一件件陶器。陶器成形后，为了定型与加工的需要，手艺人还会用浑身油亮的枣木板将那陶器周身拍打着，再用棉线锯其根部，取下来到外面风凉，待八成干后再逐一上釉，这就是陶器的坯了。坯成后就可以送进窑里起火烧炼，那陶器也就天遂人愿，烧出炉来便会黑如漆、明如镜、硬如瓷、声如磬了。

一件陶器的完成，简单地说是以黏土为胎，经过手捏、轮制、模塑等方法加工成型焙烧而成的物品，品种有灰陶、红陶、白陶、彩陶和黑陶等。这也要经过十几道工序：取土、晒干、破碎、化泥、制坯、晾坯、上釉、装窑、烧炼、出窑……特别是制坯，他们说，做大件是人转车不转，做小件是车转人不转。做大宗物件，人围着车转得晕头转向，却依然要气定神闲，这需要一种定力。总之，每一道工序都有着手艺人的耐心与汗水。恐怕只有到了出窑时，那手艺人看着一窑的陶器，脸上才会露出笑意——有一个词语叫“陶醉”，有人说，这就与制陶有关……陶碗、陶缸、陶杯、陶钵，这些盛酒的陶皿，不喝也让生出醉意啊！

烧制陶器的窑，不同于炭窑和一般的砖瓦窑，它称为“龙窑”。这窑由下而上，有七八丈长，真的像一条匍匐的卧龙。里面分为烘烤、烧制、冷却三个机关。那码坯的窑膛设有七级台阶，叫“七档”，窑的两侧还开有几十只不等的眼和十几个小窑门。烧制陶器时，窑门被堵死，人们只能靠小窑门塞柴。烧窑时，火的温度要达到一千一百多度。因此看火，掌握火候，就靠制陶的大师傅的一双眼睛了。能当上看火的大师傅，一定也到了炉火纯青的境界，而那境界极为玄妙，没人能说得清楚，他自己也说不出来。

只是随着制陶的技术变化，这种手艺逐渐地失去了"手泽"。比如过去取土破碎、和泥，都全凭人力和牛力，现在却有了破碎机、吸风机、搅泥机；以前上釉，是草木灰和水，而现在全用上了化学制剂。机械的介入提高了工效，化学制剂的渗透增添了陶器的光泽。特别是烧制看火，掌握温度，更由于机械化的掌控，使人只要认真地看一下仪表就可以了。这就让那些与泥土打了一辈子交道，练就一双火眼金睛的"大师傅"们心里一阵惶然，一种失落感从心中油然而生。我看他的眼睛越过仪表，透出的是一种怀念，那样子在旁人看来，他还在——陶醉。

造　纸

与制陶一样，造纸这种手艺如今也成为一种生计在乡村存在着——当然，造纸作为中国对人类文明的一大发明，早就已经工业化了。但纸有千类，造纸的技术也有千种。这里造桑皮纸的手艺，据说始于汉末，至今已有一千七百多年的历史，所以叫"汉皮纸"。这种纸柔嫩耐拉，不断裂，防虫蛀，无毒性，吸水性强。品种有书画纸、扎钞纸、引药纸等系列，主要用于高级包装、制伞、糊篓和修缮——手工桑皮纸属于千年绝技，弥足珍贵。

通常都是在小河边，三两间土坯瓦房，黑色的瓦片，低矮的屋檐，墙壁历经烟火熏燎，显出满身沧桑——这便是桑皮纸的手工作坊。材料也是山上长的，叫桑葚树。每年惊蛰后，清明前，手艺人砍下那桑葚树，便进入了手工制纸的流程。剥桑葚树皮、出青、晒干、切选、浸泡、蒸煮、中选、腌料、洗涤、踏揉、再洗涤、精选、舂料、压平、踏料、下槽、抄纸、湿压、牵纸、晾晒、收边、整理……一般地说，从剥树皮到成品纸，要经过二十几道工序，历经三个月，而且每一道工序都丝毫不敢马虎，极为讲究，其复杂程度不言而喻。比如，纸槽里用的水，虽旁边有清清的河水也不敢用，必须用深井里的水，当然还用一种“祖传秘方”。用了那秘方，每张纸才能掀翻自余，只是那秘方，手艺人秘而不宣，那是他们手艺的全部秘密。

手艺人将桑树皮剥下，在场地晒干。在盈水季节，人们将这些晒干了的树皮取出，用清水进行长时间浸泡，捞出后再用沸水进行一个白昼的蒸煮。煮烂后的桑树皮被放置于打浆池内……捣洗时，那手艺人动作如舞蹈，那捣洗的声音也如闷雷。开始舂料了，手艺人将这动作留给了女人。女人有节奏地舂着，不一会儿，石碓上就有了一层雪白的棉絮状，如时间老人咀嚼的唾液。纸槽边，手艺人用细如毛发的竹丝编织而成的捞纸帘轻轻捞着，动作亦如舞蹈。看那纸帘，透明如水，似乎什么也没有，但掀起来却分明有一张纸，白如雪、薄如翼似的飞翔在手艺人的面里，让人眼睛一亮。

一张张粗糙的树皮在他们的巧手中如同魔术般变成一张张薄纸。一样的工序，一样的桑皮纸，槽旁的人一茬又一茬地替换着，一个流传千年的手艺得以延续、传承，手艺人脸上的表情是幸福的。只是他的那双手，由于常年在纸浆里浸泡，布满了老茧与裂口，粗糙无比，让人看了都心疼。但手艺手艺，全靠一双手，这手怎么能不受苦呢？——与那双手成鲜明对比的，是他面前的纸，那纸白滑细嫩，柔柔软软，任人随便拽拉，怎么也拉不断。更让人称奇的是，人一松手，纸就光滑得平复如初，比乡间自织的土布还要结实。

造桑皮纸的手艺之所以能够现在还能发扬光大，便是缘于这种纸几次参与了国家图书馆和故宫博物院的善本修缮及紫禁城里乾隆皇帝倦勤斋的修复。大型文献纪录片《故宫》里有一段解说词，深沉地说：故宫大修的样板工程——倦勤斋修复通景画的背纸，就来自“安徽省潜山县一个偏僻的小山村”。仅这么一句话，就让这制造桑皮纸的手艺人就高兴了好一阵子。

有什么比手艺有了用武之地而是让他们快乐的呢？

2007 年 7 月 12 日，北京朝阳区翠堤春晓

访天台山不遇

本来是想上天台山的。天下叫天台的山很多，印象中的是在浙东。但这里的朋友说，神木的天台山群峰竞秀，气势雄伟，值得一游。于是驱车前往。车从大柳塔出发，遗憾的是车还未过神木县城，即被堵在路上。前后夹塞，轰隆隆的是巨大的运煤车的鸣叫声。这庞大的钢铁物件一辆接一辆的，就如一条巨龙趴在神木的路上，一动不动。两个小时的路程，竟走了三个多小时。

终于看见写有“天台山风景区”的游览指示牌。心中一阵窃喜，就随车子折进上山的路。这才发觉车原是沿窟野河走的。只是因堵车的缘故，一河两岸，黄土青山，红枣绿树，都看得不甚，了了。这回看清窟野河了。河水潺潺湲湲，风从河滩的绿树丛中吹来，颇感凉爽惬意。一河两山和那辨不清方向的风，使人想见天台山的欲望就更强烈。大口地呼吸着清新的空气，随车向前走着，突然，司机“啊”了一声，未来得及反应，他就停下车向前走去，顺着他的背影，我发觉上山的路被塌陷的落石流土堵塞了起来，一堆石块就像一只只拦路虎。“路被堵了，河滩上又过不去了，咋办？”司机说。正说着，后面又来了几辆车，都是要去天台山的，下了车，碰到一起，脸上都露着失望。我心里凉凉的，一脸沮丧。“还是缘分未到天台山啊！”同来的朋友仿佛看出了我的心思，安慰着我，也宽慰着自己。

望望天色，时候还早。朋友说，那我们就去看看黄河吧！那里有西津寺和古镇。客随主便，心里无多犹豫，车也转头就走。这回，窟野河被远远地抛在身后，眼见的就是黄河滩和那一河的水了。黄河自然比窟野河辽阔得多，河水浑黄，浅浅湍急地流着，没有想象中的咆哮，或卷起的惊涛骇浪。河边甚至有嬉戏的孩童，有停泊的渔船……朋友说，这河里生长的黄河鲇鱼，以前这里人不当回事，现在却成了桌上的佳肴，捕鱼的人也多了起来。看看河里，果然有人还在捕鱼。河边的河滩枣树成林，高粱吐穗，瓜果绵延几十里，映得黄河一片青绿。很快到了西津寺，寺庙建在黄河岸边的高崖上，沿陡峻的石坡而上，只见一古庙，说是始建年代不详，但在元明清却是香火鼎盛。一段石阶，跺脚而鸣，空谷回音，悠然悦耳，曰：“佛音阶。”过了这阶，进得寺庙，庙里并无和尚，大雄宝殿等供菩萨的红庙静静的，院中有一古柏，仿佛经年，一对石狮，也饱含苍凉。寺庙背后，稀稀松松挺拔几株古柏，苍遒有力，郁郁苍苍，可见是这山水灵气氤氲之致。难怪寺庙门前书有“仰望十万古柏塞下秋来风景异，远眺九曲急峡黄河之水天上来”之句。

下得寺庙，朋友说到前面的古镇看看。司机二话没说，便又调头前行，走了七八里路程，即到了一古镇，镇名“马镇镇”。一到这里，陪同我的朋友便兴致勃勃，口若悬河，滔滔不绝地介绍着。弃车步行，随他跳过一小溪，便进了镇里。迎头有一古槐，硕大粗壮，满树婆娑，树枝里绽出米粒簇拥的拳头大槐花。几位老人或皱纹满脸，或胡须尺长，全蹲在镇的洞门前、槐树下交谈。见一古戏台，有“天宝梨园”的字样，问曰：“戏台?”答曰：“是咧！是咧!”全站起来应酬。古镇巷道长且弯窄，古时建筑与新建的房屋挤挨在一起，半新不旧，半旧不新，透出一种岁月的苍茫。镂空雕花的屋匾、“贡生员”“耕读传家”的门额，还有废弃的铁锅、石磨……都显颓败而了无生机。及至走到写有“供销社”字样的旧址前，朋友一下子情绪高涨起来，说，他曾因公务来过这里，那天天热，他把衣服脱了丢在供销社里，就径自走到黄河里洗澡去了，一晃竟有二十年了！说着，站在那旧址前就一阵嘘唏，令人疑心他在这里有一段浪漫的回忆。但朋友没说。只是路过一户人家，他就与女主人拉呱起来。那户人家邻居的房子镂花雕景的匾额虽被风尘腐蚀，却气派犹存。一打听，那女人说，这里原是我们村领导的家，只是他的两个儿子都做了官，搬到城里去住了。再看那房屋院落，果然是很久没有人迹，几成废墟，想这昔日气派与繁华，心里惘然。

七弯八绕的，发觉自己在镇子里竟流连了很久。出得镇口，见一人正坐在墙角吃饭。抬头望望，这才发觉夕阳西下，我也是饥肠辘辘，而马镇炊烟袅袅，果然是农家烧饭、吃饭的时分了。终于，走到镇边的水泥公路上，见公路两旁，一排崭新的电线杆耸立着，朋友好像意犹未尽，恋恋不舍，但终是离开了——回路再经天台山下，见那斜阳如血，涂染在窟野河上，竟显一抹昏黄的山影，天台山这回是真的无法亲近了。

2007 年 7 月 28 日晨于神木世纪花园酒店

需要张开想象的翅膀

写这种叫小说的文字，我感到内心的一种满足。我这样说，并不是说自己的散文写作很不专心。实际上，写作散文已让我的情感得到很好的宣泄。很久以来，散文一直都被边缘化着，或者说在大多数时间里，是处于散文者们自己制造的喧哗与热闹的虚幻里。写散文，当然有很多的成就者，而我自己也有很好的主张和看法——但我不想否认，散文的确是我在日常壅塞的生活里，为生计奔波忙碌的当儿，排解心灵苦闷的一种出口。庆幸的是，自觉由于对文字的敬畏与认真，散文并没有成为我追求一些美丽事物的障碍。很长时间，它还是缓解乡愁和直面现实的一把锋刃。

我已经喜欢上了这把锋刃。

但我是写过小说的。至今我还记得二十多岁时，在省报发表第一篇小说时的那份欣喜。在文学异常火爆的二十个世纪八九十年代，我在家乡的县城里工作，由于在当时的《希望》《青年作家》《百花园》上发过一两篇小说，还被朋友邀请办文学社、编民间文学报刊。家乡文学圈子里的朋友,也都把我视为"写小说的",备受小说作者身份的荣光,经常与朋友们一起伴着香烟和啤酒,彻夜不眠地谈论小说的什么先锋、现代派……过的俨然就是一种少年轻狂的小说生活。

县城生活的单调与沉闷,时间的悠闲与无聊……一个胡思乱想的人的大脑和空间,正好就可以让小说的想象不断填充。回想那时我的写作,更多的是一种聊以慰藉自己孤独可怜的心灵。生计的苦恼是渐渐长大才日益严重起来。但这期间,我的工作环境发生了变化,我由一个小城的小职员突然变成了一个在"中央某部委工作的人"——自己内心惶恐,却可以让别人羡慕;在别人眼里十分优越,自己却充满了失意、卑微与尴尬。这是一种角色。这种角色只有靠不停地如转陀螺式的工作,内心的焦灼与自卑感才能得以消解。不幸的是我的这种焦躁感并没有因为拼命工作而遁失,相反它还日益加深,成为我的一种"形象"和旁人眼里的沧桑。

我很多的写作可能就与当时的环境有关。

我那时上班的单位在一座临街的二楼上。一到下班时间,偌大的楼房人走楼空,空空荡荡。而对面的街道上一家小饭馆却适时地响起萨克斯的音乐。萨克斯本就是一种极其孤独哀伤的乐器,况且,每天傍晚它重复播放的就是《回家》。回家,回家。《回家》自始至终浸透了无与伦比的经典的孤独和哀伤,如水一般覆盖了我的头颅,让我颇有"游人一听头堪白"的凄凉。每天听着这支乐曲,我就仿佛虚脱,走向了不可预知的人生。特别是那声嘶力竭之后,一段低哀的抽泣,总有思乡的情绪裹住整个身心,产生无可名状的自怜。有一种“吹向别离攀折处，当应合有断肠人”的辛酸。其时，我对自己的生活一点也不习惯，莫名其妙地有一种“众叛亲离”的危机感。幸好这种境况转瞬即逝。很快，本着对生命负责任的态度，我不再胡思乱想，而是选择了写作，选择了在《回家》之中的散文写作，及早地解决了我生命中身心游离的状态，使情绪得到了一定程度上的放松。心地澄明。

周边的现实世界与小说一起发生变化。作为一个被人称作是“写散文的”，我当然远离着这些变化，但作为一位编辑，我似乎又时时刻刻感受到这种变化所带来的气息，并与之一起焦灼与思考，痛苦、快乐和喜悦。唯信禅师说：“老僧三十年前来参禅时，见山是山见水是水；及至后来亲见知识，有个入处，见山不是山，见水不是水；得个体歇处，依然是见山是山，见水是水。”这当然表明我们不仅带有正常认知世界秩序的方式，也有个人主体经验认知世界和至少是超越经验的内心顿悟的境界。我相信，小说者把握和正在寓住的境域，就表现了小说者某种人格与艺格所达到的境界差异，绝对与形式无关。但既然有“得个体歇处，依然是见山是山，见水是水”的形而上存在，相对应的，就应该有一个小说者能够预见的创作空间。民族的性格与审美情趣、思维方式，也有理由和资格同情与宽宥一个个具有个性的艺术塑造。基于这一点，我对一切小说家的劳动都充满崇敬与钦佩。

写小说需要定力。关于定力，我一直幸运地与小说家刘庆邦先生工作在一起。早年，他与我们一起置身在一间有着四五个人的大办公室里。那里电话铃声此伏彼起，忙忙碌碌，他就在自己的桌上写小说，如老僧入定一般。后来，我俩一个办公室，我的电话多，又喜欢手不离烟，屋里烟雾缭绕。但他一进门，放下自己的军挎包，就趴在桌上写小说，弄得我心里过意不去，他却泰然处之。读过他小说的人都知道，那些年文坛上流派繁多，一阵风接一阵风，一个浪接一个浪，但他从不追风逐浪，如一位钓者，只钓自己的一尾鱼，又仿佛一座智慧的岛屿，只生长自己的植物……我以为，他小说的魅力历久弥香。

私下里，我多年来一直认为：我在用说得清的事情写散文，说不清的事情写小说。但世上偏偏就有许多说不清的事。写着，写着，一些说不清的事情就进入了我的散文，当一切的事物都可以用想象抵达，就让我在有一天突然感到了惶恐不安。也就在这时候，身边的一些朋友便觉得我可以写写小说。还终于有一天，我的朋友、小说家荆永鸣发话了："你应该写写小说！"

于是，就很一脸的惭愧，但也很受鼓舞地重新拾起了小说。因为小说的写作，我仿佛一下子又回到了家乡的小城。小城的安静、闭塞与沉闷，我青春在乡时耳濡目染的忧伤与无奈，以及夹杂着一种淡淡的浪漫情怀，便在我的思绪里不断萦绕，让我缅怀。至于《白色雷》，那是去年伴随儿子高考时在老家写的。那里，有我对我们所居住的生活环境，生活里一个小人物心灵挤压的同情与理解。我努力还原了本身的生活而无法展开。

生活本身的精彩与小说的无力，足以让人心存感慨。

克罗齐说："艺术的全部技巧就是创造引起读者审美再造的刺激物。"我很欣赏。我还欣赏的是随着小说写作，使我找回了我当年写作小说时的感觉。这种感觉真的让我有一种久违的满足，仿佛得到一种训示：

那就是——我需要张开想象的翅膀。

2007 年 11 月 23 日，北京朝阳区翠堤春晓

小心收藏

——参加“青创会”感言

我没想到，开“青创会”那天不偏不倚，正赶上我的生日。我所知道能在这一届青创会上度过自己生日的，还有作家主编宗仁发先生。那晚，朋友们特地为他准备了蛋糕与蜡烛。本来我不知道。但一位作家要我领她去“会会”朋友，这样，我就知道了。我看见笑得一脸灿烂的寿星正被朋友簇拥着，被酒感染得很兴奋的朋友在为“寿星佬”祝福。我在心里也为他默默祈祷。

我不是一个能将幸福悄悄收藏在心里的人。但我没有说出我的生日。我害怕我将这一“秘密”泄露，会很快冲淡年轻朋友们在心里积蓄了很久的无言喜悦。后来，我也知道，宗仁发先生的生日也是被人无意打探出来的——青创会，这个中国年轻人的文学盛会，当然也就有一场场年轻的作家们难得相聚的盛宴。这样一群群年轻的身影里，有一颗颗圣洁的文学之心在跳跃，有一张张年轻的脸在晃动，有一个个年轻的声音在呐喊……能感受到这些，我就足够了！

当然，我也有我的心思。因为在几十年的生命旅程里，我从未想过给自己过生日。我甚至觉得过生日,是有钱人家的公子哥们的专利,是年长者追忆似水流年的日子。我像一只跳蚤,一个流浪汉,一个生命的行者,我在这个世界行走了几十年,我还要走下去……不由自主,我还想起二十五岁生日时的一幕:那一年生日过后没几天,我回到老家,母亲对我说,你过生日,你外婆送了一只鸡呃!记得我当时眼睛一热,就走回到自己的书房,呆呆地坐到了窗前。窗外,田里的庄稼被收拾得干干净净,剩下的只是齐崭崭的稻茬;远山,密密麻麻生长的是一棵棵树。我一棵一棵地数着,数到第二十五棵,我停了下来……

贝多芬说,二十五岁,就在这一年,整个的人应该显示出来了!

可是我呢?二十五岁的生日,显然我又是在工作岗位或在旅途中度过的。但我那七十多岁的外婆,那个我从未记起给她过生日的外婆,却一次次地记住了我的生日,一次次颤颤巍巍地,颠着小脚,一年年给我送来了生日礼物……我只有满心羞愧!

转眼,忙忙碌碌,我就人到中年了。梦里花落知多少?人到中年百事哀。中年,是离梦渐行渐远的年龄。然而,我也是从青年走过来的。青年时爱做梦,参加青创会,或许也是我年轻时心灵深处的一个文学之梦吧?但在青创会上,看到那一张张更为年轻的面孔,我突然又发现那年轻的脚步,开始离我越来越远。远看像大海潮汐一样奔向远方的人流,我感觉我就像被青春"撞了一下腰"的人,紧紧抓住的只是青春的尾巴,"拔剑四顾心茫然"……然而,我分明又在被一种青春的气息融化,文学的心也从未有过地显得年轻。我喜欢这种青春的感觉,更感觉一株年轻的花蕾在我古老的心灵中摇曳。

我知道,这正是写作者需要的。

我还知道,我是由于煤炭而参加青创会的。

我很奇怪我的生日赶上的正是“青创会”报到那天。那天,感觉中有些巧合,煤矿小说家荆永鸣和朋友刘玉蒲不知怎么就赶了过去。我没有声张,他俩当然也不知道那天是我的生日。但他俩张罗了很多很多的朋友,我们一起寒暄、一起喝酒,互致问候。静静地,听着他们相互呼唤,呼唤在中国文坛上那些我们耳熟能详的名字,我感受到一种巨大的亲切,我为我能和他(她)们一起度过生日,度过一个非常有意义的夜晚而感到幸福。我突然觉得,这是我的福分,是黑油油的乌金、是上苍送给我四十四岁生日的最为壮美和隆重的礼物!

我要小心收藏。

2007 年 11 月 26 日,北京朝阳区翠堤春晓

贴近地面而飞翔

——读朝潮的散文

很多年没有朝潮的音讯。或说在路上，或说在老家的某个山村……总之，还听说着，也偶尔与人问起。然而对他的行踪心里还是惘然。这样，以前在一起相处的短得可怜的日子，就成了一个影子，一个淡淡的、值得怀念的月光里的影子。我的乱糟糟的生活或许正是他要逃避的。他在我的生活里已成为一个失踪者，一个谜。

终于读到他的一组散文——我的生活一以贯之，地址抑或现代化的一些通讯方式都没有变。找到我是容易的。他打来了电话，我有些欣喜。但我并没有将他“失踪”了的生活问得详细。我在看他的文字，这文字果然记录了他的“年月”“时间”“每天”“身体”……我相信他真的居住在浙江某个靠海的山村，那村子里有一条溪流，有一条碎石铺就的巷道，当然还有陈年的院墙或绿油油的植株……对于村里人来说，他是一个陌生者，一位不速之客，满身都是未知数。

或许有点儿陶渊明，有点儿梭罗？当然还有点儿来历不明。

村里人在相互打听着。他是谁?他从哪里来,又到哪里去?只是村里人不知道,他们所好奇的,正是陌生者所好奇的;他们所关心的,也正是陌生者所关心的。哲学就这样纯朴简单,无处不在。“每天我都会花一段时间来访问自己……这个过程是无序的,像坐在河岸上的一双手抛出长长的渔线,心思顺着一次次被不同的目标咬住,拖来拖去,那双手不记得将渔线提收过来……”(《每天》)这是他的思考,也是他的生活。生活缓慢而直指内心,触及生活本质的观察与享受。

因为远离喧闹,他真的无需顾忌身体之外的虚荣了。但他多思而敏锐。“每一个日子就如玉米粒那样,是健壮的,它们之间的关系紧密……”(《看法》)“两种光是时光和灯光……深夜里,他幻觉自己是一棵树,被两种光养育着,枝节错综,光影斑杂……”(《一棵树,两种光》)他在想一些我们平时会在意,可都不会专注的人和事物:混乱的旅程、陌生的事物、消灭一个人需要多久、自然迹象、疼痛的牙齿……由于他生活的“在场”和理性的观照,表现出非同一般的意义。这意义然后又让经验、知性和哲学的精神洞亮。他在读书,读《万历十五年》《本草纲目》,读北宋的梅询,读钱锺书、巴金、阿炳;也读马尔克斯、劳伦斯、普吕多姆、兰波……这样,一种类似隐士的生活场景次第打开:他归隐乡村,耳朵倾听着叽叽啁啁的鸟鸣,眼睛打量着桃树、橘树、桂花树、茶树;他在房间里,每天坐在同一个方向,做同样的事。喝茶、翻书、晒太阳……偶尔,也会迎着村里人异样的眼光,去代收信件的小店取回自己的信件。一个失踪者的生活面目清晰可见,经验和写作使他的内心趋向了自由。

有了这样一颗享受与观察生活的自由之心，他的眼光便更为独到和内敛。他像一个童心未泯的大孩子，成天守在蚂蚁的窝边观看蚂蚁走来走去，他看着蚂蚁的走动，感受蚂蚁劳动的喜悦与疼痛，同时发觉蚂蚁世界的巨大与无限。或者，他更像是一只鸟，翅膀贴近土地的飞翔。这种飞翔在旁人眼里，不再是抒情和汪洋恣意，而是生出了力量和凝重。飞翔是一种姿态。看多了许多的飞扬跋扈，看多了许多的情感泛滥，猛然植下这种文字，就会使人们的内心更加安静和沉稳。

“村里的绿化是没有人设计的，长什么不长什么，全不由人来决定，大多数植物是鸟衔着种子植下的。或者是风吹落的。”这是朝潮在《生存关系》里的一段话。在我看来，这可以当作他对于人生和散文写作的看法。躲避喧嚣与机巧的生活，他当然不仅仅是因为他“拙于见人”，而是出于精神和内心的需要——我不知道，在那个山村里能住多久，住在那样的村庄会有什么感受，但他身体力行。失踪者点亮自己的光，就活在自己的光里，贴近地面而飞翔。

2008 年 1 月 19 日，北京寓所

一种泥土　几种相思
——读黄骏骑散文集《泥土的升华》

一样的乡土，一样的村庄，一样生长在皖山皖水，浸润一样的皖风皖雨……作为与我同样的乡土书写者，乡土的现实与本来，乡土的情感与艺术，哪一种记录接近真实和更为持久？一种泥土，或有几种相思。但有一点是肯定的，那就是所有乡村记录者都必须要根植于泥土。只有深深扎根于泥土的书写，才能使人的灵魂得以安妥和书写自如。

黄骏骑将他的散文集命名为《泥土的升华》，显然有着他一番深深的思考。他说："每个人心里，都有一方魂牵梦萦的土地。家乡的父老乡亲，一山一水，一草一木，都和我血肉相连。""我尝试着写散文，不是什么职业需要，而只是一种兴趣而已……兴之所至，任意书写，书写自己对人生的回忆，抒写自己对泥土的亲近。"（《后记》）这是可信的——亲近才会使泥土得以升华，使泥土有着生命，有着"枯燥的事实背后隐含的诗意的内容"，有着乡村的精神……所有的写作，都有一个从不自觉到自觉的过程，他这样执着与实践，无疑在"升华"泥土的同时，也使自己的精神得到了不断的升华。

《圣经》说，你生于泥土，又归于泥土。泥土从来不仅仅是物化的，它还是历史、文化、诗意的。泥土不但有生命涌动和生存的张力，还有着载物的气度、飞扬的魂魄。它胸怀博大，包容一切，又荡污化秽，洗涤所有。它是人之生存根本，又是人梦想的最后的天堂。因此，记录和发现泥土的万事万物，便是人的欢喜。读《泥土的升华》，我就感觉作者是欢喜的。有了这种欢喜，他就有一种散文的心情，让自己的双脚走遍家乡的山山水水……初游九井河、黄土岭思贤、走近薛家岗、漫步吴塘堰、拜谒聂聪墓、虎头崖访石、夜宿三十道湾……无论是景点的闻名遐迩，还是小小山河及山冈的寂寂无闻，他都能倾注极大的热情……沉吟或者讴歌，浮想或者忧伤，他毫不掩饰自己心里最为柔软的一部分，笔走龙蛇，奇思妙想。比如，他说："漫步……总觉得有什么东西，牵着我的手，绊着我的脚，让我不忍离开。"（《天险河漂流》）又比如："人在跟大自然亲近的时候，听懂了大自然的语言，就能健康地活着。"（《板仓莽苍苍》）在与泥土的亲近中，他感到了自然的强悍与神秘。感恩自然，然后敬畏生命，这便是泥土赋予他的神示。

双脚踏在泥土上的人是幸福的。读他的散文，我时时感觉到他是一位扎实的乡村书写者。他像乡村的一个地理先生，手握子午罗盘，且游且走，用心丈量家乡的大好风水；又像是一个民俗工作者，搜罗整理着家乡泥土里紧紧包裹的一份份风土人情、世故物理，然后把发现的欣喜，用浓浓的乡音娓娓道来。在他的笔下，我们看到了一些过年、木偶戏、烧陶、打豆腐、熬糖、打铁……种种失传和正在消失的民俗与手艺——记得，关于家乡的这些失传或者没落的手艺，我曾写过一个系列。那里有我的一种沉湎与追怀，兼或有一种为传统“伤逝”的情愫。但在他这里，我读到的是他为乡村手艺人立传的企图。由于文字的朴素、直白和踏实，他还显示了把握时代的脉搏、推陈出新的从容。他以自己最初接受的文学教养，表达了他对泥土上和泥土下诸多事物的认知，坦然而虔诚。

其实，早在读到这部散文集子之前，我就读到了他的这篇后记。我认为，这是他关于散文的真实思考，是他散文创作实践过程心得的结晶。记得他谈到散文创作的“现场感”、回忆之于散文资源的重要等种种，当时就给我留下了深刻的印象。我想，如果说对家乡风物的无比热爱和文化寻根的巨大热情是他创作的动力，那么，写作过程的感悟和理论阐述，就让他的散文创作得到了自觉，得到了跃升一个新层次的自觉。有了这种自觉，我相信，在地域文化精神的感召下，他会为家乡沉积深厚的文化开辟出另一番气象来。

我们有理由期待。因为那是我们共同的家乡——我们都深深地爱着那里。

2008 年 1 月 23 日，北京寓所

地球，一个蔚蓝色的梦

很喜欢《新闻联播》上出现的那个序曲：在激昂的音乐声中，蔚蓝色的地球在浩瀚的宇宙中飘移、转动，它鲜亮、干净、永恒，就像是一个梦，一个圆圆的梦……

地球在不停地转动，球面不停地承接着太阳和月亮的光，使这个世界有了白昼与夜晚，有了春夏秋冬四季的轮回与更替。这是科学告诉我们的。但我宁愿相信，地球是一个梦，一个圆圆的、蔚蓝色的、人类共同的梦。在这梦境里，勤劳、勇敢、充满智慧的人们与动物和谐地相处，簇拥着大地、海洋、鲜花与青草，簇拥着河流、城市与村庄……

地球是巨大的、圆圆的，这梦也是巨大的、圆圆的。

然而，地球上的人沉迷在这梦里，偏偏又糟践着这梦——

他们大片大片地蚕食着土地，像孩子搭积木一样，在那里搭出了一幢幢楼房，然后美其名曰“城市”。

他们用钢筋和水泥喂养大了城市，搬进电器和空调，千方百计地让屋子冬暖夏凉，躲避着阳光雨露与风雪的洗礼。

他们不断地购买汽车，然后坐在舒适的车里，手握方向盘，让自己的双足远离自然的泥土，美其名曰“节约时间”。

他们成天制造着各种便捷的机械，让机械的声音淹没了松涛与鸟鸣，让污秽的气体遮蔽了蓝天和白云。

他们一股股地向江河海洋抛弃生产与生活的污水，抛掷各种垃圾，像没有养成良好卫生习惯的人随地吐痰和大小便一样。

他们疯狂地向大地的深处无序地开采煤炭、金、铁、银等人类赖以生存的矿产，同时制造土地和心灵的“塌陷区”。

他们一次次地以“民主与自由”的名义，发动战争，涂炭生灵，用大炮和火药贪婪地掠夺资源，喂肥心灵永无止境的欲望。

他们一天天地砍伐森林，把粗大的原木化作一根根细细的筷子，美其名曰“一次性”。他们一次性地收获了很多，却再也无法收获树上的果实。

他们制造出各式各样的音乐，或鬼哭狼嚎，或歇斯底里，或靡靡之音，却丧失了静心倾听天籁的机会。

他们吃腻了许多精美的食物，又不断地猎杀珍禽异兽，烧成一桌子所谓美味佳肴，追求口感的鲜美，却失却了自己的魂魄。

他们一回回地追猎珍贵的藏羚羊，把美丽的动物的绒毛织成一块块方巾和衣饰，装饰了身体，却裸露出了丑恶的灵魂。

他们娇嫩的胃口已装不下粗蔬和五谷，但他们同时又制造各种时尚精美的营养品，充塞自己肉体的生命，美其名曰“减肥”与“保健”。

他们为了金钱，不再注重春夏秋冬的轮换，不再看天气的脸色，而是眼睛紧紧盯在股票那起起伏伏、曲曲折折、飘红泛绿的线上。

他们为钱在拼命工作，他们工作一天最大的乐趣，便是为了赚取大把大把的钱，然后花天酒地，一掷千金。

他们把自己的星球弄得乌烟瘴气、乱七八糟，便开始把双脚踏上月球和火星，大有舍离地球而不顾的“英雄”气概。

……

这不是危言耸听、杞人忧天——地球是一个小小的村庄，这论调在二十世纪九十年代就已炒得沸沸扬扬。在这个世纪，“地球村”正在演变和渐渐演变成一种可能。人类不仅早早地把眼光投向了月球，也真的把人送上了月球，他们还向火星、土星发起了攻势……他们寻找一座座新的球体“村庄”，说是为人类寻找生存的新的栖息之地，他们希望人类像走亲戚一样，在宇宙从一个村庄走向另一个村庄……

这也是个梦。只是他们不清楚，或许永远也弄不清楚，地球本就是人类的灵魂和上帝，是《圣经》上最为美妙的经文，是上帝送给人类的最好的礼物。一个地球，就是一个梦，氤氲的一团气，一部常读常新的经文。这上面说，上帝说有了光，就有了光；你来自泥土，又归于泥土……

一团气不能破灭，美丽的梦可以延伸……

保护环境，节能减排，控制温室效应……是因为人类的良知还没有彻底泯灭。他们清晰地知道，科学永远是一把双刃剑，自从盘古开天地，任何一次脱离地球的企图，或是刺破星球之梦，都是对宇宙存在的一次万劫不复的戕害……

探索宇宙，但我们必须守住地球。

守住地球，就是守住美丽的家园，守住我们诗意的栖居——“面朝大海，春暖花开。”

2008年4月21日，写于世界地球日前夕

从和平里出发

我在北京居住转眼就有十几个年头了——说是身处北京，其实十几年里我只待在北京的和平里。北京很大，和平里很小，仅北京城之一隅。它东到和平里火车站，西至安定路，北至北三环，南至地坛……这里有叫“和平里”“和平街”的，名字不像天桥、大栅栏、前门、故宫那样京味十足，却是让人张开嘴就感觉平和的一个名字，还使人莫名其妙地联想到和平鸽什么的。因为有朋友生活在天津和沈阳的叫和平的区域，无事的时候我就想，我们都生活在和平的地方，看看，我们是多么渴望时光的和平啊！

据说，和平里过去是一片无主坟地，是平民百姓抛尸弃骨的地方。但当我们进驻和平里时，这里已是一片很大很大的居民区和机关宿舍了。这一带散落的机关就有林业部、劳动部、煤炭部、民委部、民族出版社等等。在和平里东街还有著名的中央乐团。居民区的房子，大都是矮层的灰楼，但街道两旁都散落着高大的乔木，楼前楼后又有矮矮的灌木丛和色彩鲜艳、缤纷的花草，大多数的时候，这里便是绿树成荫，显示出少有的宁静与勃勃生机。

就在我经常行走的兴化路上，更有两排高大的银杏树，那银杏树从春天抽出绿条，历经夏秋，直到冬天寒风凛冽，才卸净一身金黄的衣装——我办公室的窗户正对着银杏树，因此我就有机会目睹银杏树一年又一年生长的全部景象。春风染绿了银杏树，到了夏天那绿就格外地炽烈，在阳光下发出绿莹莹的光亮，枝条茂盛得就像一位急等分娩的孕妇。绿色的枝条常常在我的窗前探头探脑，冷不丁还会伸进屋子里来。秋天来到，银杏树叶丛里常有什么噗噗落地的声音，树脚下就有捡那银杏果的人。转眼，银杏树摇曳着一片金黄，在朔风里叶落哗哗，密密匝匝地就把一条街道装扮成一条金黄色的长廊了。脚步踩着那松软的银杏树叶，人恍惚走进了金色的梦里——听说在偌大的北京，这样一条种满银杏的街道并不多见，因此这银杏树街就成了我们自豪和炫耀的所在。

刚到北京的那几年，我上班的单位在一座临街大厦的二楼。那阵子一到下班的时候，有着上千人的办公大楼人走楼空，空空荡荡。而对面的街道上一家小饭馆却适时地响起萨克斯的音乐。萨克斯本就是一种极其孤独哀伤的乐器，况且，每天傍晚它重复播放的就是《回家》，回家，回家——《回家》这首乐曲自始至终就这样浸透了无与伦比的经典的孤独和哀伤，如水一般覆盖了我的整个身心，让我心里有一种“游人一听头堪白”的凄凉。那一段时间，我每天听着这支乐曲，就仿佛虚脱，走向了不可预知的人生。特别是那声嘶力竭之后，一段低哀的抽泣，总有思乡的情绪灌入我苍茫的思绪，让我产生无可名状的自怜，使我在和平里这样一个角落，有一种“吹向别离攀折处，当应合有断肠人”的辛酸，满腹惆怅……幸好可以看书写作，幸好还有一帮朋友，与朋友聚集一起的时候，无论心情好坏，我们都会泡在一家饭馆喝酒。一群异乡人，几个三十大几的男人，常常在酒馆里把自己灌得酩酊大醉。最难忘的是有一年的元旦，我们几个待在和平里一家名叫“宏桥”的饭店，外面大雪纷飞，里面却酒兴正酣，我们几个喝了唱，唱了喝，竟闹腾了一宿。“流浪的脚步走遍天涯，没有一个家，冬天的风呀夹着雪花，把我的泪吹下……”五大三粗的汉子，被一支支伤感的歌弄得柔情满怀。然而，那时真的也只有这样的歌，才能排解我们心里的那份孤独与寂寞。

一些歌声在和平里响起，一些景象在和平里消失。当年与我们一起喝酒、唱歌的朋友中，荆永鸣已成了著名的小说家，孙一平回到故乡开设了一家影楼，已成为当地小有名气的摄影师了。只有我和刘俊还身处和平里，坚守着一份寂寞的事业……现在，和平里的西街已拓展成一条宽阔的道路。可是在几年前，这里还是一条破烂不堪、小商小贩麇集拥挤的集市。以和平里北街为界，北边的合面街当年全是水果摊、鲜鱼肉摊、书店、箱包店、钟表修理部、小吃摊、小商品市场……每天这里市声嘈杂，人群熙熙攘攘，我就常在那几个小书店里淘旧书，也翻翻盗版书。饿了，随便找一家小吃店就胡乱地填饱了肚子。污水臭气伴着鱼腥味儿的街市，你即便小心地走，也冷不丁就有一辆自行车横冲直撞过来，叮叮当当响个不停的车铃声突然吓你一跳……南边的合面街一到夏天黄昏，更有各种小吃摊摆上来，远远望去，一片热气蒸腾。各种口音的吆喝声此起彼伏，山西刀削面、兰州拉面、烧饼、羊杂爆肚、烤羊肉串，各式各样的小吃都价廉味美，在一个个夏天的傍晚令人垂涎。我和朋友们就常去那里，就着露天的餐桌，和一些小职员、民工一起，喝着啤酒，品尝小吃……等到和平里西街有了地铁五号线，还因为奥运会而变成一条宽广而美丽的街道，每次路过那里，我竟会对那里充满着留恋——可是，我们曾经是多么鄙夷那里的喧嚣啊！

每个人的人生注定会和一些地名相连。无论这地名是他生命的驿站，还是他匆匆人生的歇脚地，最后这地名都会成为他心里最为温情的生命版图——和平里无疑也是这样的地方。在和平里，我发现还居住着许多的作家，比如老诗人屠岸、老编辑家崔道怡、老作家苗培时（已故），还有短暂借住过这里的女作家魏微与陆离……而著名小说家刘庆邦，在他的作品最后的落款上，每每会写上“某月某日于北京和平里”。我现在天天与刘庆邦先生工作在一起，每当在各种文学杂志上看到“和平里”这三个字时，我们的心里都会有一种格外亲近与踏实的感觉。女作家，也是我鲁院的同学乔叶曾写道：“一个初春的上午，我独自在北京和平里一个名叫青年沟的地方，在一位朋友的家中，但也许是因为我在生活中的弱智和无知让她怜悯，她对我始终像姐姐一样……在北京这样的大都市，对于一个无关于利益的朋友，很少会有像对待亲人一样把你领到家中。”读到这里，我忽然感觉，和平里不仅是一个温情的地方，还成了许多人心里最为温暖的一部分。

十几年了，我们就这样寄身在繁华的北京一个叫和平里的地方。很幸运的是，小小的和平里竟成为我生命中的一个重要的驿站。或许，现在我们这些身居和平里的人，也会在黄昏莅临、夜幕合上的时候，或者在黎明的晨光里悄悄离开或静静地回到这里，但很多的日子里,我们的身影都会出没在和平里,在和平里的一些办公楼、书店、餐厅和超市里出入。走在和平里的大街小巷,我发觉我的双脚已经十分熟悉这个地方。因此离开这里,我们就把它当作我们远离和平里的一次身体与心灵的放逐,因为这一切,我们都知道——这是从和平里的一次出发。

2008 年 11 月 11 日,北京朝阳翠堤春晓

碎屑，或捡拾碎屑

尽管在此之前，我们就已经熟悉，但谈不上真正了解——其实，认识她最为简捷的方式是读她在网络上精心编辑的《薛舒文集》。那上面有她全部的文字、她的文学主张、生命的喜悦和疼痛。在网络上，她差不多还开了三个博客。这就使我诧异于她是一位网络文学的痴迷者与受益者。然而，不是。使我更为诧异的是，她的小说所流露出的先锋气息、南方的情绪与弥漫的二十世纪七八十年代的文学况味及叙述风格，其中枝蔓横生、从容老练以及叙事穿插的变幻莫测，都让她的作品迥异于当下流行的一些现实主义叙事方式，更远非一般的网络文学能比，叫人疑心她的写作脱胎或者得益于那个时代的文学记忆与营养——实际上，她的写作仅仅只是起始于这个世纪的初年，也就是说，在短短的几年时间里，她就以自己的才华、天赋与勤奋，使自己成为风格有别于同代作家的小说家，一位海派作家的新锐。

“我是碎屑，我是捡拾碎屑的人，我看一眼周围，我发现我的世界充满美味的碎屑。”这是薛舒关于创作的“小说家言”——但很小的时候，她父母和她自己都没有一个让她当小说家的梦想。父母望女成凤，“逼迫”她去学习手风琴，她表面上唯命是从，心里却萌发了当一名歌唱明星的愿望。而结果总是阴差阳错，大学学的是企业经济管理专业，毕业后从事的却是旅游专业的教学。只是那时，因为有过三年音乐学院民族声乐的学习经历，她倒真的成了一名地道的歌星，在那些青春飞扬的日子里，她的歌声宛若生了翅膀的精灵，飞翔在上海这座美轮美奂的东方大都市的上空，因此获得过上海业余青年歌手大奖赛一等奖的桂冠，有着“薛祖英”及“小王玉珍”之称。二十世纪很快过去，或许是世纪末情结的蔓延，让她跌进了理想与现实的“紧张”关系之中——于是，在一个午后或者一个上午，她突发奇想，开始捡拾生活的“碎屑”，尝试了写作。在学生们自习的课堂上，她悄悄地在一个练习簿上写起了小说。这篇名叫《记忆刘湾》的短篇小说发表在二〇〇二年第五期《收获》上。后来经著名作家王安忆推荐，她又在《上海文学》发表了小说《忘却》《花样年华》。王安忆似乎甚感欣慰，说：“对于一个小说写作者，看出并写出生活中的微妙，都可说是一种才情，大开大合总是抢眼的，而那些俗世生活中琐细的人和事，其实亦有着相当的含量，不过因其体积的有限，不能有壮丽的声色，只是表现为较小的形态——趣味……这些微妙的趣味，亦是具备了正直的品格，虽然微小，却绝不卑琐，这就是我所喜爱的。”

上苍在冥冥之中就这样为她精心安排了一次大胆的转身。她也彻底地放弃了自己的歌星梦，而让文学之梦越发地清晰和明朗。从此，上海、浦东、刘湾，这个在地图上永远也找不到的地方，就成了她文学创作上的一块版图、精神的故乡——从刘湾出发，她写出了大量有“趣味”的小说：她的《暮紫桥下》，通过主人公李煜写出了特殊生活年代与背景下不能妥协世俗生活，却又无法使自己的理想得以实现的一种现实。苦难到处流传，然而，人们内心的反抗和个体对自由生活的向往一刻也没停止，李煜最终还是到西湖水里当他的“游泳冠军”去了。这样的人物虽然“拧巴”，却很可靠，无疑写出了一个时代的缩影，一个民族的心灵苦难历史，惜乎小说发表时生不逢时，被众多的现实生活的小说遮蔽。《小镇故事》，更有一个儿童对成人隐私的“偷窥”，青春、成长而隐秘岁月的孩童心灵，祖孙各自的朦胧爱情，都化解在世态的炎凉中，表露出一种淡淡的忧伤和对生活无法理解的惆怅，其中还有一种缅怀。小说虽然没有故事，却隐藏了巨大的故事，有着隐忍的人性之美。在《阳光下的呼喊》中，她以一个儿童的视角，让王光辉的典型心理活动，成就了一个贫穷、压抑、落后人群心灵的文化符号。在《太阳黑子》里，她写凌中圣由于对生活沉闷和奔突的无望，而寄希望于“拾宝”。于是悲剧发生了。她不动声色地在这悲剧中，完成了对“凌中圣”这个人物的塑造。这里，不仅有宗教式的劝谕，更有对民族心灵与性格的挖掘，写出了这个时代人心的局促。她写《鞭》，写人和人、人和动物、人和自然，都从微妙着眼，写得沉郁而丰盈。人性的无奈和牲畜的张扬，取决于生命的本能，描绘的却是一幅南方秀美乡村的风俗图画，语言有着极强的张力。她的《谁叫你是叶尼娜》，更可以说是二十世纪校园禁欲时代的杰作，那人性的毁灭与爱情的被扼杀，具有震撼人心的力量……她持久地创作了一系列带有“刘湾”印记的小说，让一个个鲜活的人物形象与性格跃然纸上，使人感觉中国特殊变革时期南方小镇生活的沉郁与纷繁、隐忍与呐喊。在这些小说里，我们真切地发觉她的眼睛总在审视着，智慧而锐利地审视着故事里每个人物的动作与人心的“微妙”以及细枝末节——她对人世心灵和人性的把握，能沉稳地写到人的心底，是沧桑之后的追怀。作品由于靠近人心，也就具备了经典的意味。

小说，说到底无非一类是幻想人生，一类是叙述人生。相对于她的“刘湾”系列，我很愿意把她另一类爱情小说当成她的“幻想人生”的一部分。她的一部分爱情小说，写了一些都市少女的情感历程中的无奈和沧桑，让人触摸到生命与爱情绵密的质感和沉痛——无法揣测那些爱情小说有多少与她的生命相关联，但她在这些小说里所描写的爱情，无疑都有一些幻想色彩。内心对爱情的失败或者想象，使她总把世间的爱情寄寓在一种浪漫里，把自己对“过去”的岁月和未来赋予一种凄美，惊艳而迷人，疼痛而怅然……相对于她笔下的刘湾，有人把她的这类城市爱情比作“盛开在刘湾上空的异花”倒也恰当。

“燕子啊，请你唱首我心爱的燕子歌，亲爱的，请你对我说一说，燕子啊！燕子啊，你的心情愉快亲切又活泼，你的微笑好像星星在闪烁。啊——眉毛弯弯眼睛亮，脖子匀匀头发长，是我的姑娘燕子啊！燕子啊，不要忘了你的诺言变了心，你是我的，我是你的，燕子啊……”据说，在鲁迅文学院学习期间，她唱得最多的是这首哈萨克民歌——《燕子》。她的一些同学也总是被她这首歌打动，甚而潸然泪下。我们也见过她唱歌时优美而忘情的身心投入的样子，只是好像还没有人落泪。只是有一次，小说家荆永鸣听了，幽默了一句："薛舒，你的歌唱得这么优美，咋就写出一头公猪呢？"（注："公猪"系其小说《鞭》中一重要角色）她听了哈哈大笑。有一回，我们就干脆在卡拉 OK 厅里，怂恿她尽情地一展歌喉，以至不知她有过"歌星"经历的著名作家刘庆邦老师也不由得啧啧称赞。还有，某一日，在与她的同学聚会时，二三十人挤满了两大餐桌，她一人不停地为我们张罗，不停地起立倒酒，乃至于把我们这一班酒鬼灌得酩酊大醉。至于她自己是否拿过筷子吃过饭，我们都无从知晓。但她显得是那么开心、快乐……总之，或动或静，忽而豪气干云，忽而忧郁如雨，她的热情与冷静、细心与疏朗，抑或欢乐与痛苦、传统与反叛，她的性格都透明地展露无遗，使人相信这些也被她同时带进她的小说里，成为一种文学的存在。

关于写作，她也有自己的理想与困惑。在与她有限的几次交谈中，感觉在文学之外，由于生活在繁华的大都市上海，置身在这个理想向现实不断妥协的年代，她虽然也偶为自己在一种夹缝中的生活无所适从，但快节奏的生活，她对文学的迷恋和表达的意愿，却使她有着一种莫名的紧迫感。童年生活的浦东、现在工作的杭州湾，上海大都市的生活背景、东海海洋的气息与大都市远郊南方乡村的混合记忆，使她经常回望与反刍，而对小说艺术的追求，更不断地引起了她深沉的思索。

"写作者，就是一些经常疼痛的人"，想象"就像刚出生的婴儿的眼睛，世界在她的目光里，没有美丽和丑陋的区分。"而对于生活中的"碎屑"，她更是异常痴迷，她说："当写作者把碎屑拾起来仔细品尝的时候,他会发现碎屑里有那些大题材无法涉及的美妙滋味。”……从这个意义上说,她的小说《哭歌》《第三者》也一如既往地表现了她捡拾“碎屑”的努力——《哭歌》这篇具有浓郁民俗之美的小说,通过“歌星”小凤仙从一个剧团演员沦落为一个民间“哭歌者”的生命遭遇,不经意地写出了面对生活窘态的姚春福、能够顺应市场经济潮流且能游刃有余的邱站长,人物形象个个鲜明。特别是小凤仙,从演员到“哭歌”者,再到为自己而哭,“哭”出的不啻是当代文化流失、沦落之痛,更是当代一曲凄婉的文化挽歌。而《第三者》近乎荒诞地写出了中学语文老师林凌与“第三者”013(名字就有隐喻)关于第三者的探讨。小说里那有形的“第三者”消失了,无形的“第三者”却悄悄来到身边,相当形而上地表现了当代家庭情感的脆弱与微妙。“情爱之妙,存乎一心”——她依然把“小凤仙”的故事放在刘湾小镇,那里的乡俗俚语、尘世沧桑与风土人情,在她的笔下总会给人带来一种阅读的欣喜……这里,我想要说的是,“刘湾”实际上就是上海的江镇。如今,这个江镇在浦东开发中已变成了一座“残镇”,这在她新近出版的长篇小说《残镇》中可以寻觅到这个镇的沧桑历史。幸好,这个“残镇”已经在“刘湾”复活,复活在一个作家的记忆里——于她而言,这样的小镇自是一种艺术存在,亦如鲁迅所说的“时代的宫阙”、沈从文所供奉的希腊小庙了。

2008 年 11 月 16 日,北京东城区和平里

与天柱峰对视

寓住京城，寂寞时就想天柱山。想着，就在心里不断揣摩天柱山的模样：雨过天晴，天柱峰通体泛光，浑身的钢蓝与天空中的蓝融为一体，湿淋淋如出水的芙蓉。驻足峰前，只觉万千气象，尽收眼底，雨水的洗礼，使天柱峰簇新如柱，巍峨俏丽，近在咫尺，却仿佛遥远，缥缈如琼楼玉宇。若是浓雾弥漫，面前白茫茫什么都看不见，心情沮丧时，一阵山风吹过，面前拨云见日，先是露出尖尖一角，尔后显出“中天一柱”几个红漆大字，山峰之腰，一束佛光如莲花盛开，眼前似花非花，如梦非梦……

从小住在天柱山的东麓，那时太阳每天在门前冉冉升起，又在黄昏坠入屋后的天柱山下，我总扛着瘦弱的脑袋，望着斜阳漫天蔚起的云霞，总觉得天柱山神秘且遥远，充满了阴森森的色调——大人称那里叫“万山尖”。祖母或外祖母哼着催眠小调，哄不住我在摇篮里的哭闹，就吓唬道：“再哭，就把你送到万山尖去，看你怕不？”据说，那时我瞪着一双大大的眼睛，一下子就没了声音。后来，大人们滔滔不绝讲的是天柱山的传说和神话，比如“和尚撵美女”“天柱山上一担种”，狐精鬼怪类似聊斋的传说和进山“跑鬼子反”时的辛酸……“家住万山尖，客奉主人烟”“万山尖上发脉，从头说到尾”……由此衍生出的许多天柱山谚语，至今还挂在乡亲们嘴边。

历史上，似乎天柱山从没逃离过皇家的视线。史料记载，汉武帝刘彻“登礼潜之天柱山，号为南岳”，天柱山曾名盛一时。隋开皇（五八九年）时，把长江比作衣带，很有想象力的隋文帝另立湖南衡山为“南岳”，便把这位山水美人打入了冷宫。人们说皇家是为了拓宽疆土，但个中原委谁又能说清？能弄得清的倒是历史上的骚人墨客，如李白、王安石、黄庭坚等等，都想结庐在此，但结果他们的夙愿只在发黄的旧纸堆里横生叹息……天柱山依然是山，外面是山，里面还是，众山拱绕，群山巍巍，层峦叠嶂。有云有雾，云雾缭绕，如柱般的天柱峰跃然屹立万山之巅。怪石嵯峨，奇峦怪洞，石头似禽如兽般灵动，瀑布或鸣或吼。这瀑布，这流泉，就让山有多高，水有多长……这样的山水，置身其中，就像走进一座天然的动物园或植物世界，天柱峰也因此虚幻得宛若蓬莱仙境。少了人间烟火气的天柱山，神秘地披了一层面纱，高处不胜寒，宁静得使人不敢接近。

记不清第一次是怎样与天柱峰对视，那时天柱山冷寂而落寞，没有索道，很少行人，面前更没有很多像这样修葺一新而且整齐的石阶，走了很长的山路，爬了很多的山，更有着在神秘谷里穿插奔突，或钻或爬的奇特感受。一路就那么跌跌撞撞，待大汗淋漓，气喘吁吁地站在天柱峰前，那一份成功的欢欣总溢于言表——青春年少、心绪彷徨的日子，爬一座山算不了什么，但历尽艰辛，靠自己的双脚与天柱山对视，却使我感慨万千……以至多少年以后，我还疑心天柱山枯燥而长长的山路是我人生漫长而蹩足的序幕……夜晚，天柱山夜黑如墨，山风呼啸，松涛阵阵，在那样的夜晚，一个瘦弱青年在天柱山寒冷而简陋的天柱山庄，正在为自己的命运而喝得酩酊大醉，天为帐篷地为床，天柱山却以博大的胸怀接纳了他，接纳了一个人生的全部惆怅……

一个世纪，又一个世纪到来。离开天柱山的日子，我已记不清多少回在梦里与天柱峰对视。留在记忆里异常深刻的是夕阳西斜的时候，远山如黛，皖河似带，万千阳光溅射在天柱峰上，峰峦俊美，山川开朗。而在薄雾缭绕的天气里，天柱峰就像一株硕大的竹笋，青翠欲滴——当地，就有人把天柱峰称作“笋子尖”的。这样日思夜想的结果是，梦里浮现的总是天柱山旧时的山水。然而没想到在暌隔九年之后，这次站在久违的天柱峰前，我却微微吃了一惊，心里竟有些茫然和陌生：冬天的上午，艳阳高照，面前的天柱峰泛白的花岗岩斑斑驳驳，通体褶皱，隽秀或是矍铄，苍迈或者雄劲，更像一位饱经沧桑的时间老人，在阳光下一览无余，脚下的“渡仙桥”也毫无仙气可言……群山逶迤在前，谷底历历在目，印象里天柱山的险峻与峭拔，伟岸而神秘，恍惚一个久远的梦，变得遥远起来。双手捋一下双鬓生出的缕缕白发，我不由得心生诧异——所谓“半生蹉跎半生累，再见天柱两鬓白”，不过如此？

当然，我知道这是一种错觉。天柱山本就是花岗岩峰丛地貌，是新生代的第三纪和第四纪之间喜马拉雅山的造山运动使它多次间歇性抬升，同时花岗岩胚胎上的盖层也因为不断遭遇风雨的剥蚀，渐渐露出地表，才使天柱峰高高地耸出群山。正是大自然亿万年的风化侵蚀或鬼斧神工，才造就面前的山峦连绵，巍峨峻峭，怪石丛生，秀丽雄伟……感谢这样的一个冬日，我与天柱山的不期而遇——“我见青山多妩媚，料青山见我亦如是”当然是见山似我，山人合一，物我两忘的大境界、大自在。如此，我想天柱峰也并不会因我的两鬓斑白，两相观照，山我俱老吧？

“山水依旧岁月远，不以物喜与己悲。”久久凝视着天柱峰，我倒是心有所悟。

2008 年 12 月 23 日，北京朝阳区翠堤春晓

《徐迅散文年编》有关篇目附注

《**石牛古洞**》入选《天柱山散文选》（黄山书社，1996年4月第1版）。

《**寻找程长庚**》入选《可爱的安徽》（中国文联出版社，2004年3月第1版）。

《**故乡的屋檐**》入选《十八岁的风采》（安徽文艺出版社，1989年6月第1版），获1989年全国青少年散文大奖赛征文“佳作奖”。

《**天柱石**》入选《天柱山散文选》（黄山书社，1996年4月第1版）。

《**临窗梧桐**》入选：1.《百年中国性灵散文》（花城出版社，2004年8月第1版）；2.《新课堂语文·课外阅读（七年级下册）》（山东教育出版社，2006年2月第1版）；3.《2009年值得小学生珍藏的100篇散文》（华东师范大学出版社，2009年12月第1

版);4.《最受小学生喜爱的散文全集》(天津教育出版社,2011年1月第1版);5.《值得小学生珍藏的100篇散文》(北方妇女儿童出版社,2010年8月第1版)。

《鸟声》由《散文选刊》月刊2000年第6期选载。

《落叶》由《小品文选刊》双月刊2004年第1期选载。

《染绿的声音》入选:1.《散文选刊》月刊1999年第7期;2.《'99中国最佳年度散文选》(漓江出版社,2000年1月第1版);3.《散文选刊·精短美文·在大漠的呼吸里醒着》(广西人民出版社,2000年9月第1版);4.《青年博览》2001年第8期;5.《语文学习》月刊2002年第9期;6.《学生课外阅读经典·精短散文》(人民日报出版社,2003年2月第1版);7.《语文新天地·初中卷》(浙江人民出版社,2003年7月第1版,2008年8月重印);8.《精美散文珍藏·美文小品》(新疆人民出版社,2003年12月第1版);9.《试题研究》2003年第20期;10.《中国现当代文学名家经典·精美散文珍藏》(新疆人民出版社,2004年1月第1版);11.《幸福是禅·卷首语精品》(中国电影出版社,2004年1月第1版);12.《中国新时期经典散文(1976—2003)》(长江文艺出版社,2004年4月第1版);13.《语文阅读能力强化训练·阅读新概念》(南京大学出版社,2004年7月第1版);14.《体验新阅读·语文·高一A卷》(延边教育出版社,2004年8月第1版);15.《精短散文》(延边人民出版社,2004年8月第1版,2008年10

月第2次印刷）;16.《心湖的涟漪·校园文学》（学苑音像出版社，2004年8月第1版）;17.《对着一朵花微笑》（花山文艺出版社，2004年12月第1版）;18.《文苑·经典美文》月刊2005年第1期;19.《高中语文·现代文阅读》（河北教育出版社,2005年3月第1版）;20.《染绿的声音·中学生以读促写》（海天出版社,2005年4月第1版）;21.《阅读与鉴赏》月刊2006年第1~2期;22.《中学语文》月刊2006年第6期;23.《语文阅读能力强化训练·阅读新概念》（南京大学出版社,2006年7月第1版）;24.《文化心灵·新课标语文阅读》（外语教学与研究出版社,2006年8月第1版）;25.《高中现代文阅读训练300篇·基础卷》（上海交通大学出版社,2006年7月第1版,2009年7月第4次印刷）;26.《高中现代文阅读训练300篇·提高卷》（上海交通大学出版社,2006年9月第1版）;27.《视野》半月刊2006年第23期;28.《都市文萃》月刊2006年第12期;29.《新读写》月刊2007年第1期;30.《语文教学与研究》月刊2007年第2期;31.《新课标·东方新阅读》（中国言实出版社,2007年2月第1版）;32.《新人文读本·珍藏版》（北京大学出版社,2007年2月第1版）;33.《今日文摘》半月刊2007年第4期;34.《读者》月刊彩版2007年第5期;35.《中学语文》月刊2007年第6期;36.《麻辣阅读·和谐》（广西教育出版社,2007年6月第1版）;37.《精短散文·珍藏版》（人民日报出版社,2007年7月第1版）;38.《学生推荐100篇》(上海远东出版社,2007年8月第1版);39.《意林故事》(未来出版社,2007年11月第1版);40.《中学语文园地》月刊2008年第1~2期;41.《我有一把青春的剑》(安徽少年儿童出版社,2008年5月第1版);42.《励志中国·最美的散文》(万卷出版公司,2008年6月第1版);43.《语言天使·修辞篇》(首都师范大学出版社,2008年6月第1版);44.《语文月刊》(有评)2008年第6期;45.《中学语文园地(高中版)》月刊2008年第6期;46.《青苹果》(有评)月刊2008年第8期;47.《读与写》(有评)月刊2008年第7、8期合刊;48.《考试阅读虫·精神世界卷》(辽宁教育出版社,2008年8月第1版);49.《中国孩子最喜爱的情感读本·假如没有战争》(北京大学出版社,2009年1月第1版);50.《初中语文·阅读与作文》(华语教学出版社,2009年3月第1版);51.《高效学习法·九年级语文》(北京教育出版社,2006年第1版,2009年4月第5版);52.《初中生标准新阅读·优化训练》(陕西师范大学出版社,2009年6月第2版);53.《青少年文摘》2009年第6期;54.《初中语文专项·现代文阅读题型大突破》(华语教学出版社,2009年8月第1版);55.《新课标·东方新阅读》(首都师范大学出版社,2009年8月第1版);56.《时文"热"读·第五辑》(广州出版社,2009年8月第1版);57.《中国记忆·美文》(百花洲文艺出版社,2009年8月第1版);58.《智慧背囊·中学生阅读提高升课外读本》(吉林出版集团有限责任公司,2009年9月第1版);59.《60年中国青春美文经典》(中国青年出版社,2009年10月第1版);60.《初中生之友》2009年第11期;61.《2009年值得小学生珍藏的100篇散文》(华东师范大学出版社,2009年12月第1版);62.《语文报·30年经典阅读集萃》(华夏出版社,2010年1月第1版);63.《优秀作文选评》2010年第4期;64.《中考必读经典美文精选》(中国华侨出版社,2010年4月第1版);65.《最飘逸的抒情散文》(吉林大学出版社,2010年6月第1版);66.《值得中学生珍藏的100篇散文》(北方妇女儿童出版社,2010年8月第1版);67.《最受小学生喜爱的散文全集》(天津教育出版社,2011年1月第1版);68.《阅读与作文(高中版)》2011年第4期;69.《初中生阅读世界》2011年第9期;70.《小品文选刊》月刊2012年第1期;71.《意林》半月刊2012年3月下;72.《读者(乡土人文版)·十年精华文丛B卷》(甘肃人民出版社,2012年6月第1版);73.《晚报文萃》上半月刊2012年第6期;74.《中华活页文选(高一年级)》月刊2013年第6期;75.《小学生之友·阅读写作版》2014年第6期;76.《初中生之友》2014年第13期;77.《核子知与行》2016年第1期;78.《经典美文》月刊2017年第5期;79.《时代青年》2017年第8期;80.《语数外学习(初中版)》2018年第1期。

《山心水目》入选《天柱山散文选》(黄山书社,1996年4月第1版)。

《风檐展读》中《英雄》入选《抵抗投降书系——无援的思想》(华艺出版社,1995年6月第1版)。

《雪原无边》由《散文·海外版》双月刊2004年第1期选载。

《好女人是一种好心境》入选:1.《当代散文精品2000》(广州出版社,2000年11月第1版);2.《精美散文·人生哲理卷》(延边大学出版社,2001年2月第1版);3.《学生课外阅读经典·精短散文》(人民日报出版社,2003年2月第1版);4.《精美散文珍藏·风雨人生》(新疆人民出版社,2003年12月第1版);5.《智慧林》月刊2004年第6期;6.《飘雪的冬季》(大众玩家出版社,2004年8月第1版);7.《名家散文·经典品读》(南方出版社,2006年12月第1版);8.《名家散文·精品集》(作家出版社,2007年10月第1版)。

《秧歌舞》入选《打不开的窗口》(德宏民族出版社,1996年12月第1版)。

《我刚读过的几本书》中《苇岸,大地的理念》入选《上帝之子》(湖北美术出版社,2001年4月第1版)。

《大地芬芳》(十三章)入选:1.《散文选刊》月刊1997年第6期;2.《安徽青年作家丛书·散文卷》(作家出版社,2002年7月第1版)。

《大足无声》入选:1.《今日重庆》双月刊2002年第1期;

2.《新游记》(作家出版社,2002年12月第1版)。

《庐山雾》入选《我思故我悟》(光明日报出版社,2012年5月第1版)。

《我与地坛》由《经典美文》2011年第9期选载。

《我说散文》载《散文选刊》月刊1998年第9期。

《作家与足球》入选《当代散文精品2000》(广州出版社,2000年11月第1版)。

《读书与读人》入选《自爱的真意》(中国致公出版社,2001年9月第1版)。

《看张》入选《张恨水研究论文集》(国际文化出版公司,1997年11月第1版)。

《人像一根麦秸》入选:1.《中国现当代散文三百篇》(中国社会科学出版社,2003年8月第1版);2.《当代永恒主题散文精品选》(济南出版社,2005年5月第1版);3.《感动中学生的精品美文·遗憾也美丽》(青岛出版社,2006年5月第1版);4.《感动中学生的精品美文·遗憾也美丽》(青岛出版社,2008年5月第1版);5.《文苑·经典美文》2009年第6期;6.《新中国散文典藏》(山东友谊出版社,2015年4月第1版)。

《皖河散记》中《一个人的河流》原载《人民文学》2001年第10期"新散文"专辑,2002年获首届老舍散文奖,2004年第二届冰心散文奖。有关篇章被中央电视台《子午书简》2004年3月9日至12日连续播出。入选:1.《散文·海外版》双月刊2002年第1期;2.《首届老舍散文奖作品》(台海出版社出版,2002年5月第1版);3.《散文选刊》月刊2002年第6期;4.《散文·海外版》双月刊2002年第5期;5.《语文天地》(有评)半月刊2002年第18期;6.《语文新圃》(有评)月刊2002年第11期;7.《当代散文精品2002》(广州出版社,2002年12月第1版);8.《2002年中国散文年选》(花城出版社,2003年1月第1版);9.《大地的眼睛》(百花文艺出版社,2003年1月第1版);10.《2002年文学精品·散文卷》(敦煌出版社,2003年4月第1版);11.《老舍文学奖·获奖散文》(华文出版社,2003年9月第1版);12.《散文选刊》月刊2003年第12期;13.《读者·乡村版》月刊2004年第5期;14.《语文新天地·七年级下》(浙江人民出版社,2004年2月第1版);15.《禅趣小品》(北京图书馆出版社,2005年12月第1版);16.《冰心散文奖获奖作品(单篇)选》(西藏人民出版社,2006年10月第1版);17.《小品文选刊》月刊2008年第6期;18.《安庆六十年文学精品集》(合肥工业大学出版社,2009年9月第1版);19.《安庆六十年文学艺术作品选》(安庆市文联编,2009年9月第1版);20.《新中国文学精品文库·散文卷》(海天出版社,2010年1月第1版);21.《新中国文学精品文库·散文卷》(海天出版社,2010年1月第1版);22.《小作家选刊》2010年第8期;23.《读者(乡土人文版)·十年精华文丛A卷》(甘肃人民出版社,2011 年 1 月第 1 版);24.《中华活页文选(初一年级)》月刊 2011 年第 5 期;25.《21 世纪中国最佳散文(2000—2011)》(贵州人民出版社,2012 年 3 月第 1 版);26.《叫一声老乡好沉重·经典中国书系散文随笔精品文库·乡土卷》(中国言实出版社,2013 年 1 月第 1 版);27.《中国企业职工文化大系创作文丛·荣光绽放(散文卷)》(中国工人出版社,2013 年 7 月第 1 版);28.《老舍散文奖获奖作品集》(地震出版社,2014 年 4 月第 1 版);29.《大家写安徽》(合肥工业大学出版社,2014 年 12 月第 1 版);30.《树知道》(江苏凤凰出版社,2015 年 3 月第 1 版)。

《大地的心》2001 年获第四届全国煤矿文学作品“乌金奖”一等奖。

《散文散话》被香港教育专业人员协会列为香港《中国语文课程六百篇》,入选《当代散文精品 2003》(广州出版社,2003 年 9 月第 1 版)。

《塞罕坝之旅》(二题)入选《呼唤蓝天·碧水·绿地》(中国文联出版社,2000 年 12 月第 1 版)。

《写给二〇〇〇年》(又名《世纪末随想》)入选《长城文萃》(群众出版社,2002 年 8 月第 1 版)。

《这趟车上》载《散文选刊》月刊 2000 年第 8 期。

《余杰的疲惫》载《中华文学选刊》月刊 2000 年第 7 期。

《散文的事》载《散文选刊》半月刊 2010 年第 1 期。

《读碟记》入选《中国实力作家作品概览》(中国文联出版社,2002 年 6 月第 1 版)。

《坛城根随笔》中《热爱茶》入选 1.《幸福禅》(光明日报出版社,2012 年第 4 版);2. 入选《长城文萃》(群众出版社,2002 年 8 月第 1 版)。

《异类五题》中《蝴蝶》入选:1.《文苑·经典美文》2009 年第 9 期;2.《当代文萃》2010 年第 5 期;3.《新世纪文学选刊》2010 年第 3 期。《苦哇鸟》入选《文苑·经典美文》2009 年第 3 期。

《作家还是梦吗》入选《散文 2010 年精选》(百花文艺出版社,2011 年 1 月第 1 版)。

《在乡下怀想四季》中《春天的速度》入选:1.《南风如水·散文精品卷》(新华出版社,2001 年 8 月第 1 版);2.《在乡村感受四季》入选《新世纪艺术散文选萃》(中国文联出版社,2003 年 1 月第 1 版);3.《散文选刊》月刊 2008 年第 3 期;4.《阅读与鉴赏》(有评)月刊 2008 年第 12 期;5.《阅读与作文》(有评)月刊 2008 年第 12 期;6.《少年小说》月刊 2009 年第 2 期;7.《湖北招生考试·快速阅读》(有评)2009 年第 4 期;8.《文苑·经典美文》2009 年第 4 期;9.《新高考》(有评)2009 年第 4 期;10.《中学语文园地》(有评)月刊 2009 年第 5 期;11.《2009 年值得中学生珍藏的 100 篇散文》(华东师范大学出版社,2009 年 12 月第 1 版);12.《中华文摘》月刊 2010 年第 1 期;13.《新读写》月刊 2010 年第

4期;14.《最受中学生喜爱的100篇散文》(华东师范大学出版社,2010年4月第1版);15.《优秀作文选评》2010年第5期;16.《高考中学课程辅导》(有评)月刊2011年第5、6期;17.《最受中学生喜爱的散文全集》(天津教育出版社,2011年1月第1版);18.《中文自修》月刊2011年第7、8期合刊;19.《小学生学习指导》2012年第3期;20.《小星星:作文100分》2013年第1期;21.《爱在爱中》(社会主义核心价值观优秀文学读本·散文卷,北京联合出版公司,2015年10月第1版);22.《中华活页文选(小学版)》月刊2016年第3期。

《在乡下怀想四季》中《秋水》入选:1.《2001年中国精短美文100篇》(长江文艺出版社,2002年2月第1版);2.《当代散文精品》(延边大学出版社,2003年5月第1版);3.《在风吹麦浪里轻舞飞扬》(花山文艺出版社,2004年12月第1版,2009年第3次印刷);4.《散文选刊》月刊2008年第3期;5.《中华活页文选(高一年级)》月刊2008年第11期;6.《少年小说》月刊(有评)2009年第3期;7.《2009年值得小学生珍藏的100篇散文》(华东师范大学出版社,2009年12月第1版);8.《爱在爱中》(社会主义核心价值观优秀文学读本·散文卷,北京联合出版公司,2015年10月第1版)。

《父亲不说话》2006年获第五届全国煤矿文学作品"乌金奖"一等奖。入选:1.《散文选刊》月刊2001年第12期;2.《2001

年中国散文年选》(花城出版社,2002年4月第1版);3.《新时期中国散文精选(1978—2003)》(花城出版社,2003年12月第1版);4.《沐浴情感》(时代文艺出版社,2004年3月第1版);5.《当代百家人生读库·真爱无语》(金城出版社,2008年1月第1版);6.《新世纪优秀散文选》(花城出版社,2008年1月第1版);7.《朝圣者的姿态》(中国文联出版社,2010年9月第1版);8.《中国实力派美文金典·感恩卷》(北方儿童妇女出版社,2013年1月第1版);9.《浮世悲欢·散文选刊创刊30年散文精选集》(同心出版社,2013年7月第1版);10.《新中国散文典藏》(山东友谊出版社,2015年4月第1版)。

《天柱山冬云》(又名《冬云》)入选:1.《少林寺禅文精选》(少林书局出版社,2006年8月第1版);2.《2009年值得中学生珍藏的100篇散文》(华东师范大学出版社,2009年12月第1版);3.《最受中学生喜爱的散文全集》(天津教育出版社,2011年1月第1版)。

《又见桃花源》入选《长城文萃》(群众出版社,2002年8月第1版)。

《两三松树老疑仙》入选:1.《新华文摘》月刊2001年第11期;2.《2001年中国最佳传记文学选》(漓江出版社,2002年1月第1版)。

《五四两乡音》获《野草》首届“鲁迅风”征文一等奖。

《**写在虫子的边上**》入选:1.《青年文摘》2001 年第 10 期;2.《小作家选刊》2005 年第 1 期;3.《时文鲜读 · 小桃花源的咒语》(重庆出版社,2005 年 8 月第 1 版);4.《阅读版语文 · 我们和心愿再一次约会》(朝华出版社,2006 年 1 月第 1 版);5.《小作家选刊 · 作文考王》2011 年第 5 期;6.《新时文 · 大地上的欢歌》(延边教育出版社,2011 年 12 月第 1 版)。

《**散文的碑石**》入选《岁月如歌 · 副刊精品卷》(新华出版社,2001 年 8 月第 1 版)。

《**半堵墙**》2011 年以其为名的散文集获第六届全国煤矿文学作品"乌金奖"一等奖。入选:1.《当代散文精品 2001》(广州出版社,2002 年 1 月第 1 版);2.《散文选刊》月刊 2011 年第 1 期;3.《读者 · 乡土人文版》月刊 2011 年第 4 期;4.《中外文摘》半月刊 2011 年第 22 期;5.《中国实力派美文金典 · 感恩卷》(北方儿童妇女出版社,2013 年 1 月第 1 版);6.《大爱无价——名人的父母亲情》(中国少年儿童出版社,2013 第 7 月第 1 版);7.《一辈子有多少来不及》(读者乡土人文版 · 敦煌文艺出版社,2015 年 10 月第 1 版)。

《**飘忽的青布衫**》入选:1.《张恨水研究论文集》(香港新闻出版社,2001 年 7 月第 1 版);2.《当代散文精品 2001》(广州出版社,2002 年 1 月第 1 版);3.《山西文学作品精品 · 和钱锺书同学的日子》(陕西人民出版社,2007 年 7 月第 1 版);4.《成功》月刊

2008 年第 11 期;5.《读者》半月刊 2009 年第 4 期;6.《影响孩子一生的经典阅读(中学版)》2009 年第 5 期,《高中生 · 青春励志》2013 年第 5 期。

《一座山和一个人》入选《2002 中国年度传记文学》(漓江出版社,2003 年 1 月第 1 版)。

《阳光照得最多的地方》为“2003 年当代中国文学最新作品排行榜”上榜作品,入选:1.《散文 · 海外版》双月刊 2003 年第 4 期;2.《散文选刊》月刊 2003 年第 9 期;3.《精品散文》(西安出版社,2003 年 10 月第 1 版);4.《中国文学 2003 最新作品排行榜》(文化艺术出版社,2003 年 11 月第 1 版);5.《当代文萃》月刊 2004 年第 1 期;6.《21 世纪年度散文选 2003 散文》(人民文学出版社,2004 年 1 月第 1 版);7.《2003 年中国散文年选》(花城出版社,2004 年 1 月第 1 版);8.《教育参考》月刊 2004 年第 2 期;9.《青年文摘》十年珍藏版(内蒙古文化出版社,2004 年 2 月第 1 版);10.《2003 年我最喜爱的中国散文 100 篇》(中国文联出版社,2004 年 7 月第 1 版);11.《作文通讯》2005 年第 1 期;12.《魔法阅读 · 时文精选》第七辑(长征出版社,2005 年 1 月第 1 版);13.《时文精选 100 篇》(上海远东出版社,2005 年 8 月第 1 版);14.《阅读版语文 · 烛影篱落月光明》(朝华出版社,2006 年 1 月第 1 版);15.《震撼中学生的 101 篇散文》(内蒙古文化出版社,2006 年 1 月第 1 版);16.《震撼中学生的 101 篇随笔》(内蒙古文化出版社,2006 年 1 月第1版);17.《超越阅读·高考现代文分册》(上海教育出版社,2006年1月第1版);18.《文苑·经典美文》月刊2006年第10期;19.《新课标语文精品读物·语文阅读》(世界图书出版公司,2006年12月第1版);20.《当代精短散文选萃·露珠里的芬芳》(中国文联出版社,2007年1月第1版);21.《时文选粹》(南方出版社,2007年5月第1版,2009年6月第7版);22.入选《思维源自聪明屋·体悟创新》(南方出版社,2007年7月重印);23.《阳光照得最多的地方(二章)》入选《21世纪中国经典散文·情思掠影》(内蒙古文化出版社,2007年10月第1版);24.《感恩天下父母》(内蒙古文化出版社,2008年2月第1版);25.《中学语文园地》(有评)月刊2008年第3期;26.《感动心灵美文·快乐男孩卷》(安徽少年儿童出版社,2008年4月第1版);27.《中华活页文选(高一年级)》月刊2008年第6期;28.《中学语文》月刊2008年第11期;29.《阅读与鉴赏》(有评)2009年第2期;30.《当代文萃》月刊2009年第5期;31.《中外文摘》半月刊2009年第14期;32.《中华活页文选(初一年级)》月刊2009年第10期;33.《优秀作文选评》月刊2009年第11期;34.《最受欢迎的名家亲情美文排行榜》(石油工业出版社,2010年1月第1版);35.《初中生学习》月刊2010年第3期;36.《最受中学生喜爱的100篇散文》(华东师范大学出版社,2010年4月第1版);37.《初中语文早读晚练》(陕西师范大学出版社,2010年6月第1版);38.《感悟睿版》

月刊2010年第6期;39.《值得小学生珍藏的100篇散文》(北方妇女儿童出版社,2010年8月第1版);40.《格言·禅思馆》(凤凰出版社,2010年12月第1版);41.入选《中国儿童文学分级读本·初中卷·身体渴望歌唱》(浙江少年儿童出版社,2011年1月第1版);42.《高等语文》(合肥工业大学出版,2011年9月第1版);43.《最美儿童文学读本·夏天里的苹果梦》(万卷出版公司,2014年11月第1版);44.《中文自修》2014年第2期;45.《大学:上旬〈高中生阅读〉》2016年第7期。

《春天乘着马车来了》(外二章)中《春天乘着马车来了》以《徐迅散文三题》为名入选《2003年中国精短美文100篇》(长江文艺出版社,2004年3月第1版)。又名《扒乘"蚱蜢子"》入选《心香·中国安全生产报创刊10周年文萃》(人民日报出版社,2011年9月第1版)。

《大美无言——与作家刘庆邦一次关于美的访谈》入选:1.《短篇小说》2002年第2期;2.《中国作家档案书系——遍地白花》(新世界出版社,2002年5月第1版)。

《夜气》《散文·海外版》双月刊2004年第3期选载,以《徐迅散文三题》为题入选《2003年中国精短美文100篇》(长江文艺出版社,2004年3月第1版)。

《写作源于阅读》以《徐迅散文三题》为题入选《2003年中国精短美文100篇》(长江文艺出版社,2004年3月第1版)。

《当旅游被“文化”了以后》入选:1.《高考第二轮复习用书·语文》(吉林文史出版社,2010年10月第1版);2.《活着,走着想着》(春风文艺出版社,2015年2月第1版)。

《大地上我们只过一生》中《被拯救的人》入选《心香·中国安全生产报创刊10周年文萃》(人民日报出版社,2011年9月第1版)。

《回家过年》中《火车上艳遇的遐想》入选:1.《散文百家》选刊版2004年第3期;2.《散文选刊》月刊2004年第6期;3.《2004年中国精短美文100篇》(长江文艺出版社,2005年1月第1版);4.《2004年中国散文年选》(花城出版社,2005年1月第1版);5.《2004年中国散文排行榜》(北京工业大学出版社,2005年1月第1版)。

《我们都是木头人》(外二章)中《我们都是木头人》入选:1.《散文选刊》月刊2005年第6期;2.《杂文选刊》月刊2005年第7期;3.《文学教育》2005年第7期;4.《2005年中国散文年选》(花城出版社,2006年1月第1版);5.《2005年中国精短美文100篇》(长江文艺出版社,2006年1月第1版);6.《经典散文书系·中国最美的哲理散文》(湖南人民出版社,2013年7月第1版);7.《树知道》(江苏凤凰出版社,2015年3月)。

《我们都是木头人》(外二章)中《什么样的鸟儿最爱惜羽毛》入选:1.《文苑·经典美文》月刊2007年第11期;2.《精品悦

读》月刊2010年第5期。

《湮没》《散文选刊》月刊2004年第12期选载。

《流逝的岁月或者词语》（之二）入选：1.《视野》半月刊2010年第23期；2.《2010年中国散文精选》（长江文艺出版社，2011年1月第1版）。

《鲜亮的雨》入选《2004年我最喜爱的中国散文100篇》（中国文联出版社，2005年6月第1版）。

《在传说中生活和写作》入选：1.《中华文学选刊》月刊2004年第6期；2.《时代文学》双月刊2004年第5期；3.《中国文坛最佳人气榜》（文化艺术出版社，2005年6月第1版）。

《散文年华》入选《山云散文百家谭》（中国文联出版社，2004年10月第1版）。

《蒙古长调》（又名《在元上都怀古》）入选：1.《长调：胸腔里的苍穹》（新疆美术摄影出版社，2006年6月第1版）；2.《中国散文大系·旅游卷》（中国文联出版社，2012年11月第1版）。

《还我一个春天》入选《恰同学芳华》（敦煌文艺出版社，2014年8月第1版）。

《蚕豆开花是紫色》入选：1.《散文选刊》月刊2005年第12期；2.《2005年我最喜爱的中国散文100篇》（中国文联出版社，2006年9月第1版）；3.《语文教学与研究》（有评）月刊2006年第10期；4.《语言天使·风格篇》（首都师范大学出版社，2008年

6月第1版);5.《同步美文阅读·九年级》(华语教学出版社,2009年1月第1版);6.《2009年值得中学生珍藏的100篇散文》(华东师范大学出版社,2009年12月第1版);7.《值得中学生珍藏的100篇散文》(北方妇女儿童出版社,2010年8月第1版);8.《最受中学生喜爱的散文全集》(天津教育出版社,2011年1月第1版);9.《读写月报(初中版)》2011年第6期。

《泥土里的果实》《散文选刊》月刊2007年第6期选载,其中《谁家儿女落花生》入选《2007年中国散文年选》(花城出版社,2008年1月第1版)。

《家住翠堤》《散文选刊》月刊2006年第6期选载。

《一九九九年的“双抢”》中《母亲像一扇磨盘》入选:1.《书摘》月刊2008年第1期;2.《青年文摘》月刊2008年第3期;3.《阅读在线·现代文阅读》(吉林大学出版社,2009年6月第1版);4.《新语文学习》2010年第7、8期合刊;5.《中国当代名家情感散文集萃》(内蒙古文化出版社,2011年2月第1版);6.《美文精选》2013年108、109合刊;

《一九九九年的双抢》(选二)入选《乡村书系列·自家食粮》(新疆美术摄影出版社,2011年5月第1版)。

《夜车安静》入选:1.《小品文选刊》半月刊2007年第5期;2.《2007年中国散文精选》(长江文艺出版社,2008年1月第1版)。

《七月之歌》入选《2007年中国最佳散文》(辽宁人民出版

社,2008 年 1 月第 1 版)。

《北京散章》入选《创新发展话东城》(中国文联出版社,2017 年 3 月第 1 版)。

《奥运村,消失或正在生长的》入选:1.《文学教育》月刊 2008 年第 2 期;2.《2008 北京奥运作家大型采风活动·奥林匹克的中国盛宴》(中国青年出版社,2008 年 11 月第 1 版)。

《地球,一个蔚蓝色的梦》入选《地球与人类》(湖南地图出版社,2010 年 3 月第 1 版)。

《从和平里出发》入选《名家笔下的东城》(北京市东城区文联编,2009 年 6 月第 1 版)。

《碎屑,与捡拾碎屑》《文学人生》月刊 2009 年第 10 期选载。

《村庄所剩下的》"2010 年中国散文排行榜"上榜作品,入选《2010 我最喜爱的散文》(大众文艺出版社,2011 年 3 月第 1 版)。

《平庄男人》入选《2010 中国年度散文》(漓江出版社,2011 年 1 月第 1 版)。

《走森林》入选:1.《经典美文》月刊 2011 年第 6 期;2.《2011 年中国精短美文精选》(长江文艺出版社,2012 年 1 月第 1 版)。

《在雨天怀想袁崇焕》《作家文摘》2013 年 4 月 23 日选载。

《未完成的旅行》入选:1.《北京日报创刊 60 周年·文学作

品精选集》(同心出版社,2012 年 10 月第 1 版);2.《中国报纸副刊选萃·我们便身在天堂》(上海文汇出版社,2013 年 7 月第 1 版)。

《我的故乡雨雪初霁》2017 年以其为名的散文集获第七届全国煤矿文学作品“乌金奖”一等奖。入选:1.《文学东城(2010—2012)》(北京东城区文联编,2012 年);2.《中国实力派美文金典·情怀卷》(北方儿童妇女出版社,2013 年 1 月第 1 版);3.《2015 年中国好散文》(山东人民出版社,2016 年 3 月第 1 版)。

《在古井镇喝贡酒》《传记·传奇》月刊 2013 年第 12 期转载。

《说说徐坤》(又名《说说作家徐坤》)入选:1.《文学生长力量》(文艺报社主编)(安徽文艺出版社,2013 年 9 月第 1 版);2.《后窗四人谈——北京文学评论集》(新华出版社,2016 年 10 月第 1 版)。

《抱一壶长江水,我溯源北上》《海内与海外》月刊 2012 年第 9、10 期转载,入选《奇迹就这样诞生》(作家出版社,2013 年 4 月第 1 版)。

《文成小品》入选《文成之文》(中国文联出版社,2015 年 5 月第 1 版)。

《北京的地铁》入选:1.《皇城脚下的记忆》(北京东城区文联编,2013 年 10 月第 1 版);2.《中学生阅读(高中版)》2013 年第 12 期选载。

《冰封的烈焰》入选《嵌金印象——中国当代名家看阿城》（长江文艺出版社,2015 年 4 月第 1 版）。

《把吴钩看了》入选《2016 年中国散文精选》（长江文艺出版社,2017 年 1 月第 1 版）。

《秋山响水》入选《人民日报 2015 年散文精选》（人民日报出版社,2016 年 5 月第 1 版）。

《砖塔胡同九十五号》入选《创新发展话东城》（中国文联出版社,2017 年 3 月第 1 版）。

《躲进一座山里》入选《情感读本》2016 年第 3 期下。

《响水在溪》入选:1.《中学生学习报初中版》2016 年第 9 期;2.《2016 年中国精短美文精选》（长江文艺出版社,2017 年 1 月第 1 版）。

《想起雪湖藕》入选:1.《散文 · 海外版》月刊 2017 年第 2 期;2.《人民日报 2016 年散文精选》（人民日报出版社,2017 年 7 月第 1 版）;3.《2017 年中国精短美文精选》（长江文艺出版社,2018 年 1 月第 1 版）;4.《读写月报 · 初中版》中旬刊 2017 年第 6 期。

《镜泊湖之冬》入选:1.《中华活页文选（初一年级）》月刊 2017 年第 12 期;2.《小学生之友 · 阅读写作版》2018 年第 1 期。

《炒板栗、烤红薯》（又名《街头乡思》）入选《人民周刊》2017 年第 24 期。

《秋上枫林谷》入选《小学生之友·阅读写作版(下旬)》2018年第5期。

《染绿的声音》《阳光照得最多的地方》《秋水》《蚕豆开花是紫色》《谁家女儿落花生》《春天的速度》《温暖的花朵》《临窗梧桐》《天柱山冬云》《有一种树叶叫茶》《杭州的绿》《作家还是梦吗》《北京的地铁》《想起雪湖藕》等30多篇被多次列为中专及高考试卷和模拟试卷。

(据不完全统计,以创作时间为序)